MALIN PERSSON GIOLITO
Mit zitternden Händen

AF289348

Weitere Titel der Autorin:

Quicksand – Im Traum kannst du nicht lügen

Malin Persson Giolito wuchs in Stockholm auf. Nach ihrem Jurastudium arbeitete sie bei der EU in Brüssel. Dort lebt sie heute mit ihrer Familie. Seit dem sensationellen Erfolg des Romans IM TRAUM KANNST DU NICHT LÜGEN (verfilmt von Netflix unter dem Titel QUICKSAND) widmet sie sich ganz dem Schreiben. Ihr Roman MIT ZITTERDEN HÄNDEN setzt die Erfolgsgeschichte in jeder Hinsicht fort: Nr-1-Bestseller, begeisterte Kritiken und erneut die Vorlage für eine Netflix-Serie.

Schwedische Pressestimmen:

»Erschreckenderweise könnte sich die Geschichte, die Malin Persson Giolito erzählt, jederzeit irgendwo in Schweden zutragen.« SMÅLANDSPOSTEN
»Atemlose Spannung von der ersten bis zur letzten Seite – unmöglich aus der Hand zu legen« GÖTEBORGS POSTEN

MALIN PERSSON GIOLITO

MIT ZITTERNDEN HÄNDEN

ROMAN

Übersetzung aus dem Schwedischen
von Thorsten Alms

Lübbe

Vollständige Taschenbuchausgabe
der bei Bastei Lübbe erschienenen Hardcoverausgabe

Copyright © 2022 by Malin Persson Giolito
Titel der schwedischen Originalausgabe:
»I dina händer«
Originalverlag: Wahlström & Widstrand, Stockholm

Published by arrangement with Ahlander Agency

Für die deutschsprachige Ausgabe:
Copyright © 2024 by Bastei Lübbe AG,
Schanzenstraße 6–20, 51063 Köln

Vervielfältigungen dieses Werkes für das
Text- und Data-Mining bleiben vorbehalten.

Umschlaggestaltung: zero-media.net, München
unter Verwendung von Motiven von © Karina Vegas/Arcangel Images
Textredaktion: Anja Lademacher, Bonn
Satz: hanseatenSatz-bremen, Bremen
Gesetzt aus der Goudy Old Style
Druck und Verarbeitung: GGP Media GmbH, Pößneck

Printed in Germany
ISBN 978-3-404-19296-0

2   4   5   3   1

Sie finden uns im Internet unter:
luebbe.de
Bitte beachten Sie auch: lesejury.de

Für meinen Vater

Meine Zeit steht in deinen Händen.
Errette mich von der Hand meiner Feinde
und von denen, die mich verfolgen.

Psalm 31

Die Jungen

Sie spielen an einem Hang, haben beinahe identische Jeans und kurzärmelige Hemden, abgewetzte Turnschuhe und aufgeweckte Augen. Der eine hat blondes Haar, das bis zu den Schultern reicht, der andere dunkle Locken, die ihm immer wieder in die Augen fallen. Zum Herbst werden sie eingeschult, aber die Beine sind noch rundlich, und sie laufen so schnell den Abhang hinunter, dass ihre Füße kaum hinterherkommen. Zuerst stürzt das eine Kind, kurz darauf das andere. Vielleicht lässt der Junge sich mit Absicht fallen, er will immer alles genauso machen wie sein mutiger Freund, genauso hoch klettern, genauso weit springen, genauso schnell laufen. Sie weinen nicht, nicht einmal derjenige von den beiden, der wegen jeder Kleinigkeit immer gleich losheult. Es sind keine Erwachsenen in der Nähe, die unbedingt nachsehen wollen, ob ihnen etwas wehtut. Stattdessen bleiben sie ein paar Sekunden sitzen, schauen sich an, atemlos, warm, voller Lachen. Wie auf ein Kommando stehen sie auf und laufen weiter. Die blauen Flecken und Schrammen werden sie erst viele Stunden später entdecken, im Moment aber gibt es noch so viel, was sie machen müssen.

In der einen Richtung liegt das Haus, in dem der langhaarige Junge wohnt, jenseits der Straße lebt der andere Junge mit seiner großen Familie. Ganz in der Nähe steht die Sonne über einer warmen Lichtung. Hinter dem Hügel gibt es die magischen Steinhaufen, verlassene Häuser und endlose Abenteuer.

Die Welt wartet auf sie beide.

Donnerstag, 6. Dezember

1.

Als die Schüsse fielen, zwei direkt hintereinander und anschließend zwei weitere, war es 22.55 Uhr am Donnerstag, den 6. Dezember. Der erste Schnee in diesem Winter fiel, zuerst ein wenig zögerlich, aber bald war der Boden wie von weißer Baumwolle überzogen.

Selbst um diese Uhrzeit hörte man im Hintergrund die achtspurige Zufahrtsstraße. Während der Nacht nahm der Lärm ein wenig ab, aber es wurde niemals völlig still.

Auf der einen Seite der Autobahn war alles betongrau oder braun. Dort befanden sich die Hochhäuser von Våringe, die Skateboard-Bahn, der Markt und die Kirche aus dem 18. Jahrhundert, die seinerzeit der Stolz der Gemeinde gewesen war. Die Scheinwerfer auf dem großen Sportplatz waren aus-, die Alarmanlage des Schulgebäudes eingeschaltet. Balkontüren waren abgeschlossen, Gardinen vorgezogen.

Auf der anderen Straßenseite schützte ein Grünstreifen Rönnvikens Wohnbebauung vor dem Motorenlärm. Es gab vier Kindergärten, ein Waldgebiet mit einer beleuchteten Laufstrecke, eine Grundschule und ein privates Gymnasium mit dem Schwerpunkt Internationale Wirtschaft. Und es gab dort einen Golfplatz mit achtzehn Löchern und vier Wasserhindernissen. Wer dort Mitglied werden wollte, musste sich auf eine Warteliste setzen lassen. An den Golfplatz schloss sich unmittelbar ein Kinderspielplatz an. Ein paar Kilometer weiter, wo das Gelände zur Ostsee hin abfiel, lagen die zitronengelben Gründerzeitvillen mit Seeblick. Das Meer war samtschwarz, und hinter allen Sprossenfenstern glomm der milde Schein der Adventsleuchter.

Unter der Autobahn hindurch, die zwischen Rönnviken und Våringe verlief, konnte man über einen schlecht beleuchteten Fußgängertunnel auf die andere Seite gelangen. *Es stirbt sich leicht in Våringe*, verkündete ein schlampiges Graffiti an der Tunnelwand. Jemand hatte einen halbherzigen Versuch unternommen, die Farbe zu entfernen, doch der Text war nachgezogen worden. *Aber es lebt sich verdammt schwer dort*, stand jetzt neben dem ersten Spruch. Der andere Graffitikünstler hatte sich mehr Zeit genommen, hatte die ordentlichen Linien sorgfältig ausgefüllt und eine Sprechblase um das Zitat gemalt, nicht mit einer Spraydose, sondern allem Anschein nach mit Pinsel und Wandfarbe. Ein dritter Sprayer hatte einen dicken Pfeil in einem schreienden Grün hinzugefügt: *Dann zieh doch nach Rönnviken und mecker nicht rum!*

In mehreren Stockholmer Vororten hatte man sich mittlerweile an Schusswechsel gewöhnt, in Rönnviken war es allerdings das erste Mal. Niemand reagierte auf die Geräusche, nicht einmal der Teenager, der dazu verdonnert worden war, mit dem Familienhund nach draußen zu gehen, um ihn pinkeln zu lassen, und sich nur knapp hundert Meter von dem Spielplatz entfernt befand, einen Steinwurf weit vom siebten Loch des Golfplatzes.

Die Schüsse knallten und verstummten wieder. Eine Handvoll Kies, der in ein stilles Wasser geworfen wurde. Und für eine Minute, oder vielleicht zwei, schien die Zeit die Luft anzuhalten.

Die Stille wurde von einem Jungen durchbrochen, der auf glatten Turnschuhen aus Rönnviken weglief. Er entfernte sich von dem Spielplatz über den kleinen Weg, der zum Fußgängertunnel führte. Dort lief er an den Graffitis vorbei, kam auf der anderen Seite wieder heraus und überquerte den unteren Teil des Schulhofs von Våringe. Es hatte den Anschein, als wäre er auf dem Weg zum Marktplatz. Aber dort war alles geschlossen, sogar das Lebensmittelgeschäft, das früher sieben Tage in der Woche bis spät in die Nacht geöffnet hatte.

Nicht weit von dem Ort entfernt, an dem der Junge stehen blieb, stieg ein Mann aus seinem Auto und versuchte, das Tor zu einer der privaten Tiefgaragen im Zentrum von Våringe zu öffnen, wo er einen Stellplatz gemietet hatte. Der Wind war schwach, beinahe mild in seinen Bewegungen, aber die Kälte gehörte zu der Sorte, die Gelenke knacken ließ und Wasserleitungen zum Explodieren brachte. Das Garagentor schien festgefroren zu sein, die Fernbedienung funktionierte nicht.

Während der Garagenbesitzer im Schneefall stand und irritiert die Fernbedienung schüttelte, zog der Junge sein Handy aus der Tasche. Zwei der neun Straßenlaternen, an denen er hinter dem Fußgängertunnel vorbeigekommen war, funktionierten. Eine von ihnen warf einen schwachen Lichtschein auf ihn. Abgesehen von den dünnen Schuhen trug der Junge steif gefrorene Jeans, eine halb zugeknöpfte Jacke mit einer Kapuze, die nachlässig über den Kopf gezogen war. Er war außer Atem, sein ganzer Körper zitterte und er hatte Probleme, sein Handy zu bedienen. Schließlich hob er das Gerät ans Ohr und begann hineinzusprechen. Während er sprach, trampelte er auf der Stelle herum, erzeugte einen dunklen Fleck im Neuschnee. Hin und wieder drehte er sich um, aber dort war immer noch niemand zu sehen. Seine Stimme schwebte im Wind davon. Als er das Gespräch beendet und das Handy am Hosenbein abgewischt hatte, sah er sich ein weiteres Mal um. Den Mann an der Garage bemerkte er nicht. Schließlich ging er weiter zur Bushaltestelle, die etwa dreißig Meter entfernt war.

Nur wenige Minuten später kam ein Bus. Kurz bevor der Junge einstieg, warf er alles, was er in den Taschen hatte, in den Papierkorb neben der Sitzbank. Als der Bus von der Haltestelle abfuhr, gelang es dem Mann endlich das Garagentor zu öffnen, er fuhr hinein und schloss es hinter sich.

Das Handy, mit dem der Junge gerade noch telefoniert hatte, war noch eingeschaltet. Es sendete ein schwaches Licht aus, das durch den Müll sickerte. Dreißig Sekunden später schaltete sich das Display aus.

2.

»Förschlevägen … Sösch… verdammt noch mal … Ich weiß es nicht, ich … ich glaube, die Straße heißt … Ich weiß den Namen nicht, das ist diese komische Stelle, Sie müssen kommen.«

Der Anrufer weinte heftig. Es dauerte ein paar Sekunden, bis er weitersprechen konnte.

»Sösch… Föschl… Beeilen Sie sich, verdammt noch mal … Er stirbt.«

Salwa hatte Dienst in der Leitstelle, die dem Sendemast am nächsten lag, über den der Notruf eingegangen war. Es war acht Minuten nach elf, und an diesem Abend waren viele Notrufe hereingekommen, gerade wurde es ein wenig ruhiger. Vor einer guten Stunde hatte AIK ein wichtiges Eishockeyspiel gegen einen der Spitzenreiter verloren, der Abend war turbulent gewesen. Ein Bus mit Anhängern der gegnerischen Mannschaft war auseinandergenommen worden, es gab heftige Auseinandersetzungen in zwei nahe gelegenen Sportbars und in der U-Bahn-Station an der Eishockeyarena.

»Sprechen Sie bitte deutlicher.«

»Es ist wahnsinnig viel los«, hatte sie ihrem Mann per SMS mitgeteilt. »Viele Leute rufen an, wir können reden, wenn ich zu Hause bin.« Salwas Mann war nervöser als sonst, er wollte nicht, dass sie zur Arbeit ging.

»Was soll mir denn dort passieren?«, hatte sie ihn gefragt.
»Mir könnte ein Kabel auf den Kopf fallen …«

In der Theorie hatte sie bei der Arbeit in der Leitstelle nur mit Telefonen und Knöpfen, Lautsprechern, Karten und Bildschirmen zu tun. In der Theorie war sie weit von den Gerüchen, Körperflüssigkeiten und der Gewalt entfernt. Trotzdem passierte immer dasselbe, wenn sie einen Notruf entgegennahm und die panischen Stimmen hörte. Sie konnte sich nicht dagegen wehren. Der Gestank von Bierfahnen, selbst gedrehten Zigaretten und dem Schweiß einer ganzen Woche, heruntergekommene Treppenhäuser, dreckige Küchen, Schlafzimmer mit Laken, die nie gewechselt wurden, Kinder, die sich versteckten, aber niemals entkamen, die Bilder tauchten ebenso zuverlässig wie unmittelbar in ihrem Kopf auf. Ihr Mann wusste es, denn er lag in den Nächten neben ihr wach.

»Er stirbt.«

Der Anrufer war immer schlechter zu hören. Der Rest des Satzes war kaum noch zu verstehen. Salwa holte tief Luft und sprach mit fester Stimme. Es klang so, als würde irgendetwas die Übertragung behindern, als hielte der Anrufer die Hand vor das Mikrofon. Manchmal machten Menschen das, wenn sie nicht an der Stimme wiedererkannt werden wollten.

»Von wo rufen Sie an?«

Er keuchte schwer. Salwa wollte ihn zu Atem kommen lassen, aber er sprach einfach weiter.

»Wenn Sie nicht kommen, dann stirbt er. Er stirbt, verstehen Sie mich? Er stirbt.«

»Bleiben Sie ruhig, okay? Wir werden Ihnen helfen. Wo befinden Sie sich?«

»Förshle… Föhsle…«

Sie verstand immer noch nicht, was er zu sagen versuchte.

Von ihrem Platz im Kontrollraum sah Salwa, dass es schneite. Es sah nicht nach sehr viel Wind aus, aber es klang, als würde sich der Anrufer draußen befinden.

»Wo blutet er denn?«

Ihre Ruhe schien zu helfen, der Anrufer hörte auf, in das Mikrofon zu keuchen. Jetzt konnte sie die helle Stimme besser hören. Und das Weinen, sie hörte deutlich, dass er nach wie vor weinte. Jetzt begriff sie es. Sie hatte ein Kind am Telefon.

»Ich weiß nicht, wo ... Am Kopf, er ist, es ist am Kopf. Er ist angeschossen worden, und er stirbt, Sie müssen kommen. Ich ... er ... Er hat einen Schuss in den Kopf bekommen.«

Salwa schielte zu dem Kollegen hinüber, der neben ihr saß. Er erwiderte ihren Blick und runzelte die Stirn. Das war kein falscher Alarm. Sie nickte ihm zu, damit er sich in das Gespräch hineinschaltete.

»Hör mir zu«, sagte sie. »Bleib einfach ruhig. Wir werden euch helfen. Aber es ist wichtig, dass du ruhig bleibst. Verstehst du mich? Kannst du mir erzählen, wo du dich befindest?«

»Ich bin ...« Er weinte wieder heftiger, war aber deutlicher zu verstehen. »Er ist oben auf dem Spielplatz neben dem Golfplatz von Rönnviken, ich weiß nicht, wie die Straße heißt, da ist auch ein Kindergarten. Vielleicht Förskolevägen? Er liegt bei den Schaukeln unterhalb des Vårstigen. Er saß auf der Schaukel, und dann ... Jetzt liegt er auf dem Boden.«

Salwas Kollege hatte die Polizei hinzugezogen. Ohne dass der Anrufer es hörte, informierte er sie über das wenige, was sie wussten. Die regionale Einsatzzentrale der Polizei befand sich im selben Haus, nur zwei Stockwerke weiter unten. Salwa hatte versucht, ihrem Mann zu erklären, welche Maschinerie in Gang gesetzt wurde, wenn sie einen Anruf bekam, der höchste Alarmbereitschaft auslöste.

»Es ist wie in einem Ameisenhaufen. Staatsanwälte, Ermittler, Teams, die zusammengestellt werden, Zentralen, die sich miteinander verbinden. Ich spreche nur mit einer Person, aber währenddessen beginnen sich alle Räder zu drehen, eines nach dem anderen, ohne dass ich etwas dafür tun müsste.«

Er hatte sie aufgezogen.

»Bist du jetzt Teil eines Ameisenhaufens oder ein Zahnrad in einem Uhrwerk? Denn in einem Ameisenhaufen wird es wohl keine Zahnräder geben. Und wissen sie auch, dass du die Königin bist?«

Salwa kannte den Spielplatz von Rönnviken gut. Er lag kaum mehr als einen Kilometer von dem Mietshaus entfernt, in dem sie mit ihrem Mann und ihrer zweijährigen Tochter wohnte. Sie war schon mehrere Male dort gewesen. Salwa räusperte sich, es war wichtig, den Kontakt mit dem Anrufer aufrechtzuerhalten.

»Also. Ich brauche jetzt deine Hilfe. Atme ru…«

»Scheiße, jetzt halt doch die Klappe, ich habe keine Ahnung, ihr müsst dorthin fahren, ihr verdammten …« Jetzt schrie er wieder.

»Bist du weggegangen? Was meinst du, kannst du mir erzählen, was passiert ist?«

»Das kann dir doch scheißegal sein. Sei doch einfach … Halt einfach die Klappe.«

Die Hysterie war wieder zurück. Selbst wenn der Junge immer noch vor Ort war, konnte er keine Herzmassage durchführen, nicht in seinem Zustand. Salwa sprach so einfühlend, wie sie konnte.

»Wir werden dir und deinem Freund helfen. Er ist doch dein Freund?«

»Was? Was erzählst du denn da für einen Mist? Das geht dich doch gar nichts an. Ich bin nicht mehr dort. Er liegt da, mehr sage ich nicht. Kommt ihr jetzt, oder nicht?«

»Meinst du, dass du zu deinem Freund zurückgehen und nachsehen könntest, ob er noch atmet? Der Rettungswagen ist auf dem Weg, versprochen, aber bis dahin brauche ich noch deine Hilfe. Glaubst du, dass du …«

Der Junge legte auf. Das Gespräch war unterbrochen.

Salwa holte so tief Luft, wie sie konnte. Sie schloss die Augen, zählte leise bis vier und legte ihre Hand auf den Bauch. In einem Ohr hörte sie, wie die Leitstelle ihre Anweisungen weiterbeförderte. Sie zählte weiter. *Fünf. Sechs. Sieben. Acht.*

Der Bauch wuchs dieses Mal schneller. Sie trug die Jeans ihres Mannes, und wenn sie sich setzte, ließ sie sie unter dem Pullover aufgeknöpft. Aber wenn sie sich nicht zurücklehnte, drückte der Bauch gegen den Bügel des BHs. Sie hätte sich gewünscht, im Schlafanzug zur Arbeit gehen zu können. *Neun. Zehn.*

Sie massierte sich das Brustbein mit der einen Hand, damit der Druck etwas nachließ. Mit der anderen drückte sie auf die Tastatur, um sich anzeigen zu lassen, von welcher Nummer sie angerufen worden war. Sie war unterdrückt.

Notrufe aus Rönnviken waren ungewöhnlich, und wenn sie kamen, ging es meistens um Herzinfarkte, Jugendliche mit Alkoholvergiftung oder unter Drogeneinfluss, vielleicht noch Panikattacken, die für Herzinfarkte gehalten wurden. Sie konnte sich nicht erinnern, dass von dort jemals ein Notruf wegen einer Schussverletzung eingegangen war.

Wenn ein Junge aus Rönnviken erschossen wird, dachte sie, dann kommt bestimmt der Ministerpräsident und zündet eine Kerze an und hält eine Rede.

»Jetzt sind wir beim Lilla Gränsgärdet. Der Rettungswagen ist in einer Minute da.«

Salwa hörte der Leitstelle zu, bis sie ihr mitteilten, dass sie das Gespräch verlassen konnte. Als es still im Kopfhörer wurde, zog sie ihn vom Kopf und legte ihn vor sich auf die Schalttafel. Ihr Kollege beugte sich zu ihr hinüber und legte eine Hand auf ihren Arm.

»Hol dir eine Tasse Tee.«

Salwa schloss die Augen und nickte dankbar. Sie würde in die Toilette gehen und sich den BH ausziehen. Dann würde ihr das Atmen leichter fallen.

Draußen in der Personalküche stand eine halbe Kanne mit kaltem Kaffee. Sie füllte den Wasserkocher, schüttete das Wasser wieder aus, um die Kalkablagerungen loszuwerden, hatte aber keine Energie, ihn auszuwischen. Sie holte ihren Becher heraus, hängte einen Teebeutel hinein und lehnte sich an die Spüle, bis das Wasser kochte. Auf dem Tisch standen die Reste einer Marzipantorte, jemand hatte Geburtstag. Sie schluckte, um eine Welle der Übelkeit zu unterdrücken.

Als das Wasser kochte, füllte Salwa ihren Becher. Sie nahm ihn in die Hand und blieb stehen, pustete auf die Flüssigkeit, trank aber nichts.

Ihr Kollege kam in die Küche. Er sah besorgt aus.

»Sie haben ihn gefunden, er lag bei der Schaukel auf dem Bauch.«

Erschossen, als er schaukelte?

»Wie alt?«

»Ein jüngerer Teenager.«

»Tot?«

»Noch keine Mitteilung darüber.«

Ihr Kollege legte erneut seine Hand auf ihren Arm. Er blickte sie aus traurigen Augen an, als bräuchte sie sein Mitgefühl.

»Es muss sich schrecklich anfühlen«, sagte er. »Einfach nur schrecklich.«

Salwa nickte.

Es ist noch nicht einmal in Våringe passiert, hätte sie am liebsten gesagt. *Und warum soll es für mich schlimmer sein als für dich?*

»Ja«, sagte sie stattdessen. »Es ist schrecklich.«

Die Jungen

Sie lernten einander auf dem Spielplatz in Rönnviken kennen, wo es lustige Schaukeln in allen Farben des Regenbogens gab, eine Kletterwand und Sandkisten mit weißem, samtweichem Sand, aus dem man keine Sandburgen bauen konnte. Es gab auch Spielhäuser, eine ganze Reihe sogar, jede Menge Dreiräder, die man ausleihen konnte, ein Klettergerüst mit Lianen und dicken Seilen aus Stahl, auf denen man balancieren konnte.

Tagsüber standen glänzende Autos auf dem Parkplatz hinter den hohen Einfahrtstoren zur Golfanlage. In alle Richtungen erstreckten sich die unnatürlich perfekten Rasenflächen. Auf den Gehwegen spazierten schlanke Frauen mit runden Brüsten in Zweiergruppen, mit Schrittmessern an den Handgelenken und flauschigen Hunden an Lederleinen.

Leila, die Mutter des einen Jungen, ging zum Spielplatz, so oft sie konnte, obwohl er nicht in der Kommune lag, in der sie wohnte. Den Bus zu nehmen, dauerte ziemlich lange, man musste umsteigen. Stattdessen ging sie durch den Fußgängertunnel, die Steigung hinauf, zusammen mit ihren Freundinnen und deren Kindern, die Kinderwagen waren beladen mit Saft und Kuchen, vielleicht auch gegrilltem Hähnchen und zusätzlichen Feuchttüchern, wenn Sonntag war. Er war wie ein Vergnügungspark, nur gratis.

Der andere Junge wohnte nur wenige Hundert Meter entfernt, seine Eltern Jill und Teo ließen ihn oft allein dorthin gehen, obwohl er erst sechs Jahre alt war. Sie holten ihn ab, wenn er zu lange wegblieb, dann stellten sie sich an den Rand der Sandkiste und riefen ihm zu, dass er sofort kommen solle, ohne zu trödeln. Sie kamen nur selten mit, um die anderen Eltern zu grüßen, ihre Freunde waren ohnehin nie mit ihren Kindern dort.

Als sich die Jungen das erste Mal trafen, saß der eine auf der Schaukel und weigerte sich abzusteigen, als der andere fand, dass er jetzt an der Reihe wäre. Aber statt sich zu streiten, stellte sich der größere Junge auf die Schaukel und ließ den kleineren vor sich sitzen. Sie nahmen gemeinsam Fahrt auf und schaukelten höher als alle anderen. Das war erstaunlich, denn eigentlich waren sie Kinder, die sich schnell stritten.

Als sie sich ein paar Tage später wiedersahen, spielten sie wie beste Freunde. Und anschließend quengelten sie ununterbrochen, dass sie zum Spielplatz in Rönnviken wollten. Es war das Letzte, was sie vor dem Einschlafen sagten, und das Erste nach dem Aufwachen.

»Du musst ja richtig nett zu dem Jungen sein«, hatte Leila gescherzt. »Bald werden wir zu ihm nach Hause eingeladen und kriegen russischen Kaviar auf goldenem Toastbrot und alles andere, was Millionäre so essen.«

Jill und Teo sagten nichts über den neuen Freund ihres Sohns. Als sich die beiden Mütter zum ersten Mal begegneten, hatte Leila den Eindruck, dass Jill nicht einmal wusste, dass ihre beiden Kinder Freunde waren. Aber als ein paar Tage später plötzlich Teo an der Sandkiste auftauchte, kam er zu Leila und bat um ihre Telefonnummer. Er redete schnell und lange, hatte sehr weiße Zähne und dunkelblaue Augen. Er erinnerte an einen Verkäufer, fand Leila. Oder an jemanden, der seinem Sohn Freunde kaufen wollte.

3.

Neunundzwanzig Minuten bevor der Donnerstag zum Freitag wurde, leuchtete Farid Ayads Handy auf. Nur wenige Stunden zuvor hatte er versucht, seine mittlere Tochter Natascha zu trösten, die nicht einschlafen konnte.

»Denk an deine schönsten Träume«, hatte er geflüstert und sie auf die Stirn geküsst, den Duft seiner dreizehnjährigen Tochter eingesaugt. »Denk an sie, wenn du einschläfst, dann werden sie wahr.«

Das sagte er immer wieder, denn er wollte seinen drei Töchtern das Gefühl geben, dass für sie alles möglich war. An guten Tagen glaubte er fast selbst daran. Wenn er an einem Frühsommertag auf seinem eigenen, sechshundertzwanzig Quadratmeter großen Grundstück stand und den Grill anzündete, oder wenn er von der Arbeit nach Hause kam und alle drei Kinder auf dem Sofa im Wohnzimmer lagen, jedes mit seinem Handy und eingeschaltetem Fernseher, wurde er von etwas gewärmt, das sich wie Stolz anfühlte.

Sobald Natascha eingeschlafen und er derjenige war, der sich auf dem Laken herumwälzte und dem sanften Schnarchen seiner Frau zuhörte, dachte er nicht an Träume über eine strahlende Zukunft, sondern an die Arbeit. Er sollte sich versetzen lassen, Karriere machen, irgendetwas anderes, weg aus Våringe. Er war schon vor fünf Jahren von dort weggezogen, und eigentlich sollte er jetzt auch aufhören, dort zu arbeiten.

Jeden Monat bekam er neue Angebote.

»Du kannst nicht dein ganzes Leben denselben Job machen. Wenn du Kommissar werden und deine eigenen Ermittlungen leiten willst, musst du auch woanders Erfahrungen sammeln, nicht nur in Våringe. Willst du diese Jugendlichen nicht irgendwann loslassen? Komm zu uns in die Nationale Operative Abteilung, komm in die NOA, komm zu uns in das Kommissariat für schwere Straftaten, komm zu uns nach Umeå, Sundsvall, Nyköping, Laholm.«

Es verursachte stets dieselben Gedanken. Und wenn er sie verdrängt hatte, kamen die Albträume, die gleich hinter der nächsten Ecke lauerten und sich nicht damit begnügten, nur im Schlaf aufzutauchen.

Der Vibrationsalarm des Handys sprang an, rhythmisch und ausdauernd. Farids Frau Nadja seufzte und zog das Kissen über den Kopf.

»Schreib mir eine SMS«, murmelte sie, »wenn du weißt, wann ich morgen mit dir rechnen kann.«

Es war nicht das Wochenende nach dem Zahltag, das Hockey-Derby hatte in ausreichender Entfernung stattgefunden und war damit das Problem eines anderen Polizeibezirks. Alles hatte darauf hingedeutet, dass Våringe eine ruhige Nacht verbringen würde. Aber dieser Anruf kam von einem alten Kollegen. Mittlerweile arbeitete er als Dienststellenleiter beim Kommissariat für Gewaltverbrechen.

»Was zum Teufel will der denn?«, murmelte Farid. Der Dienststellenleiter rief wohl kaum um diese Uhrzeit an, um ihm einen neuen Job anzubieten.

Er nahm das Handy vom Nachttisch, steckte sich die Kopfhörer in die Ohren und ging ins Badezimmer.

»Gunnar«, sagte er und schloss die Tür hinter sich. »Kannst du nicht einschlafen? Soll ich dir ein Nachtlied singen?«

Der Kollege ignorierte ihn.

»Wir haben einen Notruf aus Rönnviken reinbekommen, direkt vom Ende des Fußgängertunnels, der nach Våringe führt. Eine Schusswaffe wurde abgefeuert, vor wenigen Minuten erst. Es scheint sich um ein Kind zu handeln. Tut mir leid, wenn ich dich geweckt habe, aber könntest du vielleicht dorthin fahren? Vielleicht ist es ein lebensmüder Junge aus Rönnviken, der sich dort mit dem Elchstutzen des Vaters den Rest gegeben hat, aber der Notruf hörte sich anders an, und wenn es einer deiner Schützlinge aus Våringe ist, möchte ich es so früh wie möglich wissen, ich bin es nämlich leid, ständig einen Schritt hinterherzulaufen.«

»Natürlich.«

Farid hob die Jeans vom Badezimmerboden auf. Er zog sie sich an, während Gunnar ihm erklärte, wohin er fahren sollte. Den Reißverschluss seiner Hose zog er erst zu, nachdem er gepinkelt und sich die Hände gewaschen hatte.

»Ruf mich sofort an, wenn es jemand ist, den du kennst. Beeil dich. Sie sind noch dort.«

Farid war schon in der Garage, bevor sie das Gespräch beendeten.

Als er auf die Straße fuhr, stellte er die Scheibenwischer auf die höchste Geschwindigkeit und drehte die Heizung bis zum Anschlag auf. Es schneite, heftig, dicht. Er setzte sein eigenes Blaulicht aufs Dach und fuhr, viel zu schnell, nach Rönnviken hinauf. Er brauchte weniger als zehn Minuten, um sein Ziel zu erreichen. Dort parkte er neben einem der beiden Rettungswagen, die vor Ort waren. Weiter entfernt sah er zwei Streifenwagen. Erst als er aus dem Wagen stieg, bemerkte er, dass er seine Jacke zu Hause vergessen hatte. Er fluchte leise.

Die Rettungssanitäter hoben gerade die Trage in den Wagen.

»Kann ich das Opfer sehen?«, bat er. »Ich weiß vielleicht, wer es ist.«

Sie ignorierten ihn und schlossen die Türen, aber er hatte auch so genug gesehen.

Ein paar Schaulustige hatten sich versammelt; eine ältere Frau mit fußlangem Nerzmantel und zwei Hundebesitzer mit kugelrunden Daunenjacken und spitzen Mützen. Ein Kollege von der Polizeiwache in Våringe stand ein paar Meter entfernt, er hob die Hand zum Gruß und ging auf Farid zu. Bisher spürte er die Kälte nicht, das Adrenalin hielt ihn warm.

Er wartete ab, bis der Rettungswagen losgefahren war. Es dauerte ein paar Sekunden, dann wurden die Sirenen eingeschaltet. Er hatte den Körper und die Kleidung gesehen, sowohl das, was das Opfer nach wie vor trug, als auch das, was die Rettungssanitäter weggeschnitten hatten. Es hatte nicht mehr als diesen kurzen Blick gebraucht, um seine Befürchtungen bestätigt zu sehen.

Der Kollege aus Våringe legte eine Hand auf seine Schulter. Farid zuckte zusammen. Der Zorn flammte in seinem Inneren auf, mit einer solchen Kraft, dass er nicht mehr atmen konnte. Er schrie nicht. Er weinte auch nicht. Aber seine Knie gaben nach. Er zwang sich selbst dazu, so lange stehen zu bleiben, wie er die kreisenden Blaulichter noch sehen konnte. Dann zog er das Handy aus der Tasche und schrieb an seine Frau.

»Bringst du Ella zur Schule? Ich muss hierbleiben.«

Freitag, 7. Dezember

4.

»Leila?«, fragte die Polizistin, als sich die Tür zu einer Wohnung öffnete, die nur einen Häuserblock von Våringes Zentrum entfernt lag. Es war Viertel vor eins, die Klingel hatte Leila geweckt. Die Stimme der Polizistin klang so, als würden sie sich schon länger kennen, als würde deshalb der Vorname reichen. Aber Leila wollte sich nicht streiten, nicht an diesem Ort, nicht zu dieser Zeit, nicht mitten in der Nacht, wenn die Nachbarn aufwachen konnten, also nickte sie nur.

»Wir müssen ins Karolinska«, sagte die Polizistin. Sie sagte noch mehr, aber das verstand Leila nicht, es hatte mit dem Spielplatz in Rönnviken zu tun.

Sie wusste, dass das Karolinska ein Krankenhaus war, es klang zwar eher wie der Name eines Restaurants, aber das sagte sie nicht. Man sollte keine Scherze mit der Polizei machen, oder unnötige Dinge sagen. Nicht einmal bei denjenigen, die ihren Kopf zur Seite legten.

Die Polizistin sprach von Billy.

»Billy schläft«, erklärte Leila, so deutlich wie sie konnte. Alle vier Kinder waren zu Hause. Die Wohnung war klein, und sie hatte ihn selbst ins Bett gebracht, ihm einen Gutenachtkuss gegeben, obwohl er so tat, als würde er das idiotisch finden.

Aber die Polizistin schien nicht zu verstehen, was Leila ihr erklärte.

»Wir müssen ins Karolinska«, sagte sie erneut. Ihr glänzendes, gebleichtes Haar war hinten zu einem dünnen Zopf gebunden, die Uniform saß eng. Am Haaransatz wuchs die Farbe heraus, es sah aus, als trüge sie ein dunkles Haarband. Während sie weitersprach, ging sie breitbeinig in die Wohnung, ohne sich die Schuhe auszuziehen oder Leila um Erlaubnis zu bitten.

»Ist mein Mann im Krankenhaus?« Leila hatte die Hand auf den Arm der Polizistin gelegt. »Isak ist nicht mehr mein Mann.«

Sie hatten sich getrennt, aber Billys Vater geriet immer wieder in neue Probleme, in die sie auf die eine oder andere Weise auch hineingezogen wurde.

Ich hätte ihn niemals um Hilfe bitten sollen, dachte sie.

Die Polizistin schüttelte den Kopf.

»Es geht nicht um Isak, es geht um Billy.«

Leila zuckte resigniert mit den Schultern. Es war sinnlos. Es passierte immer wieder. Die Polizei und sie verstanden einander einfach nicht.

»Billy schläft.«

»Es ist eilig«, sagte die Polizistin und betrachtete Leilas Nachthemd.

Leila hatte genug, sie wollte sich das nicht länger anhören. Ihr blieb nichts anderes übrig, als die Polizistin zu bitten, sie in Billys Zimmer zu begleiten. Wenn sie es schon nicht erklären konnte, dann musste sie ihr eben zeigen, was sie meinte. So machte sie es meist, wenn jemand Schwierigkeiten hatte, sie zu verstehen.

Sie klopfte an Billys Tür, bevor sie sie öffnete. Er war das einzige ihrer Kinder, das ein eigenes Zimmer hatte. Leila schlief im Wohnzimmer zusammen mit ihrer ältesten Tochter, die anderen beiden teilten sich das einzige Schlafzimmer der Wohnung. Billys Zimmer war klein, nicht viel größer als eine

Kleiderkammer. Die Lampe war ausgeschaltet, aber es drang genug Licht durch die Türöffnung. Sie sahen beide zum Bett. Dann schaltete die Polizistin das Licht an. Leila schloss kurz die Augen. Sie ging zum Bett und legte die Hand auf die Decke. Es war deutlich zu sehen, dass sich dort niemand befand. Trotzdem klopfte sie mit der Hand auf die Stelle, an der Billy eigentlich liegen sollte. Sie klopfte und streichelte, immer fester und schneller. Die Angst überfiel sie wie ein kalter Zug in einem Wohnzimmer mit offenem Kamin. Ein eiskalter, unbegreiflicher Schrecken.

»Verstehe ich nicht«, flüsterte sie.

»Es ist eilig«, sagte die Polizistin erneut. »Wir müssen fahren.«

Die Panik machte sich blitzschnell breit. Leilas trockene Zunge füllte ihren Mund aus. Sie stürmte aus dem Zimmer, stieß die Polizistin zur Seite, riss die anderen Türen auf, klopfte nicht an, schaltete das Licht an, ohne die anderen zu warnen. Ihre jüngste Tochter begann zu weinen. Ihre älteste Tochter schrie auf, ihr zweiter Sohn fluchte leise und zog die Decke über den Kopf. Leila rief Billys Namen, immer wieder. Sie riss die Toilettentür auf.

Dort war er auch nicht. Sie riss Kleidung aus dem Schrank, der im Wohnzimmer stand, eingeklemmt zwischen dem Fernseher und dem Bett. Die Polizistin stand daneben, während sie sich anzog. Sie sprach erneut vom Spielplatz in Rönnviken.

»Wissen Sie, wen Billy dort mitten in der Nacht treffen wollte?«

Leila schüttelte den Kopf.

»Nein, nein. Nicht.«

»Wir haben Informationen, dass Billy einen sehr guten Freund in ...«

»Nein!« Leila ließ ihre Stimme so entschlossen klingen,

wie sie konnte. »Er ist nicht mehr sein Freund. Er fährt nicht mehr zu dem Spielplatz. Nie mehr.«

Sie gingen in den Flur. Leila zwängte sich in die Schuhe hinein, versuchte, die Kinder beruhigend anzulächeln. Ihre älteste Tochter Aisha hielt die jüngere Schwester Rawdah an der Hand. Tusane drückte seine Schmusedecke an die Wange. Er war elf Jahre alt, aber die Schmusedecke hatte er immer noch. Sie sahen Leila mit runden Augen an, Rawdah war zwölf Jahre alt, sie hatte schon seit Jahren nicht mehr die die Hand ihrer Schwester halten wollen. Als die Polizistin die Wohnungstür öffnete, stand dort der Nachbar, wahrscheinlich war er aufgewacht, als Leila nach Billy gerufen hatte. Er trug nur einen Morgenrock und Pantoffeln und nickte ernst, als die Polizistin mit ihm redete.

»Keine Sorge, ich bin hier, falls Aisha Hilfe braucht, oder wenn … Machen Sie sich keine Sorgen.«

Es war unbegreiflich. Leila war es gewohnt, dass die Leute sie ansahen, als würde sie nichts verstehen, obwohl sie es tat. Aber jetzt schienen die Worte jeglichen Halt in der Wirklichkeit verloren zu haben.

»Es ist eilig. Wir müssen fahren. Wir haben noch keinen Dolmetscher gefunden.« Die Polizistin warf Leilas ältester Tochter einen fragenden Blick zu.

»Nein«, sagte Leila. »Ich brauche keinen Dolmetscher. Aisha bleibt hier.«

Die Polizistin nickte. Der Nachbar nickte, auch die Kinder, drei Vogeljunge in einer Reihe. Leila sah ein letztes Mal in das Wohnzimmer, aber Billy war nicht dort.

Dann schob die Polizistin sie aus der Wohnung.

Die Jungen

Es war niemals staubig zu Hause bei Leila und den Kindern, aber alles war ständig in Bewegung.

»Willkommen«, empfing sie den neuen Freund ihres Sohns, als er zum ersten Mal zu ihnen nach Hause kam, um zu spielen.

»Oh«, sagte er, als sie die Wohnungstür öffnete und er in den engen Flur sah. Bevor Leila antworten konnte, zog Billy ihn mit in die Abstellkammer, in die sie ein Bett gequetscht hatten, damit sie das Ganze sein Zimmer nennen konnten. Der kleine Bruder Tusane zappelte in Leilas Armen, er wollte seinem großen Bruder hinterherlaufen. Sie waren drei Jahre auseinander, aber Billy war sein großes Vorbild.

Sie wollte ihnen ebenfalls hinterhergehen. Sie verstand ganz genau, was dieser Junge gemeint hatte. *Es gibt nichts, wofür ich mich schämen müsste*, wollte sie ihm sagen. Was glaubst du eigentlich, wer du bist? Aber sie ließ ihn in Ruhe. *Oh. Er hat nichts anderes gesagt als Oh.*

»Natürlich«, hatte Teo, der Vater des Jungen geantwortet, als sie ihm eine SMS schickte und fragte, ob sein Sohn zu ihnen nach Hause zum Spielen kommen könnte. Ein Wort, sonst nichts. Kein »Wie schön« oder »Gute Idee« oder »Nächstes Mal dann bei uns«. Leila hatte mindestens eine halbe Stunde lang überlegt, wie sie ihre Nachricht formulieren sollte. Geschrieben, weggeklickt, von vorne angefangen.

Die Rechtschreibung kontrolliert, Aisha die Nachricht gezeigt, damit sie sie berichtigen konnte. Aisha war zwei Jahre älter als Billy, acht Jahre alt und die Beste in ihrer Klasse. Teo, der Vater des Jungen, hatte nur eine Sekunde gebraucht, um zu antworten. Vollkommen unbekümmert. Aber er hatte nicht geschrieben, wann Dogge zu Hause sein musste, oder wann er kommen würde, um ihn abzuholen.

Sie zog einen Schnuller aus der Tasche und gab ihn Tusane.

»Du darfst mit Mama spielen«, schlug sie vor und setzte ihn auf den Boden. Dann stellte sie die Schuhe, die die Jungen ausgezogen hatten, ordentlich hin. Sie hängte die Jacken auf, die auf dem Boden lagen, und hob die Tasche der ältesten Tochter auf, sie fühlte sich so gut wie leer an. Sie legte sie auf die Hutablage. Es gibt nichts, wofür ich mich schämen müsste, dachte sie erneut. Gar nichts. Tusane dürfte einen Film sehen. Vielleicht würde sie ihm auch ein paar Schokoladenkekse geben, damit er die Jungen in Ruhe spielen ließe.

Man hörte sie durch die Wand. Sie lachten, ganz versunken ineinander. Aisha und Rawdah saßen am Küchentisch. Aisha hatte einen Turm aus Schulbüchern vor sich liegen. Rawdah zeichnete mit einem Wachsmalstift auf einem Werbeprospekt.

»Wir spielen Schule, Mama«, sagte sie. »Aisha bringt mir alles bei. Ich kann jetzt lesen und schreiben.«

»Nein, das kannst du nicht«, sagte Aisha.

»Kann ich wohl«, sagte Rawdah und zeichnete weiter.

Tusane war auf dem Sofa eingeschlafen, mit herausgestrecktem Po und dem Daumen im Mund. Leila war klar, dass sie ihn wecken müsste. Ansonsten würde er später zur Bettgehzeit nicht einschlafen.

Ich fange einfach mit dem Kochen an, dachte sie. Er hatte gestern Fieber, also ist es gut, dass er schläft.

Sie schaltete das Radio an, drehte die Lautstärke hinunter, um Aisha nicht zu stören. Die Radiostimmen waren nicht mehr als ein Rauschen, Wellen aus einem Land, das sie immer noch ihre Heimat nannte. Die Kinder wollten ihre Sprache nicht sprechen, aber sie verstanden alles. Leilas Akzent wurde mit jedem Jahr schwächer. Sie sang ihnen die Lieder ihrer eigenen Mutter vor, wenn sie nicht einschlafen konnten, und flüsterte die Kosenamen, die sie von ihrem Vater gelernt hatte. Wenn sie sich stritten, wählte sie Worte, die nicht auf halber Strecke stecken blieben, dann entschuldigten sich die Kinder immer sofort. Und das taten sie auf Schwedisch.

Zwei Hähnchen hatte sie gekauft, im Angebot. Sie hob den Deckel von dem Topf, der stets auf dem Herd stand, weil er zu groß war, um ihn in einem der Schränke unterbringen zu können. Aus der Speisekammer holte sie das Gemüse, sie zerstieß vier Knoblauchzehen mit dem Handballen auf der flachen Seite einer Messerklinge, zog die Schale ab und warf sie in den Topf. Heute Abend konnte sie sich Zeit lassen, sie und die Kinder waren alleine, sie hatte das Schloss in der Tür austauschen lassen, sie mussten sich keine Sorgen machen.

Billys neuer Freund aß drei Portionen, Billy nur zwei. Tusane wollte nicht wach werden, also hatte sie ihn mit einer Flasche warmem Brei in das Gitterbett gelegt. Er war nicht einmal aufgewacht, als sie ihm die Nachtwindel angezogen hatte. Die Mädchen fielen einander ständig ins Wort, stritten sich laut über irgendetwas, das die eine gesagt, aber nicht getan hatte, oder sie hatte es getan, aber es nicht gedurft. Billys Freund sagte nichts, er aß nur. Kaute mit geschlossenem Mund, hielt das Messer fest in der rechten Hand.

»Können Sie ihn in einen Uber setzen?«, antwortete Teo, als sie ihm schrieb, dass der Junge jetzt so langsam nach Hause fahren sollte. Eine lange Nachricht in diesem Fall. »Wir sind zum Essen ausgegangen, zu viel getrunken, um nach Våringe zu fahren. Die Polizei würde mich sofort anhalten.« Dahinter ein Smiley mit verdrehten Augen und heraushängender Zunge.

Soll ich das etwa lustig finden?, dachte Leila. Dass man sofort glauben würde, solch ein schickes Auto hier in Våringe könnte nur gestohlen sein? Haha, sehr witzig.

Setzen Sie ihn in ein Uber? Leila versuchte sich vorzustellen, dass sie es in Rönnviken so machten. Sie bezahlten die Taxis der anderen. *Keine große Sache, nächstes Mal bin ich ja wieder dran.* Leila hatte jedenfalls nicht vor, irgendetwas zu bezahlen. Aber sie hatte auch kein eigenes Auto, sie hatte nicht einmal einen Führerschein. Und am nächsten Morgen musste sie früh zur Arbeit. Die Kinder mussten zur Schule. Und sie wollte nicht mit ihm zu Fuß nach Rönnviken gehen. Dann müsste sie die Kinder allein lassen. Also klingelte sie an der Tür des Nachbarn, gab ihm das, was von dem Hähnchengericht übrig war. Sie hatte das Essen in eine Plastikschüssel mit Deckel gefüllt, es war noch warm. Dann fragte sie, ob er den Freund ihres Sohns nach Hause fahren könnte.

»Isak ist ja ... ja, du weißt ja, wie Isak ist. Er ist nicht hier. Und die Eltern des Jungen können ihn nicht abholen. Und ich kann Tusane nicht alleine lassen, ich glaube, er ist krank.«

Der Nachbar lächelte. Er griff nach seiner Jacke.

»Natürlich.«

»Tschüs«, sagte Leila, als der Junge sich seine Schuhe angezogen hatte. Er beugte den Kopf und murmelte etwas. »Du bist jederzeit wieder willkommen«, fuhr sie zögerlich fort. »Du darfst dich bei uns wie zu Hause fühlen.«

»Danke«, flüsterte der Junge.

Als er die Treppe heruntergegangen war, drehte sie das Schloss wieder herum, sowohl das obere als auch das untere. Für heute Abend sollte das reichen.

Freitag, 7. Dezember

5.

Sobald er eine der Kolleginnen instruiert hatte, zur Mutter des Opfers zu fahren, rief Farid den Dienststellenleiter Gunnar Löfberg an. Gunnar nahm das Gespräch nach dem ersten Signal an.

»Und? Ist es einer von deinen?«

»Das Opfer heißt Billy Ali. Ich kenne ihn, seit er sechs war. Zusammen mit seinem besten Freund hat er Dienstleistungen für eine lokale Größe erledigt, Mehdi Ahmad, bis vor sechs Wochen, als seine Mutter die Nase voll hatte und ihn überreden konnte, in ein Aussteigerprogramm zu gehen. Es schien gut zu funktionieren, aber inzwischen weiß ich nicht mehr, was ich davon halten soll. Ein paar Leute sollten zu Mehdi Ahmad fahren. Er ist bei seiner Mutter gemeldet, aber wir kennen auch noch ein paar andere Adressen in Våringe, an denen er sich aufhalten könnte.«

»Natürlich.« Gunnar klang leise. »Mehdi Ahmad? Sollte ich den kennen?«

Farid fuhr fort: »Tja. Mehdi ist nicht gerade eine große Nummer, aber in Våringe arbeitet er schon seit fast zehn Jahren an seinem Ruf. Er dealt ziemlich viel, keine Ahnung, woher er seine Ware bekommt. Er ist einmal eingefahren für Drogenbesitz und Körperverletzung, danach nichts mehr. Er ist ehrgeizig und sehr populär bei den Kids in Våringe. Für sie ist er *Schnelles Geld* und der Rapper Yasin in einer Person. Ich würde gerne zum besten Freund des Opfers fahren, Douglas Arnfeldt. Er und Billy hingen auf Rönnvikens Spielplatz ab, seit sie klein waren, und Douglas wohnt direkt daneben. Es ist nicht einmal ein halbes Jahr her, seit ich sie das letzte Mal dort eingesammelt und nach Hause gefahren habe, vier Monate vielleicht.« Er sah zu den Sandkisten hinüber. »Da hatten sich beide mit einem dicken Joint abgeschossen. Soweit ich weiß, hat Douglas im Unterschied zu Billy niemals behauptet, dass er mit Mehdi brechen wolle.« Er räusperte sich. »Ich hätte gerne einen richterlichen Beschluss, um die Wohnung dieses besten Freunds durchsuchen zu können, kannst du mir den besorgen?«

»Ein Junge aus Rönnviken, der beschlossen hat, ein Gangster zu werden? Wie konnte das denn passieren?«

»Tja«, sagte Farid. »Erklär du es mir.«

»Ich versuche, einen Beschluss für dich zu bekommen, aber fahr ruhig schon los. Drück mir die Daumen, dass nicht irgendein Korinthenkacker in der Staatsanwaltschaft zuständig ist, der sich nicht die Finger schmutzig machen will, weil es hier um Rönnviken geht und nicht um Våringe. Hast du die Adresse?«

»Klar.« Er konnte sie auswendig. »Aber bleib noch zwei Sekunden dran. Ich kann vielleicht noch etwas für die Staatsanwaltschaft zusammenkratzen.«

Farid ging zu den zwei Kollegen, die zuerst vor Ort gewesen waren. Sie saßen auf den Pritschen der beiden Krankenwagen, die dort mit geöffneten Hecktüren standen. Ein junger Polizist, vermutlich kaum länger als ein paar Monate im Dienst, starrte leer vor sich hin, während ein Rettungssanitäter einen DNA-Abstrichtupfer in seinen Mund steckte. Er war bis zu den Schultern in Blut getränkt. Farid war ihm noch nie begegnet, aber den älteren Polizisten kannte er gut. Er wurde Schlappen genannt, weil er vor fünfzehn Jahren nach einem

Personalfest mit den falschen Schuhen nach Hause gegangen war. Schlappen hatte weniger Blut auf der Kleidung. Offensichtlich hatte er es dem jüngeren Kollegen überlassen, die Verantwortung für die Herz-Lungen-Wiederbelebung zu übernehmen.

Farid grüßte Schlappen mit einem Nicken, der nickte zurück. Während er das Handy an die Brust drückte, hob er die andere Hand, um den jungen Mann zu begrüßen.

»Hallo. Ich bin Farid.«

»Gustav«, antwortete der Kollege.

Farid wackelte mit dem Handy.

»Ich rede gerade mit Gunnar über den Einsatz, er soll uns helfen, einen Durchsuchungsbeschluss beim besten Freund des Opfers zu bekommen, der direkt in der Nähe wohnt. Und ich frage mich, ob ihr vielleicht …« Er zögerte.

Schlappen stand auf.

»Und dieser Kumpel wohnt hier in der Nähe?«, fragte er.

Farid sah zum hinteren Teil des Spielplatzes. Schlappen nickte begeistert.

»Als wir kamen, sah es so aus, als wäre jemand direkt dort hinaufgegangen«, sagte er und zeigte auf den Hügel hinter dem Tatort. »Es war verdammt dunkel«, fuhr er fort. »Als wir eintrafen, schneite es, aber es hatte gerade erst angefangen.« Er zögerte und sah Farid an. »Also …, wenn du wissen willst, ob möglicherweise jemand vom Tatort genau in diese Richtung gegangen ist, dann könnte ich problemlos darauf antworten: Ja, ich kann es zumindest nicht ausschließen.«

Auch Gustav nickte mittlerweile und fügte hinzu: »Es war dunkel, wir mussten uns über andere Dinge Gedanken machen, aber klar, wir hatten auf jeden Fall den Eindruck, dass dort jemand langgelaufen ist. Keine Frage.«

Farid hob das Handy wieder ans Ohr.

»Hast du das gehört, Gunnar? Der beste Freund des Opfers

wohnt nur einen Steinwurf vom Tatort entfernt, und genau dort haben sie sich auch immer getroffen. Die ersten Polizisten, die vor Ort waren, haben den Eindruck, dass sich jemand vom Spielplatz in Richtung der Wohnung des besten Freunds bewegt hat. Der Freund ist zwar genauso jung wie das Opfer, aber er hat schon eine ganze Menge angestellt. Du weißt ja, dass diese Jungen eine ganz kurze Lunte haben, ein abgebrochener Fingernagel kann zu einem Schusswechsel führen.«

Gunnar brummte.

»Wie sieht es an der Adresse aus? Ein Einfamilienhaus, ist das alles?«

»Es gibt noch eine Art Nebengebäude, wenn ich mich richtig erinnere. Auf dem Grundstück. Kein Gartenhäuschen, sondern eher eine alte Spielhütte, aber richtig groß, mit Veranda und geschnitzten Verzierungen. Mir wäre es also lieb, wenn der Beschluss das gesamte Grundstück beinhaltet. Der Verdächtige wohnt dort mit seiner Mutter.« Farid nannte die Adresse.

»Ein Junge aus Rönnviken hat einen Jungen aus Våringe abgeknallt?« Gunnar klang jetzt erschöpft. »Das wird ein verdammtes Theater.«

»Das wissen wir noch nicht. Wir wissen gar nichts«, sagte Farid.

»Nein, stimmt. Aber nimm jemanden mit und fahr direkt dorthin. Ich schreibe dir, sobald ich den Beschluss habe, aber du brauchst nicht darauf zu warten. Und morgen, wenn wir das Ermittlungsteam zusammenstellen, bitte ich darum, dich ausleihen zu dürfen, okay? Ich möchte, dass du einer der Ermittler bist, du kannst kein Ermittlungsleiter werden aus Gründen, die du dir selbst zuzuschreiben hast, aber ich will dich dabeihaben. Kannst du mitmachen?«

»Selbstverständlich.« Farid grummelte. »Und falls jemand protestiert, kannst du ausrichten, dass niemand diese Jungen so gut kennt wie ich, wahrscheinlich sogar besser als ihre Eltern. Ihr wäret ja ziemliche Idioten, wenn ihr jemand anderen als mich darauf ansetzen würdet.«

»Genau.« Gunnar seufzte ein weiteres Mal. Er wollte auflegen. »Eins noch.«

»Was?«

»Vorsicht mit den Kronleuchtern.«

6.

Als er endlich durch die Wohnungstür trat, klapperte er mit den Zähnen. Außerdem musste er dringend auf die Toilette. Er schüttelte die Schuhe ab, kniff die Hinterschinken zusammen, atmete in kurzen Zügen und ging mit steifen Beinen auf direktem Weg ins Badezimmer. Er knallte auf die Klobrille. Eine Sekunde, nachdem er die Hose heruntergezogen hatte, hatte er sich schon entleert. Er spülte. Zweimal.

Nach Hause zu fahren war eigentlich nicht der Plan gewesen. Das Problem war nur, dass er nicht wusste, wohin er sonst fahren sollte. Also hatte er sich in den Bus gesetzt, und jetzt war er hier. Im Badezimmerschrank lagen die Tabletten seiner Mutter, er drückte eine heraus, dann noch eine.

Er warf die Tabletten in den Mund, spülte sie mit Wasser direkt aus dem Hahn herunter. Dann zog er seine gesamte Kleidung aus und setzte sich in die Dusche. Jetzt zitterte sein gesamter Körper in kräftigen Konvulsionen. Er hatte das Gefühl, dass er sich übergeben musste, aber er tat es nicht. Der Kaltwasserhahn war schwer zu drehen, er war verrostet. Das Wasser wurde viel zu schnell heiß, die Haut brannte, überall, nicht nur dort, wo das Ekzem war. Er stöhnte auf, blieb aber unter dem Strahl, drückte die Augen zu, presste die Fingernägel in die Handflächen, er drückte die Augen so fest zu, dass weiße Flecken hinter den Augenlidern tanzten.

»Fuck, fuck, fuck«, murmelte er vor sich hin und zog die

Knie an die Brust, legte die Arme um den Kopf und beugte den Nacken, schaukelte mit zitterndem Körper, ließ das Haar nass werden und nach vorne fallen. Das Wasser rauschte weiter über ihn hinweg. »Fuck, fuck Arnfeldt.« Es floss zusammen zu einem einzigen Wort, das zu einem Geräusch ganz oben in der Kehle wurde. *Fuckfuckfuckfuck.*

Die Haut schmerzte, die Hände taten weh, er sah sie an, sie fühlten sich geschwollen an und waren schwach lila angelaufen. Er wusste, dass er sich waschen sollte, mit Seife, sich unter den Nägeln schrubben, alle Reste von dem fortspülen, was von seinem Körper ausgegangen war. Aber er schaffte es nicht. Die Gedanken wirbelten. Es fühlte sich an, als wollte sich jemand aus seinem Schädel herausarbeiten, durch sein Stirnbein. Der Schmerz suchte sich seinen Weg, kroch durch das Skelett und fuhr in die Muskeln. Als sich die Haut an das warme Wasser gewöhnt hatte, legte er sich hin. Und blieb dort liegen. Der Kachelboden drückte sich hart an seine Wange, er pulte mit dem Nagel in der Fugenmasse an der Wand, sie saß locker.

Zehn Minuten später stemmte er sich vom Boden hoch und drehte das Wasser ab. Er zitterte nicht mehr, der Dampf lag dicht im Badezimmer, und er schwang zuerst ein Handtuch um sich, bevor er den Morgenmantel seiner Mutter darüberzog. Er roch nicht eklig, nur schwach nach ihrem Parfum. Seine Mutter mochte immer noch Parfum, sie hatte acht verschiedene Sorten im Badezimmerschrank. Aber sie benutzte sie nur an den Tagen, an denen sie sich zum Duschen aufraffen konnte.

Die Kleidung, die er getragen hatte, hob er vom Badezimmerboden auf und trug sie mit sich in den Flur. Die Waschküche lag direkt nebenan und besaß einen eigenen Hintereingang durch den Garten, aber diese Tür konnte man nicht öffnen, die Zargen waren aufgequollen. Aber sie benutzten diesen Weg sowieso nicht mehr, also machte es nicht viel aus. Er drückte alles, was er getragen hatte, in die Waschmaschine. Die fleckigen Unterhosen und die nassen Socken steckten noch fest in der Jeans, er füllte viel zu viel Waschmittel ein und startete ein Programm, er sah nicht, welches. Er schaltete das Licht nicht ein, um sich selbst einen Gefallen zu tun, er wollte es dunkel haben. Seine Mutter würde niemals davon aufwachen, dass er seine Sachen wusch oder eine Lampe einschaltete.

Als die Waschmaschine lief, ging er in sein Zimmer und legte sich unter die Decke, immer noch in das Handtuch und den Morgenmantel gehüllt. Er spürte, wie sich das Zittern wieder bemerkbar machte, als er den Schweißgeruch des Lakens wahrnahm, und er atmete in kleinen, kurzen Stößen. Aber es roch nicht nach Urin und nicht nach Blut. Kein eiskalter Gestank nach Tod und Panik. Der Schüttelfrost verschwand genauso schnell, wie er gekommen war. Dann begann es in der Haut zu summen, im Kopf. Das waren die Tabletten. Bald würde sein Puls sich beruhigen, bald würde es still werden im Kopf.

In einer langsamen Welle nach der anderen spülten die Pillen alles weg, was juckte. In einer langsamen Welle nach der anderen wärmten sie das Blut. Er versuchte, langsamer zu atmen, wie seine Mutter es machte, wenn sie entspannen wollte, durch die Nase zu atmen, die Lunge zu füllen, sie wieder zu leeren. Vorsichtig schloss er die Augen, drückte die Arme an den Körper, bewegte sich nicht, ließ die kalte Luft aus dem Zimmer nicht unter die Decke, und er dachte, wenn er nur schlafen könnte, *Wenn ich heute Nacht nur schlafen könnte*, eine ganze Nacht, dann würde er wissen, was er als Nächstes tun sollte.

Er schluckte die Nervosität herunter, aber trotzdem stieg sie wie Galle den Hals hinauf, er drückte die Augen fester zu, aber es half nicht. Die Bilder im Kopf wollten nicht verschwinden.

»Der Rettungswagen ist auf dem Weg«, hatte die Frau gesagt, die den Notruf angenommen hatte. »Hilfe ist unterwegs.«

Sie sagte nichts von der Polizei, aber er hörte sie schon kommen, als er gerade im Bus saß. Zuerst der Bullenwagen, ein paar Minuten später dann der Rettungswagen. Die Sirene des Rettungswagens klang anders als die der Polizei, auch anders als die Feuerwehr. Seit er klein war, konnte er sie alle voneinander unterscheiden. Sein Vater fand das lustig, als er kleiner war, scherzte darüber mit seinen Kollegen.

»Wenn mein Sohn die Polizei hört, läuft er sofort und so schnell er kann in die entgegengesetzte Richtung, ganz egal, ob er etwas ausgefressen hat oder nicht. Für meinen Jungen ist die Polizei wie der Eiswagen, nur andersherum.«

Dann lächelte er jedes Mal sein charmantestes Lächeln, wie ein Filmstar, und brachte so auch seine Frau zum Lächeln. »Das ist ziemlich seltsam«, hatte sein Vater gesagt. »Man fragt sich, von wem er das hat, wer ihm das beigebracht hat. Vielleicht sollte ich Jill fragen?«

Das brachte seine Kumpel zum Lachen, jedes Mal. Aber er hatte recht. Dogge hasste die Scheißbullen, er hatte es schon immer getan, jedenfalls seit er Billy kennengelernt hatte. Vor Rettungswagen musste man nicht fliehen, und wenn die Feuerwehr kam, musste man herausfinden, was passiert war, aber bei der Polizei war es anders. Die wollten einen verhaften.

Er holte tief Luft. Ließ sie wieder hinaus, ein Atemzug nach dem anderen. Es war jetzt wärmer unter der Decke. Langsam, langsam wurden die aufgewühlten Gedanken ruhiger.

Er drehte sich im Bett auf den Bauch. Der Körper wurde immer schwerer. Er wühlte sich aus dem Badehandtuch und dem Morgenrock heraus und warf sie auf den Boden. Jetzt war ihm endlich warm, nackt unter der dicken Decke. Das Blut rauschte in den Ohren, aber der Ton in seinem Kopf war leiser.

Alles wird gut, dachte er. Es wird sich alles finden. Ich habe den Rettungswagen gehört, er ist sofort gekommen.

Die Türglocke heulte. Der Klang schnitt direkt durch Haut und Blut und Knochen und sämtliche Muskeln. Es war kein kurzer Klingelstreich eines Nachbarjungen auf dem Heimweg von einem Fest in sturmfreier Bude, sondern ein langes, entschlossenes Signal. Ihm folgte ein kräftiges Klopfen.

Er tat sein Bestes, um aus dem Bett zu kommen, den Morgenrock überzuziehen und so schnell wie möglich zur Tür zu gehen. Aber er stolperte, kam wieder auf die Beine, gewann das Gleichgewicht zurück und humpelte seitwärts in den Flur. Das obere Schloss war nicht eingerastet, er musste nichts weiter tun, als den unteren Riegel drehen und öffnen.

Vor der Tür warteten zwei Polizisten, von denen einer Uniform trug. Der andere trug nichts als ein Hemd und einen Pulli, keine Jacke oder Mütze, obwohl es mittlerweile richtig kalt war. Sie standen unter der kaputten Außenlampe aus Gusseisen und Glas, die an der Überdachung der Haustreppe hing.

Der Polizist ohne Uniform hieß Farid und hatte ihn schon viele Male zuvor zu Hause besucht, aber er war schon lange nicht mehr hier gewesen.

Der Streifenwagen stand mit der Front vor ihrem Gartentor und hatte die Scheinwerfer eingeschaltet. Der ganze Garten wurde von dem Licht erhellt: die eingeschneiten Gartenmöbel, die niemand nach dem Sommer hereingeholt hatte, das Spielhaus mit der Tür, die sich aus der oberen Angel ge-löst hatte, die Haselsträucher, die niemals Nüsse trugen, die Fahnenstange mit dem kaputten Seil und der morschen Bo-denhülse, die knorrigen Bäume, deren Äpfel nie jemand ern-tete. Ein paar Äpfel hatten sich im Herbst an ihren Zweigen festgekrallt, der Rest lag wie eine buckelige Decke auf dem Boden darunter. Sämtliche Früchte waren verfault, wurden dann überdeckt, erst vom Frost und jetzt vom Schnee.

Farid stand näher an der Tür. Drei Sekunden lang war es still. Das Einzige, was man hörte, war die trommelnde Wasch-maschine.

»Scheiße, Douglas«, sagte Farid schließlich. Er nannte ihn sonst niemals Douglas. Niemals, niemals. Nicht einmal, wenn er sauer war. »Was hast du getan?«

Die Jungen

Das erste Mal, als Farid Billy und Dogge zusammen sah, waren sie sechs Jahre alt gewesen. Billy trug Patrick Vieiras französisches Nationalmannschaftstrikot, das so groß war, dass es ihm bis zu den Knien reichte, und einen Fußball in einer Netztasche über der Schulter. Farid kannte ihn schon, weil Billys Vater Isak einer von Våringes ungeschicktesten Ladendieben war. Aber Dogge und seinen Vater hatte Farid noch nie gesehen. Es war augenfällig, dass sie nicht aus Våringe stammten. Dogge war genauso hell, wie Billy dunkel war, und bestimmt fünf Zentimeter kleiner. Er trug auch ein Nationalmannschaftstrikot, das schwedische, exakt in seiner Größe, aber ohne Spielernamen. Der Vater steckte in einem zerknitterten, kreideweißen Leinenhemd und hellblauen Jeans, seine Unterarme waren sonnengebräunt. Er trug Segelschuhe ohne Socken. Farid kannte niemanden, der Segelschuhe besaß. Eine Armbanduhr trug Dogges Vater nicht, sondern nur ein geflochtenes Lederband um das Handgelenk.

Bist du ein Börsenhai mit Surferträumen?, dachte Farid. Oder andersherum?

Es war Hochsommer, Farid war Polizeianwärter im praktischen Jahr, und das Uniformhemd klebte an seinem Rücken. Die Haare schmierten unter der Mütze über die Stirn. Er sehnte sich intensiv nach einer Dusche, nach Shorts und einem eiskalten Bier, aber trotzdem blieb er stehen, nickte den

Jungen zu, die zurücknickten. Der Vater streckte ihm seine Hand entgegen, und Farid schüttelte sie.

»Teo Arnfeldt«, sagte der Vater. »Das ist mein Sohn, Douglas. Dogge, sag ordentlich guten Tag.«

Er wirkte aufgedreht, vielleicht nicht ganz nüchtern.

»Wir sind auf dem Weg zu ihrem Fußballtraining, für meinen Jungen ist es das erste Mal.« Teo versuchte, das Haar seines Sohns zu raufen, aber Dogge wich ihm aus.

»Hör auf, Papa, wir müssen jetzt, komm.«

Sie plauderten kurz, auch wenn es Teo war, der die meiste Zeit redete.

Farid dachte kurz an Billys Vater Isak mit seinem ruckeligen Gang und den nervösen Händen. Isak war nicht der Typ für einen Small Talk, am allerwenigsten über seinen Sohn.

»Der Trainer der Jungs ist eine Legende«, sagte Teo. »Er hätte schon längst in den Ruhestand gehen sollen. Aber er weigert sich, seine Jungenmannschaft aufzugeben. Und wenn man möchte, dass der Junge mit zukünftigen Nationalspielern trainiert, dann wird das kaum in Rönnviken passieren. Hier in Våringe lebt ihr für den Sport! Wir Schweden können viel von euch lernen, nicht zuletzt, was Leidenschaft und Disziplin betrifft.«

Farid nickte. Er erwähnte nicht, dass er als Jugendlicher denselben Trainer gehabt hatte. Vielleicht war es die Unbekümmertheit von Dogges Vater, der neugierige Blick. Oder weil es ihn nicht im Geringsten nervös machte, sich mit einem Polizisten zu unterhalten. Was auch immer es war, es provozierte ihn.

Er ist auf Safari, dachte er. Der weiße Mann besucht die Kolonien.

Die Sonne fiel auf Teos Rücken, als die kleine Gruppe weiterging, aber er schien nicht zu schwitzen. Es war die Tageszeit, zu der in dieser Jahreszeit die Farben am klarsten waren. Farid sah, wie Teo Billy und Dogge betrachtete. Zwei Jungen mit unterschiedlichem Hintergrund, die zu Freunden geworden waren. Ein Werbebild für die einigende Kraft des Sports. So etwas sollte eigentlich glücklich enden. Es lag nichts Schicksalsschwangeres darin, nicht einmal, wenn man die Hitze und das aufziehende Gewitter in Betracht zog.

Freitag, 7. Dezember

7.

Es roch aus dem Haus. Der Boden im Flur war dunkelbraun vom Schmutz, die Tapeten gelb vom Nikotin. Der Morgenrock, den Dogge trug, war schmutzig, und der Gürtel hing schief. Er wollte Farid nicht ansehen, sein Blick flackerte. Es war über ein Jahr her, seit Farid das letzte Mal in diesem Haus gewesen war, und er erkannte es kaum wieder. Er wandte sich an seinen Kollegen.

»Kannst du die Waschmaschine ausschalten? Die Techniker müssen sie ausräumen, wenn sie kommen. Versuch, die Mutter des Jungen zu finden. Und sichere die Schuhe hier«, er zeigte auf den Boden. »Ich will sie in einer Tüte haben, bevor jemand darauftritt.«

Dann packte Farid Dogges Arm und führte ihn aus dem Flur heraus. Nur drei Türen weiter befand sich die Küche, und von dort roch es so streng, dass er sich in der Türöffnung umdrehte. Sie gingen ins Wohnzimmer.

Als er Dogge das letzte Mal nach Hause gefahren hatte, hatte er ihn am Gartentor abgesetzt. Dogges Mutter war aus dem Haus gekommen, es war offensichtlich, dass sie Farid nicht hereinbitten wollte, dass sie die neugierigen Blicke der Nachbarn gerne in Kauf nahm, wenn sie ihn daran hindern konnte, das Haus zu betreten. Er hatte nicht darauf bestanden, was er sagen wollte, konnte er auch am Gartenzaun loswerden.

Nicht jeder Kampf lohnt sich, hatte er gedacht und es auf sich beruhen lassen. Ich hätte darum bitten sollen, hineinkommen zu dürfen, dachte er jetzt.

Es lag eine Decke auf dem Sofa, er zog sie weg, damit Dogge sich setzen konnte. Der Junge versank tief in einer der Ecken, zog die Beine unter sich, lehnte den Kopf an die Rückenlehne und schloss die Augen. Er war blass, sein Gesicht fast grau. An der Stirn hatte er einen Pickel aufgekratzt, und ein Mundwinkel war wund. Er sah krank aus.

»Wir müssen hier ein paar Minuten warten«, sagte Farid. »Aber dann fahren wir. Ein Arzt wird dich untersuchen, und wir werden uns unterhalten, du und ich. Was hast du genommen? Ist deine Mutter zu Hause?«

Natürlich hatte er von dem Konkurs gehört und den Ermittlungen gegen Teo, die eingestellt worden waren. Aber er hätte sich niemals vorstellen können, dass es so schlimm war, dass man in Rönnviken so wohnen konnte.

Dogge antwortete nicht. Er wirkte kaum ansprechbar.

Warum verkauft man ein solches Haus nicht und zieht in ein kleineres, dachte Farid. Wenn man Geld braucht? Warum bittet man nicht um Hilfe? Haben sie keine Verwandten, die ihnen unter die Arme greifen konnten?

»Was zum Teufel ist passiert?« Er murmelte es nur, es war nicht für Dogges Ohren bestimmt, aber der zuckte zusammen und wischte sich mit der Rückseite seiner Hand ungelenk über den Mund.

»Was?«

Er schien gerade erst geduscht zu haben, sah aber trotzdem dreckig aus.

»Nichts«, sagte Farid. »Ruh dich eine Weile aus. Wir unterhalten uns später.«

8.

Um zwanzig nach eins führte man Dogge zum Streifenwagen, gekleidet in den Morgenrock seiner Mutter, mit kleinen, braunen Papptüten über den Händen und blauen Schuhschonern aus Plastik an den Füßen. Als er darum bat, sich etwas anderes anziehen zu dürfen, sagte Farid Nein, das dürfe er nicht.

Auf dem Weg aus dem Haus konnte Dogge noch sehen, wie einer der Polizisten mit seiner Mutter sprach. Sie mussten sie geweckt haben, sie saß auf einem Stuhl in der Küche, mit dem Kopf in den Händen, ihre Frisur war zerzaust, ein schmutziger Haarknoten im Nacken. Ein anderer Polizist hatte die Waschmaschine aufbekommen und schob die eingeweichte Kleidung in einen Müllsack. Die Tür zu seinem Zimmer stand offen. Zwei Polizisten mit Plastikhandschuhen durchwühlten seine Sachen. Auf dem Regal über seinem Bett, in der Schublade darunter, auf dem Tisch, in der Kommode und ganz hinten im Kleiderschrank.

Im Flurspiegel erhaschte Dogge einen Blick auf sich selbst. Die Wangen erhitzt vor Scham, wenn er daran dachte, wie Mehdi und die anderen Jungs lachen würden, wenn sie ihn so sähen. Er wusste, was sie gesagt hätten.

»Willst du auf den Maskenball, Lasse? Als Tante aus der Langzeitpflege? Wo sind das Nachthemd und die Lockenwickler?«

Es war Billy, der auf den Spitznamen gekommen war,

Mehdi und Billy hatten lange darüber gelacht. Ein alberner Svensson-Name. Dogge hatte auch gelacht, zumindest kurz.

»Warum«, hatte Billy gefragt. »Warum wird aus Douglas immer Dogge, aber nicht Lasse, zum Beispiel? Du siehst doch aus wie ein verdammter Lasse! Wie aus einem alten Film über jemanden, der aus einem Kinderheim geflohen ist.«

Zuerst fuhren sie ihn zum Krankenhaus. Dort musste er die Kleidung ablegen, sich nackt auf ein Papier stellen, das auf dem Boden ausgebreitet war, er musste den Mund aufsperren und die Beine spreizen. Eine Ärztin nahm Proben, die sie in Glasbehälter mit Schraubverschluss steckte. Ihre Hände waren weich und kühl, Dogge schloss die Augen, als sie mit Wattestäbchen unter seine Nägel ging und vorsichtig einen Kamm durch sein Haar zog.

»Ich bin gleich fertig«, sagte sie, mit leiser Stimme. Dogge hielt die Luft an, als ihre kühle Haut gegen seine stupste.

Ein Mann in Jeans und schwarzen Schuhen machte Fotos. Als sie fertig waren, durfte Dogge sich einen dünnen Pyjama anziehen. Sie gaben ihm eine ebenso dünne Decke mit dem Emblem des Krankenhauses darauf, er hängte sie sich über die Schultern, als sie ihn zur Polizeiwache fuhren. Im Auto fror er, obwohl Farid die Heizung auf die höchste Stufe gestellt hatte. Er saß auf dem Rücksitz neben Dogge. Er legte seine große Hand auf dessen Rücken, Dogge wusste, dass er so direkt eingreifen konnte, mit einem Polizeigriff am Nacken, falls er irgendetwas unternehmen wollte. Er wusste, wie Polizisten waren, wie sie schlugen und Sachen klauten, dass sie Diebe und Rassisten waren. Mehdi kannte sich da aus, er hatte es erzählt. Billy auch. Aber für einen kurzen Moment fühlte es sich trotzdem schön an. Farids Hand erinnerte an die seines Vaters, mit der er alles tun konnte.

Die Hand halten. Mama beruhigen, Spielkarten mischen, Boote

vertäuen, ein Bier ohne Öffner öffnen, Drinks mischen, Spinnen
töten. Geld zählen, Knoten binden, kaputt schlagen und reparieren.

Auf der Wache durfte er sich eine Hose und einen langärme-
ligen Pullover mit V-Ausschnitt überziehen. Die Kleidung war
zu groß, genäht aus grünem, dickem Stoff und nicht besonders warm. Im Vernehmungsraum nestelte er am Saum des
Pullovers herum. Ein Faden hatte sich aus der Naht gelöst, er
zog daran, aber er saß fest.

Sein Kopf rotierte. Er versuchte, Ordnung in seine Gedanken zu bringen, aber das fiel ihm schwer. Sein Kopf fühlte
sich wie dieser seltsame Baumwollstopfen an, der in die Tab-
lettenflasche seiner Mutter gedrückt war. Die Flasche, die
immer noch in seinem Bett lag, sie hatten sie bestimmt gefunden. Von den Tabletten bekam er einen trockenen Mund,
und von dem, was er früh am Abend genommen hatte, bevor
er Billy traf, raste sein Herz, jetzt, ein paar Stunden später.

»Ihr habt überhaupt keine Beweise«, sagte er zu Farid im
Auto. »Keine Beweise.«

Es fiel ihm schwer, deutlich zu reden, die Zunge war geschwollen. Aber Farid hatte nicht geantwortet, er starrte ihn
nur mit diesem wütenden Blick an und sagte etwas zu dem
Polizisten, der das Auto fuhr. Er schien ihm nicht einmal zuzuhören.

Klar, der Notruf auf der 112, das war er gewesen. Aber
er hatte es von dem Prepaid-Handy aus gemacht. Niemand
wusste, dass er angerufen hatte, nicht einmal Farid konnte es
wissen, das war vollkommen ausgeschlossen. Und er war den
ganzen Weg nach Våringe gelaufen, um dort alle Sachen loszuwerden. Dort gab es bestimmt viele, die solche Dinge loswerden wollten. Sie müssten eigentlich jemanden von dort
verdächtigen. Vielleicht würden sie ihn schnell laufen lassen,
sobald sie das kapierten.

Eigentlich durften sie ihn nicht vernehmen, wenn seine Mutter nicht dabei war. Das wusste er. Aber er wusste auch, wie seine Mutter war, wenn sie geweckt wurde, wie sie mittlerweile immer war, wenn man sie nicht so lange schlafen ließ, bis sie von selbst aufwachte. Es spielte keine Rolle, was man sagte, wer es sagte oder was Dogge gerade getan hatte, sie war immer so. Toter Blick, tot von innen, tot auf alle Arten, die zählten.

Vor fünf Jahren hätte sie darauf bestanden, bei der Vernehmung anwesend zu sein, sie hätte nichts anderes akzeptiert. Vor drei Jahren hätte sie zumindest noch protestiert. Vielleicht hätte sie zu Beginn des letzten Jahres auch noch etwas gesagt. Aber das letzte Jahr war lange her.

»Du hast ja Vivianne schon kennengelernt«, sagte Farid. »Weil deine Mutter heute nicht dabei sein kann, wird sie deine Interessen wahrnehmen.«

Vivianne vom Jugendamt trug eine lila Brille und lila Nagellack. Sie sah aus, als wäre sie gerade erst aus dem Bett gefallen.

»Mhm«, sagte Dogge. Aber er begrüßte sie nicht. Als er Vivianne das erste Mal getroffen hatte, trug sie auch eine lila Schleife im Pony. Die war jetzt verschwunden. Sie mochte Kleidung, die aussah, als wäre sie aus Flicken zusammengenäht, und Schals, die sie um den Hals wickelte, als wäre sie ständig erkältet. Seine Mutter nannte sie Tante Lila. Jetzt hatte Tante Lila rote Augen, sie sah aus, als hätte sie geweint, und Dogge wollte ihr in die Fresse hauen.

»Möchtest du, dass ich mit deiner Mutter spreche?«, fragte sie.

Dogge sah sie an.

»Nein.«

Sie sollte nicht so tun, als würde sie seine Mutter kennen, dachte er. Sie wusste gar nichts über sie. Dogges Mutter würde niemals mit Tante Lila sprechen wollen. Sie wollte in Ruhe gelassen werden. Sie war nicht wie Billys Mutter, die den Frauenklub hatte und den Buchklub und in einer Elterngruppe war, die an Freitagabenden abwechselnd dort spazieren ging, wo sie die Jugendlichen vermuteten, die Dinge taten, die sie nicht tun sollten. Seine Mutter würde niemals so etwas tun, sein Vater auch nicht. Dogge konnte die Stimme seines Vaters hören.

»So ein Einmannzelt, das durch die Straßen zieht, um zu kontrollieren, dass die Kinder nicht die Autos der Nachbarn in Brand stecken, so etwas braucht man natürlich in Våringe. In Rönnviken zahlen wir Steuern, damit sich andere um solche Sachen kümmern.«

»Möchtest du, dass ich mit deiner Mutter spreche?«, fragte Tante Lila noch einmal. Als hätte sie nicht gehört, was er das erste Mal geantwortet hatte.

»Du hältst einfach nur die Fresse«, sagte er. Und das tat sie dann tatsächlich auch.

Farid sah verärgert aus. »Du hast auch das Recht auf einen Anwalt«, sagte er. »Ich kann mir zwar nicht vorstellen, dass wir um diese Uhrzeit einen bekommen, aber vielleicht möchtest du jemand Bestimmtes haben? Dein Vater kennt vielleicht jemanden?«

9.

Leila musste sich nicht am Empfang anmelden, das machte die Polizistin für sie. Sie schienen zu wissen, wer sie war, denn die Polizistin musste nicht erklären, warum sie hier waren, sie nannte nur Leilas Namen und nickte. Leila konnte gerade noch den mitleidigen Blick der Rezeptionistin sehen. Dann wurde sie in das Wartezimmer der Unfallabteilung begleitet. Es war mitten in der Nacht, und der Raum war voll.

Eine Frau mit müden Augen saß zwei Meter entfernt mit einem schlafenden Kind in den Armen. Tränen rannen ihre Wangen hinunter. Eine ältere, blassgraue Frau saß ganz vorne auf ihrem Stuhl und hielt sich das Handgelenk, während ihr Mann die Frau an der Anmeldung beschimpfte. Leila blieb mitten im Raum stehen. Die Polizistin holte einen Stuhl, stellte ihn hinter sie und legte eine Hand auf ihre Schulter, um ihr die richtige Stelle zu zeigen. Leila setzte sich. Ihr Arm hing immer noch an der Seite herunter. Sie sah ihn an, dachte, dass sie ihn auf den Schoß legen oder ihr Handy herausholen und Billys Vater anrufen sollte. Aber die Hand blieb unbeweglich. Ihr Blick blieb an einem Mann hängen, der im Flur hin und her wanderte und mit den Händen fuchtelte, während er redete.

Auf meinen Sohn wurde geschossen, wollte sie plötzlich sagen. *Die Polizistin behauptet, dass jemand auf meinen Sohn geschossen hat.*

Aber sie hatte vergessen, wie man die eigene Stimme benutzte.

Ein anderer Polizist kam in das Wartezimmer, er nahm sie am Arm, half ihr hoch und führte sie in den Korridor hinaus.

Eine Gruppe von Menschen ging vorbei, sie blieben ein paar Meter entfernt stehen, einer von ihnen lachte laut. Es war kalt, Leila begann zu frieren, sie zitterte. Jemand legte eine Decke über ihre Schultern, gab ihr einen Becher mit einem warmen Getränk, aber der Becher war ihr zu schwer, sie stellte ihn wieder ab.

»Ich muss Ihnen ein paar Fragen stellen«, sagte der Polizist. »Wann haben Sie Ihren Sohn zum letzten Mal gesehen?«

»Er ist zu Hause in seinem Zimmer«, murmelte sie. »Er liegt in seinem Bett.«

Der Polizist stellte dieselbe Frage noch einmal. Und sie antwortete, dass sie Billy kurz nach zehn eine gute Nacht gewünscht hatte, wie sie es mittlerweile immer tat. Und sie sagte noch einmal, was sie schon gesagt hatte, als die Zopfpolizistin dasselbe behauptet hatte.

»Das ist nicht wahr. Was Sie sagen, ist eine Lüge.«

Plötzlich wollte sie nach Hause fahren, den neuen Polizisten mit in Billys Zimmer nehmen. Dann wäre Billy dort. Sie spürte, wie ihre Kräfte wiederkamen, denn ihr fiel ein, dass sie vergessen hatte, auf dem Balkon nachzusehen. Er hatte sich dort hingestellt, was sie und die Polizistin gesehen hatten, musste falsch gewesen sein. Natürlich war es falsch. Billy war aufgewacht und hatte gehört, wie die Polizei kam, er hatte sich auf den Balkon geschlichen, war zum Balkon der Nachbarn hinuntergesprungen und dann nach draußen auf die Straße und zu einem Freund hinübergelaufen. Das hatte er bestimmt getan, als Leila sich anzog.

Ihre Stimme kam zurück. Sie erklärte es.

»Das ist unmöglich«, sagte sie. »Das kann er nicht sein.«

Daraufhin fragte der Polizist, ob Billy nachts öfter mal verschwand.

»Hat er das oft gemacht? Dass er vom Balkon zum Nachbarn springt und dann auf die Straße läuft?

»Nein«, antwortete Leila, »nein, nein, nein. So meinte ich das nicht.« Sie sprach lauter, bekam aber Probleme, sich auszudrücken. Es war immer besonders schwer, sich im Schwedischen zurechtzufinden, wenn sie gestresst war. Da kletterten die Worte übereinander, stolperten in der falschen Reihenfolge heraus. »Ihr versteht nicht. Er hat aufgehört. Mit allem. Bei ihnen zu sein, wo er …, ihr wisst schon was macht.« Sie sprach noch lauter. Schrie beinahe. »Ihr wisst das, er macht Kontrollen, er ist sauber, er hat mit allem aufgehört. Das war früher, jetzt nicht mehr, alles gut jetzt. Alles ist jetzt gut.«

Der Polizist hielt eine der Krankenschwestern an, die gerade vorbeigingen.

»Es muss doch hier einen freien Raum geben, in den wir gehen können«, sagte er. »Hier können wir jedenfalls nicht bleiben. Wir müssen alleine sein.«

Die Polizisten brachten sie in einen kleinen Raum, in dem Billy auch nicht war. Sie wollten, dass sie sich hinsetzte, aber sie stand wieder auf und brauchte ihre gesamte Kraft, um nicht loszuschreien.

»Wo ist mein Sohn? Wenn ihr wisst, wo er ist, warum bringt ihr mich nicht dorthin?«

Jetzt sprachen beide Polizisten. Sie sagten, dass er oben auf dem Spielplatz in Rönnviken aufgefunden worden war.

»Was glauben Sie, wen wollte er dort treffen?«

Plötzlich konnte sie nicht mehr stehen.

»Nein. Sie lügen. Er war nicht dort. Er wollte nicht dorthin gehen.«

Ihre Muskeln waren steinhart, jeder Teil ihres Körpers war bis zum Bersten gespannt. Trotzdem konnte er sie nicht tragen. Sie musste nach dem Stuhl greifen, damit sie nicht von ihm herunterfiel.

»Ihr lügt, ihr lügt, ihr lügt. Warum sagt ihr so etwas?«

Sie verstand, was sie glaubten. Der Kinderspielplatz war Dogges und Billys Treffpunkt gewesen. *Aber jetzt war er es nicht mehr.*

»Ihr lügt.«

Leilas Stimme wurde immer lauter. Es war ihr egal, ob die Polizisten wütend wurden.

»Ihr müsst das verstehen. Ihr habt einen Fehler gemacht. Das ist nicht Billy, ihr habt nicht ihn, wenn ihr ihn hättet, dann würde ich ihn sehen dürfen, es ist nicht mein Sohn, den ihr habt, es ist jemand anderes.«

Sie ließen sie schreien. Niemand war wütend oder aufgeregt, oder auch nur irritiert. Ihre Stimmen waren weich. Viel zu weich.

»Wir müssen so viel wie möglich über das Leben Ihres Sohns wissen. Damit wir genau ermitteln können, was passiert ist.«

»Nein«, sagt Leila. »Nein, nein, nein. Nichts ist passiert. Alles ist gut.«

Der Polizist zeigte ihr Billys Brieftasche und seinen Pass. Sie lagen in einer Plastiktüte und sahen schmutzig aus. Auf der Rückseite des Passes ein Aufkleber mit Billys Namen. Auch er war schmutzig, aber sie sah, was dort stand. Der Polizist sagte, er sei von einem seiner Kollegen identifiziert worden, von Farid, der ihn wohl kannte, und in diesem Moment hörte jeder Muskel in Leilas Körper auf zu funktionieren. Sie glitt auf den Boden, sie mussten sie auffangen, abstützen.

»Er hat den Pass immer dabei«, flüsterte sie. »Immer, so habe ich es ihm gesagt. Er ist wichtig, sage ich.«

Dann brachten sie sie weg, zwei Stockwerke nach oben. Die Polizistin stützte sie. Der Korridor war lang, der Raum, in den sie gingen, war groß und ruhig. Maschinen summten im Hintergrund. Und dort lag Billy. Ganz still. Neben ihm standen ein Arzt und zwei Krankenschwestern und warteten.

Leila wandte sich an den Arzt, sie wusste, dass es ein Arzt war, obwohl er kein Stethoskop um den Hals trug. Er roch leicht nach Schweiß und Desinfektionsmittel.

Sie hatten Billys Kopf verbunden, aber sie konnte ihre Handfläche auf sein Schlüsselbein legen und spürte die Konturen seines Körpers. Sein Brustkorb hob und senkte sich. Leila weinte in ihr Kopftuch, der Saum wurde nass von Tränen.

»Er atmet. Er atmet doch? Bald geht es ihm wieder gut. Ganz bestimmt geht es ihm bald wieder gut.«

»Wir haben alles getan, was wir konnten«, sagte der Arzt. Er versuchte, ihren Blick einzufangen. »Aber jetzt sind wir am Ende unserer Möglichkeiten.«

Leila versuchte, ruhig zu sprechen.

»Nein«, sagte sie. »Nein, nein.«

Sie strich mit beiden Händen über die Wangen des Sohns, über die Haut, die ihre Struktur zu ändern begann. Bald wäre er ein erwachsener Mann. Jetzt noch nicht so richtig, aber bald.

»Ich verstehe, wie schwer das ist«, sagte der Arzt. »Aber diese Entscheidungen müssen so schnell wie möglich getroffen werden, und es ist wichtig, dass Sie wissen, worum es geht.«

Leila sah die Maschine an. Das Geräusch grollte, schlich sich näher heran. Es dauerte eine knappe Minute, eine Ewigkeit. Die Zeit gab es nicht mehr. Sie wandte sich an den Arzt.

»Sie müssen es verstehen. Nicht ich. Billy kann keine Organe spenden, er braucht sie, sein Herz wird weiterschlagen, ohne Hilfe, er wird aufwachen, er muss aufwachen. Es geht ihm bald wieder gut.«

Billy wusch sich jeden Abend mit ihrer schwarzen Gesichtsseife. Vor zwei Tagen hatte sie ihn gefragt, ob er eine eigene Spezialseife für Teenagerhaut haben wollte, woraufhin er verlegen wurde und so getan hatte, als würde er gar nicht verstehen, worüber sie sprach. Sie ließ den Daumen weiter über das Gesicht ihres Sohns wandern, bis zu den Augenbrauen hinauf. Als er kleiner war, streichelte sie ihn oft an dieser Stelle, die Stirn hinauf, wenn er nicht einschlafen konnte, etwa nach einem Albtraum.

»Siehst du?«, flüsterte Leila. Sie ließ ihren Sohn los und zog am Arm des Arztes. Sie hatte sowohl ihre Mutter als auch ihre Schwester nach deren Tod gewaschen. Sie wusste, wie die Haut aussah, wenn das Leben den Körper verließ. Sie wusste, wie die Toten rochen. »Berühren Sie ihn«, bat sie, aber der Arzt legte seine Hand stattdessen auf ihre und drückte sie.

»Er sieht nur so aus, als würde er schlafen«, sagte eine der Krankenschwestern, »aber das tut er nicht.«

Wenn Billy schlief, zitterte seine Oberlippe, die Kiefer kauten, die Stirn runzelte sich und wurde wieder glatt, die Augen bewegten sich unter den geschlossenen Lidern. Als er kleiner war und noch in Leilas Bett liegen wollte, musste sie auf das Sofa ausweichen, wenn sie ihre Ruhe haben wollte. Billy lag niemals still, die Beine traten die Decke weg, sobald sie ihn zugedeckt hatte. Leila wusste, dass er jetzt nicht schlief.

»Es tut mir so leid.« Der Arzt wollte Leilas Hand nicht loslassen. »Er wird nie wieder aufwachen. Die Maschinen sind nur angeschlossen, damit wir seine Organe verwenden können, wenn Sie und Ihr Mann damit einverstanden sind. Aber auch sie werden nicht mehr lange helfen. Es gibt eine Grenze, wie lange wir diese Funktionen in Gang halten können.«

Leila zog die Hand zurück.

»Ich habe ihn ins Bett gebracht. Gerade eben erst. Ich habe ihm eine gute Nacht gewünscht. Wie bei einem kleinen Jungen. Ich habe ihm ein Wiegenlied gesungen, er lachte. Es war gerade eben erst. Das geht nicht. Er kann nicht hier sein. Das geht nicht.«

Sie hatte übertrieben, die Decke fest über seinen Körper gezogen und sie unter die Matratze gestopft. Darüber hatte er gelacht. »*Hör auf, Mama, mach mal halblang.*« Er hatte sanft mit dem Fuß getreten, um die Decke zu lockern. Wie oft hatte er das zu ihr gesagt? Tausendmal? »*Mach mal halblang.*«

»Wir sind zur Polizei gegangen«, fuhr Leila fort und sah zu dem Polizisten auf, der sie hierher gebracht hatte. »Sie kennen Farid? Sie haben gesagt, dass er meinen Billy gefunden hat? Wir sind zu Farid gegangen, wir kannten ihn schon ewig. Farid hat uns geholfen.«

Die Polizistin nickte. Leila atmete tief ein.

»Billy wollte aussteigen. Einen Neustart, nannte er es. Farid rief den Verantwortlichen für solche Dinge an, Billy ging zu allen Treffen, er war pünktlich, er machte die Tests, die Drogentests, er wollte kein … Mein Mann sagte …« Leilas Stimme brach, als die Worte übereinanderstolperten. »Morgen wollten wir …« Sie wandte sich an den Arzt. »Seine letzte Urinprobe war sauber.« Die Stimme zitterte nicht mehr. »Er passt auf sich auf. Mein Sohn tut genau das, was er versprochen hat. Alles ist anders. Er geht nicht mehr zu diesem Spielplatz. Er trifft Dogge nicht mehr.«

Auf der Innenseite des Arms hatte Billy eine Schramme.

»Seht ihr?«, flüsterte sie dem Krankenhauspersonal zu, oder vielleicht auch nur sich selbst. »Wir müssen es waschen. Sonst … Infektion. Er kratzt sich. Es beginnt zu bluten.« Sie weinte jetzt. Stumme, schwere Tränen. »Dann geht es ihm gut …«

Die Krankenschwester legte eine Hand auf ihren Arm. Leila schaffte es nicht, sie wegzuschieben.

Einer nach dem anderen verließ den Raum. Der Arzt ging zuerst.

»Wir sind direkt vor der Tür, wenn Sie uns brauchen«, sagten sie. Und sie blieb allein zurück.

Ich werde dich niemals verlassen. Gerade noch war ihr Sohn eine Stunde alt, mit einem Blick, in dem die ganze Welt wohnte. Als sie auf der Geburtsstation alleine waren, hatte er auf ihrer nackten Brust gelegen. Da hatte sie es versprochen. *Ich werde dich umarmen und nie, nie, nie wieder loslassen.*

Sie wickelte das Kopftuch ab, ließ es zu Boden fallen und legte sich neben ihren Sohn.

Sie legte sich so, dass Billys Kopf unter ihrem landete, sie fühlte den rauen Verband an ihrem Kinn, schob einen Arm unter ihn und zog ihn an sich. Das Geräusch der Maschinen verebbte zu einem hellen Klang, das Ohr an einer Schnecke, Wasser und Wind. Leila flüsterte ihm etwas in ihrer Sprache zu.

»Ich wusch dich, als du klein warst und es noch nicht selbst machen konntest. Ich brachte dich jeden Abend ins Bett, auch wenn du mich längst nicht mehr dabeihaben musstest, um einschlafen zu können. Ich brachte dich an deinem ersten Schultag in die Schule, ich holte dich jedes Mal ab, wenn sie anriefen und sagten, dass du krank seist. Wenn du mich brauchst, um mich zu verlassen, dann bin ich hier. Ich werde immer hier sein.«

Und dann drehte sie Billys Gesicht an ihren Hals, sog den Duft von seinem Haar ein und ließ sich, die seine Mutter gewesen war, von ihm wärmen, ein allerletztes Mal.

10.

Dogges Blick suchte nach der Tür, über der eine Uhr hing. Sie zeigte halb drei an. Neben der Tür stand ein uniformierter Polizist mit gefalteten Händen, der aufpasste, dass er nicht plötzlich zu fliehen versuchte.

Dogge wandte sich also an Farid. Öffnete den Mund. Aber er wusste nicht, was er fragen sollte, was er fragen durfte, was er fragen konnte, also schloss er ihn wieder und versuchte, langsam zu atmen.

Das bisschen Ruhe, das ihm gerade noch gegönnt war, verflog und wurde von einem zunehmenden Gefühl der Panik erstickt. Er konnte nicht stillsitzen.

»Bist du okay?« Farid runzelte die Stirn.

Dogge schwitzte. Sein Puls raste. Er schwitzte und fror und fror und schwitzte. Die Gedanken und die Angst stolperten übereinander.

»Ich muss hier weg.«

»Setz dich hin«, sagte Farid.

»Ihr habt keine Beweise. Da ist nichts. Ihr könnt mich nicht wegen nichts verhaften.« Dogge sah Tante Lila an, redete aber nur mit Farid. »Was kannst du schon tun? Willst du mich in den Knast stecken? Du kannst mir nichts tun. Gar nichts. Du fasst mich nicht an, keiner fasst mich an.« Seine Stimme brach, aber er sammelte sich. »Du kommst zu mir nach Hause und nimmst mich einfach mit, obwohl ich im Bett liege und schlafe. Keine Ahnung, wie du auf all das kommst, aber ich habe nichts getan. Du kannst mich nicht wie einen Verbrecher behandeln, ich bin noch ein Kind und habe nichts getan.«

Er wandte sich an Farid. »Wo soll ich schlafen? Ich muss schlafen.«

Die Antwort kam von Tante Lila.

»Wir überlegen, wo wir dich unterbringen können. Wir sprechen mit deiner Mutter darüber, und wir werden deinen Anwalt informieren …«

»Scheiß auf meine Mutter.«

Farid unterbrach ihn.

»Zuallererst wollen wir über das sprechen, was heute Abend passiert ist. Dann können wir über das reden, was anschließend passieren wird.«

Tante Lila räusperte sich und leckte sich die Lippen.

»Du wirst Bescheid bekommen, sobald wir es wissen.«

Dogges Kopf pochte. Es stand im Gesetz, dass Kinder nicht im Gefängnis sitzen durften. Deswegen bekamen Billy und er ja die wichtigen Aufträge, die Polizei konnte sie nicht verhaften. Das hatte Mehdi erzählt. Es war so bekannt, dass es sogar in den Zeitungen stand. Politiker sprachen darüber. Aber jetzt sah es so aus, dass er trotzdem eingesperrt werden sollte.

»Ich will nach Hause. Ich will auf der Stelle nach Hause.«

»Zuerst werden wir uns unterhalten«, sagte Farid. »Und ich werde versuchen, einen Anwalt für dich zu finden. Aber du wirst nicht nach Hause gehen.«

Er drückte das Handy an sein Ohr, redete schnell und verärgert. Dogge verstand nicht, was er sagte. Sprach er über ihn?

»Ich brauche keinen Anwalt, ich bin ein Kind. Ich darf nicht ins Gefängnis, ich will auch keinen von deinen blöden Kumpels.«

Farid schnaubte.

»Mach dir keine Sorgen, es ist nicht mein Freund. Sie werden morgen früh einen für dich organisieren. Und mach dir um alles in der Welt keine Sorgen wegen deiner Rechte. Das wollen wir nicht. Wir werden natürlich alles tun, um dich zu schützen. Du musst dir wirklich keine Sorgen machen.«

Farid klang nicht so wie sonst. Er klang wütend. Er betonte das »du« so übertrieben. Es klang, als wollte er Dogge ins Gesicht spucken. Sein Herz begann erneut zu rasen. Die Panik stieg in ihm auf, schnell, wie brennendes trockenes Gras. Er wollte um etwas bitten, das sein Herz beruhigte. Warum brachten sie ihn nicht zurück ins Krankenhaus? Er hatte gesehen, wie der Arzt mit Farid sprach, bevor sie von dort losfuhren.

Das Herz wird kaputtgehen, dachte er. Ein Hammer durch dünnes Papier. Mamas Tabletten helfen nicht. Ich werde sterben.

Durfte Farid ihn verhören, wenn sein Herz so raste? Man konnte es bestimmt durch die Haut sehen, durch die Kleidung.

»Mir geht es echt scheiße. Mein Herz, da stimmt etwas nicht. Ich kann das hier nicht.«

»Dann machen wir es so«, sagte Farid. »Wenn du willst, fahre ich dich ins Krankenhaus, aber an deinem Herzen ist nichts verkehrt. Was du zur Abwechslung gerade spürst, ist nicht die Abwesenheit des ganzen Scheißzeugs, das du in dich hineinstopfst, sobald du die Möglichkeit hast, sondern ganz normale Angst. Ich glaube, dass du dich langsam an sie gewöhnen musst. Und während wir auf die Nachricht warten, wo du heute Nacht schlafen kannst, wirst du mir erzählen, was passiert ist. Du wirst mit mir sprechen, denn Billy ist tot, und ich glaube ganz gewiss nicht, dass das okay ist, und dein Vater wäre ausgeflippt, wenn er wüsste, was du getan hast.

Dein Vater mochte Billy. Glaubst du etwa, dass er sich darüber gefreut hätte?«

Dogge schwieg. Außer seinem Keuchen war nichts zu hören.

»Was hast du gesagt?«

»Billy ist tot.«

Farid starrte ihn an. Dogge versuchte, seinem Blick zu begegnen. Er wollte keinen Augenkontakt, das konnte gefährlich sein. Jemandem direkt in die Augen zu sehen, bedeutete Macht. Aber den Blick zu senken, bedeutete, dass Farid gewonnen hatte.

»Ich habe keine verdammte Angst.« Seine Stimme trug kaum. »Angst ist für Schwule.«

»Aha.«

»Und ich weiß keinen Anwalt. Ich kenne solche Leute nicht. Da musst du meine Mutter fragen.«

»Wir haben deine Mutter gefragt. Sie fand es besser, wenn wir einen organisieren.«

Als Dogges Atem schwerer wurde, legte die Jugendbetreuerin die Hand auf seinen Arm und beugte sich zu ihm.

»Fass mich nicht an«, schrie er und schüttelte sie ab, während er aufstand. Der Stuhl fiel zu Boden. Die Brust tat jetzt so weh, als würde jemand auf ihm sitzen und einen Gürtel um seinen Brustkorb spannen, immer fester um seine Lunge. Die Jugendbetreuerin presste sich an die Rückenlehne. Sie sah ängstlich aus, als wäre sie ein Tier. Farid bekam einen weiteren Anruf, murmelte eine Weile in sein Telefon, dann drückte er das Gespräch weg und steckte das Handy in die Tasche.

»Wir kriegen das hin«, sagte er. »Du kannst dich beruhigen. Setz dich.«

»Ist Billy tot?«

»Ja. Er starb im Krankenhaus.«

»Okay.«

Eins von Dogges Beinen begann zu zucken, auf und ab, auf und ab, er versuchte, die Hand darauf zu legen, aber er konnte es nicht unterdrücken. Er kratzte sich in der Armbeuge, die Ekzeme dort waren nicht sehr schlimm, aber der Schorf war dünn, er spürte durch den Pullover, wie es anfing zu bluten. Er hörte auf zu kratzen und rieb stattdessen.

Im vorherigen Jahr hatte er Farid einmal fast umarmt, als niemand sie sah. Farid hatte ihn unten im Zentrum von Våringe gefunden. Allein, ohne Billy, und er hatte ihn nach Hause gefahren, obwohl Dogge noch nicht einmal vollgedröhnt war, und ihn bis zum Gartentor begleitet. Dort ließ Farid ihn stehen, aber bevor er ging, legte er einen Arm um Dogges Schultern und die Hand auf seine Stirn, drehte seinen Kopf zu ihm und sagte, *Pass jetzt auf dich auf, versuch, nichts Dummes zu tun.*

Jetzt begegnete Dogge Farids Blick. Für einen kurzen Moment glaubte er, dass Farid seine Hand erneut auf seine Stirn legen wollte, sie dort einen Augenblick verweilen lassen wollte, dass er sagen würde, *Ja, mein Junge, alles wird gut, du wirst schon sehen.* Als wäre er sein Vater. Dogge hätte alles seinem Vater erzählen sollen, und sein Vater hätte ihn umarmt und gesagt, *Natürlich ist das alles nicht dein Fehler.* Er hätte gewusst, dass es nicht Dogges Fehler war, dass alles so kam, wie es gekommen war.

Sein Vater wusste, dass manche Sachen auch richtig schiefgehen konnten. Und er hatte große, starke Hände gehabt, die Dogge weich und entschlossen berührten und dafür sorgten, dass alles gut wurde, sodass er niemals Angst vor etwas haben musste.

Dogge dachte an Farids Hand im Auto, die auf seinem Rücken lag. Wenn er es doch einfach noch mal tun würde, dann würde es ihm leichter fallen zu atmen. Aber Farid berührte ihn nicht, er sah ihn nur an. Direkt in die Augen, ohne zu blinzeln.

»Das hier ist kein Spiel. Es ist an der Zeit, dass du anfängst zu reden, Dogge. Ich will wissen, warum Billy sterben musste, und du wirst es mir erklären.«

»Hör auf. Sei still.«

»Du musst es erzählen, damit ich dir helfen kann.«

Dogge legte den Kopf auf den Tisch und murmelte gegen die Tischplatte.

»Das war nicht ...«, begann er. »Du darfst nicht ... Ich kann nicht ... Ich bin nur ...«

»Ich verstehe nicht, was du sagst. Du musst deutlicher sprechen.«

»Mehdi ... Ich wollte es nicht ... Es ist nicht mein Fehler.«

»Okay? Was meinst du damit, dass es nicht dein Fehler war?«

Das kleine Tonbandgerät, das auf dem Tisch stand, blinkte. Aber Farid sah es nicht an, er betrachtete nur Dogge.

»Er sagte, dass Billy sterben müsse ... Also tat ich es. Ich tat, was er sagte. Ich bin nur ein Kind. Es ist nicht mein Fehler, dass Billy ... Ich tat nur, was Mehdi wollte.«

Die Jungen

Die Jungen wurden eingeschult. Der eine in Våringe, der andere in Rönnviken.

In Dogges Klasse waren sieben Jungen und sechzehn Mädchen. Fünf der Jungen konnten bereits alle Buchstaben des Alphabets. Alle außer Dogge konnten ihren Namen schreiben. In der Vorschule war er beinahe täglich in einen Streit verwickelt. In der Schule wurde er in Ruhe gelassen. Niemand schien ihn zu sehen. Nicht einmal in der Umkleidekabine, wo er als Letzter von allen duschte, am schnellsten von allen, mit dem Rücken nach hinten gewandt und dem Handtuch an einem Haken im Inneren der Kabine. Die Klassenlehrerin, eine Frau mit Mittelscheitel und flachen Schuhen, stellte Fragen, teilte Zettel aus, schrieb auf die Tafel, sprach mit weicher und ernster Stimme. Einmal streckte Dogge die Hand hoch, nur um zu sehen, ob sie ihn anschauen würde. Er wusste die Antwort nicht, aber das machte nichts, weil er nicht aufgerufen wurde.

Er fuhr mit dem Fahrrad zur Schule. Und wenn der Unterricht zu Ende war, radelte er wieder nach Hause. Billy hatte kein eigenes Handy, also konnte er auch nicht anrufen und fragen, ob sie sich treffen wollten, aber er ging beinahe jeden Tag zum Spielplatz und wartete, nur für den Fall. In der zweiten Schulwoche bekam Dogge ein Ekzem im Nacken und in den Kniekehlen. Er kratzte sich, bis es zu bluten begann und sich gesprenkelter Wundschorf bildete. Jetzt bemerkten sie ihn plötzlich, aber nur in der Umkleidekabine vor dem Sportunterricht. Einer seiner Klassenkameraden begann, ihn Salami zu nennen. *Fett und gesprenkelt.* Nach einigen Wochen verloren sie auch daran die Lust. Aber niemand wollte gleichzeitig mit ihm duschen, alle fanden, dass er eklig aussah.

In Billys Klasse waren zweiunddreißig Kinder. Er setzte sich immer ganz nach hinten, in den ersten Wochen konnte er dort sitzen und ziemlich laut sprechen, ziemlich lange, bevor der Lehrer etwas sagte. Aber alle Mädchen außer zweien und drei Jungen mit Hemden und Lederschuhen sahen den Lehrer an, als wäre er ein Promi oder jemand, in den sie verliebt waren. Jedes Mal, wenn Billy sprach, drehten sie sich um und glotzten.

»Still«, sagten sie zu Billy, mindestens viermal in jeder Stunde. »Du sollst still sein.«

Wenn Billy es trotz der Ermahnungen nicht lassen konnte, den Mund aufzumachen, durfte er in den Flur gehen und fünf Minuten warten, bis er wieder hereingelassen wurde. Einmal wartete er nicht, sondern ging einfach auf den Schulhof, durch das Tor und nach Hause.

»Ich hatte Bauchschmerzen«, sagte er seiner Mutter, als die Schule anrief, um ihr mitzuteilen, dass er am Nachmittag nicht mehr im Unterricht war.

»Nächstes Mal gehst du zur Schulkrankenschwester«, sagte Leila.

»Klar.«

»Sonst muss ich mit deinem Vater reden.«

»Klar.«

Billy wusste, was das bedeutete, was sein Vater tun würde, wenn er erfuhr, dass Billy sich nicht benahm. Leila wusste es auch, und sie würde ihre Drohung niemals in die Tat umsetzen, aber sie sagte es trotzdem.

»Nächstes Mal werde ich zur Schwester gehen, Mama. Versprochen.«

Billy hatte bald viele neue Freunde in der Schule, die Mädchen fanden ihn lustig, sogar diejenigen, die sagten, dass er im Unterricht störe und still sein solle. Billy konnte alle zum Lachen bringen, sogar die Lehrkräfte.

Wenn in Dogges Schule Mittagspause war, hatten sie festgelegte Plätze, genau wie im Klassenraum. Jede Klasse hatte einen eigenen Tisch. Neben Dogge saß ein Junge mit goldblondem Haar, dass er gerade nach hinten gekämmt hatte, er sah aus, als wäre er soeben aus der Dusche gekommen.

»Mein Papa sagt, dass dein Papa ein lächerlicher Witzbold ist«, sagte er eines Tages, als es nur noch wenige Wochen bis zu den Weihnachtsferien waren. Dogge war froh. Er hatte immer schon gewusst, dass sein Vater sehr lustig war, obwohl er nicht immer verstand, wann genau er lachen musste.

Am nächsten Tag hatte der Junge mit dem frisch geduschten Haar den Platz getauscht. Es war nicht erlaubt, aber niemand schien sich darum zu scheren, und Dogge sagte nichts. Niemand nahm den leeren Platz ein, aber auch dazu sagte er nichts.

An einem Montag nach Ostern im zweiten Halbjahr der ersten Klasse pfiff Dogge darauf, nach der Mittagspause zurück zum Unterricht zu gehen, stattdessen radelte er zu Billys Schule. Er wusste, wo die Våringeschule lag. In den letzten Monaten hatten sie sich nicht mehr so oft gesehen, nur an den Wochenenden, am letzten allerdings auch nicht. Billy war nicht zum Spielplatz gekommen, obwohl Dogge gesehen hatte, dass seine Mutter mit den kleinen Geschwistern dort war. Als er sie fragte, hatte Leila gesagt, dass Billy auf der Geburtstagsfeier eines Klassenkameraden war.

Niemand merkte, dass Dogge auf Billys Schulhof ging. Viele Kinder gingen auf die Våringeschule, mehrere Hundert, vielleicht tausend, man konnte nicht alle Gesichter kennen. Kein Erwachsener sprach ihn an, um ihn zu fragen, ob er Schüler an der Schule war. Er konnte in Ruhe suchen.

»Hi«, sagte Billy, als Dogge ihn endlich gefunden hatte. Billy lachte, ein seltsames Lachen, und betrachtete nervös die anderen Jungen, die auch dort waren. Er sagte jedenfalls nicht, dass Dogge nicht dabei sein durfte. Er sagte nicht, dass er gehen müsse, dass er einen anderen finden sollte, mit dem er zusammen sein könnte. Stattdessen nahm er Anlauf und trat einen Fußball gegen ein Brett, von dem er direkt zurückprallte. Ein anderer Junge nahm ihn an und trat ihn wieder gegen die Planke und zurück zu Billy.

»Ich schwänze«, sagte Dogge. Er wollte, dass Billy es wusste.

»Klar, ich bin ja nicht doof«, sagte Billy darauf. Jetzt klang er beinahe wütend. Er trat den Ball so fest gegen die Planke, dass der Junge, der ihn annehmen sollte, ihn nicht bekam und hinterherlaufen musste, um ihn zu holen.

Als das Signal über den Schulhof dröhnte und die Pause zu Ende war, verschwanden die anderen Kinder. Billy blieb mit dem Ball unter dem Arm vor Dogge stehen.

Ich kann warten, bis du fertig bist, wollte Dogge sagen, aber er wagte es nicht. Wenn du in die Stunde gehen willst, kann ich hier warten. Danach können wir auf den Markt gehen, ich habe Geld, Papa hat mir jede Menge gegeben, wir können Süßigkeiten für uns beide im Laden kaufen. Oder wir fahren in die Stadt und kaufen uns ein neues Spiel, irgendetwas Cooles, was willst du haben?

Er schluckte. Vielleicht mochte Billy ihn nicht mehr? Er hatte jetzt andere Freunde.

»Scheiß Schule«, sagte Billy schließlich. »So verdammt langweilig. Komm, wir machen irgendwas.«

Freitag, 7. Dezember

11.

Alle nannten ihn Sudden. Wer auf diesen Namen gekommen war, wusste er nicht mehr, aber er war an ihm hängen geblieben. Sudden bekam seinen Spitznamen nur einen Monat, nachdem er und Sara den Lebensmittelladen in Våringe übernommen hatten. Damals war er dreiundzwanzig Jahre alt gewesen, war zwei Jahre zuvor nach Schweden gekommen und schon Vater von zwei Kindern. Mittlerweile benutzte sogar Sara seinen Spitznamen. Den Laden hatten sie Suddens Livs genannt.

Am Morgen nach dem Mord an Billy unterhielt sich ganz Våringe über das, was passiert war. Sudden erfuhr es von seinem ältesten Sohn.

Der Sohn hatte von dem Mord über einen Kumpel gehört.

»Billy ist tot. Dogge hat ihn ermordet.«

Sudden begegnete dem Blick seiner Frau Sara über dem Frühstückstisch. Sie dachte wie er. Aber Sudden ließ nicht zu, dass sie es sagte.

»Wie furchtbar«, sagte er stattdessen. Und dann stand er auf, trank den letzten Schluck seines Kaffees im Stehen und fuhr mit dem Auto zum Marktplatz. Der Laden öffnete wie immer. Sara brachte die Kinder zur Schule.

»Hi, Sudden«, sagten die Kunden, als sie hereinkamen.

»Hallo«, erwiderte er, denn diese Art der Begrüßung hatte er nie gemocht.

Nur wenige Monate, nachdem sie den Laden übernommen hatten, war ihm klargeworden, wie sie darauf gekommen waren, ihn Sudden zu nennen. Zuerst hatte er gedacht, dass die Leute sich einen Spaß mit ihm machten. Dass es eine Beleidigung war und dass er so tun musste, als wäre es lustig, um nicht dumm dazustehen. Er selbst war ein kleiner Mann, nicht größer als eins dreiundsechzig, mit dunklem, lockigem Haar, nicht nur auf dem Kopf, und er hatte noch nie ein Gramm mehr als fünfundsechzig Kilo gewogen. Der Sudden, dem er seinen Spitznamen verdankte, war ein Eishockeyspieler, so las er es im Internet, vielleicht der erfolgreichste aus Schweden. Mats Sundin. Es gab jede Menge Fotos. Der Eishockey-Sudden war so groß wie eine amerikanische Scheunentür, und genauso breit. Die blauen Augen hatten kurze Wimpern, und sein Schädel war komplett kahl rasiert.

»Was habe ich denn mit dem da gemein?«, hatte er seine Frau gefragt.

»Das Lächeln«, antwortete Sara und legte ihre Hand auf seine Wange. »Und die Sturheit. Du gibst niemals auf. Erst dann, wenn du gewonnen hast.«

Als seine Frau das mit der Sturheit erwähnte, wurde Sudden ganz warm ums Herz, er war stolz aus einem Grund, den er gar nicht genau beschreiben konnte. Er musste lächeln, und sie lächelte zurück, und gab ihm damit alles, was er brauchte.

Als Sara ihn das erste Mal anlächelte, war er neunzehn Jahre alt und sie vier Monate älter. Sie hatten sich auf der Universität in Ankara kennen gelernt, er studierte Agrarwissenschaften, sie Politologie. Dass sie mit ihm zusammen sein wollte, war immer noch das größte Wunder in seinem Leben.

Suddens Livs lag am Großen Markt in Våringe. Eigentlich war der Markt überhaupt nicht groß, nur der Mittelteil einer Straße in der Fußgängerzone. Das Geschäft war über

600 Quadratmeter groß, und in den ersten Jahren hatten sie Obst und Gemüse vor dem Geschäft aufgebaut. An den Wochenenden verkauften sie Schnittblumen, die Sudden bei einem Mann kaufte, den er auf dem Kleinunternehmerkurs der Arbeiterbildungsanstalt kennen gelernt hatte. Suddens Livs war kein gewöhnlicher Stadtteilladen. Man konnte dort alles kaufen, was man brauchte, und noch einiges mehr.

Trotzdem war es immer eine Herausforderung gewesen, die Leute in den Laden zu locken und sie nicht an die riesigen Supermarktketten mit ihren acht fußballfeldgroßen Parkplätzen und den künstlich niedrig gehaltenen Preisen zu verlieren. In den ersten Jahren hatte Sudden nachts wach gelegen und überlegt, wie sie das Angebot noch persönlicher gestalten, es auf Våringes Einwohner zuschneiden könnten. Alle, die zu ihm kamen und einkauften, sollten das Gefühl haben, dass sie genau die Waren bekamen, die wichtig für sie waren. Er brachte eine Anschlagstafel und einen Ideenbriefkasten neben der Pfandrückgabe an und forderte seine Kunden auf, ihm mitzuteilen, was er für sie ins Sortiment nehmen sollte. Er lauschte zwischen den Regalen und schrieb lange Listen, damit er sich an alles erinnerte, was seine Kunden gerne von ihm hätten. Persischen Basmatireis, Ayran, Apfeltee, Rosenwasser, eingelegten Knoblauch und Zatar in der Dose. Wenn er die Möglichkeit hatte, stellte er Fragen, viele Fragen, und er lernte es, auch die rätselhaftesten Antworten zu deuten. Den Leuten fiel es schwer, um Dinge zu bitten, aber sie sagten sofort, wenn sie mit etwas unzufrieden waren. Und wenn man ihnen eine direkte Frage stellte, dann wichen sie einer Antwort selten aus. Es passierte auch, dass sie logen und sagten, dass alles gut sei und sie gar nichts haben wollten, aber man sah ihnen an, was sie eigentlich dachten. Es dauerte dann etwas länger und war anstrengender, alles richtig zu machen, aber es lohnte sich.

Sudden und Sara verdienten in den ersten Jahren viel Geld. Der Laden wurde zu einem Ort, in den man nicht nur zum Einkaufen ging, sondern auch, um sich zu unterhalten, um Leute zu treffen. Das Gemüse war besser als in jedem anderen Lebensmittelladen, Sudden wusste, was er kaufen musste, und legte nie eine überreife Avocado oder Äpfel mit Druckstellen in die Kisten. Er verkaufte zwanzig Sorten Nüsse und doppelt so viele unverpackte Sorten von getrockneten Bohnen und Linsen. Es gab eine Spielecke mit einem Fernseher, auf dem Trabrennen oder Fußball lief, und dort saßen immer mindestens zwei alte Männer mit zerkauten Bleistiften im Mundwinkel. Sara und Sudden arbeiteten in Schichten, und wenn beide gleichzeitig arbeiten mussten, nahmen sie die Kinder mit. Sie durften im Personalraum sitzen und ihre Hausaufgaben machen, oder auf dem Boden hinter der Kasse, wo sie malten oder lasen.

Als Sudden nach dem Mord an Billy zum Laden kam, durfte er als Erstes den Schnee vor dem Eingang wegfegen. Schon der erste Kunde wollte über das reden, was passiert war. Es war ein guter Tag für den Laden. Alle wollten eine Weile an der Kasse stehen bleiben.

»Wollen sie einander umbringen, bis keiner mehr übrig ist?«

»Ich kenne Billys Mutter, sie sagte, dass er aufgehört hat, dass er sich jetzt ordentlich benahm.«

»Billys Mutter hat alles für ihn getan. Aber es hat nichts genützt, er muss irgendeine Diagnose gehabt haben.«

»Billy hatte schon immer Probleme. Wenn man so lebt wie er, stirbt man jung.«

»Da muss Rache gewesen sein. Der Polizei sind wir scheißegal, sie schützen unsere Kinder nicht.«

Über Dogge hatten sie auch viel zu sagen.

»Wenn er gestorben wäre und nicht unser Billy, dann hätte es einen öffentlichen Aufschrei gegeben, dann hätte sich die Polizei vielleicht darum gekümmert.«

»Das sind diese Rönnviken-Blagen wie Dogge, die den Drogenhandel finanzieren, in Rönnviken gibt es nämlich die Nachfrage, und wenn die Polizei dagegen vorgehen würde, hätten wir überhaupt kein Problem.«

»Das war seine Eintrittsprüfung für die Gang.«

Sudden hörte allen zu, und er fand die richtigen Worte dazu.

Sie sind nur Kinder. Eine Mutter sollte ihr Kind nicht begraben müssen.

Er nickte, wenn sie Gutes über Billy sagten, und tat so, als würde er Dogge kaum kennen.

Als Billy und Dogge zum ersten Mal in Suddens Livs klauten, waren sie gerade acht, kaum alt genug, um ernst genommen zu werden. Sie waren nicht die Einzigen, also tat er das, was er immer mit den jungen Langfingern machte. Er nahm ihnen die Beute ab, sagte ihnen, dass sie es nicht noch einmal machen sollten, und schickte sie raus.

Aber es eskalierte schnell. Trotzdem war Sudden überzeugt davon, dass es reichen sollte, mit ihren Eltern zu sprechen. Normalerweise, wenn er den Jungen die Telefonnummer der Eltern entlocken konnte, rief er sie an, ansonsten begleitete er sie nach Hause, denn es gab immer irgendeinen Kunden, der ihre Adresse kannte.

Als er Dogge zum vierten Mal erwischte, fuhr er sogar nach Rönnviken hinüber und suchte erfolgreich nach seinem Haus. Dort durfte er auf der Treppe stehen und sein Anliegen erklären, Dogges Vater sagte, dass er ein ernstes Wort mit seinem Sohn reden würde.

Billys Mutter bat ihn in ihre Küche, sie hörte ihm zu, servierte Tee. Sie versicherte ihm, dass es nicht mehr vorkommen würde. Aber es kam wieder vor. Zur schlimmsten Zeit konnte es mehrere Male in der Woche passieren. Manchmal mehrere Male am Tag. Er versuchte nicht mehr, mit Billys Mutter zu sprechen, er wusste, wie viel sie arbeitete, er wusste, mit wem sie verheiratet war, sie machte es so gut, wie sie konnte.

Als Dogge und Billy dreizehn geworden waren und sich nicht mehr mit kleinen Diebstählen begnügten, beschloss er, Obst und Gemüse in den Innenraum zu holen. Es waren nicht mehr nur Billy und Dogge, die Ärger machten, aber sie waren die Schlimmsten. Sudden investierte in zwei Überwachungskameras. Aber es half nichts. Er hatte angefangen, die Polizei zu rufen. Sie kamen, beinahe jedes Mal, zumindest zu Beginn, aber weil Dogge und Billy noch Kinder waren, konnten sie nichts anderes tun, als ihre Namen aufzuschreiben, ihnen zu sagen, dass sie verschwinden sollten, und das Jugendamt zu informieren. Das eine oder andere Mal boten sie sich an, die Jungen nach Hause zu fahren. Aber sobald die Polizei verschwunden war, kamen die Jungen wieder zurück. Das Jugendamt organisierte Treffen mit den Eltern, während die Kinder sich weiter die Taschen mit Süßigkeiten füllten, die Glasscheibe des Zigarettenautomaten zerschlugen, mit Gewürzdosen aufeinander und auf andere Kunden warfen, Regale umstießen, Flaschen zerschlugen, Limonade in die Fischtheke kippten und Blauschimmelkäse auf den Pfandautomaten schmierten. Suddens Herz begann schon zu rasen, wenn er sie auf der Straße vorbeifahren sah. Nachts träumte er von ihnen.

Trotzdem war das lange noch nicht das Schlimmste, was sie taten, Sudden konnte sich gar nicht vorstellen, wie hässlich es werden würde.

Die Bibliothek neben ihrem Laden musste schließen. Einsparungen war die offizielle Erklärung dafür, wie auch für den Umzug der Außenstelle des Sozialamts von Våringe in den Nachbarstadtteil. Und als die öffentlichen Räumlichkeiten schlossen, verschwanden auch die Wachleute, die die Stadtverwaltung dort postieren musste und die Sudden manchmal, aber nur manchmal, dabei halfen, die Jungen zu vertreiben.

Für einige Wochen hatte Sudden selbst einen Sicherheitsmann engagiert, aber an manchen Tagen kostete er mehr als die Tageseinnahmen des Ladens, und es wagten sich immer weniger Kunden in sein Geschäft, sodass er damit aufhören musste. Wenn die Jungen auf dem Markt vor seiner Tür rumhingen, war der Laden vollkommen leer. Wenn sie irgendwo anders hin verschwanden, kamen vielleicht ein, zwei Kunden, aber sie gingen so schnell wie möglich durch den Laden, nahmen nur das absolut Notwendige, plauderten nicht an der Kasse und ließen die Fleischtheke komplett links liegen. Den Fernseher in der Spielecke hatten Dogge und Billy dreimal kaputt geschlagen, bevor Sudden beschloss, ihn endgültig abzuschaffen. Dort saß jetzt ohnehin niemand mehr, sie fuhren in die Nachbargemeinde und lieferten dort ihre Tippscheine ab. Und nachdem ein paar Jungen in das Lager eingebrochen waren und jede Menge Pakete geklaut hatten, verlor er die Genehmigung, eine Postfiliale zu betreiben.

Einen Monat später teilte seine Versicherungsgesellschaft mit, dass sie entschieden hätten, seinen Vertrag nicht zu verlängern.

Als Sudden glaubte, es könnte nicht noch schlimmer kommen, beschloss er, schon um sieben Uhr abends zu schließen. Aber dann installierte die Stadt eine Überwachungskamera auf dem Markt, die Polizei trat im Fernsehen auf und betonte, dass sie es jetzt wirklich ernst meinte. Die Operation Schneesturm begann. Die Straßen sollten ab sofort sicher werden und das alles ein Ende finden. Daraufhin ließ er den Laden wieder bis um Mitternacht geöffnet, allerdings nur an Wochenenden. Dazu war er gezwungen. Wenn er nicht mehr Geld einnahm, war er pleite.

Von den erweiterten Polizeieinsätzen merkte Sudden ziemlich wenig, er hatte nur einen ganz normalen Laden, und auch bei freiwilligen Aktionen gab es Prioritäten. Es gab so viele Orte, die überwacht werden mussten, die Schulen, die Vorschulen, die städtischen Schwimmhallen und die Jugendzentren, in denen Discos für die Jugendlichen veranstaltet wurden, und im Stadtwald, in den sie anschließend gingen. Es gab mehr Orte als Polizisten. Und sie konnten nicht überall Überwachungskameras aufstellen, denn wer wollte in so einer Gesellschaft leben?

»Das solltest du eigentlich besser wissen als wir«, hatte einer der Polizisten geantwortet, nachdem er ihn gefragt hatte, warum nicht eine der Kameras vor seinem Eingang angebracht wurde. »Du solltest wissen, was passiert, wenn man dem Staat zu viel Macht gibt, denn davor bist du ja wohl geflohen, oder?«

Und Sudden hatte genickt, war nach Hause gefahren und in den Keller gegangen.

In einem Regal hinter dem Heizkessel lag ein Baseballschläger. Es war aus Eichenholz und einundachtzig Zentimeter lang. Er besaß ihn schon seit vielen Jahren, aber er hatte die ganze Zeit dort gelegen, ohne dass er je benutzt worden war.

Er hatte ihn aus dem Regal genommen, den Staub mit der Hand weggestrichen, nahm ihn aus dem Keller mit in die Garage und fuhr von dort zurück zur Arbeit. Niemand hatte ihn gesehen, als er ihn unter die Hauptkasse legte, an der er ganz allein im Laden saß und arbeitete. Von außen war er nicht zu sehen, aber Sudden wusste, wo er lag. Das reichte.

Am Tag nach dem Mord hörte er allen zu, die in den Laden kamen, um über das Schreckliche zu berichten. Er sagte immer die richtigen Worte. Was er eigentlich dachte, sagte er nicht, nicht einmal Sara.

12.

»Dann darf ich wohl gratulieren.«

Farid hatte noch nicht einmal richtig an dem ovalen Konferenztisch Platz genommen. Ein mittelblonder, mittelalter Mann mit sehr viel Zahnfleisch und mindestens zwei geöffneten Knöpfen zu viel an seinem karierten Hemd streckte ihm die Hand entgegen.

»Nicht, dass es so furchtbar viel an unserer betrüblichen Aufklärungsstatistik verbessern würde, dieser Zug ist bei uns schon lange abgefahren, aber trotzdem. Ich heiße Bengt, ich habe gehört, dass du uns bei den Vernehmungen helfen willst, weil niemand die Jungen so gut kennt wie du. Und das scheint ja offensichtlich auch zu stimmen.«

Farid schüttelte Bengts Hand und setzte sich.

»Ein Vierzehnjähriger, der einen älteren Gangster beschuldigt, ihn zum Mord angestiftet zu haben. Gut gemacht. Ich will gar nicht wissen, wie du vorgegangen bist. Mittlerweile darf man ja nicht einmal mehr *du, du, du* sagen, ohne dass man den Kinderombudsmann an der Backe hat. Und Gott sei demjenigen gnädig, der die Menschenrechte des Nachwuchses zu verletzen versucht, indem er – was weiß ich? – ihnen das Handy wegnimmt oder irgendetwas anderes tief Traumatisierendes unternimmt. Tja, wenn ich darüber nachdenke, sind es wohl eigentlich wir, die wir mit dir zusammenarbeiten dürfen, denen gratuliert werden sollte, und nicht du.«

»Das wäre wohl ein bisschen voreilig, glaube ich«, murmelte Farid.

Es sah sich in dem langen, schmalen Raum um. Ganz vorne an der Kopfseite des Tisches hing ein Großbildschirm an der Wand. Drei Fenster zeigten die Personen, die online an dem Treffen teilnahmen. Die langen Seiten des Raums waren von insgesamt sechs Whiteboards bedeckt. Eine Frau in den Zwanzigern mit kurz geschnittenem Haar und einem zu engen Metallica-T-Shirt stand vor einer von ihnen und schrieb.

Direkt gegenüber von Farid, auf der anderen Seite des Tisches, saß der Ermittlungsleiter, Kriminalkommissar Svante Larsson. Farid hatte ihn vorher schon einmal getroffen, auf einer Fortbildung zum Thema Aussagepsychologie. Svantes Haar war grauer geworden, seit er ihn das letzte Mal gesehen hatte, aber der Bauch war immer noch genauso flach, der Rücken genauso gerade und das Lächeln genauso unbekümmert.

»Du bist hier!« Svante schob seinen Stuhl nach hinten. »Willkommen! Dann legen wir los, wir haben nur auf dich gewartet. Wir haben keine Zeit zu verlieren.«

»Bin ich etwa zu spät?«

»Nein, nein, keine Sorge. Wenn alle deine Vernehmungen genauso produktiv sind wie die von heute Nacht, kannst du kommen, wann du willst. Wir richten uns ganz nach dir. Es gehört ja nicht unbedingt zum gewohnten Ablauf, dass uns der eine Gangster auf einen richtigen, volljährigen Gangster stößt. Wie hieß er noch mal?«

»Mehdi Ahmad.«

»Genau. Du musst uns ein bisschen von ihm erzählen, er ist ja eine neue Größe, für mich zumindest. Kannst du für uns auch die heutige Vernehmung zusammenfassen, also, wenn du nichts dagegen hast? Ihr habt heute mit dem Jungen gesprochen, oder?«

Farid nickte.

»Vor zwei Stunden. Das lief allerdings nicht so gut.«

»Das kann ich mir vorstellen. Aber als Erstes möchte ich dir die Truppe vorstellen. Ich habe Dojjan und Gustav gebeten, dabei zu sein, sie gehören nicht zum Ermittlungsteam, aber ich wollte sie beim ersten Mal trotzdem mit einbeziehen. Es ist gut, eine Zusammenfassung der nächtlichen Ereignisse von denen zu bekommen, die anwesend waren. Dann haben wir Lisa, sie ist unsere IT-Koordinatorin …«

»Lotta«, murmelte die junge Frau mit dem Metallica-T-Shirt. Sie hörte auf, an die Tafel zu schreiben, und wandte sich Farid zu. »Ich heiße Lotta.«

Svante fuhr unbekümmert fort.

»Sebastian koordiniert die Forensik.«

Der Mann, der neben Svante saß, hob den Arm. Er hatte kleine Hände, eine kleine Nase, trug eine Brille und eine Jeans mit Bügelfalte. Kein Scheitel, aber Haargel, um ihm einen ganz natürlich zerzausten Look zu geben. Ein Zivilangestellter, dachte Farid. Kriminologe, möglicherweise. Hat einen lückenlosen Lebenslauf ohne Rechtschreibfehler oder fehlende Satzzeichen eingereicht, mit einer winzigen Fotografie und einem Abschnitt über Freizeitinteressen: Radfahren, Padel-Tennis und Netflix.

Svante fuhr fort.

»Dann haben wir hier Jonas und Lena aus Våringe, die uns dabei helfen werden, das gesamte Material aus den Überwachungskameras durchzugehen. Das ist eine ganze Menge, ehrlich gesagt, in Rönnviken hat anscheinend jeder eine Kamera in der Hofeinfahrt hängen, und in Våringe wird offensichtlich jede Straßenkreuzung beobachtet. In der Richtung gibt es also einiges zu tun.« Zwei Anwärterinnen, mit denen Farid vorher schon zu tun hatte, hoben ihre Hände. »Und dann haben wir hier noch drei Jungs von der Fahndung, die online zugeschaltet sind.« Svante nickte zu dem Schirm, der ganz hinten im Raum hing. Zwei der drei Männer winkten. Der dritte schien eine schlechte Verbindung zu haben, das Bild war in dem Moment eingefroren, als er mit halb geöffnetem Mund nach vorne starrte.

»Das ist alles?« Farid runzelte die Stirn. »Mehr sind wir nicht?«

»Willkommen im Schweden von heute. Wir sind zehn Leute, zumindest für eine Woche. Bengt, wir brauchen übrigens noch jemanden, der das Ermittlungsprotokoll führt, das musst du dann übernehmen. Sprich dich ab mit ...« Svante zeigte auf Lotta. »Sie weiß, wie es geht.«

Bengt nickte widerwillig.

»Geht nicht weg, ohne vorher eure Kontaktdaten dort zu hinterlassen.« Svante nickte zu einem der Whiteboards hinüber. »Und bevor wir uns dann mit der letzten Vernehmung befassen, klären wir kurz den letzten Stand der Dinge. Jeder berichtet, was er gemacht hat, während du dem kleinen Douglas Gutenachtgeschichten vorgelesen und mit ihm einen Kakao getrunken hast.«

Er nickte Sebastian zu, der sein Notebook aufklappte, aber bevor er zu sprechen begann, fügte Svante noch hinzu: »Eine Sache noch, Foad, da war etwas, was wir dich noch fragen wollten. Hast du dir den Notruf angehört?«

Farid nickte. »Es war Dogge, der die 112 angerufen hat. Kein Zweifel.«

»Gut. Dann kannst du jetzt loslegen, Sebastian.« Svante lehnte sich in seinem Stuhl zurück.

Sebastian räusperte sich und schob die Brille hoch. Zuerst las er von einem Whiteboard ab, auf der eine Zeitleiste aufgemalt worden war.

»Der Notruf ging um 23.08 Uhr ein, wir hatten neun Minuten später den ersten Streifenwagen vor Ort. Der Platz wurde gesichert, und das Rettungspersonal wurde um

23.38 Uhr eingelassen. Der Rettungswagen fuhr kurz vor Mitternacht ab, das Opfer wurde eine gute Stunde später im Krankenhaus für tot erklärt. Wir glauben, dass die Schüsse wenige Minuten vor elf fielen. Wir fanden vier leere Hülsen auf dem Spielplatz. Die Ärzte im Karolinska haben zwei Kugeln aus Billy herausgezogen, unsere Techniker schnitten weitere zwei aus einem Baum hinter den Schaukeln. Keine Waffe, leider, aber die Hülsen sind zur Analyse geschickt worden. Die Spürhunde konnten im Schnee nicht arbeiten, dabei kam also nichts heraus. Um drei Uhr in der Nacht vom Donnerstag auf den Freitag hielten Kollegen zwei Autos an, von denen wir wissen, dass ihre Eigentümer Kontakt zu Mehdi haben, aber auch dabei kam nichts weiter heraus.«

Lotta bewegte sich zu einem der leeren Whiteboards, schrieb ganz oben *Mehdi Ahmad* hin und gab den Stift dann weiter an Bengt.

»Kannst du uns aufschreiben, was wir über ihn und seine Angehörigen wissen?«, sagte sie leise.

Bengt nahm den Stift entgegen, nickte, blieb aber sitzen. Sebastian redete weiter.

»Bei der Hausdurchsuchung ist ebenfalls keine Waffe gefunden worden. Wir nahmen das Übliche aus Rönnviken mit, Handys und Computer. Die halb gewaschene Kleidung, die Dogge trug, ist ebenfalls zur Untersuchung geschickt worden. Die Schuhe, die wir im Flur gefunden haben, haben laut Protokoll sichtbare Spuren, die aus Blut bestehen könnten, da läuft eine Schnellanalyse, wir rechnen mit einer Antwort im Laufe der Nacht oder spätestens morgen früh. Es befinden sich drei Überwachungskameras auf dem Spielplatz, sie wurden dort nach einem Zwischenfall angebracht, bei dem das Personal vom Grünflächenamt eine benutzte Kanüle und menschliche Exkremente vergraben im Sandkasten gefunden hatte. Zwei der Kameras funktionieren immer noch. Und obwohl beide auf die Sandkiste und die Sitzbänke, die dort stehen, gerichtet waren, kann man Dogge und Billy für ein paar Sekunden im Bild sehen, als sie nach oben zu den Schaukeln gingen. Sie unterhalten sich. Aber sie streiten nicht. Niemand von ihnen trägt etwas, soweit wir es sehen können. Ihr findet alle Filme, denen wir eine Bedeutung für die Ermittlungen beimessen, im Ordner Dur2. An den Schaukeln selbst sind sie wieder außerhalb des Bilds, also haben wir kein Material, dass die Schüsse selbst dokumentiert, aber zumindest sind auf diesen Bildern auch keine anderen Personen zu sehen. Zehn Kriminaltechniker haben den Tatort und den Nahbereich durchsucht. Hülsen, wie gesagt, vier Stück, das habe ich ja schon gesagt. Blut und Müll auch. Die Proben von Dogge und die Kleidung, die er in die Waschmaschine gesteckt hat, sind ins Labor geschickt worden, auch die Schuhe, aber das habe ich ja alles schon gesagt. Wir warten auf die Ergebnisse.«

»Habt ihr bei Billy irgendetwas gefunden?«, sagte Farid, während er den Computer aus dem Rucksack zog und ihn in die Dockingstation an seinem Platz steckte.

Sebastian antwortete. »Sein Handy, das war alles. Er hatte jede Menge verpasster Anrufe von einer unbekannten Nummer, sowie eine SMS, die ihr bereits gesehen habt. Es wurde ihm mitgeteilt, dass er dorthin kommen sollte.«

»Und bei ihm zu Hause?« Farid schaltete seinen Rechner an.

»Nichts anderes als … Ja, dort stand eine leere Reisetasche im Wohnzimmer. Als hätte sie jemand herausgeholt, um zu packen. Die Kontaktbeamtin der Familie fragte Leila danach, aber sie hatte nichts dazu zu sagen. Und sie wohnen sehr eng, vielleicht wurde sie auch nur als zusätzlicher Aufbewahrungsraum benutzt.«

»Wie können wir herausfinden, ob sie irgendwelche Reisen geplant hatten?« Lotta hatte aufgehört zu schreiben und sich zum Tisch gedreht.

»Wir haben alle Computer mitgenommen, die zum Haushalt gehörten«, sagte Sebastian. »Es waren Schulcomputer, und die Familie hat darum gebeten, sie so schnell wie möglich zurückzubekommen. Sie sind für den Unterricht der Kinder notwendig. Aber vielleicht war es einer von ihnen?«

»Die Handys?«

Farid tippte seine Login-Daten ein.

»Wir haben nur Billys.« Svante hatte die Arme vor der Brust verschränkt. »Der Staatsanwalt sieht keinen Grund, warum wir in dieser Situation noch weitere beschlagnahmen sollten.«

»Haben wir alle Mailadressen der Familienmitglieder?« Farid sah Lotta an.

»Von denjenigen, die sie uns gegeben haben, ja. Aber wenn sie Flugtickets irgendwohin gebucht haben und es uns nicht sagen wollen, haben sie sie wohl von einer Mailadresse gebucht, die sie nicht verraten haben. Außerdem dürfen wir sie nach derzeitigem Stand gar nicht einsehen.«

»Okay. Das Handy, mit dem Dogge die 112 angerufen hat?«

»Ein nicht registriertes Prepaid-Handy«, antwortete Sebastian. »Wir haben es nicht gefunden. Weder zu Hause bei Dogge noch auf dem Spielplatz. Wir haben die Daten von den Sendemasten angefordert, um einen Überblick über die Verbindungen zu bekommen. Billys privates Handy haben wir beschlagnahmt, wie gesagt, genau wie Dogges.« Er sah Farid an, der nickte.

»Und Mehdi?«

»Vermisst, aber nicht vergessen«, sagte Bengt fröhlich. Er hatte den Stift hinter sein Ohr gesteckt. »Wir suchen immer noch. Er ist jedenfalls nicht zu Hause bei seiner Mutter und auch nicht bei den anderen Adressen, an denen er sich normalerweise aufhalten sollte. Und natürlich gibt es niemanden, der eine Ahnung hat, wo er sich befindet, am allerwenigsten seine besten Freunde. Er ist untergetaucht.«

»Glaubst du, dass er in Schweden ist?« Svante drückte eine Portion Snus unter die Oberlippe und wandte sich an Farid. »Was glaubst du? Was kannst du über ihn berichten?«

»Man kann sich ja nie ganz sicher sein, aber ich vermute, dass er sich in der Nähe von Våringe aufhält. Mehdi hat keine Villa in Spanien, das ist nicht das Niveau, auf dem er agiert. Vermutlich hat er sich zu seiner neuesten Freundin verkrümelt oder er ist bei einem Kumpel. Er wird irgendwann auftauchen.«

Svante schob die Snusdosis zurecht.

»Also, Foad? Wie ist die Vernehmung von Dogge heute gelaufen?«

»Mein Name ist Farid Ayad.« Er ließ seinen Blick um den Tisch wandern. »Ich arbeite als Jugendpolizist in Våringe, wie ihr sicher wisst, und bin hierhin abgestellt, um euch bei den Ermittlungen, in erster Linie bei den Vernehmungen, zu unterstützen. Wie ihr auch bereits wisst, hat Dogge gestern, ja, oder heute Morgen, wenn man genau sein will, Mehdi als Anstifter angegeben. Wir suchten noch nach einer Unterkunft für ihn, und in der Zeit hat er es ausgeplaudert. Heute ist er wieder ausgenüchtert, außerdem durfte er seinen Anwalt treffen, und jetzt schwört Dogge Stein und Bein, dass Mehdi so unschuldig ist wie ein neugeborenes Kind.«

Svante lehnte sich in seinem Stuhl zurück, faltete die Hände hinter dem Kopf und legte die Füße auf den Stuhl vor sich.

»Er hat diese Anschuldigung also zurückgenommen?«
»Ja.«
»Hm.« Svante schloss die Augen, als würde er über das

nachdenken, was Farid gesagt hatte. Nach ein paar Sekunden schlug er sie wieder auf. »Müssen wir das wirklich ernst nehmen?«

»Ich wüsste nicht, was wir sonst machen sollten. Oder was denkst du?«

»Du hast es ja vorgelesen und er hat es unterschrieben, oder?«

»Ja.«

»Dann gehen wir einfach davon aus. Hat er etwas über die Waffe gesagt? Wer hat sie ihm gegeben? Wo ist sie jetzt?«

»Er sagt, es wäre eine Glock gewesen.«

Svante lächelte.

»Solche Leute wie Mehdi lieben ihre Glocks, was?« Er klang triumphierend. »Alle in dieser Branche lieben ihre Glocks.«

Farid räusperte sich.

»Genau. Daraus lässt sich gar nichts ableiten. Ihr wolltet wissen, wer Mehdi ist. Meiner Einschätzung nach ist er ein Wichtigtuer. Kein angenehmer Zeitgenosse, ausgesprochen brutal, aber er gibt sich größer, als er ist, und im Grunde sind die Einzigen, die darauf hereinfallen, die Heranwachsenden in Våringe. Sie vergöttern ihn.«

»Könnte er einem dieser Jungen befehlen, jemanden umzubringen?«

Farid nickte.

»Hundertprozentig.«

»Na, dann«, Svante schlug die Hände zusammen.

»Ihr werdet …« Farid schloss seinen Laptop an das Lautsprechersystem des Raums an. »Ich spiele euch vor, was er in der zweiten Vernehmung gesagt hat.«

Er drückte auf Play. Dogges Stimme füllte den Raum.

»Nein, nein. Das war nicht Mehdi. Ich habe mich geirrt. Er hat nichts zu mir gesagt. Überhaupt nichts. Nie.« Man konnte hören, dass Dogge im Stimmbruch war. »Ich kenne diesen Mehdi ja kaum. Er hat gar nichts gesagt.«

»Du hast also ganz allein beschlossen, Billy umzubringen?«

»Ich sage gar nichts.«

»Von wem hast du die Waffe bekommen?«

»Ich sage gar nichts.«

»Was war es denn für eine Waffe?«

»Eine Glock.«

»Okay. Wie bist du an sie herangekommen?«

»Daran kann ich mich nicht erinnern.«

Farids tiefes Seufzen war auf dem Band deutlich zu hören.

»Hast du sie gekauft?«

»Nein.«

»Hat sie dir jemand gegeben?«

»Ich erinnere mich nicht.«

»Daran kannst du dich nicht erinnern?«

»Nein.«

»Wo ist die Waffe jetzt?«

»Ich weiß nicht.«

»Du weißt es nicht?«

»Nein, ich habe es vergessen.«

»Woher weißt du dann, dass es eine Glock war?«

»Äh … das weiß ich eben einfach. Alle wissen es! Alle wissen, wie eine Glock aussieht.«

»Wie sieht sie denn aus? Kannst du sie beschreiben?«

»Das ist eine verdammte Bullenpistole, weißt du etwa nicht, wie eine Glock aussieht?«

»In Schweden hat die Polizei keine Glocks. Kannst du mir beschreiben, wie sie aussieht? Kannst du erklären, wie sie funktioniert?«

»Wenn du mir eine gibst, kann ich es dir zeigen. Wenn du willst. Wenn du sicher bist, dass ich dich nicht erschieße, zeige ich es dir.«

»Wer hat es dir beigebracht?«

»Was? Ich … äh …« Dogge räusperte sich. »Niemand.«

»Hast du es vielleicht vergessen?«

»Ich erinnere mich nicht.«

»Du erinnerst dich nicht? Du weißt genau, wie eine Glock funktioniert, aber du erinnerst dich nicht, wer es dir beigebracht hat? War es dieselbe Person, die dir die Glock gegeben hat, die dir dann auch gezeigt hat, wie sie funktioniert?«

»Nein … oder, ich weiß nicht.«

»Hast du die Waffe mit zum Spielplatz genommen?«

»Mhm.«

»Warum hast du die Waffe mitgenommen?«

»Ich sollte dort … Kein Kommentar.«

»Wer hat beschlossen, dass Billy und du euch gestern auf dem Spielplatz treffen solltet?«

»Kein Kommentar.«

»Billy hat eine Nachricht auf sein Handy bekommen, dass er zum Spielplatz kommen soll, sonst würde jemand zu ihm nach Hause kommen. Hast du diese Nachricht geschickt?«

»Nee.«

»Also war es Billy, der dich treffen wollte?«

»Nein.«

»Also warst du es?«

»Kein verdammter Kommentar.«

»Aber ihr habt euch dort getroffen?«

»Wie hätte ich ihn sonst erschießen sollen?«

»Woher wusstest du, dass er dort war, wenn ihr euch nicht verabredet habt?«

»Halt die Fresse.«

»Mitten in der Nacht habt ihr also beschlossen, euch auf dem Spielplatz zu treffen, aber warum?«

»Ich will deine Scheißfragen nicht beantworten. Ich muss

gar keine Antworten geben. Keine einzige Scheißfrage mehr, du kannst dich verpissen.«

»Was hast du mit der Waffe gemacht, nachdem du Billy erschossen hast?«

»Verpiss dich.«

»Wo hast du sie weggeworfen?«

»Das geht dich gar nichts an.«

Farid drückte auf Pause und sah in den voll besetzten Raum.

»Ja, so geht es noch eine Weile weiter.«

Sebastian streckte die Hand hoch.

Klassenprimus, dachte Farid.

»Ja?«

»Das gesamte Überwachungsmaterial, das wir bislang betrachtet haben, sagt dasselbe. Dogge und Billy waren alleine auf dem Spielplatz. Wir haben noch nicht alles durchgesehen, aber eines wissen wir jetzt schon sicher, und das ist, dass Dogge vom Spielplatz nicht direkt nach Hause ging. Er steigt um 23.09 Uhr in einen Bus der Linie 530 unten im Zentrum von Våringe, und mit dem fährt er eine Weile, bevor er umsteigt und sich in die 501 setzt, die nach Rönnviken geht. Aber wenn ich bedenke, dass wir einen Durchsuchungsbeschluss für das Haus der Arnfeldts haben, scheinen wir davon ausgegangen zu sein, dass Dogge genau in die andere Richtung gelaufen ist.«

Sebastian sah Dojjan und Gustav an. Die sahen ihrerseits zu Farid, der seufzte.

»Wir brauchten einen schnellen Beschluss, und ich könnte …«

»Scheiß drauf«, mischte sich Svante kurz entschlossen ein. »Ich habe das auch gesehen, und ich weiß genau, worauf ihr hinauswolltet. Es war dunkel und verdammt kalt, und ihr wolltet sichergehen, dass ihr bei diesem Dogge ins

Haus kommt. Nichts Seltsames daran, so wie ich es sehe.« Er wandte sich an Dojjan und Gustav. »Aber wenn wir einfach darüber hinwegsehen, was ihr gestern geglaubt habt, als euch die Frage gestellt wurde: Was genau habt ihr gesehen?«

»Ich dachte vor allem daran, dass möglicherweise noch jemand vor Ort war«, sagte Gustav. »Dass jemand eine Waffe hatte, und dann haben wir den Jungen gesehen, und … ja, dann dachte ich eigentlich an nichts anderes mehr.«

Dojjan nickte.

»Du hast die Bilder gesehen, die ich mit meinem Handy gemacht habe, während Gustav die Herz-Lungen-Massage machte. Sie sehen aus wie die Ultraschallbilder, die mir meine Tochter gezeigt hat, als sie Zwillinge erwartete. Es ist einfach zu dunkel, um irgendetwas zu erkennen. Er könnte in jede Richtung weggegangen sein. Es fing wohl erst an zu schneien, nachdem auf Billy geschossen wurde. Selbst wenn es mitten am Tag gewesen wäre, hätten wir keine Spuren finden können.«

»Okay«, sagte Sebastian. »Dann schlage ich vor, dass wir dazu eine neue Aktennotiz machen, die ihr dann ins Register eintragt.«

Svante richtete sich in seinem Stuhl auf.

»Wir haben auch Billys Telefon. Billy hat an dem Abend jede Menge Anrufe von der Nummer erhalten, von der aus Dogge später den Notruf gewählt hat, aber er nimmt keinen von ihnen entgegen. Dann bekommt er eine Textnachricht. ›Komm jetzt runter zum Spielplatz, sonst passiert was‹, so ähnlich hieß es da doch?«

Sebastian sah auf seinen Computerbildschirm. Er schien nach etwas zu suchen.

»Hat Dogge noch mit jemand anderem geredet als mit Billy?«, fuhr Svante fort. »Hat er mit Mehdi gesprochen? Vor den Schüssen? Oder Bericht erstattet? Wie gesagt, wir haben die Daten der Sendemasten angefordert, damit wir sehen können, was in der Nähe passiert ist, aber am besten wäre es, wenn wir das Telefon selbst beschlagnahmen könnten. Wenn Dogge auch in Zukunft bei den Vernehmungen wie ein besoffener Abgeordneter klingt, dann brauchen wir mehr über Mehdi. Können wir irgendeinen Beschluss bekommen? Ihn abhören, vielleicht? Eine bessere Übersicht über seine Gang?« Er wandte sich an Farid. »Wie heißen die überhaupt? Haben die einen Namen?«

Farid zuckte mit den Schultern.

»Nicht dass ich wüsste.«

»Lasst sie uns …« Svante zog die Mundwinkel herunter, »X-Boys nennen, das klingt gut. Äh …« Er winkte Lotta zu. »Schreibst du das auf?«

Lotta trat an das Whiteboard, auf dem Mehdi Ahmad stand, und schrieb »X-Boys« unter seinen Namen. Svante nickte zufrieden.

»Gut … und jetzt will ich, dass ihr landesweit nach diesem verdammten Mehdi fahndet. Schenkt den Våringern ein bisschen Ruhe und Frieden und sperrt diesen Gangster ein. Das wäre doch ein schönes Weihnachtsgeschenk für unsere geschätzten Mitbürger.«

Die Jungen

Während ihrer allerersten Sommerferien gingen Dogge und Billy ins Tagescamp im Sportzentrum von Rönnviken. Es dauerte zwei Wochen, und Dogges Vater bezahlte. Das Personal liebte Billy.

»Was für ein Sunnyboy, das ist ein toller Junge, den du da hast, er hat wirklich Hummeln im Hintern«, sagten sie, als Leila kam, um ihn abzuholen. Sie lächelten, aber sie machte sich trotzdem Sorgen.

»Du hast dich hoffentlich benommen?«, fragte sie, als sie zum Bus gingen.

»Natürlich«, sagte Billy.

»Billy mag es, Grenzen auszutesten«, sagten sie, als sie das nächste Mal zum Sportzentrum kam. Sie lächelten immer noch, aber vielleicht ein bisschen skeptischer. Trotzdem schienen sie zu denken, dass das, was er sich einfallen ließ, unterhaltsam war. Wenn sie draußen sein sollten, versteckte Billy sich drinnen, im Trockenschrank oder im Personalraum. Einmal fanden sie ihn im Vorratsraum, er war ganz oben auf ein Regal geklettert und hatte die große Keksdose geleert, aus der nur das Personal nehmen durfte. Als der Übungsleiter hereinkam, legte Billy sich blitzschnell hin, zwei Kekse hielt er noch in einer Hand und tat so, als würde er schlafen. Der Übungsleiter fand ihn so goldig, dass er ihn auf den Arm nahm, ihn heraustrug und auf dem Sofa des Personalraums weiterschlafen ließ.

»Das war wie Michel mit dem Wurstende«, sagte er zu Leila.

Leila verstand nicht richtig, was er damit meinte, aber sie lachte vorsichtig.

»Billy ist unwiderstehlich«, fuhr der Übungsleiter fort.

Leila nickte. Billy legte seine Arme um sie und drückte sie fest an sich.

»Vergiss das nie, Mama«, sagte er stolz. »Ich bin unwiderstehlich.«

Aber es gab vieles, das Leila natürlich nicht wissen durfte. Dinge, die nur Dogge wusste.

Manchmal nahm Billy Dogge mit, wenn er Dinge machen wollte, die nicht erlaubt waren. Dogge fürchtete jedes Mal um sein Leben – und genoss jede Sekunde. Dogge sagte niemals nie, er war niemals dagegen. Wenn sie erwischt wurden, bekam immer er die Schuld, auch wenn Billy sie gar nicht auf ihn schob. Billy brauchte nur zu lächeln.

»Tut mir leeeeid, ich weeeeiß, das war dumm, ich werde es niemals wieder tun, versprooooochen.«

Als die Sommerferien vorbei waren, trainierten Billy und Dogge weiter zusammen Fußball. Die Trainer begrüßte Billy mit High-Fives und lehnte sich gegen sie, scherzte mit leiser Stimme, damit sie glaubten, dass es nur für sie bestimmt war.

In der Schule schummelte er bei allen Klassenarbeiten, so erzählte er es Dogge. Er ging niemals auf die Toilette, wenn er in der Stunde darum gebeten hatte, zum Pinkeln austreten zu dürfen, aber sie fielen trotzdem jedes Mal darauf herein. Und dann gab es noch all die Dinge, die er nicht zu erzählen brauchte, die Dogge aber trotzdem wusste. Als es im Bürolager des Fußballvereins brannte, kam die Polizei, aber Billy wurde nicht einmal zum Trainer gerufen, weil er ihn fragen wollte, wo er sich zu diesem Zeitpunkt aufgehalten hatte. An einem anderen Tag, als die Mädchenmannschaft nach dem Training in die Umkleidekabine kam, lagen ihre Kleider, jedes einzelne Stück, unter den aufgedrehten Duschen. Eines der Mädchen wies den Trainer darauf hin, dass Billy zehn Minuten vor den anderen gegangen und auch nicht wieder zurückgekommen sei. Daraufhin erklärte der Trainer mit ernster Stimme, dass man diese Art von Verdächtigungen nicht einfach so in den Raum stellen sollte und dass sie es besser den Erwachsenen überlassen sollte, sich um solche Dinge zu kümmern.

Als sie zwölf waren und Billy begann, immer mehr Trainingseinheiten ausfallen zu lassen, ließ der Trainer ihn trotzdem in jedem Spiel in der Startelf spielen, und als sie die Taktik und die Aufstellung durchgingen, sah er immer nur Billy an, obwohl die Bank voller Jungen war, die zu den Trainings gingen, die Billy schwänzte.

»Billy hat ein Auge für das Spiel«, sagte der Trainer. »Spielt die Pässe zu Billy, sorgt dafür, dass Billy frei ist, schafft Laufwege für Billy.«

Und Billy lächelte, und sobald die erste Hälfte vorbei war, zog er Dogge von der Auswechselbank und verschwand nach draußen. Sie rauchten heimlich, weil es absolut verboten war. Der Trainer merkte nie, wie Billy roch, aber er durchsuchte bei jedem Training Dogges Tasche, um sicherzugehen, dass er nichts Verdächtiges dabeihatte.

Die Erwachsenen ließen Billy tun, was er wollte, und sie stellten keine Fragen, auf die sie lieber keine Antworten wollten.

Wir glauben an dich, Billy. Du kannst es noch weit bringen. Du musst dich nur konzentrieren, Billy. Du hast es in der Hand, du kannst tun, was du willst.

Über Dogge sagten sie nichts, aber sie ließen ihn zumindest in Frieden, schließlich war er Billys Freund.

In sehr seltenen Fällen sprach ein Erwachsener mit Teo über Dogge. Er nickte jedes Mal vollkommen ernst und hörte sich an, was sie zu sagen hatten.

»Du darfst nicht mehr so verdammt tollpatschig sein«, sagte er, sobald sie allein waren. Und Dogge nickte und versprach es. Er wollte es auch. Er wollte mehr wie Billy werden. Billy war sein allerbester Freund auf der ganzen Welt. Sie gingen nicht in dieselbe Schule, aber Dogge ging beinahe jeden Tag zu ihm, und wenn er kam, wollte Billy mit ihm zusammen sein. Er war beinahe verschwunden, aber Dogge war es gelungen, Billy zurückzubekommen. Und er hatte nicht vor, ihn ein weiteres Mal verschwinden zu lassen.

Freitag, 7. Dezember

13.

Als Farid am Abend nach dem Mord die Polizeiwache verließ, war es beinahe zehn Uhr. Er war noch eine Weile sitzen geblieben, um bei der Durchsicht der Überwachungsaufnahmen zu helfen. Es war eine nicht enden wollende Aufgabe. Sie wussten nicht einmal, wonach sie suchen sollten, außer nach Aufnahmen von Dogge und Billy. Nach einem Auto, das Billy die Mordwaffe brachte? Nach einer Person, die die benutzte Waffe wieder einsammelte? Nach einem dritten oder sogar vierten Tatverdächtigen oder Helfershelfer?

Auf dem Weg nach Hause hielt er am Spielplatz von Rönnviken. Dort war es jetzt genauso dunkel wie in der Nacht zuvor, als Billy vom Rettungswagen abgeholt worden war. Trotzdem sah alles anders aus. Blau-weiße Absperrbänder markierten das Gebiet um die Schaukeln herum. Dreißig Meter weiter waren Gedenklichter aufgereiht. Sie flackerten im schwachen Wind. Früher am Tag hatten sich ein Dutzend Jugendliche dort versammelt, das hatte Farid gesehen, als er beim Mittagessen die Zeitung las, aber sie schienen jetzt woanders zu sein. Der Pressesprecher der Polizei hatte es bestätigt: Billy war »polizeibekannt«, sie konnten »nicht ausschließen«, dass sein Tod mit »Gangkriminalität« zu tun hatte. Die Öffentlichkeit würde ihn nicht besonders lange betrauern, man würde seinetwegen keine großen Gedenkumzüge oder Unterschriftenlisten organisieren.

Ein paar Fotos von ihm waren aufgehängt worden, zusammen mit handgeschriebenen Zetteln, gefrorenen Blumen und dem einen oder anderen Spielzeug, und die Straßenbeleuchtung unten am Fußgängertunnel schien jetzt zu funktionieren.

Farid wollte ein paar Runden gehen, mit eigenen Augen sehen, dass die Waffe nicht irgendwo herumlag und darauf wartete, von einem spielenden Kind gefunden zu werden, zum Beispiel im Gebüsch direkt neben den Schaukeln. Es wäre nicht das erste Mal, dass so etwas übersehen wurde. Er parkte am selben Ort, an dem er auch am Abend zuvor gestanden hatte. Ein Kollege kam auf ihn zu, aber als er sah, dass es Farid war, der die Hand zum Gruß hob, kehrte er auf seinen Posten etwas weiter oberhalb zurück, nicht weit entfernt vom Parkplatz des Golfplatzes. Er, oder ein anderer Kollege, sollte dort noch einen weiteren Tag stehen. Bevor die Absperrungen weggeräumt, die Scheinwerfer ausgeschaltet wurden und alles zur Normalität zurückkehrte.

Es war eine seltsame Stelle für einen Spielplatz, zwischen einer Straße, die gleichzeitig Gemeindegrenze war, dem Freizeitgelände und den künstlichen Erdhügeln des Golfplatzes. Aber das, was dort hinter den Absperrungen lag, war tatsächlich etwas ganz Besonderes, mit mehreren Rutschen, zwei riesigen Klettergerüsten, einer Kletterwand, drei großen Sandkästen mit unterschiedlichen Sandsorten und einer langen Reihe von Schaukeln in unterschiedlichen Größen und Ausführungen.

Ein Mann mit einem angeleinten Hund und zwei etwa zehnjährigen Kindern ging auf die Absperrungen zu. Farid stand ein paar Meter entfernt von ihnen und schoss aus der Hüfte ein Foto mit dem Handy, obwohl einer der Kollegen mit einer Kamera und einem Nachtsichtgerät in einem Auto weiter oben an der Straße saß. Insgesamt waren vier Polizisten vor Ort, zwei Zivile und zwei in Uniform.

Die kleine Familie blieb neben Farid stehen, und eines der Kinder stellte eine Kerze auf den Boden und zündete sie an. Farid ging in die Hocke und hob einen steif gefrorenen Teddy auf, der ein Schulfoto mit seinen Tatzen umklammerte. Auf dem Bild trug Billy ein weißes Hemd und einen schmalen, schwarzen Schlips und hatte nichts gemeinsam mit dem Jungen, den sie am Abend zuvor in den Rettungswagen geschoben hatten. Er glich auch nicht dem Billy, den Farid kannte.

Als er ihn das erste Mal unter Drogeneinfluss vorfand, war Billy zehn Jahre alt und mit seinem Vater zusammen. Isak war zu voll, um zu merken, dass mit seinem Sohn etwas nicht stimmte. Oder er merkte es, war aber zu voll, um etwas dagegen zu unternehmen. Farid machte einen Cannabis-Schnelltest, der positiv ausfiel, fuhr Billy zu Leila und Isak in die Arrestzelle. Am selben Tag noch schrieb er einen Bericht an das Jugendamt, zwei Tage später fuhren er und zwei Kollegen zu Billys Schule und sprachen dort mit dem Personal. Eine Woche später führten sie eine Hausdurchsuchung mit einem Drogenhund in den Gebäuden der Schule durch. Der Hund markierte vier Spindschränke von Schülern und den Mantel eines Lehrers. Die Schule sorgte dafür, dass der Lehrer sich krankschreiben ließ, und veranstaltete eine Themenwoche, um die Schüler über die Gefahren des Drogenkonsums aufzuklären. Farid kam zurück an die Schule, teilte Broschüren aus, die die Schüler sofort wieder wegwarfen, sobald sie glaubten, dass er sie nicht mehr sah.

Drei Wochen später fand er Billy bewusstlos in einem Waldstück direkt außerhalb von Våringe. In dem Straßengraben direkt daneben lag eine der aufgeweichten Broschüren. Billy landete mit einer Alkoholvergiftung in der Notaufnahme. Sein Magen wurde ausgepumpt, und am Tag darauf wurde er nach Hause geschickt. Es war sein elfter Geburtstag, das Jugendamt machte ein weiteres Treffen mit der Familie aus, und Farid fuhr nach Hause zu Nadja und meinte – unmöglich zu sagen, zum wievielten Mal –, dass die Einzige, die sich wirklich auf das Leben verstand, seine Tante Fatima war.

Farids Tante Fatima war als Letzte aus der Familie nach Schweden gekommen, als ihre Kinder erwachsen waren und ihr Mann schon seit vielen Jahren tot. Sie sah überall Anzeichen dafür, dass die Welt bald untergehen würde. Schwalben, die niedrig flogen, waren nicht nur ein Omen für Regen, sondern auch für den Tod. Der Fuchs, der sich die Katze der Nachbarn holte, war ein sicheres Anzeichen dafür, dass jemand aus dem engsten Umkreis von einer unheilbaren Krankheit betroffen war. Und wenn der Weizen sich nach einem Gewitter im Juli auf die Seite legte und nicht wieder aufrichten wollte, wusste sie, dass ein Verwandter bald eines gewaltsamen Todes sterben würde.

Im ersten Sommer, in dem es mehr als zwanzig Schusswechsel in Stockholm gab, zog Fatima zu Farids Eltern. Es war derselbe Sommer, in denen die Wälder in Hälsingland brannten. Im Sommer darauf wurde eine Frau am Stadtrand von Malmö ermordet, während sie ihre sechs Monate alte Tochter in den Armen hielt. Ein weiteres Jahr später wurden zwei Kinder auf dem Weg zur Vorschule von Querschlägern getroffen und an den Beinen verletzt, und als Fatima und Farids Eltern in einer rabenschwarzen Nacht im September von einem Fest in Västerås nach Hause fuhren, kamen sie von der Straße ab und landeten im Graben, weil ein Elch direkt in den Verkehr zu laufen drohte. Sie kamen unverletzt davon, aber Fatimas Laune wurde davon nicht besser.

Die Anzeichen nahmen überhaupt kein Ende. Der Tsunami, der Massenmord auf Utøya, jedes Mal, wenn der Terror irgendeinen Ort betraf, den Fatima auf der Karte ausfindig machen konnte, Überschwemmungen in Belgien, Hitzewelle in Kanada. Die Pandemie. Die Rosen in Farids Garten, die im Dezember blühten, und die Kiefern vor dem Wohnblock seiner Eltern, die von einem Pilzbefall betroffen waren, die die Rinde vergilben ließ. Das schmelzende Eis und die australische Dürre. Das alles waren Zeichen der sich nähernden Apokalypse. Und Fatima murmelte vor sich hin, Wortfolgen, die niemand verstand.

»Nicht die Augen verschließen!«, rief sie immer, wenn Farid in den Fernsehraum seiner Eltern kam, wo sie immer im selben tiefen Sessel saß. »Sieh der Wahrheit ins Gesicht, duck dich nicht weg, niemand kann uns retten.«

Wenn er versuchte, seine Tante aufzumuntern oder sie häufiger als üblich auf die Wangen zu küssen, wedelte sie ihn weg, als hätte er eine ansteckende Krankheit. Manchmal sang sie mit ihrer knirschenden Stimme ein Lied, das niemand verstand und bei dem niemand mitsingen konnte. Wenn sie fertig war, übersetzte sie den Text, Wort für Wort.

Falls sie etwas noch mehr liebte als den Weltuntergang, dann waren es richtig traurige Lieder.

»Ich habe mein ganzes Leben lang über Fatima gelacht, hinter ihrem Rücken« sagte Farid zu seiner Frau. »Aber sie hat recht, und ich bin ein Idiot.«

Farid schaute zuerst auf die Uhr, dann hinüber zur Autobahn, holte anschließend sein Handy heraus und tippte eine lange Nachricht an Svante.

»Habt ihr den ganzen Weg nach Våringe abgesucht? Wenn Dogge sich in einen Bus ins Zentrum von Våringe gesetzt hat, müssen wir diesen Weg auch überprüfen, alle Orte, an denen er die Waffe weggeworfen haben könnte, Papierkörbe und Ähnliches sind ja mittlerweile wohl geleert, also sag mir bitte, dass ihr sie gestern schon überprüft habt?«

Er sah erneut auf die Uhr. Es war wirklich an der Zeit, sich von hier loszureißen und für ein paar Stunden zur Familie zu fahren. Er musste seine Jacke holen, diejenige, die er sich auf der Wache geliehen hatte, war zu klein. Vielleicht könnte er auch ein paar Stunden schlafen.

Der Vater hatte sich hingehockt, um eines der Kinder zu trösten, das laut zu weinen begonnen hatte. Das andere Kind passte auf den Hund auf, der unbekümmert in ein riesiges Blumengebinde pinkelte. Farids Handy summte. Es war ein News-Flash. Das Foto, das schon in der Nacht an sämtliche Polizeieinheiten geschickt worden war, blinkte auf seinem Display auf. Die reichsweite Fahndung war herausgegangen, Svante hatte bekommen, was er wollte. Die Überschrift lautete: »Anführer der X-Boys wird im Zusammenhang mit dem Mord an einem Vierzehnjährigen gesucht.«

Farid schaltete die Taschenlampe des Handys ein. Er ging langsam und gebückt am gesamten Gebüsch entlang, das den Spielplatz umgab. Als er auf der anderen Seite wieder herunterkam, war die Geduld des Vaters neben der frisch angezündeten Kerze erschöpft.

»Kommt jetzt«, sagte er zu den Kindern.

Sie schienen ebenfalls bereit, den Ort zu verlassen. Das Jüngste streckte seinem Vater die Arme entgegen. Er hob ihn hoch und setzte ihn mit einer gewissen Mühe auf seine Schultern, nickte Farid zu, der mit einem Nicken antwortete. Das andere Kind zerrte eine halb zerkaute Zeichnung aus der Schnauze des Hunds und warf sie in das Blumenmeer zurück. Dann gingen sie los. Farids Handy summte erneut. Es war die Antwort von Svante.

»Wir haben genau so weit gesucht, wie wir suchen mussten. Danke, dass du dir Gedanken machst, aber ich bin kein Idiot, Foad.«

Samstag, 8. Dezember

14.

»Sie wartet auf dich im Besucherraum.«

Die Anwältin hieß Charlotte und hatte dieselbe karierte Tasche und dieselbe hässliche Frisur ohne Scheitel, wie am Vormittag, als er sie zum ersten Mal getroffen hatte.

Dogge hatte nur vage Erinnerungen daran, wie er während der frühen Morgenstunden nach den Schüssen zu einem Haus gefahren wurde, einem Einfamilienhaus in einer Wohnsiedlung, die er nicht kannte, dass jemand ihn gefragt hatte, ob er etwas essen, sich die Zähne putzen oder sich etwas zum Schlafen anziehen wollte. Er hatte den Kopf geschüttelt und war ins Bett gefallen und auf einer schmalen, aber seltsam weichen Matratze eingeschlafen. Ein bewaffneter Polizist hatte die ganze Nacht vor seinem Raum gestanden. Er weckte ihn am nächsten Morgen auf, um ihm mitzuteilen, dass seine Anwältin gekommen sei, um ihn zu treffen. Es dauerte einige barmherzige Sekunden, bevor er begriff, warum.

Die Anwältin sagte nicht geradeheraus, dass er ein Idiot war, weil er ohne sie mit der Polizei gesprochen hatte, aber Dogge sah, dass sie genau das dachte.

»Sie müssen es ihnen sagen«, sagte er als Erstes. »Sie müssen ihnen sagen, dass ich auf Benzos war, als sie mich gestern verhört haben, Mehdi wird mich sonst umbringen, verstehen Sie?«

Die Anwältin nickte, protestierte aber trotzdem.

»Du musst deine Aussage nicht zurückziehen. Die Polizei muss dafür sorgen, dass du geschützt bist. Mach dir keine Sorgen.«

Sie begriff offensichtlich gar nichts. Also machte er das Beste, was er tun konnte, während der nächsten Vernehmung, ohne ihre Hilfe. Das klappte auch nicht so gut. Farid wurde sauer und stellte tausend nervige Fragen, und es war ganz offensichtlich, dass er Dogge kein einziges Wort glaubte. Farid stellte immer und immer wieder dieselben Fragen, bis Dogge alles nur noch im Kopf herumschwirrte und er vollkommen vergessen hatte, was er beim ersten Mal gesagt hatte.

»Das will ich nicht sagen«, war eine Antwort, die gut funktionierte. Aber es war ziemlich langweilig, immer wieder dasselbe zu sagen.

»Das kann ich nicht sagen, ich weiß es nicht, ich habe es vergessen«, versuchte er ebenfalls. Aber Farid schien niemals zufrieden zu sein.

»Sie werden mich umbringen, verstehst du?«, war die effektivste Antwort. Es rutschte einmal aus ihm heraus, und danach schien sogar Farid zu glauben, dass er damit recht hatte, dass er genau an diesem Punkt nicht log.

Am längsten hängte sich Farid an der Waffe auf. Wo hatte er sie herbekommen und wie war er sie losgeworden? Nach einer Weile ging es bei allen Fragen nur noch darum.

Als er keine Lust mehr hatte, noch häufiger »Ich weiß nicht, ich habe es vergessen« zu sagen, hörte Dogge ganz auf zu antworten. Das stellte sich als die beste Taktik heraus. Als er eine Viertelstunde lang zusammengesunken und mit vor der Brust verschränkten Armen dagesessen hatte, beendete Farid die Vernehmung.

»Dann setzen wir das eben morgen fort.«

»Das klingt doch gut«, sagte Charlotte. »Wir kommen gerade sowieso nicht weiter.«

Jetzt war die Zeit für die dritte Vernehmung gekommen. Charlotte und Farid saßen auf denselben Plätzen wie zuvor.

»Hast du gut geschlafen?«

»Nein.«

»Hast du Lust, darüber zu reden, was du mit der Waffe gemacht hast?«

»Nein.«

»Du weißt, dass wir die Patronenhülsen gefunden haben?«

»Ja.«

»Du weißt, dass wir darauf nach Fingerabdrücken suchen werden?«

»Fucking CSI, ja.«

»Hast du die Waffe geladen?«

»Äh …«

»Werden wir deine Fingerabdrücke auf den Hülsen finden, Dogge?«

»Woher soll ich das wissen?«

»Was glaubst du denn?«

»Das geht dich einen Scheiß an.«

Tante Lila kam in den Vernehmungsraum, sobald Farid das Aufnahmegerät abgestellt hatte und Charlotte aufgestanden war. Sie lächelte, als hätte sie gute Nachrichten.

»Wir haben einen Platz für dich in einer Wohneinrichtung organisiert, ein geschlossenes Heim, das ein gutes Stück entfernt liegt. Es ist zwar ein Heim für Jungen, die etwas älter sind als du, aber wir mussten einen Ort finden, bei dem wir sicher sein konnten, dass du niemanden aus Våringe triffst. Und die Sicherheitsvorkehrungen sind ziemlich hoch. Es ist uns ja wichtig, dass du dich beschützt fühlst. Dort wirst du jetzt hingebracht.«

»Jetzt?«

»Ja.«

»Direkt?«

»Ja.«

»Ich will aber in kein verdammtes Heim. Ich will nach Hause.«

»Du darfst aber nicht nach Hause.«

»Aber dort kann ich nicht wohnen. Ich kann nicht in einem geschlossenen Heim wohnen, das wissen Sie doch. Ich kann das nicht.«

»Tschüs, Douglas«, sagte die Anwältin. »Wir hören bald voneinander.«

Er fuhr zusammen mit Farid im Fahrstuhl den ganzen Weg in die Tiefgarage.

»Dort wartet ein Auto auf dich«, sagte Farid.

»Es war nicht meine Schuld«, murmelte Dogge. »Es war nicht meine Schuld.«

Aber Farid schien nicht mehr zuzuhören.

Die Jungen

Dogge begann, zu Hause bei Billy aufzutauchen, ohne dass sie es vorher abgesprochen hatten. Er hatte ein Fahrrad, das er im Treppenhaus abschloss, mit einer Kette, die er ums Treppengeländer wickelte. Den Aufzug nahm er nie, denn einmal hatte Leila erzählt, dass einer der Nachbarn zwischen zwei Stockwerken stecken geblieben war und vier Stunden lang nicht herauskonnte, bis jemand kam, der ihn befreite. Danach lief Dogge immer die Treppe hinauf.

Er setzte sich auf einen der Treppenabsätze und hörte so laut Musik, dass es aus den Kopfhörern fauchte. Dort wartete er, bis Billy von der Schule nach Hause kam, zog die Hosenbeine hoch und kratzte sich in den Kniekehlen. Wenn Billy kam, schaltete er die Musik aus, zog die Hose wieder gerade und wischte sich die Hände an den hinteren Hosentaschen ab.

Eines Tages wurde er von Isak hereingelassen.

»Papa wohnt nur manchmal hier«, sagte Billy häufig. »Mama möchte, dass er ganz auszieht. Aber er kommt trotzdem immer wieder.«

Isak hatte die Schlüssel von Aisha bekommen, sagte er Dogge. Er musste in die Wohnung, weil er eine Sache holen wollte.

»Du kannst mit mir reinkommen.«

Später am selben Abend hörte Dogge, wie Aisha ihre Mutter im Treppenhaus traf.

»Was sollte ich denn sagen, Mama?«, weinte sie. »Ich konnte ihm nicht sagen, dass ich keinen Schlüssel habe. Er weiß, dass ich einen habe.«

Wenn Isak zu Hause war, blieben die Jungen nie in der Wohnung. Er konnte völlig grundlos wütend werden, hatte Billy erzählt.

»Er schlägt uns nicht, sondern meistens Mama. Und dann wird sie sehr wütend und tauscht die Schlösser aus. Wenn sie Geld dafür hat.«

Wenn also Isak in der Wohnung war, gingen sie nach unten auf den Markt. Dort gab es nicht viel zu tun, aber manchmal saß eine Gruppe älterer Jungen an den Tischen vor der Pizzeria, sie tranken Cola und rauchten, obwohl dort Rauchen verboten war und ein paar von ihnen noch keine achtzehn waren. Dogge und Billy setzten sich gerne auf die andere Seite des Markts und sahen ihnen zu. Wenn eine Bedienung nach draußen kam, schnipsten die Jungen ihre Kippen auf den Radweg, manchmal waren sie erst halb geraucht. Billy lief dann dorthin, sammelte sie ein und wickelte sie in Küchenpapier, damit sie nicht kaputtgingen.

»Ich werde dir das Rauchen beibringen«, versprach er Dogge. »Ich weiß, wie es geht.«

»Ich auch«, murmelte Dogge. Aber nicht so laut, er wollte trotzdem, dass Billy es ihm zeigte.

Es kam auch vor, dass sie nach Hause zu Dogge fuhren. Billy war gern in Rönnviken. Dort hatten sie Ruhe vor Billys Geschwistern, sein kleiner Bruder konnte wahnsinnig anstrengend sein. Teo zeigte Billy gerne die Luxusartikel, die er manchmal gekauft hatte, Lautsprecher für die Stereoanlage oder japanische Messer, die die schärfsten der Welt waren. Einmal nahm er Billy mit zu einem Auto, das er sich von einem Kumpel geliehen hatte, ein Bugatti Veyron.

»Das ist das schnellste Auto der Welt«, sagte Teo. »Es kostet zwanzig Millionen.«

Billy durfte vorne sitzen, neben ihm. Es gab keine Rückbank, also wartete Dogge, solange sie unterwegs waren.

»Wir drehen morgen eine Runde, du und ich«, sagte Teo, nachdem sie zurückgekommen waren. Billys Wangen waren rot angelaufen.

»Das war verdammt cool«, sagte er.

»Ja, der ist ultracool«, sagte Dogge.

Am Tag danach war das Auto nicht mehr da.

»Dann eben das nächste Mal«, sagte Teo, als Dogge fragte. »Ich muss jetzt arbeiten.«

Die Jungen waren gerade in der zweiten Klasse, als einer der Jugendlichen, die draußen vor Våringes Pizzeria abhingen, sich über den Zaun beugte und nach Billys Pullover griff. Es war der Junge, zu dem die anderen sofort aufsahen, wenn er etwas sagte, der sich niemals darum scherte, seine Zigarette wegzuschnipsen, wenn die Bedienung herauskam. Der Härteste von ihnen.

»Mein Mädchen möchte einen Schokoriegel«, sagte er. »Kannst du das klarmachen?«

Billy nickte. »Natürlich.«

Sie gingen zu Suddens Livs. Dogge hatte Geld, aber es war lustiger, etwas zu klauen. Billy fragte Sudden, in welchem Regal die Hefe lag, während Dogge sich drei Schokoriegel unter den Pullover steckte. Als er sich dem Ausgang näherte, hörte er Billy.

»Oh, je, ich habe Mamas Brieftasche vergessen. Ich komme später noch mal wieder.«

»Nimm dir einfach die Hefe«, sagte Sudden. »Deine Mutter kann bezahlen, wenn sie das nächste Mal kommt.«

Dogge wartete auf der anderen Seite des Markts. Das Blut

rauschte in seinen Adern, es fühlte sich an, als wäre er Achterbahn gefahren, nur dass ihm nicht schlecht dabei wurde. Billy nahm die Schokoriegel und warf die Hefe in die Sträucher.

»Hast du gehört, was Sudden gesagt hat? ›Deine Mutter kann bezahlen, wenn sie das nächste Mal kommt.‹ Was für ein Idiot.«

Sie lachten, bis sie ganz außer Atem waren und die Bäuche wehtaten.

Als sie zur Pizzeria kamen, gab Billy die Schokoriegel ab. Die älteren Jungen saßen noch auf denselben Plätzen und tranken Cola.

»Danke, Kleiner«, sagte der Härteste und steckte die Schokoriegel in die Tasche.

»Wer ist das?«, fragte Dogge, als sie weggingen.

»Mehdi«, antwortete Billy, mit der Stimme, die er hatte, wenn er Dogge albern fand. »Also, hier weiß jeder, wer Mehdi ist. Wirklich jeder aus Våringe. Wenn du es nicht weißt, bist du ein kompletter Idiot.«

Samstag, 8. Dezember

15.

Eine gute Stunde lang fuhren sie durch den Wald. Mauern aus Fichten und Schnee auf beiden Seiten des Streifenwagens, es fühlte sich an, als würde man durch einen Tunnel fahren. Dogge hatte so lange an die Baummauer gestarrt, dass es ihm vor den Augen flimmerte.

»Was willst du eigentlich hier?«, sagte er zu Farid, der neben ihm auf der Rückbank saß und aus dem anderen Fenster starrte. »Hast du keine eigenen Kinder, die du irgendwohinfahren musst? Vom Bauchtanz abholen oder von der Koranlesung oder so etwas?«

Farid ignorierte ihn.

»Glaubst du etwa, ich bin ein Idiot?«, fuhr Dogge fort. »Glaubst du, wir könnten jetzt ein bisschen Bonding machen, nur du und ich, ohne die Verteidigerin? Und dann werde ich dir mehr über Mehdi erzählen, aber das ist sinnlos, ich bin nicht mehr high, du kannst nicht mehr irgendwelche Sachen aus mir herauslocken, die gar nicht stimmen.«

Ein Zug, der nicht zu enden schien, donnerte vorbei.

»Reg dich ab. Wir kennen uns lange genug, wir können uns einfach über irgendetwas unterhalten. Bist du gerne im Wald?«

»Klar«, antwortete Dogge. »Da steh ich voll drauf. Ich bin Pfadfinderleiter, wusstest du das nicht? Ich liebe es, Pilze zu sammeln und Kuchen aus Rinde zu backen und diesen ganzen Mist.«

»Ich frage dich nicht, um dich reinzulegen. Es hat mich nur interessiert.«

Dogge stöhnte.

»Jedenfalls bin ich kein verdammter Assyrer, der sich keine drei Straßen von seiner Parabolantenne entfernt. In diesem Auto bist du der einzige Kanake.«

»Wohl kaum«, meldete sich der Fahrer. »In diesem Auto gibt es mindestens zwei Kanaken. Vielleicht sogar drei, ich kann mich nicht erinnern, ob ich den Kofferraum ausgeräumt habe, bevor wir losgefahren sind.«

Farid lächelte. Dogge rutschte tiefer in den Sitz.

»Sind wir bald da? Oder fahrt ihr mich bis ins verdammte Norwegen?«

Als sie vor der Toreinfahrt des Jugendheims langsamer wurden, dämmerte es bereits. Über dem Zaun waren Scheinwerfer angebracht. Sie schalteten sich ein, als sie sich näherten. Bevor sie hineinfahren und parken konnten, mussten sie sich an einer Gegensprechanlage anmelden.

Auf der anderen Seite des Tors wurden sie von zwei Männern empfangen, einem Jüngeren von etwa fünfundzwanzig Jahren sowie einem Älteren, der auf die sechzig zuzugehen schien.

»Ich heiße Josef«, stellte der Ältere sich vor und gab Dogge die Hand, hielt sie fest, bis Dogge ihn ansah und auch seinen Namen nannte. Der junge Mann nickte nur aus der Entfernung.

»Das hier ist Momi«, sagte Josef.

»Dann verabschiede ich mich von euch«, sagte Farid und übergab eine kleine Papiertüte. »Dogge hat diese Sachen verschrieben bekommen, damit er besser schlafen kann.«

»Müssen wir noch etwas anderes wissen?«, fragte Josef.

»Nichts, abgesehen von dem, was wir am Telefon bespro-

chen haben«, sagte Farid. Er wandte sich an Dogge. »Wir hören voneinander.«

Josef nahm Dogge am Arm, nicht besonders hart, und ging
mit ihm zum Eingang.

»Es wird alles gut gehen, Dogge«, sagte Josef. »Du musst
dir keine Sorgen machen.«

16.

Der Teil des Jugendheims, in dem er wohnen sollte, war ein niedriges, einstöckiges Gebäude mit zwei Flügeln, umgeben von einem sieben Meter hohen Zaun. Die beiden Flügel waren um einen Hof angeordnet, der wiederum in zwei spiegelgleiche Hälften aufgeteilt war, mit jeweils einem runden Tisch und einem schneebedeckten Basketballfeld. Die Höfe waren getrennt durch einen Gang, der zum Mittelteil des Hauses mit dem Haupteingang führte. Der Gang war ebenfalls von einem Zaun umgeben, der nicht so hoch war wie die äußere Absperrung, aber hoch genug, um nicht darüberklettern zu können.

Als Dogge, Josef und Momi sich dem Gebäude näherten, flammten vier starke Scheinwerfer auf, die den Hof in Licht tauchten. Der Schnee war geräumt, aber man konnte sehen, dass der Boden gefroren war.

Sie gingen durch die große Tür in der Mitte. Josef führte Dogge durch einen engen Korridor in einen Raum. An der einen Längsseite des Raums stand eine niedrige Bank, auf der gegenüberliegenden Seite befanden sich zwei Türen mit Gitterfenstern in der oberen Hälfte. Sie waren angelehnt. In den beiden Räumen dahinter lag eine Kunststoffmatratze neben einem Bodenabfluss. Ansonsten waren sie leer.

»Da soll ich schlafen?«, flüsterte Dogge. Er wollte nicht ängstlich klingen, konnte sich aber nicht zusammenreißen.

Momi nahm ihn sanft am Arm, legte die andere Hand auf seinen Rücken und sah ihm in die Augen.

»Nein, Dogge. Mach dir keine Sorgen. Das hier ist nur die Aufnahme. Du wirst einen richtigen Raum bekommen. Mit einem richtigen Bett, natürlich. Du hast ein eigenes Badezimmer mit Toilette. Diese Räume sind für Leute, die sich ein paar Minuten beruhigen müssen. Wir werden dich nur einschreiben. Du wirkst ruhig, finde ich. Stimmt das? Wie fühlst du dich?«

Dogge räusperte sich.

»Gut. Gut, es ist alles okay.«

»Wir werden dir helfen.« Jetzt sprach wieder Josef. Seine Stimme war tiefer, aber genauso leise wie Momis. »Als Erstes wirst du eine Urinprobe abgeben. Danach kannst du duschen.« Er nickte zu einer Toilette mit angrenzender Dusche, die keine Tür hatte. »Und dich umziehen.«

Josef zeigte auf zwei Stapel Kleidung, die auf einer Bank lagen. Es sah aus wie irgendein beliebiger Trainingsanzug, Momi trug denselben Stil. Und zwei einfarbige T-Shirts, vier Unterhosen, Handtücher, Socken, ein paar Turnschuhe ohne Schnürsenkel. Auf der Kleidung lagen Toilettenartikel, ein Duschgel, eine Zahnbürste, eine Minitube mit Zahncreme.

Er pinkelte nackt, während Josef und Momi zusahen. Sie sprachen abwechselnd, erklärten alles, was passieren würde, was sie von ihm erwarteten. Er hörte nicht so genau zu. Nachdem er geduscht hatte, zog er sich den Trainingsanzug an.

Sie gingen zurück in den Korridor. Er hatte schon vergessen, wo sie hereingekommen waren. In seinem Kopf drehte sich alles. Während sie durch das Gebäude gingen, zeigte Josef ihm die unterschiedlichen Räume.

»Dort liegt die Küche. Da dürft ihr nicht hineingehen.«

»Das ist der Personalraum, in den dürft ihr nicht hineingehen.«

»Das ist der Besucherraum. Wir haben noch keine Liste deiner Besucher, aber wenn wir sie bekommen, wirst du sie dort treffen können.«

»Was glauben Sie denn, wer mich besuchen will?«, murmelte Dogge.

Aber Josef schien ihn nicht zu hören.

»Hier sind die Gemeinschaftsduschen. Du brauchst sie nicht zu benutzen, du hast ja eine Dusche in deinem Zimmer. Wir haben zwei Abteilungen, in jeder dieser Abteilungen leben acht Jungen, du wohnst in der südlichen. Momi und ich arbeiten mit vier anderen in Achtundvierzig-Stunden-Schichten. Es sind immer mindestens sechs Erwachsene bei euch, rund um die Uhr. Dazu kommen die Lehrer und anderes Personal natürlich.«

»Am Ende des Korridors liegt die Werkstatt. Sag Bescheid, wenn du irgendetwas ausprobieren willst.«

»Wir haben vier Klassenzimmer, sie befinden sich woanders, ich dachte, dass wir deinen Stundenplan dann morgen durchgehen.«

»Wenn du den Fitnessraum benutzen willst, sagst du am besten einen Tag vorher Bescheid, damit wir einen Platz für dich reservieren können.«

»Hier sitzt normalerweise unser Psychologe. Manchmal führt die Polizei auch Vernehmungen in diesem Raum durch, wenn der Besucherraum besetzt ist.«

»Wenn du einen Pfarrer sehen möchtest, können wir versuchen, einen hierher einzuladen. Normalerweise kommen sie, wenn man sie anruft und darum bittet. Oder bist du vielleicht Muslim?«

Dogge schüttelte den Kopf. »Findest du, dass ich wie ein Muslim aussehe?«

»Was denkst du denn, wie ein Muslim aussieht?«

Sie kamen in einen zweigeteilten Raum. Die eine Hälfte war mit einem Sofa, zwei Sesseln und einem großen Fernseher möbliert. Auf dem Sofa saßen zwei Jungen. Vier andere saßen um einen größeren, runden Tisch herum und betrachteten einen Computerbildschirm. In der anderen Hälfte des Raums stand ein Esstisch.

»Hier wirst du zusammen mit den anderen Jungs aus deiner Abteilung die Mahlzeiten einnehmen. Für das Mittagessen bist du zu spät gekommen. Aber um neun Uhr gibt es Abendessen. Wir kommen dann und holen dich.«

Es war irgendetwas mit der Körpersprache, mit den Blicken und wie sie die Arme hielten, wenn sie aufstanden, die leicht geballten Fäuste, obwohl sie sich nicht schlagen wollten. In Rönnviken sah niemand so aus. In Våringe dagegen viele. Gelegentlich hatte Dogge das Gefühl, Leute zu kennen, die er nie zuvor getroffen hatte, nur weil sie sich genauso verhielten wie diejenigen, die er kannte. Manchmal hätte er sie beinahe gegrüßt, hatte sich aber im letzten Moment immer besonnen. Man sollte sich davor hüten, Leute zu grüßen, die man eigentlich nicht kannte. Es war unmöglich vorherzusehen, wie sie darauf reagierten.

Er selbst würde niemals so aussehen. Als er seine ersten Aufträge erledigte, sagte Mehdi, dass es ein Vorteil sei, er mochte es, dass Dogge anders aussah. Das war *verdammt praktisch* und *Es kann uns nützen*. Billy sagte, dass er sich nicht darum kümmern solle, die Hauptsache war doch, dass Dogge nicht wie irgendein verdammter Snob aussah.

»Du kannst die Jungs nachher begrüßen, in aller Ruhe, während wir essen. Aber zuerst solltest du eine Weile in deinem Zimmer verbringen. Dich ein bisschen ausruhen.«

Dogge nickte und drehte sich um, er folgte Josef. Einer der Jungen auf dem Sofa lachte laut über irgendetwas. Dogge zuckte zusammen. Er drehte den Kopf und erhaschte einen kurzen Blick auf den Jungen, bevor Josef an seiner Seite war und ihm die Sicht verstellte.

Irgendetwas war mit diesem Lachen, er hatte es schon einmal gehört.

Die Tür zu seinem Raum war verschlossen. Josef öffnete sie mit einem Schlüssel, der an seinem Bund befestigt war.

»Ich habe das Bett für dich gemacht«, sagte er. »In Zukunft wird das deine Aufgabe sein. Aber ich dachte mir, dass du vielleicht müde bist. Dass du dich eine Weile ausruhen solltest.«

»Danke«, murmelte Dogge.

»Ich schließe nicht ab, wenn ich gehe«, fuhr Josef fort. »Du kannst aber von innen abschließen, wenn du willst. Wir können die Tür jederzeit öffnen, und wir sehen auch, wenn du sie öffnest und nach draußen gehst, wir haben hier Kameraüberwachung und Sensoren. Aber du entscheidest selbst, ob du abschließt.«

Nachdem Josef den Raum verlassen hatte, drehte Dogge den Riegel, bis er anschlug. Dann legte er sich auf das Bett, zog die Knie an die Brust und schloss die Augen.

Das bilde ich mir nur ein, dachte er. Alle hier erinnern mich an irgendwen. Aber niemand von den Jungen kennt mich, keiner weiß, wer ich bin. Und wir sind ewig weit entfernt von Våringe.

Dann schlief er ein.

Die Jungen

Der Tag, an dem die Jungen zum ersten Mal von Farid eingesammelt wurden, war der wärmste Tag der Sommerferien in
dem Jahr, in dem sie neun wurden.

Sie fuhren mit dem Fahrrad zu der ehemaligen Geflügelfabrik hinauf, und Dogge war durstig, als sie die Fahrräder auf
den Schotterhof vor der Einfahrt zu dem verlassenen Betrieb
warfen. Keiner von ihnen hatte etwas zu trinken mitgenommen. Sie liefen zum Schotterhaufen, füllten ihre Taschen
und eine Plastiktüte mit Steinen und warfen anschließend
jede einzelne Fensterscheibe des Gebäudes ein. Sie brauchten über eine Stunde. Viermal mussten sie zurückgehen und
neue Steine holen. Am lustigsten war es in der Fabrikhalle
selbst, wo die Glassplitter der Fenster unter dem Dachfirst
zu Boden regneten und Daunen, Staub und alte Federn wie
Atompilze vom festgetretenen Boden aufsteigen ließen. Billy
lachte wie ein Verrückter. Das laute Geräusch, die Weite des
riesigen Raums, das Gefühl, ganz allein auf der Welt zu sein,
nur sie beide, rauschte durch Dogges Körper. Niemand arbeitete noch dort oben, die Fabrik war seit fünfzehn Jahren leer
und verlassen. Nur der Geruch nach toten Vögeln zeugte von
dem, was früher hier gewesen war.

Farid und einer seiner Kollegen hielten sie an, als sie nach Hause fuhren, jemand hatte gesehen, was sie taten, hatte sie angerufen und gepetzt.

»Sie sind immer hinter uns her«, sagte Billy oft. »Sie hassen uns, sie wollen, dass es uns nicht gibt. Bullen sind voller Vorurteile. Sie gehen immer auf dieselben Leute los, das ist Diskriminierung. Du hast Glück, Dogge, man muss so aussehen wie du, dann lassen sie dich in Ruhe.«

Aber Billy irrte sich. Farid nahm alle beide mit. Sie legten die Fahrräder in den Kofferraum, und dann wurden sie nach Hause gefahren.

Farid bot Dogge eine Flasche Wasser an, aber er sagte Nein. Man sollte immer Nein sagen, wenn die Polizei etwas wollte, das hatte Billy ihm beigebracht.

»Vielen Dank«, sagte Billy.

Und dann lächelte er sein breites Lächeln mit sämtlichen Zähnen, als hätte Farid sie geholt, weil er nett zu ihnen sein wollte, als wäre er ihr Kumpel. Farid, der zwischen ihnen auf der Rückbank saß, lächelte zurück.

Sie ließen Billy zuerst aussteigen. Seine Mutter kam aus dem Haus und auf die Straße gelaufen, sie schrie und fuchtelte mit den Armen. Es war zu sehen, dass Billy sich schämte. Seine Mutter war immer laut und schien sich nie darum zu kümmern, dass jemand hören könnte, wie sie ihn ausschimpfte.

Dogges Eltern waren das Gegenteil davon. Niemand durfte hören, wenn sie sauer waren. Sie warteten, bis sie alleine waren.

Nachdem Farid erklärt hatte, was los war, nickte Teo mit ernstem Gesicht. Eine Furche bildete sich auf seiner Stirn.

»Das kann man natürlich auf keinen Fall dulden. Ich verstehe nicht, was in ihn gefahren ist. Ich werde ein ernstes Wort mit Douglas reden.«

Aber als die Polizei weggefahren war, kam er in die Küche, wo Dogge saß und Cornflakes mit Milch aß, es war seine dritte Schale, und er sah ihn an, schüttelte ein wenig den Kopf, ohne ein Wort zu sagen. Dogge sah, dass er lächelte, als er wieder ging.

Als seine Mutter von der Arbeit kam, fragte sie, was passiert sei. Der Nachbar hatte ihr gesagt, dass die Polizei mit Dogge vorgefahren war.

»Eine Lappalie«, sagte Teo. »Nichts, worüber man sich Gedanken machen müsste, eigentlich sollte man davon ausgehen, dass die Polizei wichtigere Dinge zu tun hat, als kleine Kinder zu jagen, die in einem verlassenen Hof mit Steinen werfen. Können sie die Jungen nicht einfach spielen lassen? Wem können sie dort oben schon schaden? Einer heimatlosen Schwalbe? Einer ausgebüchsten Ratte?«

Dogges Mutter stimmte ihm zu.

»Sie sollten ihre Ressourcen dazu verwenden, die richtigen Verbrecher zu bekämpfen. Bei Lindgrens ist letzte Woche eingebrochen worden, die Polizei kam erst zwei Tage später. Die Diebe haben ihren Liljefors mitgenommen und einen ganzen Satz nummerierter Orrefors-Gläser kaputt geschlagen, aber das scheint die Polizei ja nicht zu kümmern.«

Samstag, 8. Dezember

17.

Josef öffnete langsam die Tür. Dogge lag in der Kleidung, die er bei der Anmeldung bekommen hatte, auf dem gemachten Bett. Es war erst eine knappe Stunde vergangen, seit er den Jungen im Zimmer zurückgelassen hatte. Er war sich sicher, dass Dogge in derselben Minute eingeschlafen war, in der er die Tür hinter sich zugezogen hatte.

Das war meistens so. Normalerweise waren die Jungen, die hierherkamen, vom Stress zerfressen, manche hatten tagelang nicht geschlafen. Nicht selten besorgten sie sich selbst Medikamente gegen die schlimmsten Ängste, hatten vielleicht Entzugserscheinungen, ziemlich ernsthafte sogar, besonders diejenigen, die von Benzos abhängig waren.

Die Benzokinder brauchten manchmal mehrere Wochen, selbst wenn sie vorher schon im Krankenhaus entgiftet worden waren, bevor sie überhaupt eine ganze Mahlzeit lang sitzen bleiben konnten. Aber wenn sie hinter sich abschließen konnten, wenn sie allein waren, mit Gittern vor dem Fenster und Überwachungskameras, mit Sicherheitszäunen und sechs erwachsenen Männern in ihrer direkten Umgebung, die sie schützen sollten, vor sich selbst und vor anderen, schliefen sie ein.

Nur hier drin, hinter Schloss und Riegel, konnten sie sich sicher fühlen, weit entfernt von ihrem Zuhause, von der Straße, von denen, die behaupteten, ihre Eltern zu sein, ihre besten Freunde und ihre Familie.

Josef hatte Kinder, die darum bettelten, in die Isolations-
zelle zu kommen, nur damit es *in ihrem Kopf endlich still* wurde.
Und wenn er ihnen erklärte, dass er das nicht durfte, nicht
ohne einen Beschluss des Institutsleiters und niemals länger
als vier Stunden, begannen sie zu weinen.

Vorsichtig räusperte er sich. Er wollte den Jungen so sanft
wie möglich wecken, ohne ihn zu berühren. Manche von ihnen ließen sich nur ungern berühren. Dogge zuckte zusammen.

»Wir essen gerade zu Abend. Ich dachte, dass du vielleicht
hungrig bist, und wenn wir abgedeckt haben, gibt es nichts
mehr.«

»Ich komme. Auf jeden Fall.«

Dogge sah verwirrt aus. Er wischte sich den Mund ab und
fuhr sich mit der Hand durch das Haar.

»Du kannst dich danach direkt wieder hinlegen, wenn du
willst.«

Josef stellte sich an die Tür und wartete, während Dogge
die Plastikpantoffeln anzog, die er bei der Anmeldung bekommen hatte.

»Wenn du pinkeln musst, kann ich draußen warten.«

»Ich muss nicht.«

»Okay.«

Dogge war still, während sie durch den kurzen Korridor zum
Speisesaal gingen. Die Tür zum Fitnessraum stand offen, einer
der Jungen trainierte. Josef steckte seinen Kopf hinein, um zu
sehen, wer vom Personal bei ihm war.

»Kommt ihr mit zum Essen?«, fragte er seinen Kollegen.

»Wir sind gleich so weit. Emil braucht noch ein paar Minuten, um sein Programm abzuschließen.«

»Dann sehen wir uns gleich«, sagte Josef, drehte sich um
und ging weiter zum Speisesaal.

Dogge stand vor der geöffneten Tür des Fitnessraums und starrte hinein. Sein Blick schien an Emil Pavic festzukleben, der auf einer der Bänke saß und den Bizeps seines rechten Arms mit einer Zwölf-Kilo-Hantel trainierte. Emil starrte zurück und lächelte, während er die Hantel auf und ab, auf und ab stemmte. Josef seufzte, trat zurück und zog die Tür zu.

Die Sache müssen wir im Auge behalten, dachte er. Emil machte normalerweise keinen Ärger, die Abteilung, in der sie Dogge platziert hatten, war ihre ruhigste, aber es gab keinen Grund, ein Risiko einzugehen.

»Du kannst nicht in den Fitnessraum gehen, wenn jemand anderes dort ist, Dogge«, sagte er. »Man darf nur einzeln trainieren, mit einer Aufsichtsperson und nur, wenn man Zeit dafür hat. Du musst vorher Bescheid sagen. Okay? Ich glaube auch, dass wir ein paar Tage damit warten sollten. Die ganzen neuen Abläufe werden schon anstrengend genug für dich sein.«

Dogge stand immer noch wie festgefroren in der Tür, also nahm Josef ihn entschlossen am Oberarm und zog ihn mit sich zum Speisesaal.

»Wach auf, Junge. Wir gehen jetzt essen. Du kannst gleich zurück in deinen Raum und weiterschlafen. Es gibt normalerweise ordentlichen Aufstrich und leckeren Joghurt zum Abendessen. Magst du Joghurt?«

»Ich habe keinen Hunger«, sagte Dogge.

»Wir gehen jetzt«, sagte Josef. »Es ist Zeit, dass wir etwas zu essen bekommen.«

18.

Sudden verkaufte keinen anderen frischen Fisch als Lachs in seinem Geschäft. Auf der anderen Seite gab es so viel Lachs, wie man sich vorstellen konnte. Wenn man ihn nicht frisch wollte, wurde er auch tiefgefroren, geräuchert, gepökelt und graved angeboten, als Lachsklöße und mit fertig angemachten Soßen, in Portionen verpackt oder ganz. Es kam vor, dass er eine Lieferung Krabben bestellte, die ging normalerweise auch weg. Hering gab es ebenfalls in rauen Mengen, aber nur eingelegt. Sudden mochte keinen Hering. Den Sinn von Lutfisk verstand er nicht, und Surströmming hatte er nur in einem Jahr gekauft, dann nicht mehr. In Våringe aß niemand verrotteten Fisch aus der Dose, und vor allem nicht Suddens Kunden.

Zu Hause versuchte er mehr zu variieren. Geräucherte Makrele und gepökelten Lachs aß die ganze Familie, sogar Eva, seine Jüngste, die phasenweise behauptete, dass sie Veganerin sei. Aber wenn es nach Sudden ging, würde er den frischen Fisch vorziehen, den sein Großhändler empfahl: Seeteufel, Seezunge, Steinbutt. Heute hatte er zwei Wolfsbarsche mitgebracht, jeder von ihnen gut zwei Kilo schwer. Das würde eine sehr große Mahlzeit geben, aber er hatte einen gratis bekommen, und seine Söhne aßen unvorstellbar viel. Er reinigte gerade die Fische, als sein ältester Sohn Jacob in die Küche kam.

»Du kannst den Tisch decken«, sagte Sudden. Die Fisch-schuppen glänzten auf seinen Händen.

»Sie haben Dogge in ein Heim geschickt«, erzählte Jacob. »Es ist ewig weit entfernt.«

Sudden dreht den Hahn auf und ließ das Wasser über die Handgelenke rinnen. Es wurde schnell eiskalt.

»Die kannst du auf den Tisch stellen«, sagte er erneut und nickte zu dem Stapel Teller, den er auf die Arbeitsplatte ge-stellt hatte. Sein Sohn nahm die Teller und begann, sie auf dem Tisch zu verteilen.

»Woher weißt du, dass sie ihn in ein Heim geschickt ha-ben?«, fragte er. »Hast du es im Internet gelesen?«

»Ich weiß es einfach. Das ist total weit weg, Papa. Ewig weit. Und es ist kein Gerücht, das ist wirklich wahr, da bin ich sicher.«

»Weiß Eva davon? Hast du es Eva erzählt?«

Jacob nickte und nahm fünf Gläser aus dem Schrank über der Spülmaschine. Sudden hackte Estragon und Dill, nahm eine ordentliche Portion Butter und massierte die Gewürze hinein, bevor er die Mischung zusammen mit einer geviertel-ten Zitrone in die Fischbäuche drückte. Der Ofen war schon vorgeheizt, er schob die Kartoffeln auf die unterste Schiene und dann das Blech mit den Fischen hinterher.

»Machst du die Kerzen an?«

Jacob nickte erneut.

Es war vor einem guten Jahr passiert. *Vor vierhundertzwan-zig Tagen.* Er hatte sie im Lager gefunden. Sie saß dort, weil Dogge und Billy sie dort zurückgelassen hatten.

Als sie sich an den Esstisch setzten, schielte Sudden zu seiner jüngsten Tochter hinüber, versuchte, ihren Blick einzufangen, versuchte zu spüren, was sie dachte. Sie war gerade dreizehn geworden und hatte angefangen, sich zu schminken. Dicke, schwarze Striche um die Augen herum.

»Sie ist zu jung, um sich zu schminken«, hatte Sudden zu Sara gesagt.

»Sie wird nie alt genug dafür sein, aus deiner Sicht. Lass sie doch einfach«, hatte Sara geantwortet. »Ein bisschen Kosmetik hat noch nie jemanden umgebracht. Und es ist doch schön, wenn sie gut aussehen möchte. Und auch vollkommen normal, wenn sie älter aussehen möchte. Alle Mädchen in ihrem Alter möchten das.«

Aber die Schminke ließ seine Tochter nicht älter wirken, sie sah einfach nur unglücklich aus. Je schwärzer das Kajal, desto trauriger. Die Kleidung machte die Sache auch nicht besser. Sie kaufte Strumpfhosen, die sie anschließend zerriss, Handschuhe, die sie abschnitt, Jeans mit Löchern darin.

Sie verkleidet sich, dachte Sudden. *Weil sie nicht mehr sie selbst sein möchte.* Er konnte das kaum aussprechen, nicht einmal Sara gegenüber.

»Wir bestimmen nicht, wie unsere Kinder sich anziehen«, sagte Sara, als sie Suddens Reaktion sah. »Solche Eltern sind wir nicht.«

Also sagte er auch nichts über die Kleidung. Und er konnte seine Tochter nicht fragen, wie sie sich fühlte, denn sie wurde schon bei den kleinsten Fragen wütend, und eine ehrliche Antwort bekam er ohnehin nie.

Aber jetzt tat er es trotzdem. Am Esstisch, dann würde es vielleicht nicht so dramatisch wirken. Er stieß die Frage hervor, kurz bevor er einen Bissen von dem Fisch nahm, und sah sie so diskret wie möglich an.

»Was denkst du darüber?«, wollte er wissen. »Fühlt es sich gut an, dass Dogge weg ist?«

Sie nickte, machte dieses typisch schwedische Ja, indem sie einatmete, sodass es wie ein Seufzen klang.

Sara wiederholte, was ihr Sohn gerade erst gesagt hatte.

»Er ist ewig weit weg.«

Eva sagte nichts dazu.

»Ich habe nicht so viel Hunger«, meinte sie nur. Und dann stand sie vom Tisch auf.

Die Jungen

Als Dogge zum ersten Mal Mehdi auf diese Art lachen hörte, wie nur Mehdi lachen konnte, gingen sie in die dritte Klasse. Seit er sie gebeten hatte, die Schokoriegel zu besorgen, war ein Jahr vergangen. Seitdem hatte Mehdi kein einziges Mal mit ihnen gesprochen, hatte kaum in ihre Richtung gesehen. Trotzdem schien Billy jederzeit zu wissen, wo er sich befand.

»Wir müssen Mehdi klarmachen, dass wir alles für ihn tun würden, dass er sich auf uns verlassen kann«, sagte er mindestens einmal in der Woche zu Dogge. Und sie versuchten, sich in seiner Nähe aufzuhalten, ohne aufdringlich zu wirken. Trotzdem hatte Mehdi nicht um weitere Dienste gebeten, er schien sie nicht einmal wiederzuerkennen.

»Der erste Auftrag«, erklärte Billy. »Also, ein richtiger Auftrag, kein Kinderkram wie das Klauen von Schokolade, um so etwas bittest du nicht, du bekommst es einfach. Das ist so etwas wie die erste Medaille, die erste Anerkennung, und kein kleiner Rotzlöffel ist so dumm, dass er mit Mehdi spricht, ohne von ihm angesprochen worden zu sein.«

Trotzdem tat er genau das. Ohne von ihm aufgefordert zu sein, ohne zu wissen, ob es okay war. Dogge wusste, dass Billy immer alles auf eine Karte setzte, aber das hier war bis jetzt das Gewagteste.

Sie hatten sich im Tunnel verabredet, an einem sonnigen Tag im September. In Billys Schule hatten sie Wandertag, aber Billy hatte seiner Mutter erzählt, dass ihm nach dem letzten Fußballtraining das Bein wehtat. Dogge schwänzte. Vom Tunnel fuhren sie mit dem Fahrrad zu einem Grundstück am Rand von Våringe, Billy hatte gehört, dass es Mehdis neuer Standort war. Das Haus schien allerdings gerade renoviert zu werden, obwohl keine Arbeiter zu sehen waren, nur verlassene Gerüste, flatternde Kunststofffolien und Eimer mit vertrockneten Zementresten. Die Tür zur Wohnung war herausgenommen, und es roch nach frischer Farbe. Sie gingen ins Wohnzimmer. Dort standen zwei große Ecksofas vor einem Fernseher. Mehdi saß auf einem der Sofas. Ein Junge, den er Blue-Boy nannte, zeigte ihm etwas auf dem Handybildschirm. Blue-Boy hatte einen kahl rasierten Kopf, eisblaue Augen und einen rot angelaufenen Hals. Sie hatten ihn schon viele Male zusammen mit Mehdi gesehen, aber niemals seinen Namen gehört. Zwei andere Leute spielten FIFA auf dem Fernseher. Dogge und Billy blieben in der Tür zum Wohnzimmer stehen. Es gab keinen Platz für sie, nirgendwo konnten sie sich hinsetzen, es gab nichts für sie zu tun. Aber bevor Dogge Billy davon überzeugen konnte, dass sie besser gehen sollten, begann Billy zu reden.

»Ein Typ kommt jede verdammte Mittagspause zu mir in die Schule und verkauft Gras und Beans«, sagte er. »Und das kommt nicht von dir. Möchtest du, dass wir uns darum kümmern?«

Mehdi drehte sich um, sah vom Display auf und glotzte Billy an, ohne ein Wort zu sagen. Er zog ein paarmal an der E-Zigarette. Es blubberte in der leuchtend blauen Flüssigkeit.

Dogge dachte *Scheiße, scheiße, jetzt fliegen wir raus, scheiß blöder Billy, du hast echt nur Mist im Kopf.* Aber bevor irgendjemand etwas sagen konnte, steppte Billy, wie in einem alten

Schwarz-Weiß-Film, quer über den Wohnzimmerboden und hob schließlich die Hand wie eine Pistole in die Luft, die er einen halben Meter vor Mehdi auf dem Sofa abfeuerte.

»Was meinst du, sollen wir uns darum kümmern?«, fragte er erneut. Und dann schwang er die Pistolenhand zur Seite und verbeugte sich.

Mehdi entließ einen schmalen Streifen Rauch aus dem Mundwinkel. Dogge wagte es nicht zu atmen. Alle Türen in der Wohnung waren ausgebaut, man konnte vom Wohnzimmer ungehindert durch alle Öffnungen sehen. Alle Zimmer, bis auf eines, waren leer, auf dem Boden lag eine Matratze mit einem zerknitterten Laken und eine Daunendecke ohne Bezug.

Da begann Mehdi zu lachen. Er hatte ein wunderbares Lachen, es kam aus dem Bauch und klang wie eine Melodie. Er lachte so lange, bis es in einen kurzen Hustenanfall überging, und da begannen alle um ihn herum ebenfalls zu lachen. Alle außer Dogge, er wagte es immer noch nicht.

Am Montag, nachdem Billy seine Tanznummer hingelegt hatte, fuhr Mehdi mit seinem Auto an der Schule vor. Eine Stunde später rief Billy Dogge an.

»Wir müssen zurück zu Mehdi«, sagte er, atemlos vor Aufregung. Und dann erzählte er, was passiert war.

Mehdi hatte sein Auto auf dem Behindertenparkplatz vor dem Lehrereingang abgestellt. Dort wartete er, bis der Junge auftauchte, der Beans verkaufte, wie er es in jeder Mittagspause tat. Der Dealer war vielleicht siebzehn Jahre alt, sah aber kaum älter aus als ein Schüler der Mittelstufe. Er musste Mehdi wiedererkannt haben, denn er blieb abrupt stehen und ging zögerlich zu dem geparkten Auto. Billy und vier andere Jungen standen im dritten Stock und sahen, wie Mehdi die Beifahrertür von innen aufstieß und der Junge einstieg. Sie starrten zwei, drei Minuten auf das Autodach, dann kam der Junge wieder heraus, er lief zur U-Bahn. Als er außer Sicht war, fuhr das Auto los.

Billy wartete vor dem Haus auf Dogge, in dem sie weniger als eine Woche zuvor gewesen waren. Sie gingen die Treppe hinauf. Es gab jetzt eine Wohnungstür, aber keine Klingel. Sie klopften, und Blue-Boy öffnete. Er nickte nur, als er sah, dass sie es waren.

»Ich habe so einen verdammten Hunger«, sagte Mehdi, als sie ins Wohnzimmer kamen. Er stand auf und richtete eine Fernbedienung auf den Fernseher.

»Ihr kümmert euch darum, Jungs? Oder? Bringt auch Snus mit, wenn ihr schon dabei seid.«

Sie klauten ein frisch gegrilltes Hähnchen unten bei Suddens Livs. Dogge stopfte es unter den Pullover, und es war so warm, dass er sich daran verbrannte. Billy holte sich eine Stange Snusdosen aus dem Lager. Dogge hörte, wie er den Idioten, die dort aushalfen, sagte, dass es für Mehdi sei. Sie gaben sie ihm ohne weitere Kommentare.

»Was machst du da?«, rief Sudden, als Dogge sich den Reißverschluss seiner Jacke zuzog und zum Ausgang ging. »Ich habe ganz genau gesehen, was du getan hast.« Dogge begann zu laufen. »Haltet ihn auf!«, rief Sudden, aber alle, an denen Dogge vorbeikam, machten ihm Platz.

Als er später am Abend nach Hause kam, steckte er den Pullover in die Waschmaschine, aber die Fettflecken gingen nicht heraus. Aber das machte ihm nichts aus. Er würde den Pullover trotzdem aufheben.

Samstag, 8. Dezember

19.

Dogge hielt seinen Schwanz in der Hand. So wollte er ihn nennen, *Schwanz*, obwohl er nicht den Eindruck hatte, dass er sich wie ein Schwanz anfühlte. Vor allem nicht in diesem Moment. Er war schlapp und klein, als könnte man ihn direkt totquetschen. Er versuchte, ihn zum Erwachen zu bringen, dachte, er könnte vielleicht wichsen, was ihn möglicherweise beruhigen würde. Aber das klappte nicht. Er hätte gerne einen Pornofilm gesehen, dann ging es wie von selbst, ohne dass er darüber nachdenken musste, oder weil er aufhörte zu denken, aber er hatte sein Handy immer noch nicht zurückbekommen.

Josef hatte ihm vor ein paar Stunden sein Zimmer gezeigt und Dogge war sofort eingeschlafen, kaum dass er es verlassen hatte. Jetzt kam es ihm vor, als würde er niemals wieder einschlafen können.

Vorher hatte er kaum bemerkt, wie es in diesem Zimmer aussah. Die Fensterscheiben waren gefrostet, man konnte nicht hinausschauen, nicht einmal, wenn es hell geworden war. Das Bett war an der Wand festgeschraubt, es gab einen Tisch, der ebenfalls festgeschraubt war, und einen Stuhl. Zwei Regalbretter, aber nichts, was man darauf abstellen konnte. Er hatte nichts mitgebracht. Nicht einmal die Unterwäsche gehörte ihm.

Trotzdem hatte er das Zimmer gemocht, sogar das Bett.

Wann war er das letzte Mal so schnell eingeschlafen? Er konnte sich gar nicht erinnern. Josef hatte auf einen Knopf an der Tür gezeigt. Auf den konnte Dogge jederzeit drücken, hatte er erklärt. Er klang nett, hatte aber trotzdem eine harte Stimme, als gehörte er zu den Typen, die keine Lust hatten, über Dinge zu diskutieren, als wollte er Dogge zu verstehen geben, dass er die Entscheidungen traf.

Im Krankenhaus, in dem sein Vater in seinen letzten Wochen gelegen hatte, wurde das Abendessen serviert, wenn normale Menschen, oder zumindest Kinder, gerade eine Zwischenmahlzeit aßen. Sein Vater sagte, dass sie so früh aßen, damit das Personal nach Hause fahren und sich um die Kinder kümmern konnte.

Dogge fragte sich, was sie zum Frühstück im geschlossenen Heim servierten. Hafergrütze vielleicht? Er hasste Hafergrütze.

Billy lachte über die hart gekochten Eier mit Kaviar, die sein Vater aß. Svensson-Essen, nannte er es. Und er hatte darüber gelacht, dass Teo ständig aufs Meer fahren wollte.

»Der Schärengarten ... Ihr Svenssons habt echt einen an der Waffel. Ihr liebt Rettungswesten und Boote und Kanus. Und das Meeeer! Das Leben ist nicht lebenswert, wenn man das Meeeer nie gesehen hat. Oder, Teo?« Sein Vater hatte gelacht. Er war nie beleidigt, wenn Billy sagte, dass alle Svenssons Idioten seien. Die Svenssons waren nicht reich, nicht vornehm und sie wohnten nicht in Rönnviken. Teo fühlte sich von diesen Scherzen über die Svenssons nicht angesprochen, einfach nur aus dem Grund, weil er sich für keinen hielt, nicht einmal, wenn er Kaviar aus der Tube aß.

Dogge hätte alles Mögliche zum Frühstück essen können, er hätte alles akzeptiert, wenn nicht diese Sache passiert wäre, als Josef ihn zum Abendessen brachte. Sie hatte alles zerstört. Sein Herz fühlte sich auch komisch an. Es schlug irgendwie unregelmäßig. Das hatte er auch der Ärztin gesagt, die er getroffen hatte, kurz bevor er zum Jugendheim fuhr, aber sie sagte, dass daran nichts verkehrt sei, es fühlte sich nur seltsam an. Aber wenn es sich seltsam anfühlt, dann ist es verdammt noch mal auch seltsam, wollte er antworten. Sie sagte, es komme daher, dass er keinen Zugang zu Drogen hätte. Als wäre er so ein abgefuckter Junkie, einer von denen, die unter der Autobahnüberführung lagen und zitterten und laberten, dass er ihnen etwas geben müsse, dass sie ihm einen blasen könnten, wenn er wolle. Zwei von ihnen waren älter als seine Mutter. Trotzdem sprachen sie mit ihm, als wäre er der Erwachsene, sie hatten Respekt vor ihm, sie hatten Angst.

Diese Junkies machten alles für einen, wenn man etwas Gutes für sie dabeihatte. Einmal hatte er fast mit einer von ihnen gefickt, einer der jüngsten, aber sie roch schlecht und hatte eine Wunde direkt unter dem Schlüsselbein. Sie eiterte und sah super eklig aus. Er war einfach weggegangen. Zuerst war sie wütend gewesen, aber sie hatte sich beruhigt, als Billy ihr vier Gramm gab, vollkommen gratis. Dogge wusste, dass er es tat, weil er Mitleid mit ihr hatte, aber auch ein bisschen Angst bekam und wollte, dass sie von ihr in Ruhe gelassen wurden. Dogge verstand das nur zu gut. Sie hatten danach nie wieder darüber gesprochen.

Die Ärztin, die fand, dass er keine Probleme mit dem Herzen hätte, hatte ihm trotzdem ein paar Tabletten gegeben, die beim Einschlafen helfen sollten. Er hatte von Momi gerade eine bekommen, er schluckte sie sofort, aber das Herz schlug immer noch sehr seltsam. Das Bett fühlte sich jetzt steinhart an, ganz anders als vorhin. Eine Schaumstoffmatratze auf einem starren Holzboden, man konnte genauso gut auf dem Boden liegen.

Wie lange war es her, seit er Billy auf dem Spielplatz getroffen hatte? Er wollte nicht darüber nachdenken. Denn dann kamen auch die anderen Gedanken. Aber war er tatsächlich erst ein paar Stunden hier? Was hatte er am Morgen gemacht? Hatte er etwas zu essen bekommen?

Sie hatten ihm ein Tablett mit Frühstück auf den Tisch gestellt, als er mit der Anwältin Charlotte gesprochen hatte, aber er konnte sich nicht daran erinnern, was es war. Aber zu Mittag hatte er doch auf jeden Fall gegessen? Aber er hatte vergessen, was er bekommen hatte. Irgendetwas mit Kartoffeln? Oder Pasta? Er hatte nicht die geringste Ahnung.

Er war hungrig, als Josef ihn holte. Er dachte, ein Butterbrot wäre jetzt gut.

Aber dann blieb Josef vor einer offenen Tür stehen. Er sagte etwas zu dem Wachmann, der sich dahinter befand. Der andere Junge in dem Raum hatte kurz geschnittenes Haar und trug das gleiche graue T-Shirt und die gleiche dunkelblaue Hose, wie Dogge sie bekommen hatte, als er hier eintraf. Es war ein anderer Insasse, aber Dogge wusste sofort, dass er älter war, mindestens siebzehn, vielleicht sogar achtzehn oder neunzehn, er sah jedenfalls erwachsen aus. Er saß vornübergebeugt und hielt eine riesige Hantel, die er anhob, als wäre sie nicht schwerer als eine Feder. Dann sah Dogge seinen Nacken. Dort hatte er ein Tattoo von einem Vogel, der seine Schwingen ausbreitete und um den Hals legte. Er erkannte ihn wieder. Der Schrecken ließ sein Blut erstarren, das Herz begann so zäh zu schlagen, dass er glaubte, es könnte jeden Augenblick stillstehen.

»Du musst dir keine Sorgen machen.« Das war das Letzte, was Farid gesagt hatte, bevor er Dogge nur wenige Stunden zuvor in dem geschlossenen Heim zurückgelassen hatte. Dasselbe hatten Josef und Momi gesagt. Er hatte ihnen geglaubt, obwohl Billy ihm beigebracht hatte, ihm immer und immer wieder gepredigt hatte, sodass er es inzwischen auswendig konnte:

»Wenn der Bulle sagt, ›Verlass dich auf mich‹, dann ficken sie dich schon in den Arsch.«

Der Italiener. So nannte Mehdi ihn. Nicht weil er Italiener war. Mehdi hatte erzählt, wie viel Spaghetti er gegessen hatte, als er betrunken war, und wie er alles wieder ausgekotzt hatte und ihm danach die Spaghetti aus den Nasenlöchern hingen. Seitdem nennt man ihn den Italiener. Seinen richtigen Namen hatte Dogge vergessen.

Als der Italiener Dogge sah, schien es in seinem Kopf zu rattern. Er lächelte, ein breites Lächeln, die Zähne waren so weiß, als hätte er eine Lampe in der Gurgel, und seine eine Augenbraue sah dicker aus als die andere. Als Josef die Tür wieder geschlossen hatte, hörte Dogge, wie der Italiener das Gewicht fallen ließ, das er in der Hand hielt. Der Knall war so laut, dass Dogge zusammenzuckte.

Er hat jemanden umgebracht, ganz bestimmt hat der Italiener jemanden umgebracht.

Mit einem tiefen Seufzen ließ Dogge seinen Penis los und zog die Trainingshose hoch. Es hatte keinen Sinn.

Er versuchte, normal zu atmen. Nur weil er ihn einmal bei Mehdi getroffen hatte, hieß das nicht gleich, dass der Italiener wusste, was er getan hatte, oder was er im ersten Verhör über Mehdi gesagt hatte. *Er ist nur ein Junge, der Mehdi kennt. Er kommt nicht einmal aus Våringe, er weiß gar nichts. Er ist eingesperrt. Er weiß nicht, was ich getan habe.*

Er sah auf die digitale Uhr auf dem Tisch neben dem Bett. Es waren noch zwölf Stunden bis zum Frühstück. Vor seinem Fenster war es rabenschwarz.

20.

»Möglicherweise ist Rönnviken das Paradies auf Erden.« Farid knallte die Spülmaschine zu und kehrte zum Küchentisch zurück, an dem Nadja saß und in einer Schale mit Eis herumstocherte. »Aber es ist ein Scheißort.«

Er hatte sich ein Bier genommen, und dann noch eins. Felicia war »unterwegs«. Als er sie fragte, wann sie nach Hause zu kommen gedenke, hatte sie erklärt, dass sie morgen »den ganzen Tag chillen« würde. Natascha saß in ihrem Zimmer und ermordete Polizisten auf ihrem Computer, und Ella war in Farids und Nadjas Bett eingeschlafen.

Er war müde, die Augen brannten. Vielleicht hatte er vier Stunden geschlafen, seit der Mord geschehen war, möglicherweise fünf, wenn er die Stunde mitrechnete, die er vor dem Computer geschlafen hatte, als er eigentlich helfen wollte, die Telefonlisten durchzugehen. Aber heute Abend war er zumindest rechtzeitig zum Essen nach Hause gekommen. Sie hatten das Blaulicht eingeschaltet, als sie vom Jugendheim, in dem sie Dogge abgegeben hatten, nach Hause fuhren.

Farid hatte den Kollegen gebeten, ihn bis nach Hause zu fahren. Sein Auto konnte auf der Wache stehen bleiben. Es war Sonntagmorgen, und niemand würde sich darüber beschweren, dass er ihn dort über Nacht geparkt hatte.

»Okay.« Nadja schleckte am Löffel. »Lass hören.«

»Die Notrufe, die aus Rönnviken kommen, worum geht

es da? Sturmfreie Bude in der vierhundert Quadratmeter großen Villa der Eltern. Was können wir schon tun, wenn wir dort vorfahren? Die Haare von Sechzehnjährigen hochhalten, während sie ihre Zwanzigtausend-Kronen-Jacken vollkotzen und trotzdem darauf beharren, dass *ich selbst nach Hause fahren kann, ich habe ein Auto.* Obwohl es gar keine Autos sind, sondern nur so ein EPA-Traktor. Und sie haben noch nicht mal einen Führerschein. Wenn sie einen hätten, könnte ich ihn ja wegnehmen. Und weißt du, was diese Dinger kosten?«

»Nein.«

»Mehr als das Eigenkapital für den Kauf eines Hauses. Sie fahren dreißig Kilometer in der Stunde und kosten eine Viertelmillion. Und wenn ihre Väter an einem schlechten Tag an der Börse Angst bekommen, rufen sie den Krankenwagen, weil sie glauben, dass sie sterben müssen. Wenn sie es nicht schaffen, ihr Boot am eigenen Steg festzumachen, und es reißt sich los und treibt ab, dann melden sie es als gestohlen und bekommen das Geld von der Versicherung. Klar, auch da draußen schlagen Männer ihre Frauen, und es kommt vor, dass wir uns Zugang in eine abgeschlossene Garage verschaffen müssen, weil sich jemand in den Abgasen des neuesten Sportwagens ersticken will, aber es bleibt dabei. In diesem Rönnviken passiert nichts, was sie nicht auch selbst lösen könnten, mit ihrem selbst finanzierten Wachpersonal. Warum sollten wir unsere Ressourcen auf sie verschwenden? Wir könnten sie dort verwenden, wo sie wirklich gebraucht werden.«

»Geht es hier um Dogge und Billy?« Nadja beugte sich über den Tisch, nahm Farid die Bierflasche weg und trank einen Schluck. »Oder möchtest du in die Politik gehen?«

»Nein, ich werde ganz bestimmt nicht in die Scheißpolitik gehen. Bis vorgestern ... warte? Ja, es ist zwei Tage her. Bis

Billy erschossen wurde, machte nicht einmal Dogge seine verdammten Dummheiten vor der eigenen Haustür, dafür fuhr er nach Våringe. Klar, ein Schusswechsel in Rönnviken, buhuuu, jetzt hat die Gewalt alle Teile unserer Gesellschaft erreicht, oder wie sie es in den Nachrichten formulieren ... aber niemand aus Rönnviken ist betroffen. Ganz im Gegenteil. Es sind nach wie vor nur die Kinder aus Våringe und ähnlichen Orten, die sterben. Während Dogge verpflastert und versorgt und gestreichelt und getätschelt wird und ...« Er holte tief Luft. »Trotzdem ist es immer Rönnviken, das alle Ressourcen bekommt, um die es bittet, und gerne noch ein bisschen mehr, sicherheitshalber. Wir wollen ja nicht, dass die Millionäre plötzlich mit ansehen müssen, wie jemand quer durch ihren Vorgarten trampelt.«

»Millionäre sind eine sehr gefährdete Gruppe«, meinte Nadja mit einem Nicken. »Auslaufende Brustimplantate, Cabriodächer, die manuell geschlossen werden müssen, und Kaffeekapseln, die ständig zu Ende gehen. Sie haben ein hartes Leben.«

»In Rönnviken reicht es schon, dass die Bewohner ein Auto mit polnischem Nummernschild vorbeifahren sehen, und prompt hält der Polizeipräsident eine Pressekonferenz und der Justizminister schickt einen ganzen Konvoi mit Polizisten, um zu überprüfen, ob es eine Gaunerbande ist, die gerade das Gebiet erkundet. Soll ich dir erklären, warum wir so schnell vor Ort waren, nachdem der Notruf wegen Billy einging? Weil wir dort präventiv präsent waren. Im beschissenen Rönnviken? Warum?«

»Wie laufen die Ermittlungen?« Nadja gab Farid die Flasche zurück. Sie war ebenfalls ausgebildete Polizistin. Sie hatte zwar schon aufgehört, als sie Felicia erwarteten, erst dreiundzwanzig Jahre alt, und arbeitete mittlerweile als Juristin bei der Polizeigewerkschaft, aber sie verstand natürlich, was Farid

machte. Trotz des Jurastudiums, das sie während der Eltern-
zeiten absolvierte, dachte sie weiter wie eine Polizistin, und
Farid hatte offen mit ihr gesprochen. »Kommt ihr weiter?«

»Ja, wir haben Mehdi geholfen, seinen Markennamen zu
stärken. Heute haben wir die landesweite Fahndung nach
ihm herausgegeben, hast du davon gehört? Im Laufe einer
Nacht haben wir es geschafft, dass er von einem unwichtigen
Kleinkriminellen aus Våringe zu einem landesweiten Promi
wurde, der sich Kleinkinder ausleiht, um andere Kleinkinder
zu ermorden. Und dann gibt es natürlich Leute, die der Meinung sind, dass so eine landesweite Fahndung gar keine weitere praktische Bedeutung hat. Was soll das?« Er versuchte,
die letzten Tropfen aus der leeren Bierflasche zu saugen, bevor
er sie auf den Tisch knallte. »Aber das waren vielleicht nicht
die Fortschritte, die du meintest?«

»Nein. Hast du mit Billys Mutter gesprochen?«

»Noch nicht. Sie wurde vernommen, aber nicht von mir.
Sie hatte nichts zu sagen, aber wir haben die Sicherheits-
stufe für sie und die Kinder erhöht. Ich werde versuchen, sie
nächste Woche zu treffen, mal sehen.«

»Und sonst?«

»Die Ermittlungen? Sie gehen voran. Dogge hatte Billys
Blut auf den Schuhen. Und Schmauchspuren. Er ist auf dem
Überwachungsvideo vom Spielplatz zusammen mit Billy zu se-
hen, kurz bevor die Schüsse fielen. Und er hat den Notruf aus
Våringe angerufen, bevor er mit dem Bus wieder zu seinem
Haus in Rönnviken fuhr, wo ich ihn eingesammelt habe. Also
auf genau diesen Teil seines Geständnisses scheint man sich
verlassen zu können.«

»Das klingt nach einem seltsamen Umweg.«

»Wahrscheinlich hat er die Waffe in Våringe weggeworfen.
Und auch das Handy, mit dem er den Notruf gewählt hat.«

»Habt ihr sie gefunden?«

»Nein. Sie haben über einen Tag gewartet, bevor sie in diese Richtung suchten.«

»Warum das denn?«

Farid holte tief Luft.

»Ich … Ich war davon überzeugt, dass er auf direktem Weg nach Hause gelaufen war, und ich war so fixiert darauf, bei ihm eine Hausdurchsuchung durchzuführen, dass ich keine Lust hatte, mit einem frisch geweckten Staatsanwalt zu diskutieren, und deswegen … deswegen werden wir jetzt wohl kaum noch etwas finden.«

»Warum fällt es dir so schwer, dich auf das System zu verlassen? Ihr hättet trotzdem einen Beschluss bekommen. Ich glaube langsam, dass du dich mit Juristen schwertust.«

»Stimmt überhaupt nicht. Ich schlafe regelmäßig mit einer. Mit ihr tue ich mich überhaupt nicht schwer.«

»Nicht so regelmäßig, wie sie es gerne hätte. Warst du für die Tatortuntersuchung verantwortlich? Und für die Suche in der Umgebung?«

»Nein. Aber ich hätte ihnen sagen sollen, dass …«

»Vergiss es. Du musst doch nicht für alles die Verantwortung übernehmen? Ganz egal, was du vor Ort gesagt hast, sie müssen die nächstgelegenen Bushaltestellen in alle Richtungen absuchen?«

»Ich hätte es ihnen sagen sollen. Dogge stand außerdem unter Drogen, als ich ihn das erste Mal vernahm. Um drei Uhr morgens. Er ist vierzehn. Ich hätte warten sollen, aber ich habe es ignoriert. Es war einfach zu viel. Dass Billy …, dass Dogge …, dass er …«

»Wie sehr stand Dogge unter Drogen? Was kam bei der medizinischen Untersuchung heraus?«

Farid wedelte abwehrend mit der Hand.

»Nichts in der Art. Die Ärztin sagte, dass er unter Drogen stand, aber es war nichts, wofür er … Er musste nicht ins

Krankenhaus. Ich hätte ihn einfach ausschlafen lassen können, bis das Schlimmste vorbei war. Ich brauchte ihn nicht unter Druck zu setzen. Ich hätte zurückfahren und bei der Untersuchung helfen können.«

Nadja nickte. Sie stand auf und ging mit ihrer leeren Glasschüssel zur Spülmaschine.

»Klar. Das hättest du machen können. Aber glaubst du, dass es stimmt, was er sagte? Hat Mehdi Dogge gesagt, dass er Billy umbringen soll?«

»Woher soll ich das wissen?«

»Ich finde, es klingt genau wie etwas, das sich Mehdi ausdenken könnte. Ihm zu sagen, dass Billy ausgeknipst werden sollte. Warum nicht? Billy ist doch abgesprungen, oder? Dogge musste vielleicht zeigen, dass er es wert ist, weiter für Mehdi zu arbeiten?«

»Ich weiß nicht.«

»Warum sollte er Billy sonst umbringen? War er nicht sein einziger Freund auf der Welt?«

»Stimmt.«

Nadja drückte auf zwei Knöpfe und schloss die Klappe der Geschirrspülmaschine. Sie begann mit einem sanft summenden Geräusch zu arbeiten.

»Möchtest du einen Tee?«

»Nein, danke. Dann muss ich wieder die ganze Nacht pinkeln. Ich muss dringend ins Bett, bevor ich hier einschlafe. Morgen muss ich auch arbeiten.«

Nadja öffnete einen Schrank und nahm einen Becher heraus. Sie schaltete den Wasserkocher an.

»Ich glaube keinen Augenblick daran, dass Dogge sich das ausgedacht hat. Besonders dann nicht, wenn er unter Drogen stand. Du hast erzählt, dass er nicht besonders viel Fantasie hat. Ich glaube, dass Dogge es genauso erzählt hat, wie er es mit Mehdi erlebt hat. Dogge kommt nicht aus Våringe. Er ist nicht von dieser Schweigekultur geprägt. Ich glaube, dass er beschlossen hat, die Wahrheit zu erzählen, oder dass er es einfach nur deswegen getan hat, weil ihm nichts anderes einfiel. Oder weil er es bereute. Es ist eine Sache, einen Auftrag anzunehmen, und Dogge wäre ja kaum der Erste, der so etwas getan hat, aber als er Billy dann sah, als er sah, was er getan hatte, da begriff er vielleicht, dass das Leben trotz allem gar nicht so gangsta-mäßig ist? Und nur weil er am nächsten Tag alles wieder zurückgenommen hat, heißt das nicht unbedingt, dass er beim ersten Mal nicht die Wahrheit gesagt hat. Billy war abgesprungen. Du sagst, dass er keine große Rolle für die Gang spielte, aber seit wann brauchen Leute wie Mehdi einen guten Grund, um jemanden umzubringen? Und dank Dogges Hilfe musste er noch nicht einmal ein Risiko eingehen.«

Sie füllte den Becher und kehrte zum Küchentisch zurück.

»Klar, das stimmt natürlich«, sagte Farid. »Aber wenn ich ihn wegen Anstiftung verurteilen lassen möchte, muss ich beweisen, dass Dogge Billy nicht getötet hätte, wenn Mehdi nicht gewesen wäre. Und dass Mehdi einen Grund gehabt hat. Oder ich versuche, ihn wegen Beihilfe dranzukriegen. Aber wie soll ich das schaffen, wenn ich nicht mal eine Waffe habe, die ich Mehdi zuordnen kann? Oder zumindest etwas, mit dem ich beweisen kann, dass er Kontakt zu Dogge hatte. Gerne ein Handy, ein Handy wäre sehr gut.«

Nadja nippte an dem heißen Getränk.

»Habt ihr irgendetwas Technisches?«

»Wie ich schon gesagt habe. Schmauchspuren und Billys Blut auf den Schuhen.«

»Aber das ist doch gut?«

»Ja. Aber dass ich Dogge damit überführen kann, macht niemanden froh.«

»Sagtest du nicht, dass ihr auch die Patronenhülsen habt? Habt ihr auf ihnen etwas gefunden?«

»Mhm.«

»Etwas, das ihr benutzen könnt?«

»Mhm.«

»Was denn? Hör schon auf, Farid, sag es einfach.«

»Zwei verschiedene Fingerabdrücke auf den Hülsen. Und Spuren von einer blöden Misch-DNA, was auch immer das genau sein soll.«

»Was sagst du da?« Nadja stellte den Teebecher hin. »Zwei verschiedene Fingerabdrücke Das ist doch superwichtig.«

Farid nickte.

»Wir haben die Ergebnisse zu den Fingerabdrücken vor einer Stunde bekommen.«

»Wisst ihr, zu wem sie gehören?«

»Ja, zu Dogge und Billy.«

»Wie bitte?«

»Genau das.«

»Was soll uns das sagen?«

»Dass Billy die Munition angefasst hat, mit der er getötet wurde.«

»Wurde er nicht im Hinterkopf getroffen?«

»Stimmt, und in den Nacken und in den Rücken. Aus kurzer Entfernung. Aber kein aufgesetzter Schuss.«

»Willst du damit behaupten, dass er sich selbst umgebracht hat?«

»Das kann ich kaum glauben.« Farid stand auf. »Die Techniker sind da ebenfalls sehr zurückhaltend. Die Spuren der Misch-DNA können sie nicht einmal analysieren, dafür haben sie nicht die nötige Ausrüstung, sie mussten es in die Niederlande schicken.«

»Aber?«

»Kein Aber. Ich werde jetzt schlafen, Liebling. Ich werde es heute Abend nicht schaffen, mit der heißesten Juristin der Welt zu schlafen. Wir können uns gerne weiter unterhalten, wenn ich mehr weiß.« Farid beugte sich vor und küsste sie auf den Mund.

»Beziehungsweise. Ein Aber gibt es. *Aber* das ist Mehdis Fehler. Ganz egal, was er gesagt oder getan hat, sorgt er dafür, dass die Jugendlichen in Våringe alle Drogen bekommen können, die sie haben wollen, und dazu noch ein paar mehr. Außerdem ist er ihr Idol, und er hat ihnen eine Sache beigebracht: Wenn man sauer auf jemanden ist, dann bringt man ihn um. Ich weiß, dass das nicht ausreicht, um ihn für den Mord an Billy dranzukriegen, aber es sollte eigentlich genug sein. Denn wenn es diesen verdammten Mehdi nicht gegeben hätte, würde Billy heute leben, und wenn es mir nicht gelingt, ihn hinter Gitter zu bringen, dann wird er noch mehr Jugendliche umbringen, auf die eine oder die andere Weise. Und wenn er Dogge gesagt hat, dass er Billy umbringen soll, was spricht dafür, dass er sich damit begnügt? Wir haben Billys Familie unter Schutz gestellt, aber wie lange können wir das begründen? Wenn wir nicht nachweisen, dass sie bedroht sind, werden wir keine Ressourcen mehr dafür opfern können.«

Er seufzte. »Jetzt bin ich fertig mit meinen Abers. Ich muss aufmerksam sein, wenn ich den Meisterschurken Douglas Arnfeldt mit meinen Gedanken zu Gut und Böse konfrontiere. Denn wenn ich ihn nicht dazu bekomme, wieder mit mir zu reden, spielt es keine Rolle, was die technischen Untersuchungen bringen. Dann wird Mehdi mit dem weitermachen können, was er gerade tut, was auch immer das ist, vollkommen ungestört. Gute Nacht.«

Die Jungen

Zu Hause bei Billy war jedes Zimmer voll mit seinen Geschwistern und ihren Klamotten und Schulbüchern und Stimmen, die niemals aufhörten zu reden. Billys kleiner Bruder war am anstrengendsten. Er tat alles, um dabei sein zu dürfen, Dogge und Billy gaben ihr Bestes, um ihn loszuwerden.

Kurz bevor sie zehn wurden, hatten sie aufgehört, sich für Schaukeln und Sandkästen, Rutschen oder Versteckspiele zu interessieren, aber trotzdem waren sie immer häufiger auf dem Spielplatz zu sehen, manchmal hingen sie dort einen ganzen Abend herum. Wenn es dunkel war, waren sie auch die Kleinkinder und die Mütter und die Leute vom Grünflächenamt los.

Es kam auch vor, dass sie ins Zentrum von Rönnviken gingen. Aber dort konnte man keinen Spaß haben. In Våringe war es lustiger. Jedes Mal, wenn Mehdi sie sah, begrüßte er sie. Manchmal bekamen sie eine Zigarette, und ein paarmal folgten sie ihm bis in die Wohnung seiner Mutter, um dort FIFA zu spielen. Einmal aßen sie dort sogar zu Abend. Nach dem Essen hörte Mehdi Musik, nicht solche Musik, die Dogges Vater auflegte, sondern Musik, die von Mehdis eigenem Leben handelte. Er erklärte ihnen, dass es um all die Sachen ging, die auch ihm passiert waren oder ihm hätten passieren können, aber er schien keine Angst davor zu haben. Sein Kumpel Stein Q hatte die Musik geschrieben. Stein Q kam auch aus Våringe, er war in dieselbe Klasse gegangen wie Mehdi. Dogge lernte alle Texte auswendig, Billy konnte sie schon.

Wenn sie zu Hause bei Mehdi waren, sagte Billy zu seiner Mutter, dass er bei Dogge zu Hause herumhing. Dogge brauchte nichts zu sagen, seine Eltern fragten nie.

Zu Hause bei Billy trank niemand, Leila warf Isak aus der Wohnung, wenn er betrunken nach Hause kam, und zwang ihn, zu einem Onkel zu fahren, der ebenfalls trank und auch von seiner Frau herausgeworfen worden war. Die Nachbarn halfen ihr. Manchmal bat sie den Imam, mit ihm zu sprechen, Isak respektierte ihn.

Es gab nie ein Fest zu Hause bei Billy, dafür fehlte einfach der Platz. Er hatte zu viele Geschwister und die Wohnung zu wenige Zimmer. Niemand durfte rauchen, nicht einmal auf dem Balkon, und das Badezimmerschloss war kaputt, sodass man nicht einmal sicher sein konnte, in Ruhe gelassen zu werden, wenn man auf die Toilette ging.

Zu Hause bei Dogge dagegen war an jedem Wochenende ein Fest, manchmal sogar am Freitag und am Samstag, und in vielen Wochen auch am Mittwoch, denn der Mittwoch wurde hier kleiner Samstag genannt, und dann durfte man trinken, ohne dass sich irgendeine Schnepfe beschwerte, wie sein Vater immer zu sagen pflegte.

Dogge und Billy waren gerne auf Teos Partys, sie durchsuchten die Jacken und Mäntel der Gäste, falls jemand Geld darin hatte. Wenn sie es mitnahmen, merkte ohnehin niemand etwas. Manchmal gingen sie durch das Haus und leerten die halb vollen Gläser, die verlassen auf allen Tischen und Fensterbrettern herumstanden, auf dem Waschbecken im Badezimmer, auf der Arbeitsplatte in der Küche, auf dem Boden der Gästetoilette und eingeklemmt unter dem Sofa. Sie wurden betrunken und übergaben sich im Badezimmer, Billy in die Toilette und Dogge ins Waschbecken. Sie fanden halb gerauchte Kippen, und, wenn sie Glück hatten, eine geöffnete Zigarettenschachtel. Aber das Kokain verbrauchten die Gäste selbst, damit wurde nicht so nachlässig umgegangen.

Dogges Vater hatte unendlich viele Freunde. Immer wieder neue, und trotzdem waren sich alle ähnlich. Sie waren nett zu den Jungen, wollten sie beim Tanzen dabeihaben oder beim Essen. Sie liebten Dogges Vater, wie er Champagnerflaschen mit einem Säbel und Austern mit einem gewöhnlichen Messer öffnen konnte, wie er lachte, die Geschichten, die er erzählte, die Scherze, die er machte, wie er immer neue Projekte anschob und alte Hits in höchster Lautstärke auf der Stereoanlage laufen ließ. Sie mochten auch Dogges hübsche Mutter, obwohl sie seltsam und still war, so wenig aß und so viel schlief. Sie lachten, wenn Dogges Vater sie aus dem Sofa hochzog oder aus dem Schlafzimmer holte, und sangen bekannte Hits, die er so änderte, dass sie von Jill handelten, so laut, bis die Gläser klirrten.

»Das hier ist Billy«, pflegte Dogges Vater zu sagen. »Der beste Freund meines Sohns.« Er wirkte stolz, als wäre Billy ein Pokal, den er gewonnen hatte. Dogge stellte er nur selten vor.

Sie wissen schon, wer ich bin, versuchte Dogge sich einzureden. *Schließlich bin ich sein Sohn, denn das ist das Wichtigste.*

Es war schwer, sich vorzustellen, was Billy von den Besuchen bei Dogge hielt. Meistens hatte es den Anschein, als würde er sie lieben. Aber einmal, als er betrunken war und lang ausgestreckt auf Dogges Bett lag und auf die halbmetergroße Deckenrosette sah, sagte er, dass er das Haus für seltsam hielt.

»Es ist groß und liegt in fucking Rönnviken, aber trotzdem ist es nicht so, wie man es sich vorstellen würde. Es ist ein Haus für reiche Leute, aber es wirkt irgendwie arm, die Möbel

sind zu alt. Teuer, aber wie aus einem Museum, sie sind verdammt hässlich und riechen, als hätten sie zu lange im Keller
gestanden.«

Dogge hatte gelacht. Aber er war auch ein bisschen verärgert. *Dann komm doch nicht mit, wenn du nicht magst, wie ich
wohne.* Aber er sagte natürlich nichts. Er wollte nicht, dass
Billy nicht mehr bei ihm abhing.

Einmal kam Leila vorbei, um Billy abzuholen, obwohl er
sein Fahrrad hatte und Leila kein Auto. Als Billy hörte, dass es
an der Tür läutete, stürmte er herunter, nahm zwei Treppen-
stufen mit einem Schritt. Sobald Jill die Tür geöffnet hatte,
drängte er sich an ihr vorbei und verschwand nach draußen.

»Komm, Mama«, sagte er. »Wir verpassen den Bus.«

Er schämt sich, hatte Dogge gedacht. Er will nicht, dass
seine Mutter sieht, wie es bei mir zu Hause aussieht.

Sonntag, 9. Dezember

21.

Farid saß auf der Wache. Die Fernsehnachrichten hatten am Samstagabend einen Sonderbericht zur Ganggewalt ausgestrahlt. Der Mord an Billy Ali und die Fahndung nach Mehdi Ahmad waren der Aufhänger. Auf die Reportage folgte eine Studiodiskussion über die eskalierende tödliche Gewalt, und es wurde darauf hingewiesen, dass eine direkte Telefonleitung eingerichtet worden war, über die man sich mit Hinweisen an die Polizei wenden konnte.

Viele Zuschauer fühlten sich aufgefordert, vor weiterer Zuwanderung zu warnen, sie wollten den obersten Polizeichef absetzen, den öffentlich-rechtlichen Rundfunk schließen, den Chefredakteur von Dagens Nyheter einsperren und die Regierung stürzen. Andere wollte ihre Meinung zum Gewicht und zur Haarfarbe der Moderatorin kundtun, wieder andere wollten wissen, wo sie ihren Blazer gekauft hatte, und dann gab es natürlich noch diejenigen, die diese verdammten Somalier rausschmeißen wollten, die stinken und Drogen nehmen und unsere hübschen, blonden Frauen vergewaltigen.

Mangel herrschte dagegen an Anrufern, die über den Mord an Billy reden wollten. Ein paar anonyme Hinweisgeber sagten, dass Billy der beste Freund von Dogge war, »so steht es im Internet«, und die meisten wollten darauf hinweisen, dass »es natürlich ein bestellter Mord war, das ist doch völlig klar«. Eine Person meinte, dass »er krank im Kopf ist, und das ist er schon immer gewesen«, aber nur ein Einziger behauptete, dass er tatsächlich zur Zeit der Tat gesehen hätte, wie eine Person vom Spielplatz weglief. Farid hatte den Mitschnitt dieses Gesprächs von Lotta zugeschickt bekommen.

»Es passiert so viel Mist in Våringe, eigentlich dachte ich, es hätte überhaupt keinen Sinn, jemand anderem als meiner Frau davon zu berichten. Und auch sie hörte kaum zu, als ich es versuchte. In eurem Programm wird so viel geredet. Über die Verantwortung der Gesellschaft, wenn es um das organisierte Verbrechen geht, was für ein Blödsinn, auf welche Weise bin ich dafür verantwortlich, dass Eltern nicht auf ihre Kinder aufpassen, und die Polizei ihre Arbeit nicht erledigen kann?«

»Sie wollten uns etwas mitteilen?«

Die Anwärterin, die das Gespräch entgegennahm, hatte einen südschwedischen Dialekt.

»Ja, und dieser Zirkusdirektor mit seinen Grenzen, die die Eltern hier und dort ziehen sollten ... Ich kann Ihnen erzählen, wo diese Grenze verlaufen sollte, und das wäre eine ganz andere Art von Grenze, und die liegt auch ein gutes Stück von Våringe entfernt.«

»Wie bitte?«

»Der oberste Polizeichef. Nur weil man eine Uniform mit Schulterstücken auf ein Plumpsklo setzt, wird aus dem, was er sagt, auch nichts anderes als Durchfall. Wenn man sich mehr darum gekümmert hätte, Schweden vor dieser Art von Pack zu schützen, hätte der werte Herr Direktor Circus Scott keinen Job, denn es hätte für ihn nichts zu tun gegeben.«

»Aha ... der oberste Polizeichef also ... Wollten Sie uns nicht auch noch etwas anderes erzählen?«

»Ich war dort. Ich habe ihn gesehen.«

»Was heißt dort? Wen haben Sie gesehen? Den obersten Polizeichef?«

»Spaziert der oberste Polizeichef nachts durch Våringe? Jetzt halten Sie mal die Klappe. Spät am Donnerstagabend stand ich draußen und fror mir die Eier ab, als er plötzlich angelaufen kam. Aus der Fußgängerunterführung, es war ein paar Minuten nach elf, direkt nachdem dieser Kanake ausgeknipst worden war, aber das wusste ich zu der Zeit ja nicht. Ich dachte, dass er einen Einbruch in Rönnviken verübt hatte. Aus der Richtung kam er jedenfalls, und eigentlich ist ja niemand so dumm, dass er irgendwo in Våringe einbricht, oder? Einer Nacktratte den Pelz zu klauen, hält niemanden warm. Ich dachte, dass es wahrscheinlich schiefgegangen war. Jemand hatte ihn in flagranti erwischt, sozusagen. Vielleicht eine dieser privaten Sicherheitsfirmen, die draußen in Rönnviken aufpassen? Warum sollte man sonst wie ein besoffener Vogel Strauß den Berg runterflitzen? Geschieht ihm recht, dachte ich, zieht ihm die Hammelbeine lang, dachte ich, genau, dazu stehe ich auch. Ich sage das, was alle denken. Und dann blieb er stehen und telefonierte, als wäre gar nichts passiert. Und dann ging er hinunter zur Bushaltestelle und warf dort etwas in den Papierkorb. Und nein, ich habe niemanden gesehen, der ihn verfolgte. Und nein, ich habe auch nicht überlegt, zu ihm zu gehen. Warum sollte ich? Bin ich etwa gerade aus der Gummizelle entlassen worden? Keine Chance. Es waren ja nicht meine Sachen, die er geklaut hat. Und wie sollte das überhaupt gehen mit meinen Knien? Als ich in seinem Alter war, konnte ich laufen wie eine verdammte Gazelle, aber das war vor der Arthrose. Beide Knie, die eine Hüfte, das Kreuz, sogar der Daumen knirscht wie eine kaputte Schallplatte. Ich bin verrostet wie eine Handvoll feuchter Nägel, so ist das. Aber eine Sache ist klar. Wenn sie die Scheißblagen für mich festhalten, wird er meine Rechte zu spüren bekommen, denn die funktioniert noch. Sowohl für das eine wie für das andere.«

Farid hörte sich die Aufnahme zweimal an. Dann griff er nach dem Handy und rief den Anrufer an. Er hieß Ulf Pettersson, und alle nannten ihn Uffe.

Natürlich heißt du so, dachte Farid müde. Natürlich heißt du so.

22.

Als Sudden klein war, saß meist ein Mann ohne Hände auf dem Markt, auf den er seine Eltern zum Einkaufen begleitete. Der Bettler trug den Korb, in den man eine Münze legen sollte, an einer geflochtenen Schnur um den Hals. Suddens Vater sagte, dass ihm das Militär beide Hände abgehackt habe, weil er gestohlen habe. Trotzdem sei es wichtig, ihm jedes Mal etwas zu geben. Sein Vater gab ihm Geld, seine Mutter Essen, oder etwas zu trinken in der Hitze. Lass andere über ihn urteilen, sagten sie zu Sudden. Hilfsbereitschaft sei immer ein gutes Ruhekissen.

Der Dieb hatte das ganze Jahr auf demselben Platz gesessen, mit krummem Rücken, gesenktem Kopf und den kurzen Armen auf dem Schoß. Einmal fragte Sudden seine Mutter, wie er es anstellte, sich hintenrum abzuwischen, aber da gab sie ihm eine Ohrfeige. Das machte sie normalerweise nur, wenn er wirklich dumme oder gefährliche Dinge tat, aber in diesem Moment passierte es ganz automatisch, ohne dass sie selbst wusste, warum. Sie umarmte ihren Sohn danach, ganz fest. Aber sie antwortete ihm nicht, er würde nie erfahren, wie der Mann sich um seine Hygiene kümmerte, oder wie er überhaupt essen und trinken konnte, was Suddens Mutter vor ihm abstellte.

Vor Suddens Livs saß eine Frau auf einem Teppichstück. Sie saß dort sieben Tage in der Woche, auch an Sonntagen,

mit einem Tuch um den Kopf und abgeschnittenen Finger-
handschuhen. Sie blieb sitzen, bis Sudden den Laden schloss.
Er gab ihr niemals Geld, aber sie bekam die fertig zubereiteten
Sandwiches, die im Laufe des Tages nicht verkauft wurden.

Sie beugte stets den Nacken und legte die Hände vor die
Brust und bedankte sich bei ihm.

»Danke, danke, wie freundlich, danke, danke.«

Und Sudden schämte sich.

Richte dich auf, wollte er sagen. Mach etwas mit deinem
Leben. Aber er sagte nichts, dachte nur an seine Eltern.

Dass er als Kind geschlagen worden war, hatte ihn seiner Meinung nach nicht geprägt. Sein Vater schlug seine Kinder nur,
wenn sie ungehorsam waren. Nicht hart, aber oft. Als Sudden groß genug war, um dagegen zu protestieren, hörte sein
Vater mit den Bestrafungen auf, ohne dass ein Drama daraus
gemacht wurde. Er dachte, dass sein Vater etwas Gutes tun
wollte, und keine Ahnung hatte, wie er es anstellen sollte.

Es ging schnell, eine Hand zu patschen, die sich dem Herd
näherte, sehr viel schneller, als zu erklären, wie gefährlich das
Feuer war. Eine Ohrfeige hinterließ keine Verbrennungen. In
der Schule, in der Sudden seine ersten Schuljahre verbrachte,
wurde einer der Lehrer entlassen, weil er einem der aufmüp-
figen Kinder einen Faustschlag auf den Mund verpasst hatte,
sodass dem Kind ein Zahn herausbrach. Laut der Hausord-
nung durften die Lehrer sie nur mit dem Gürtel auf den Hintern oder mit dem Lineal auf die Finger schlagen. Die Fäuste
zu benutzen, war strengstens verboten. Der Junge mit dem
abgebrochenen Zahn war der Sohn des Apothekers.

Sudden schlug seine Kinder jedenfalls nicht. Natürlich
kam es vor, dass er sauer wurde. An einem frühen Morgen
hatte er seinem ältesten Sohn ein halbes Glas Wasser ins Gesicht gespritzt, als er nach einem Fest fünf Stunden zu spät

nach Hause gekommen war und dann lachte, als Sudden ihn auszuschimpfen begann. Trotzdem schlug er sie nie. Es hätte sich wie ein Verrat an allem angefühlt, woran er glaubte.

Wenn sich jemand deswegen wunderte, pflegte er zu sagen, dass es eine Frage des Respekts war. Vor der Scham, die er empfunden hatte, wenn sein Vater ihn schlug, wollte er seine eigenen Kinder bewahren, für immer. Wenn er nicht wusste, was er tun sollte, damit sie gehorchten, sprach er mit seiner Frau Sara. Manchmal lachten sie darüber, wie die Kinder mit ihnen sprachen, wie sie Sachen sagten, die sie selbst ihren Eltern gegenüber nie geäußert hätten. Aber sie waren sich immer einig. Züchtigung war keine Option.

Die Sandwiches waren heute ausverkauft. Aber schon um zwei Uhr hatte Sudden einen gegrillten Hähnchenschenkel zur Seite gelegt. Der war jetzt kalt. Er gab ihn und einen halben Liter Milch mit abgelaufenem Datum der Frau auf dem Teppich.

»Danke, danke, wie freundlich, danke«, sagte sie und beugte ihren Nacken so tief, dass er die Innenseite ihres Kopftuchs sah.

»Keine Ursache«, murmelte Sudden. »Nicht nötig, sich für etwas zu bedanken.« Und er eilte davon.

Im Auto schaltete er das Radio ein. Der Mann, nach dem im Zusammenhang mit dem Mord an dem Vierzehnjährigen in Våringe gefahndet wurde, war der Polizei ins Netz gegangen. Er wurde verhaftet wegen des hinreichenden Verdachts, an der Schießerei beteiligt gewesen zu sein. Die Haftprüfungsverhandlung war für Mittwoch, den 12. Dezember angesetzt. Sudden schaltete das Radio aus.

Die Jungen

»Du musst rechtzeitig zum Abendessen zu Hause sein«, pflegte Leila zu sagen, wenn Billy fragte, ob er zu Dogge nach Hause fahren konnte. Er war erst zehn Jahre alt, aber kein kleines Kind mehr, sie konnte ihn nicht die ganze Zeit zu Hause behalten. »Spätestens um sechs Uhr, ich brauche deine Hilfe. Es gibt keinen Grund, dass deine Geschwister alles machen müssen.«

Er versprach, wie fast immer, dass er tun würde, was sie verlangte. Aber meistens wurde es acht, bevor er überhaupt auftauchte. Manchmal schickte er eine Nachricht, um zu sagen, dass er auf dem Weg sei. Leila stand auf dem Balkon und wartete, bis sie ihn aus dem Tunnel kommen sah. Dann ging sie hinein und drehte das Radio auf.

Er ist jetzt zu Hause, dachte sie, es ist nichts wirklich Schlimmes passiert. Dogges Eltern rauchen, deshalb riecht er danach. Er hat bestimmt schon gegessen, deswegen geht er direkt in sein Zimmer, deswegen hat er keinen Hunger mehr, wenn er kommt.

Manchmal, wenn Billy zu spät war, schickte sie eine Nachricht an Teo, um ihn zu bitten, den Jungen nach Hause zu schicken, aber Teo antwortete nur selten. Sie mochte ihn nicht. Jills Nummer hatte sie nicht, und sie schien auch nicht besonders zuverlässig zu sein. Aber wer war Leila schon, dass sie Frauen nach den Männern beurteilen durfte, mit denen sie zusammenlebten?

Ich habe selbst genug zu tragen, dachte Leila. Ich kann mir nicht auch noch über die Kinder reicher Leute Sorgen machen.

Manchmal fuhr Billy mit dem Fahrrad zum Spielplatz und traf sich mit Dogge.

Manchmal liefen sie in den Wald auf den Hügel, manchmal gingen sie hinunter ins Zentrum. Aber Billy durfte nach Anbruch der Dunkelheit nicht mehr draußen sein. Leila sagte es ihm immer wieder. Sprich nicht mit Fremden, fahr nicht zu Orten, die zu weit entfernt sind.

»Erzähl mir immer, wo du bist. Auch wenn ich arbeite, sag es mir immer.«

Du bist zu streng, dachte sie, als er nicht tat, was sie ihm gesagt hatte. Wenn Isak mir nur helfen könnte, dachte sie auch. Er sollte einen Vater haben, der ihm strikte Anweisungen geben konnte.

Bevor Billy eingeschult wurde, hatte er ihr immer geholfen, besonders mit seinem kleinen Bruder Tusane. Er mochte es, nahm den kleinen Bruder gern in den Arm und drückte seine Wange in die hauchdünnen Locken des Babys, beruhigte ihn, wenn er weinte. Er hörte damit auf, nachdem er Dogge kennengelernt hatte.

Stattdessen war es jetzt Aisha, die Leila beim Aufpassen half. Als sie elf wurde, feierten sie bei McDonald's, zwölf Mädchen waren eingeladen, Isak tauchte nicht auf, aber Billy war dabei. Er saß ganz hinten am Ende des langen Tisches.

»Mach den Mund zu beim Essen«, zischte Aisha ihrem kleinen Bruder zu. Das brachte Leila zum Lachen und gab ihr einen Stich ins Herz.

Leila wusste, wie sehr die Jungen Mehdi bewunderten, diesen Unruhestifter, der mitten im Winter mit einer schusssicheren Weste und Sonnenbrille herumlief. Sie hatte Mehdis

Mutter mehrere Male im Rathaus getroffen. Mehdis Mutter war schweigsam, aber sie lächelten einander zu.

»Ich will nicht, dass du mit ihm zu tun hast«, hatte Leila Billy ermahnt, häufiger, als sie sich erinnern konnte.

»Er ist nett, Mama«, sagte Billy. »Mach dir keine Sorgen. Er ist nett.«

Leila hatte versucht, mit ihrem Mann zu sprechen.

»Mehdi ist doch selbst noch ein Junge«, sagte Isak. »Er ist kein Mann. Er hat keinen Boss, das sind nur Gerüchte. Die Leute lieben es, über Dinge zu sprechen, von denen sie keine Ahnung haben. Mach dir keine Sorgen.«

Was kann schon passieren?, sagte Leila zu sich selbst, als sie schlaflos im Bett lag und in die Dunkelheit starrte. Sie sind ja erst zehn Jahre alt.

Dogge und Billy hielten sich immer in der Nähe auf, in Våringe oder Rönnviken. Sie hielten immer zusammen. Wenn ein älterer Junge sie bei sich zu Hause ein Spiel spielen ließ, musste man sich nicht darüber aufregen. Mehdi wohnte auch zu Hause bei seiner Mutter. Leila machte sich keine Sorgen. Sie verließ sich auf die Jungen. Zumindest auf Billy, sie verließ sich auf Billy.

Sonntag, 9. Dezember

23.

In Tusses neuem Zimmer, das bis vor Kurzem noch Billys Zimmer war, gab es keine Fenster. Aber die Dunkelheit war direkt draußen. Das wusste er. Rabenschwarz und gnadenlos. Wenn er einschlief, würde der Traum von gestern wieder angeflogen kommen. Der Vogel würde seine Schwingen ausbreiten, seine Klauen ausfahren und auf seinem Körper landen, um mit dem Schnabel sein Herz herauszureißen.

Er nahm sich vor, seiner Mutter nichts von dem Albtraum zu erzählen. Mit keinem einzigen Wort. Aber er tat alles, um nicht einzuschlafen.

In der ersten und der zweiten Nacht hatten sie im Hotel wohnen müssen, während die Polizei die Wohnung durchsuchte. Ihre Mutter kam direkt aus dem Krankenhaus, von der Nacht war nicht mehr viel übrig, aber es war immer noch dunkel. Zwei Zimmer hatten sie bekommen, nebeneinander, mit den gleichen, blanken Fußböden, den gleichen harten Betten, Duschkabinen und Toiletten, die in der Luft zu schweben schienen. Die Türen wurden mit weißen Karten geöffnet, die so groß waren wie Kreditkarten. Wenn man sie in dieselbe Tasche steckte wie das Handy, funktionierten sie nicht mehr. Dann musste man nach unten zur Rezeption gehen und eine neue holen.

Sie hatten allerdings nur eines der Hotelzimmer verwendet, Aisha und er zogen ihre Decken und Kissen in das andere Zimmer und legten sich zu ihrer Mutter und Rawdah ins Bett.

Niemand konnte schlafen. Wenn ihre Mutter nicht weinte, begann Rawdah zu schluchzen. Aisha wartete, bis sie allein im Badezimmer war. Sie schloss die Tür ab und stellte die Dusche an und glaubte, dass man es so nicht hören konnte. Das Personal kam mit dem Frühstück auf einem Tablett, aber keiner von ihnen war hungrig.

Ihr Vater musste nicht im Hotel wohnen, er übernachtete bei seinem Bruder Malik.

Sie trafen ihn am Freitag für einen kurzen Augenblick, aber er war so voll, dass ein Augenlid herunterhing.

Ihre Mutter hatte nicht einmal die Jacke ausgezogen, als sie Isak sagte, dass sie wieder gehen müssten.

Vor dem Hotelzimmer saß ein Polizist auf einem Stuhl. Als Tusse einmal die Tür öffnete, zuckte der Polizist zusammen, als wäre er gerade aufgewacht. Aber Tusse erzählte seiner Mutter nichts davon, sie hatte andere Sorgen.

Sie wurden vernommen, einer nach dem anderen, sogar Rawdah.

»Ich weiß nicht«, hatte Tusse auf alle Fragen geantwortet. »Ich weiß gar nichts.«

Am Samstagvormittag waren sie zurück in der Wohnung. Tusse durfte in Billys Zimmer ziehen.

»Ich will nicht«, sagte er zu Aisha.

»Du musst«, antwortete sie.

Also tat er es. Er tat immer alles, was ihm gesagt wurde.

»Du darfst nicht nach draußen gehen.«

»Du darfst deine Freunde nicht treffen.«

»Wir haben Essen zu Hause, du musst nicht für Mama einkaufen.«

Den ganzen Samstag und den ganzen Sonntag kamen Leute zu Besuch. Freundinnen von Leila, Kolleginnen, Nachbarinnen, die Eltern der Freunde der Kinder. Eltern von Kindern, die sie kaum kannten. Alle hatten Essen dabei. Eintöpfe und Aufläufe. Moussaka, Lasagne, Grillhähnchen, Sambusas, Makkaroni mit Käse, Cambuulo. Einer von denen, die am Samstag mit einer Spinatlasagne gekommen waren, tauchte spät am Samstagabend wieder auf.

»Habt ihr schon gehört? Mehdi ist geschnappt worden. Er sitzt im Gefängnis. Sie haben ihn eingesperrt.«

Er sagte es so, als wäre es eine Nachricht, auf die sie alle gewartet hätten, etwas, was alle froh macht, oder zumindest erleichterte.

»Aha«, hatte ihre Mutter geantwortet und eine Tupperdose mit Fleischklößchen, die groß waren wie Tennisbälle, herübergereicht. Ein bisschen Tomatensoße rann an der Außenseite der Dose herunter, sie wischte sie mit dem Daumen ab.

Das Essen, das keinen Platz im Kühlschrank fand, gab sie den Nachbarn, den Polizisten, dem Imam, allen, die zu ihnen kamen und nicht schon etwas in der Hand hielten. Sie füllte auch einen Teller nach dem anderen und gab sie Tusse und seinen Geschwistern. Drückte eine Gabel hinein und zwang sie, dass Essen anzunehmen.

»Danke«, sagte Tusse und stellte den Teller wieder ab, als sie gerade nicht hinsah. Er war nicht hungrig. Er konnte nichts Richtiges essen, er wollte nur Kuchen und Süßigkeiten haben, die ganze Zeit, bis es ihm so schlecht ging, dass er alles wieder auskotzen konnte.

Mittlerweile war der letzte Gast gegangen. Nur seine Mutter und die Geschwister waren zu Hause, und Tusse schloss die Tür zu dem, was jetzt sein Zimmer sein sollte.

Das Bettlaken roch nicht nach Billy, sondern nach Waschmittel. Alles, was in Billys Zimmer gewesen war, hatte seine Mutter in Kartons gesteckt. Als sie nach Hause kamen, lagen seine Sachen dort, auf dem Bett, es war die Polizei, die sie durchgesehen hatte. Leila musste deswegen weinen. Aber sie riss sich schnell zusammen, holte drei leere Kartons aus dem Keller und begann zu packen.

Leila schlief nicht, sie aß nicht, sie setzte sich niemals hin. Sie räumte nur Billys Sachen weg, packte sie in Kartons, nahm sie wieder heraus. Eine der Kisten stand neben ihrem Bett, zwei weitere in der Küche. Die Regale hinter Billys Bett waren leer, der Schrank leer, die Kommode leer. Tusse konnte seine Sachen holen und sie einräumen. *Tu was*. Aber er konnte es nicht. Stattdessen legte er seine Bettdecke in einen der Kartons mit Billys Sachen. Er drückte sie tief in die Kiste hinein, sie war nicht zu sehen.

Ich will nicht.

Sie hatten angefangen, das Begräbnis zu planen. Die Polizei hatte gesagt, dass sie Billys Leiche noch nicht holen konnten, aber seine Mutter schien es nicht verstanden zu haben.

»Ich brauche das jetzt«, sagte sie, und Tusse wusste nicht, ob sie Billys Leiche oder die Beerdigung meinte, oder ob es für sie dasselbe bedeutete.

Seine Mutter hatte die Moschee gebeten, ihr zu helfen.

»Es ist wichtig«, sagte sie. Immer und immer wieder. Sie klang sehr wütend.

»Wir kümmern uns darum«, sagte der Imam und legte seine Hände auf die der Mutter. Da weinte sie eine Weile, statt wütend zu sein. Aber noch wussten sie nicht, wann sie Billy beerdigen konnten. Und kein Wort war über das andere gesagt worden, das, was der Imam der Mutter versprochen hatte, bevor Billy erschossen wurde.

Der Polizist, der im Hotel auf dem Stuhl gesessen hatte, war nicht mit ihnen nach Hause gezogen. Die Polizistin, die sich ihre Kontaktbeamtin nannte, hatte sie gefragt, ob sie sich sicher fühlten, wenn sie zu Hause wohnten. Für eine Sekunde hatte Leila so ausgesehen, als würde sie wieder wütend werden, aber dann sagte sie: »Natürlich.« Daraufhin hatte die Polizistin Leila eine Visitenkarte gegeben und ihr gesagt, dass sie jederzeit rund um die Uhr anrufen könne, sie müsse nur die Nummer wählen, wenn sie irgendetwas wissen wolle. »Danke«, sagte Leila und legte die Visitenkarte in die Küche. Eine Minute später hatte sie einen heißen Kartoffelauflauf, den die Nachbarin zwei Stockwerke über ihnen vorbeigebracht hatte, auf die Karte gestellt.

Es war Sonntag. Billy war seit fast drei Tagen tot, und Tusse würde alles tun, um nicht einzuschlafen. Denn wenn er einschlief, kamen die Albträume, dann kamen die Wahrheiten, dann kam alles, was Tusse wusste, alles, was er nie vergessen würde.

Wenn ich Mama nur nichts gesagt hätte. Wenn ich einfach nichts getan hätte. Wenn ich Billy nicht verraten hätte. Dann würde Billy jetzt leben.

Das alles war mein Fehler.

Die Jungen

»Als was arbeitet dein Vater eigentlich?«, fragte einer von Dogges Klassenkameraden, als Dogge gerade in die Vierte gekommen war. Er bekam diese Frage nicht das erste Mal gestellt, und er antwortete, wie er es gewohnt war.

»Er hat ein Projekt.«

Sein Vater hatte immer ein Projekt am Laufen. Aber dieses Mal begnügte sich der Klassenkamerad nicht mit der Antwort.

»In der Zeitung steht etwas über das Projekt deines Vaters. Meine Mutter sagt, dass er im Gefängnis sitzen sollte.«

Dogge wusste, was in der Zeitung stand. Seine Eltern hatten von den Artikeln erzählt. Sie hatten gesagt, dass der Name seines Vaters nicht erwähnt wurde, aber dass trotzdem alle wussten, dass es um Teo ging. Was sein Klassenkamerad allerdings nicht wusste, war die Geschichte mit den Idioten. Diejenigen, die Teo an der Nase herumgeführt hatten. Es war ihr Fehler, dass alles schiefging. Aber er konnte es nicht erklären.

»Diese Idioten sollten im Gefängnis sitzen«, brachte er schließlich heraus.

»Dein Vater ist ein Idiot?«, sagte der Klassenkamerad zufrieden. Das Mädchen, das neben ihm saß, begann zu lachen. »Hast du das gemeint?«

Daraufhin hörte Dogge auf, es erklären zu wollen. Stattdessen schlug er zu. Nur einmal, aber der Junge bekam Nasenbluten und ein Zahn tat ihm weh, der ganze Pullover wurde dunkelrot, Dogge musste vor dem Rektorenbüro warten, sie riefen seine Mutter und seinen Vater an. Niemand meldete sich. Dogge durfte nicht gehen. Die Sekretärin des Rektors rief nach der Mittagspause erneut an. Als Teo endlich kam, war er so wütend, dass es keinen Sinn hatte, ihm etwas erklären zu wollen.

Teo ließ Dogge vor dem Haus aussteigen. Er musste selber hineingehen.

»Ich muss in die Stadt«, sagte sein Vater knapp. Er fragte nicht, ob Dogge seinen Hausschlüssel hatte.

Jill hatte Migräne und wachte nicht auf, als Dogge an der Tür klingelte. Sie trug Ohrenstöpsel und hatte eine Tablette genommen. Er ging durch die Hintertür, die ohnehin selten abgeschlossen war. Als Teo wieder nach Hause kam, legte er sich aufs Sofa und trank dunkelbraunen Whisky. Sie redeten nicht über die Schule. Das machten sie ohnehin fast nie.

Dogge tat sich schwer mit den theoretischen Fächern. Aber der Lehrer im Werkunterricht hatte einmal bemerkt, dass er »ziemlich gut« war. Dogge erzählte es seinem Vater.

»Glückwunsch. Dann kannst du ja Klempner werden«, erwiderte dieser.

Dogge sah im Internet nach, wie viel so ein Klempner verdiente. Da verstand er, was sein Vater gemeint hatte. Nur ein Versager würde sich damit zufriedengeben. Dogge wusste, dass sein Vater ihn für einen Versager hielt, das war nichts Neues.

Niemand fragte Billy, was sein Vater tat. Niemand in Billys Schule fand es seltsam, dass ein Vater jeden Tag die ganze Woche im Café saß und mit seinen Kumpels Karten spielte. Trotzdem hatte Isak mehrere Jobs gehabt, nur nicht besonders lange. Er hätte es schwer gehabt, sagte er. Und als er auch noch seinen Führerschein abgeben musste, wurde es noch schwieriger.

»Niemand interessiert es, dass ich besser fahre als alle anderen Idioten. Sie wollen mich trotzdem nicht fahren lassen. Ich arbeite gerne, aber was soll ich denn tun, sag es mir?«

Leila sagte nicht, dass Isak es besonders schwer hätte, sie hatte ganz und gar aufgehört, über ihn zu sprechen.

Aber Billy brauchte seinen Vater. Billy war smart. Alles fiel ihm leicht. Er konnte Englisch sprechen und so klingen wie die Leute in den Harry-Potter-Filmen, oder er schaltete um und klang plötzlich wie Dr. Dre, beinahe perfekt. Wenn Dogge versuchte, etwas auf Englisch zu sagen, hatte er das Gefühl, seine Zunge würde in seinem Mund anschwellen. Er brauchte sehr lange, um die Worte zu finden. Aber Billy verstand alles, sogar Mathematik. Einmal, als er zu Hause bei Dogge war, fand er Dogges Mathematikbuch und löste alle Aufgaben der ersten drei Kapitel, nur weil ihm langweilig war. Das einzige Problem war, dass er auch immer der Erste war, der an neuen Sachen die Lust verlor und die Erklärungen der Lehrer nicht mehr hören wollte. So hatte er es Dogge erzählt.

»Ich kann einfach nicht weiter zuhören, das ist komplett unmöglich. Ich muss dann an alles andere denken, was mir durch den Kopf geht. Wenn ein Auto draußen auf der Straße vorbeifährt, wohin will es? Wer sitzt darin? Was werden sie tun und wird jemand sterben?«

In einer Nacht, in der Teo verreist war, um die Probleme zu lösen, in denen er wegen der Idioten steckte, nahmen Dogge und Billy Jills Auto. Er war draußen auf der Straße geparkt, und sie zogen eine Mülltonne dorthin, damit niemand sich auf den freien Platz stellte, solange sie weg waren. Sie waren vorher schon Auto gefahren, mit Teo. Aber niemals allein, und Billy fuhr die ganze Strecke durch Rönnviken bis auf die Autobahn und drehte erst drei Abfahrten später wieder um.

Sie drehten die Seitenscheiben herunter und füllten das Auto mit der Winterluft.

»Scheiße, jetzt sind wir die Bosse, Dogge«, schrie Billy und drückte das Gaspedal durch. Sie drehten die Musik auf die höchste Lautstärke.

Ich brauche meinen Vater auch nicht, dachte Dogge. Billy und ich kommen alleine zurecht. Wir brauchen niemanden.

Als sie nach Rönnviken zurückkamen, war die Mülltonne weggeschoben worden und ein anderes Auto stand dort. Sie mussten dreißig Meter weiter unten an der Straße parken. Aber Jill merkte nichts, zumindest sagte sie nichts.

Dogge schlief an jenem Abend mit Musik auf den Kopfhörern ein, zum selben Lied, das sie während der Autofahrt gehört hatten. Es ging um alles, was sie tun würden, wenn sie das Geld dafür hätten, eigenes Geld. Schnelle Jachten und Autos, Pools, Reisen, Bräute. Dogge und Billy waren nicht wie ihre Väter. Sie waren besser, tausendmal besser.

Billy wäre wahrscheinlich der Beste in seiner ganzen Schule gewesen, wenn er sich nur besser hätte konzentrieren können. Dogge war in gar nichts der Beste, sosehr er es auch versuchte. Die Behauptung, dass er irgendetwas gut könne, das einem half, Toiletten zu reparieren, war nichts anderes als die Feststellung, dass er dumm war.

Aber er brauchte keine sinnlose Ausbildung. Er würde kein Klempner werden, das war schließlich nur ein Witz, das würde niemals passieren. Er würde der Boss sein.

Mit Billy war er unverwundbar, besser als alle anderen.

24.

»Sind die Behördenkekse etwa einer Sparmaßnahme zum Opfer gefallen?«, fragte Uffe, der Mann, der gesehen hatte, wie Dogge vom Tatort weggelaufen war, wobei er vier Kaffeesahnedöschen in seinen lauwarmen Kaffee leerte.

Farid hatte seine Gedanken mit einer harmlosen Zeugenbefragung zerstreuen wollen, bevor er zum Gefängnis fuhr, um mit Mehdi zu reden. Doch die Lust darauf war ihm inzwischen vergangen. Mehdis Anwalt war auf dem Kriegspfad, maßlos erregt über alles, was sein Klient an Kränkungen erfahren hatte, seit er verhaftet worden war. Hoffentlich würde also zumindest diese Vernehmung schnell zu Ende gehen. Uffe jedenfalls war alles andere als unzugänglich.

»Es war kalt, es war dunkel und es schneite wie der Teufel. Oder, na ja, es schneite jedenfalls. Nicht wie in den Fünfzigerjahren, als wir uns aus den Häusern schippen mussten und mehrere Wochen hintereinander nicht zur Schule gehen konnten. Nein, nicht so viel, dass ich ihn nicht sehen konnte, warum sollte ich auch lügen? Nennen Sie mich etwa einen Lügner?«

»Sie sagten, dass Sie ihn für einen fliehenden Einbrecher hielten?«

»Er sah jedenfalls so aus, als hätte er es eilig. Wenn ich mir sicher gewesen wäre, dass er irgendeine Schweinerei angestellt hat, hätte ich die Polizei gerufen. Aber man ruft die Polizei ja nicht an, nur weil jemand rennt? Habt ihr etwa keine wichtigeren Sachen zu tun? Ich habe doch nicht die geringste Ahnung, was er da draußen vorhatte und warum er gerannt ist. Wahrscheinlich hat er sich den Schwanz abgefroren in seiner hässlichen Jeans und wollte so schnell wie möglich nach Hause. Vielleicht ist er ja deswegen so gelaufen.«

»Sie riefen an …«

»Ja, herzlichen Dank, Sherlock, Sie haben in den Nachrichten ansagen lassen, dass man sich melden sollte, wenn man etwas gesehen hatte. Und ich war auf stoppapressarna.se, da haben sie ein Foto von dem, der erschossen wurde. Und so sehen sie alle aus, weiß Gott. All diese Früchtchen mit ihren Dummheiten, warum soll es denn so schwer sein, sie in den Griff zu bekommen? Also, als dieses junge Früchtchen am Donnerstag angelaufen kam, dachte ich zwei Dinge. Da ist so ein kleines Früchtchen, war das Erste, was ich dachte. Und er war nicht gerade eine Blondine, war das Zweite. Blondes have more fun, stimmt ja vielleicht? Er jedenfalls hatte keinen Spaß, so viel habe ich gesehen.«

»Derjenige, der da wegrannte, hatte dunkle Haare? Wollen Sie das damit sagen?«

»Ich brauchte sein verdammtes Haar nicht zu sehen, ich weiß, was für Leute mitten in der Nacht in Våringe herumlaufen. Er hatte so eine Kapuzenjacke über den Kopf gezogen, so was wie *E. T. call home*. Einen Hoddie.«

»Aha. Einen Hoodie? Wie konnten Sie dann sehen, welche Haarfarbe er hatte?«

»Was für ein elendes Gequengel, vielleicht habe ich sein Haar ja gar nicht gesehen? Nein, das habe ich nämlich nicht. Aber ich weiß, wie sie normalerweise aussehen. Warum sollte ausgerechnet er ein neuer Farbschlag in der Fauna sein? Doch, ich habe schon gehört, dass die Schüsse in Rönnviken gefallen sind, aber ich weiß auch, wer …«

»Haben Sie noch weitere Dinge gesehen?«

»Er blieb unten an der Bushaltestelle stehen, holte sein Handy heraus und telefonierte. Nein, ich hörte nichts von dem, was er sagte. Dann warf er dieses Handy zusammen mit irgendwelchem anderen Müll in den Papierkorb und stieg in den Bus.«

»Haben Sie gesehen, was er sonst noch weggeworfen hat?«

»Sehe ich aus wie so ein Vogelbeobachter? Der einen Feldstecher in der Tasche hat für den Fall, dass ein Reiher oder eine Schleiereule hinter den Recyclingcontainern auftaucht? Ich wollte einfach nur meine Garagentür aufkriegen und nach Hause kommen. Ich hätte im Grunde auch jetzt nichts dagegen, wenn ich langsam nach Hause fahren könnte. Was wollen Sie denn, dass ich sage? Es gibt verdammt viele junge Leute, die nachts in dieser Gegend herumlaufen. Warum, glauben Sie, bezahle ich ein halbes Vermögen, um mein Auto in eine Tiefgarage stellen zu können? Wissen Sie, wie viele Autos bei uns da draußen jedes Jahr brennen? Nein, das wissen Sie nicht. Sie haben wichtigere Dinge zu tun. Im Polizeichor singen, vielleicht. Oder Wecken für den Nachmittagskaffee backen. Wecken, die Sie selber essen, wenn Sie eine Kaffeepause in Ihrem ewigen Vortrag über die Verantwortung, die die Gesellschaft übernehmen muss, einlegen. Aber eine Sache wissen Sie so gut wie ich, dass diese Früchtchen da draußen in der Nacht nicht unbedingt herumlaufen, um Adventssterne zu verkaufen.«

»Haben Sie sonst noch jemanden gesehen?«

»Nein, verdammt. Niemand hat diesen Jungen gejagt, dann hätte er sich wohl nicht da hingestellt, um auf den Bus zu warten, oder? Und er war ganz allein, so viel kann ich beschwören.«

»Und Sie haben niemand anderen gesehen?«

»Haben Sie einen Sprung in der Platte? Wie oft soll ich es denn Ihrer Meinung nach noch sagen? Fragen Sie jemand anderen. Man braucht ja keinen Quantenphysiker, um herauszufinden, was Sie von mir hören wollen.«

»Was, glauben Sie, möchte ich denn am liebsten von Ihnen hören?«

»Sie hoffen, dass ich diesen Typen gesehen habe, von dem alle Zeitungen und Nachrichtensendungen ein Foto veröffentlicht haben, als wäre es einer der Blagen von den Prinzessinnen. Dass er vielleicht hinter ihm herlief? Haben Sie mich deswegen hierher gezwungen?«

»Haben Sie es denn?«, wollte Farid wissen. »Haben Sie ihn gesehen?«

»Den Ansturm auf die Drogenfabrik vor meiner Garage, den ich nur vergessen hatte zu erwähnen? Nein. Ich habe diesen hässlichen Vogel, nach dem Sie suchen, noch nie in meinem Leben gesehen. Im Übrigen habe ich gehört, dass Sie ihn schon gefunden haben, stimmt das? Das ist ja ein Ding! Sogar ein blindes Huhn. Der Typ, den ich gesehen habe, war so ein kleines Früchtchen, das von Rönnviken angelaufen kam und dann den Bus zurück in dieselbe Richtung nahm. Kann ich jetzt gehen? Sind Sie möglicherweise überzeugt, dass Sie und Ihre Kollegen jetzt ohne mich zurechtkommen werden? Dass es Ihnen gelingen könnte, eine von diesen Hunderten von Schießereien aufzuklären, deren Lösung genauso einfach zu bekommen ist wie Mayonnaise aus der Tube? Denn dann würde ich gerne zu meinem eigenen Leben zurückkehren.«

»Dann bedanke ich mich für Ihre Zeit«, sagte Farid. »Wir sind Ihnen zu großem Dank verpflichtet.«

Er begleitete Uffe nach draußen, blieb noch eine Weile am Ausgang stehen, betrachtete den hüftsteifen Mann durch die Glastüren hindurch, wie er zu seinem Auto ging, das er auf einem reservierten Parkplatz abgestellt hatte.

Er hörte seine Voicemail ab, während er auf den Fahrstuhl wartete.

Mehdis Anwalt hatte bestätigt, dass er zur Verfügung stehe.

»Kein Stress«, verkündete der Koordinator der Forensik Sebastian per Voicemail.

Sebastian hatte offensichtlich mehr Arbeitsaufträge bekommen als die, für die er bezahlt wurde, denn er erklärte weiter, dass er deshalb den Vernehmungsraum für elf Uhr gebucht hatte, ob das in Ordnung wäre? Es war jetzt zwanzig Minuten vor. Farid verzichtete auf den Fahrstuhl und lief die Treppen hinauf, er brauchte seine Jacke und den Autoschlüssel.

Dann rief er Sebastian an.

»Nach dem Mord rannte Dogge vom Spielplatz weg und durch den Tunnel nach Våringe, um dort sein Handy und die Waffe loszuwerden«, sagte er. »Wir haben einen Zeugen, der ihn an der Bushaltestelle auf der Våringer Seite des Fußgängertunnels gesehen und beobachtet hat, wie er die Sachen dort wegwarf, in einen Papierkorb an der Haltestelle. Nicht nur das Handy, sondern auch etwas anderes, ich würde vermuten, dass es die Waffe war. Ich nehme an, dass die Papierkörbe bereits kontrolliert wurden?«

»Ich glaube schon.«

»Mir ist schon klar, dass es kaum etwas nützen wird, wenn wir noch einmal mit denjenigen reden, die dort den Müll durchsucht haben, aber könnten wir es trotzdem versuchen?«

»Natürlich«, sagte Sebastian. »Ich telefoniere ein bisschen herum. Liegt diese Bushaltestelle nicht auch in der Nähe des Marktplatzes? Manchmal liefern die Leute Fundstücke in nahe gelegenen Geschäften oder Restaurants ab. Wenn sie keine Lust haben, zur Polizei zu gehen.«

»Aber man gibt wohl kaum eine Glock in der örtlichen Pizzeria ab. Nicht einmal in Våringe.«

»Nein, aber vielleicht das Telefon. Das könnte zumindest einen Versuch wert sein.«

»Auf jeden Fall. Wo haben sie Mehdi gefunden?«

»In einer Jagdhütte außerhalb von Mariefred. Er war eingebrochen und wollte gerade die Speisekammer leeren. Jemand von der örtlichen Jagdgesellschaft hatte dort Licht gesehen und uns angerufen.«

»Gut. Möchte jemand von euch bei der Vernehmung dabei sein?«

»Ich glaube, Svante rechnet damit, dass er dir Gesellschaft leisten kann.«

Farid fluchte leise.

»Er will es bestimmt nicht verpassen. Die Vernehmung von Mehdi dürfte ja ziemlich wichtig werden.«

»Ja, klar«, sagte Farid. »Ich rechne damit, dass wir schon heute Abend unsere Sachen zusammenpacken und feiern können, weil der Fall gelöst ist. Vor allem dann, wenn ich Hilfe von Svante bekomme. Was kann dann noch schiefgehen?«

Sebastian lachte immer noch, als er das Gespräch wegdrückte.

25.

Sie wollten, dass Dogge »sofort in der Schule anfangen« sollte.
Es klang wie ein Scherz, aber niemand lachte. Momi brachte
ihn in einen Klassenraum mit einem Mann, der aussah wie
ein Bodybuilder. Sie beiden blieben die Einzigen.

»Der gesamte Unterricht ist individuell«, erklärte Momi
und ging.

Der Bodybuilder begann eine Matheaufgabe zu erklären,
die für Leute gemacht schien, die nicht einmal bis zehn rechnen konnten.

Dogge hasste die Schule, er hatte sie schon immer gehasst.
Er hasste die Lehrer mit ihren Lehrplänen, Zielvorstellungen
und Mailgruppen, die entweder darüber klagten, dass er so
selten da war, oder sich bekümmert zeigten, wenn er trotzdem
einmal auftauchte.

In der zweiten Klasse begann er ernsthaft zu schwänzen.
Er hatte den Handycode seiner Mutter schon immer gewusst,
sodass er eine Mitteilung kopieren konnte, die sie einmal geschickt hatte, als er wirklich krank war, und eine andere, in
der Jill und Teo so getan hatten, dass er es war, damit sie ein
langes Wochenende in London verbringen konnten. Varian-
ten der beiden Mitteilungen schickte er vom Handy seiner
Mutter an die Schule, auch wenn er mehrere Tage hintereinander wegbleiben wollte. Jill las die Mails von der Schule

nur selten, also machte es auch nichts, wenn sie antworteten. Außerdem hatte Dogge die Post von der Mailadresse der Schule als Spam markiert.

Seine Mutter schlief viel. Und Dogge glaubte, dass seine Lehrer es schön fanden, wenn er nicht da war, dann konnten sie sich darauf konzentrieren, bekümmert auszusehen, weil einer der Jungen mit Poloshirt ein Video auf Instagram geteilt hatte, auf dem ein Mädchen ihren Hintern zeigte, indem sie mit kurzem Rock Moped fuhr. Sie mussten dann nicht versuchen, ihm Dinge zu erklären, die er ohnehin nicht lernen wollte.

Er wusste, dass Billy sich normalerweise gar nicht darum kümmerte, irgendwelche Entschuldigungen zu schicken. Wenn die Schule die Handynummer anrief, die sie in ihrem Verzeichnis hatte, landeten sie bei seiner älteren Schwester Aisha, die Leila als Billys Kontaktadresse angegeben hatte. Leila hasste es zu telefonieren, insbesondere auf Schwedisch. Meistens verschwieg Aisha, dass die Schule angerufen hatte. Sie schimpfte Billy aus, aber weder sie noch er wollten, dass ihre Mutter traurig wurde, sie hatte so schon genug Probleme.

Im geschlossenen Jugendheim wäre es in Zukunft schwieriger zu schwänzen. Die Unterrichtsstunde mit dem Bodybuilder war genauso langweilig wie irgendeine andere Stunde, dafür aber einfacher. Dogge hatte noch nie in seinem Leben eine Matheaufgabe gelöst, aber diese hier konnte sogar er.

Zwanzig Minuten lang hielt er es aus, bevor er aufstand und erklärte, dass er auf die Toilette gehen musste. Der Bodybuilder sah ihn mit dieser skeptischen Miene an, die alle Lehrer aufsetzten, wenn Dogge um etwas bat.

»Wäre es Ihnen lieber, wenn ich in den Papierkorb mache?«

Der Bodybuilder folgte ihm auf die Gemeinschaftstoiletten

in dem Teil des Gebäudes, in dem die Klassenräume lagen. Momi hatte ihn nach dem Frühstück durchsucht, einfach so, war durch sämtliche Taschen gegangen und mit einem Metalldetektor über seinen Rücken und zwischen seine Beine gefahren. Dogge hatte nicht einmal protestiert. Als er die Toiletten erreichte, stand Momi dort und wartete.

»Du kannst gehen«, sagte Momi zu dem Bodybuilder. »Ich bringe die Jungen zum Mittagessen, wenn sie fertig sind.« Dann wandte er sich an Dogge. »Du kannst alleine reingehen. Ich muss noch ein Telefongespräch führen, aber ich stehe hier draußen, falls etwas ist.«

»Falls ich Hilfe beim Abwischen brauche?«, fragte Dogge und zog die Tür zur Toilette auf. »Oder wie meinst du das?«

Die Tür fiel hinter ihm ins Schloss.

Am Pissoir stand der Italiener. Er drehte sich um und lächelte. Dogge blieb wie angewurzelt stehen.

»Komm her«, sagte der Italiener. »Dann können wir uns mal unterhalten.«

Dogge ging zur Rinne und öffnete den Hosenstall.

Der Italiener kam näher heran. Dogge konnte spüren, wie der Urin des Italieners gegen sein Hosenbein spritzte. Aber er wagte es nicht, sich zu bewegen, rührte sich keinen Zentimeter.

»Du fragst dich, wo Mehdi ist? Das denkst du doch?«, sagte der Italiener, das Gesicht zu den Kacheln gewandt.

Dogge versuchte, ruhig zu atmen.

»Nein. Oder doch? Ist alles gut?«

Der Italiener schnaubte verächtlich.

»Die Bullen haben ihn sich gestern gegriffen. Wusstest du das? Das wusstest du nicht. Weißt du, wo er jetzt ist? Er sitzt jetzt im Gefängnis.«

Er erinnerte sich an diese Eigenart des Italieners. Er sprach immer in Fragen und Antworten. Erst stellte er eine Frage, und dann beantwortete er sie selbst.

»Warum haben sie ihn geschnappt? Warum sollten sie das getan haben, was denkst du?« Der Italiener machte eine Kunstpause. »Weil du geredet hast, Mann. Es war dein hässlicher Schnabel, der Mehdi reingesungen hat. Quak, quak, quak.«

Dogge hielt die Luft an. Es rauschte leise in den Rohren, sonst war nichts zu hören. Der Italiener fuhr fort, vollkommen unbekümmert.

»Woher ich weiß, dass die Bullen sich Mehdi gegriffen haben? Ich weiß solche Dinge, denn solche Dinge weiß ich eben. Woher ich weiß, dass es Dogges Klappe war, die ihn dort hineingebracht hat? Alle wissen es. Nicht gerade schwer, es herauszufinden. Hat Mehdi nicht Kontaktverbot? Klar hat er Kontaktverbot. Haben sie ihm nicht das Handy abgenommen? Natürlich haben sie das. Konnten die Bullen Mehdi daran hindern, alles zu wissen, was er wissen wollte? Niemals. Er weiß, dass ich hier bin und es mit dir gemütlich habe, zum Beispiel, und was hält er davon? Er findet es gut. Die Bullerei weiß nicht, dass der Italiener Mehdis Bruder ist. Sie glauben, dass der Italiener nicht aus Våringe ist, sie glauben, dass es keine Probleme gibt. Sie haben nicht den blassesten Schimmer. Die Bullerei weiß nichts. Die Bullerei macht Mehdi keine Sorgen. Also, worüber macht sich Mehdi dann Sorgen? Was glaubst du? Du, Mann. Du machst Mehdi Sorgen.«

Dogge schluckte. Der Italiener schnalzte mit den Lippen.

»Ist Mehdi den Bullen einen Schritt voraus? Nein, nicht einen Meter, einen ganzen Kilometer, hundert Kilometer vielleicht. Aber er mag die Untersuchungshaft nicht. Untersuchungshaft ist schlecht fürs Geschäft. Soll er mit sich selbst Kniffel spielen? Patiencen legen? Nein. Wie lange wird er dort sitzen und Däumchen drehen? Bis Dogge seine Verantwortung übernimmt. Alle anderen Sachen, die die Bullen über Mehdi wissen, sind Fliegendreck. Was Lasse gesagt hat, ist dagegen kein Fliegendreck. Ohne Lasse wäre es niemals zu dieser landesweiten Fahndung gekommen. Der Mord an einem scheißunwichtigen Vierzehnjährigen ist kein Fliegendreck für das Auge des Gesetzes. Obwohl du, Lasse, der größte Fliegendreck von allen bist. Und Dreck, den spült man weg, weißt du?« Der Italiener drückte auf den Spülknopf und fuhr fort: »Lasses Klappe muss aufhören zu plappern. Auf die eine oder die andere Weise.« Er schüttelte bekümmert den Kopf. »Tut Mehdi dir leid? Mir jedenfalls schon. Armer Kerl, dieser Mehdi«, sagte er und stopfte den Schwanz in den Hosenstall zurück.

»Ich habe nicht ...«, versuchte Dogge zu antworten. »Ich habe ihnen gesagt, dass ...«

Der Italiener fiel ihm ins Wort.

»Du sollst erst zuhören. Nur zuhören, okay?«

Dogge nickte.

Der Italiener stellte sich an das Waschbecken.

Dogge versuchte, seine eigene Hose so schnell wie möglich zu schließen.

»Mehdi ist nicht froh, ganz und gar nicht. Glaubte er, dass er sich auf dich verlassen kann? Das tat er. Er glaubte nicht, dass du ein kleiner Junge bist, der sich schon bei seinem ersten Verhör in die Hose pissen würde. Er war enttäuscht, als er es hörte, kleiner Lasse. Mehdi war enttäuscht.«

Der Italiener ging zum Händetrockner. Der Warmluftstrom dröhnte.

»Ich habe schon gesagt, dass es nicht Mehdi war«, brachte Dogge über die Lippen, als der Trockner verstummte. »Ich meine, ich werde wieder mit dem Bullen reden, es besser erklären, versprochen.«

Der Italiener drehte sich zum Spiegel, schürzte die Lippen,

schnalzte mit der Zunge und schüttelte bedächtig den Kopf. Nachdem er sein Spiegelbild eine Weile gemustert hatte, legte er eine Hand auf Dogges Schulter.

»Ich werde alles wiedergutmachen«, sagte Dogge erneut, mit dem Blick in den Spiegel. Er kämpfte darum, die Stimme unter Kontrolle zu halten.

»Glaub mir, verlass dich drauf, ich werde jetzt alles richtig machen.«

»Klar, klar«, murmelte der Italiener und tätschelte ihm zerstreut die Schulter. »Natürlich wirst du das …« Mit aufgeräumterer Stimme fügte er hinzu: »Mehdi möchte, dass ich dich im Auge behalte. Denn wir wollen ja nicht, dass dem kleinen Lasse etwas Unangenehmes zustößt. Niemand möchte, dass Lasse sich wehtut. Oder?«

Dogge schüttelte den Kopf.

»Nichts Hässliches darf passieren, denn sonst würde Lasse sehr viel Angst bekommen, und wir wollen nicht, dass Lasse ängstlich ist.« Der Italiener veränderte die Stimme, spitzte die Lippen noch ein bisschen mehr, bis er einen großen, feuchten Kussmund bekam. Er sprach wie mit einem Baby, oder vielleicht einem Welpen. »Lasse, kleiner Lasse. Hab keine Angst. Wir kümmern uns um dich.«

26.

In diesen zwei Wochen war Farid an der Reihe mit Einkaufen. Nadja hatte ihm eine Einkaufsliste geschickt.

»Wenn du ohne das Zeug nach Hause kommst, kannst du auch gleich auf der Arbeit bleiben.«

Trotzdem fiel es ihm erst wieder ein, als er auf den Marktplatz von Våringe fuhr.

Er war auf dem Weg nach Hause nach zwei endlosen und sinnlosen Vernehmungen von Mehdi und einem ebenso sinnlosen Zwischentreffen des Ermittlungsteams. Er wollte eine Runde um die Tiefgarage drehen, in der Uffe sein Auto stehen hatte, um sich eine Meinung bilden zu können, was man von dort aus sehen konnte. Als er an Suddens Livs vorbeikam, blieb er stehen. Es war bestimmt einen Monat her, seit er das letzte Mal dort gewesen war, er könnte vorbeischauen und gleichzeitig einkaufen.

Sudden sah müde aus.

»Wie geht es dir?«, fragte Farid, als er in den Laden kam.

Sudden wich einer Antwort aus. Stattdessen rang er sich zu einem Lächeln durch.

»Wie geht es Nadja?«

»Sie sitzt mir im Nacken, findet nicht, dass ich mich so benehme, wie ich sollte. Ich arbeite zu viel und helfe nicht genug zu Hause.«

»Und damit hat sie auch recht, wenn ich das richtig sehe?«

»Immer. Nadja hat leider immer recht.«

Als sie in Våringe wohnten, war Farids älteste Tochter Felicia immer wahnsinnig gerne zu Suddens Livs gegangen. Und sie war damals nicht das einzige Kind, dem es so gegangen war. Farid hatte gesehen, wie Sudden mit den Kindern umging, die heimlich eine Zeitschrift lesen oder nachsehen wollten, ob nicht eine kleine Süßigkeit zu Boden gefallen war.

»Wenn du etwas wissen willst, dann frag einfach«, sagte er zu denjenigen, die einfach nur einen Platz zum Warten brauchten, nachdem die Bibliothek endgültig geschlossen worden war. Er behandelte sie wie wichtige Kunden mit besonderen Wünschen. Nicht ein einziges Mal sagte er, dass sie etwas kaufen müssten, um bleiben zu dürfen. Außerdem erlaubte er ihnen, die Qualität der Süßigkeiten »zu testen«, bevor er sie in die Behälter füllte, und er sagte immer, dass sie jede Zeitschrift lesen dürften, solange sie nur vorsichtig umblätterten.

»Ich kann sie trotzdem verkaufen«, flüsterte er mit seinem lustigen Akzent, wenn er jemanden sah, der in einem Tino-Tatz-Comic blätterte. Manchmal verschenkte er alte Ausgaben von Comicheften, die ein bisschen kaputt waren.

»Nimm es mit nach Hause, wenn du willst. Ich kann es ohnehin nicht mehr verkaufen, da ist es besser, wenn es jemand liest, als wenn ich es wegwerfe.«

Suddens Livs war eher ein Jugendtreff als der Jugendtreff selbst. Aber seitdem waren viele Jahre vergangen. Mittlerweile war der Jugendtreff geschlossen, und statt der Jugendlichen, die die Comics in Suddens Livs gelesen hatten, ohne dafür zu bezahlen, kamen jetzt ganz andere Typen.

»Ist es jetzt ruhiger?«, fragte Farid.

Sudden zuckte mit den Schultern.

»Ruhiger, ja. Wie immer nach einem Schusswechsel, für

ein paar Wochen. Aber auch ruhiger, was alles andere betrifft …« Er deutete auf den leeren Laden. »Nicht viele Kunden übrig. Keine guten Zeiten. Nicht einmal Mord ist gut für das Geschäft.«

Er versuchte es mit einem Lachen. Aber es gelang ihm nicht.

»Du wirst sehen, es kommt …«, begann Farid, bereute es aber sofort.

»Wie laufen die Ermittlungen?«

»Es geht voran.«

Mehdi hatte natürlich kein Wort gesagt. Es waren noch zwei Tage bis zum Haftprüfungstermin. Spätestens dann müssten sie ihn laufen lassen, wenn die Ermittlungen nichts Neues zutage förderten.

Er klopfte Sudden auf den Arm. Es gab nichts mehr zu sagen. Er zog einen Einkaufswagen heraus und begann die Waren hineinzulegen. Als er die Liste abgearbeitet hatte, ging er weiter zur Fleischtheke. Es ist immer gut, tiefgefrorene Sachen zu haben, dachte er. An der Kasse stellte er sich ein Kilo lose Süßigkeiten zusammen und nahm noch vier Tüten Chips, jeweils eine glänzende Wochenzeitschrift für die Töchter und beide Abendzeitungen.

Nadja würde sagen, dass er ein schlechtes Gewissen hatte. Dass er versuchte, sich freizukaufen. Damit hatte sie natürlich recht.

Die Jungen

Als sie zehn Jahre alt waren, wurden die Jungen Späher. Das war kein lächerliches Spiel, sondern eine wichtige Sache. Mehdi erklärte, was es bedeutete. Er klang besonders ernst, als er es sagte.

»Wenn wir jemanden brauchen, der Schmiere stehen kann, der uns warnt, wenn die Bullen kommen. Solche Sachen. Es ist die erste Position auf dem Weg, ein vollwertiges Mitglied in meiner Organisation zu werden.«

Billy und Dogge fragten nicht, was danach kam, oder wer vor ihnen Späher war. Man durfte Mehdi keine unnötigen Fragen stellen. Sie würden es mit der Zeit schon herausbekommen.

Späher zu sein war nicht schwer, aber spannend.

Beim ersten Mal, Ende März in der vierten Klasse, mussten sie an einer Einfahrt nach Våringe stehen, während Mehdi mit dem Besitzer einer Pizzeria »ein paar Worte wechselte«. Billy und Dogge wussten nicht, worüber sie reden würden, aber das mussten sie ja auch nicht.

»Wahrscheinlich bestellt er eine Hawaii«, sagte Billy. Darüber lachten sie.

Bei ihrem zweiten Auftrag als Späher galt es, bei einem Mietshaus im Süden von Våringe unten an der Straße zu stehen, während Mehdi die Schlösser der Kellerabteile austauschte. Er brauchte sie.

»Ich kann die Sachen nicht bei mir zu Hause haben, das kann sich ja jeder denken«, sagte er.

Billy und Dogge nickten. Mehdi sprach mit ihnen, als wären sie beinahe erwachsen, da durfte man auch keine dummen Fragen stellen. Also fragte Dogge Billy, als sie wieder allein waren.

»Was sind das für Sachen?«

Billy schien genervt.

»Woher soll ich das wissen? Drogen, vielleicht? Auf meiner Schule sagen sie, dass Mehdi für jemanden in der Stadt arbeitet, dass Våringe sein Bezirk ist.«

»Was sagen denn die, die dort wohnen? Wollen die ihre Kellerabteile nicht selbst benutzen?«

»Bist du total hohl in der Birne, oder was?«, sagte Billy. Mehr nicht.

Trotzdem schien es nicht besonders viele Leute in Mehdis Organisation zu geben. Einen großen Drogenkönig aus der Stadt trafen sie auch nicht. Aber Mehdi hatte viele Freunde, immer wieder neue Bräute, und sie wurden immer bezahlt.

Einmal, als sie zwölf Jahre alt waren und seit beinahe zwei Jahren als Späher gearbeitet hatten, durften sie mitkommen, als Mehdi und zwei andere Jungen einen dritten Jungen verprügeln wollten. Als sie das Fabrikgelände erreichten, wo es stattfinden sollte, sahen sie den Jungen. Er hatte einen feuchten Fleck vorne auf der Jeans, als hätte er sich in die Hose gemacht.

»Er hat wirklich darum gebettelt, verdammt lange«, sagte Mehdi, bevor er aus dem Auto stieg.

Dogge und Billy hörten nichts von der eigentlichen Bestrafung, es gab mehrere verschlossene Türen zwischen der Stelle, an der sie standen und Ausschau nach Autos hielten, und dem Ort, zu dem Mehdi und die beiden anderen gegangen waren. Nach einer halben Stunde kamen sie wieder heraus. Der Junge war nicht mehr dabei. Mehdis Freunde nahmen ein Auto, Dogge und Billy durften bei Mehdi auf der Rückbank sitzen. Als Mehdi den Wagen auf die Autobahn gefahren hatte, wählte er die Notrufnummer. Er bestellte einen Rettungswagen. Nachdem er erklärt hatte, wohin er fahren sollte, warf er das Handy aus dem Fenster. Dann drehte er die Lautstärke seiner Stereoanlage auf. Aber sie hörten ihn murmeln, durch die Musik hindurch.

»Er hat wirklich darum gebettelt, verdammt lange.«

Für diesen Auftrag bekamen Dogge und Billy jeweils einen Tausender.

Aber das Beste an der Aufgabe als Späher waren die Dinge, die sie bekamen. Sie mussten fast nie bezahlen. Mehdi war immer großzügig ihnen gegenüber. Billy konnte sogar fragen, ob er noch mehr haben durfte.

»Du bist ja ein echter Partykracher? Bist du schon mit den Bräuten dran, Kleiner?«, hatte Mehdi mit einem Lachen kommentiert. »So ein verdammter Casanova.«

Billy erwiderte das Lachen, es stimmte, dass er die Mädchen liebte. Er wollte sie immer mit nach Hause nehmen, aber nur zu Dogge. Allerdings war bei Dogge zu Hause nicht mehr so oft Party, denn die Idioten machten Teo weiter Probleme, und davon bekam er Kopfschmerzen, seltsame Schmerzen, die nicht einmal verschwanden, wenn er die doppelte Portion Schmerztabletten nahm. Aber Billy wollte trotzdem bei Dogge zu Hause sein, wenn es ein Mädchen war, mit dem er nicht im Freien knutschen konnte.

»Du weißt schon, warum.«

Dann lag Billy mit seinem Mädchen oben auf Dogges Bett und versuchte ihr die Kleidung auszuziehen, während die Freundin des Mädchens neben Dogge saß und auf ihr Handy starrte.

»Magst du keine Bräute?«, fragte Billy daraufhin Dogge. »Warum machst du nichts? Bist du schwul oder so was?«

Dann wollte Dogge Billy schlagen, aber Billy lachte, um zu zeigen, dass er es nur als Scherz gemeint hatte. Dogge dachte, dass er sich auch ein Mädchen zulegen würde, ein richtig hübsches, um Billy zu zeigen, dass er nicht schwul war. Aber das war nicht so leicht, er kannte keine Mädchen, die ihn so ansahen, wie sie Billy ansahen.

Dienstag, 11. Dezember

27.

Farid blieb noch eine Weile im Auto sitzen, bevor er ausstieg. Nicht um zu Atem zu kommen, sondern um sich zu sammeln. Das letzte Mal hatte er Leila vor sieben Wochen gesehen, als Billy und sie in sein Büro gekommen waren.

Leila hatte ihn angerufen und gesagt, dass sie und ihr Sohn mit ihm sprechen müssten. Er hatte sich gewundert. Leila war ihm gegenüber nie unangenehm aufgetreten, und dies war das erste Mal, dass sie seine Hilfe brauchte. Sie waren kaum in seinem Büro, als Billy anfing zu reden. Er wollte wissen, wie das ablief, wie er es anstellen musste, »von vorne anzufangen«. So hatte er es gesagt: »Ich will von vorne anfangen, ein Reset, zurück auf Werkseinstellung, verstehst du?«

Farid hatte selbst die Aussteigergruppe angerufen, die die besten Resultate erzielte. Billy und Leila saßen neben ihm, als er telefonierte, und er schaltete die Lautsprecherfunktion an, damit sie selbst auch Fragen stellen konnten. Leila hatte zunächst ihre Tränen unterdrückt, sie war sachlich und praktisch, verlangte von dem Vertreter der Aussteigergruppe, dass sie schon jetzt und hier einen Termin machen sollten, an dem sie sich wiedersehen und weiterreden konnten. Als sie aufgelegt hatten, hatte Farid ihr gesagt, wie wichtig es sei, dass Billy einmal die Woche in die Polizeiwache kam und einen Drogentest machte, das würde Möglichkeiten eröffnen, auch woanders Hilfe zu suchen.

»Wenn du es ernst meinst, dann sind wir hier für dich da«, hatte er zu Billy gesagt. »Ich verspreche dir, dass du von uns jede Hilfe bekommst, die du brauchst. Aber du musst auch dafür arbeiten, du musst es wollen, sonst geht es schief.«

Und Billy hatte die Hand seiner Mutter ergriffen, während sie in ihr Kopftuch weinte.

Eine Woche später hatte er sein erstes Treffen in der Aussteigergruppe. Farid redete anschließend mit ihnen, sie waren vorsichtig optimistisch. Billy war jung, dadurch waren die Erfolgsaussichten deutlich größer.

Gemeinsam hatten sie die Sicherheitslage diskutiert. Es wurde eine Auswertung durchgeführt.

»Melde dich, wenn ihr bedroht werdet«, hatte Farid zu Leila gesagt. »Du musst mir versprechen, dass du dich meldest, wenn du auch nur die geringste Angst hast.«

Was hatte sie darauf geantwortet? Hatte sie versprochen, es zu tun? Farid erinnerte sich nicht.

Eine Kollegin hatte sie nach dem Mord vernommen, aber dabei war nichts herausgekommen. Vor einer Stunde hatte die Kontaktbeamtin der Familie bei Farid angerufen. Leila hatte darum gebeten, mit ihm zu sprechen statt mit ihr.

»Natürlich«, hatte er geantwortet. »Ich fahre sofort los. Ich muss sie ohnehin ein paar Sachen fragen.«

Er legte den Parkausweis gut sichtbar hinter die Windschutzscheibe und stieg aus dem Auto.

Billys große Schwester Aisha öffnete die Tür. Der Flur war voll mit Schuhen, Turnschuhen in verschiedenen Größen, einem Paar Stiefeletten und zwei gefütterten Kinderstiefeln. Farid legte die Hand auf die Brust und senkte den Blick. Aisha schüttelte ihrerseits irritiert den Kopf und trat zur Seite, damit er vorbeigehen konnte. Er zog sich die Schuhe aus und fand einen Haken, an den er seine Jacke hängen konnte.

»Mama ist in der Küche.«

Leila stand mit dem Rücken zur Tür. Sie trug ein langes, buntes Kleid und ein leuchtend blaues Kopftuch, das sie lose um ihren Kopf gewickelt hatte. Als Farid hereinkam, drehte sie sich um. Sie lächelte zögerlich. Ihre Schultern hingen herab.

Trauer macht die Menschen klein, dachte Farid.

»Tee?«

»Ja, gerne.«

Sie nahm ein Tablett mit vier Teetassen und einen Teller mit Keksen. Unter ihr stand ein Kind von etwa drei Jahren und klammerte sich an ihrem Kleid fest.

»Das ist nicht meins«, sagte sie. »Ich passe heute auf meine Nichte auf, sie ist erkältet, und meine Schwester muss arbeiten.«

Ein Mädchen von etwa zwölf Jahren saß am Küchentisch und las. Sie hatte dunkle Ringe um die Augen.

»Das ist Rawdah, sie muss Hausaufgaben machen. Wir sitzen im Wohnzimmer. Ich habe Aisha und Tusane gebeten, dabei zu sein. Sie sind vom Unterricht befreit, und ich dachte, es wäre gut ...« Sie schluckte. »Aber morgen gehen sie wieder, es ist keine gute Idee, hier zu Hause herumzuhängen.«

Im Wohnzimmer stand Billys kleiner Bruder vom Sofa auf. Farid hatte ihn seit über einem Jahr nicht mehr gesehen. Er war Billy auffällig ähnlich, dasselbe schiefe Lächeln und derselbe schmale Hals. Aber er sah müde aus, er hatte dieselben dunklen Ringe unter den Augen wie seine Schwester und war noch magerer. Er streckte die Hand aus.

»Alle nennen mich Tusse. Ich bin der Jüngste. Elf Jahre alt, aber ich bin jetzt der Mann in der Familie.«

Leila ließ ein müdes Schnaufen hören.

Tusse setzte sich auf ein sorgsam gemachtes Feldbett, das neben dem Sofa stand. Abgesehen von dem Sofa und dem

Bett befanden sich ein Kleiderschrank, ein Bücherregal, ein Fernsehschrank mit dazugehörigem Gerät und drei Stühle in dem Zimmer. Tusse zeigte mit der Hand, wo Farid sitzen sollte. Er ließ sich neben Aisha auf das Sofa sinken. Leila setzte sich in einen tiefen Sessel aus grünem Leder ihm gegenüber. Auf dem Schoß hatte sie die Nichte.

»Danke, dass ich kommen konnte«, sagte Farid und nahm die Teetasse entgegen, die Aisha ihm reichte. »Ihr wollt natürlich wissen, wie die Ermittlungen laufen. Ihr könnt sicher verstehen, dass ich nicht alles erzählen kann, aber ich versuche so viel zu sagen, wie ich kann. Ich habe auch erfahren, dass ihr Billy beerdigen möchtet, und verspreche euch, dass wir so schnell arbeiten, wie es geht. In dem Fall ist es aber besser, wenn ihr mit eurer Kontaktbeamtin darüber redet.«

»Dogge hat ihn erschossen, von hinten, weil er so durch und durch feige ist, und ihr glaubt, dass Mehdi ihm gesagt hat, dass er es tun soll, als eine Art Strafe, weil Billy abspringen wollte. Aber das glaubt nur ihr, alle anderen hier wissen, dass es dieses Oberklassenarschloch war.« Tusse stopfte wütend zwei Kekse in den Mund und kaute. Seine Stimme zitterte.

»Du sollst nicht so sprechen.« Leila griff nach dem Teller und hielt ihn Farid hin. Ihre Hand zitterte, aber nicht sehr. Farid nahm einen Keks.

»Danke.«

Rawdah stand in der Türöffnung. Ihre Stimme war leise, aber Farid hörte sie trotzdem.

»Dogges Vater hatte jede Menge Waffen.«

Tusse sprang vom Bett auf, griff sich zwei weitere Kekse. Er warf einen von ihnen in den Mund.

»Ja. Genau!« Er nickte eifrig. »Das hatte er.«

»Dogges Vater hatte Waffen?«, fragte Farid erstaunt. »Wer hat das gesagt?«

»Er hat gejagt. Das machen diese reichen Leute an jedem

Wochenende. Er hatte einen ganzen Schrank voll. Billy hat erzählt, dass er sie ansehen und in die Hand nehmen durfte, so hat er es mir erzählt.« Tusse redete mit vollem Mund. »Dogges Vater hat jede Menge Sachen mit Billy gemacht, er mochte Billy. Mehr als seinen albernen Sohn, quasi.«

Leila griff nach seinem Handgelenk und nahm ihm den anderen Keks ab.

»Jetzt beruhigst du dich mal. Sei still. Schluss jetzt mit diesen Dummheiten.« Sie wandte sich an Farid. »Er weiß nichts über Waffen. Gar nichts.«

Rawdah in der Türöffnung sprach jetzt lauter. Ihre Stimme war tränenerstickt.

»Das sind keine Dummheiten, Mama, es ist wahr.«

Farid versuchte, Leilas Blick einzufangen. Aber sie stand auf, um ihrer Tochter die Nichte zu überreichen. Das Kind begann sofort zu weinen. Leila schob sie nach draußen und schloss die Tür. Die lauten Schreie waren trotzdem deutlich zu hören.

Als Leila wieder im Sessel saß, sah sie Farid an.

»Meine Kinder hören sehr viele Gerüchte. Sie lieben es, im Netz darüber zu lesen. Alle in Våringe reden, und jeder sagt etwas anderes. Alles Mögliche. Nur nicht, dass Mehdi dahintersteckt. Alle sagen, dass es Dogge war, allein, sonst niemand. Nur Dogge. Vielleicht hatte sein Vater eine Pistole. Ich weiß es nicht, vielleicht stimmt es. Aber meine Kinder wissen nichts über Waffen.«

Farid nickte. Er versuchte, das Weinen des Kindes zu ignorieren, das immer noch deutlich aus der Küche herüberklang. Er wollte mit Leila unter vier Augen sprechen, vielleicht auch mit den Kindern, mit einem nach dem anderen. Er hätte sie lieber in aller Ruhe getroffen, damit sie das Gefühl hatte, dass er nicht ihre Kinder für irgendetwas verantwortlich machen wollte. Sie tat sich schwer mit Autoritäten, so viel wusste er.

Als sie mit Billy zu ihm gekommen war, damit er in das Aussteigerprogramm aufgenommen wurde, sah sie dies offensichtlich als Garantie dafür, in Zukunft von den Sozialbehörden in Ruhe gelassen zu werden. Billy hatte motiviert gewirkt, ansonsten hätte er ihnen auch nicht helfen können, aber Leila hatte Farid auch das Versprechen abverlangt, dass sie ihr Billy nicht wegnehmen würden, sofern er nur das Programm absolvierte. Dass er nicht in ein Heim gebracht würde. Farid hatte versucht, so deutlich wie möglich zu erklären, dass er ihr nichts versprechen konnte.

Aber das hier war keine ruhige Situation, in der er ihr näherkommen könnte. Es fühlte sich eher wie ein chaotischer Charterflug an, bei dem alle zu früh aufstehen, um als Erste aus dem Flieger zu kommen.

Die Aussage, dass es Waffen zu Hause bei Dogge gab, war neu. Er würde ein Memo über diese Information schreiben, sie war wichtig für die Ermittlungen, obwohl es sich um Jagdwaffen zu handeln schien. Es wäre besser gewesen, er hätte die Aussage in einer formellen Vernehmung bekommen. Aber Leila wollte nicht zur Polizeiwache, und er wollte sie nicht dazu zwingen. Also saß er jetzt hier.

»Wir sind uns bis jetzt noch nicht sicher, was passiert ist«, sagte er. »Wir wissen, dass Dogge dort war, als Billy starb, und wir wissen, dass er den Notruf wählte und berichtete, dass auf Billy geschossen worden war.«

»Erzähl doch keinen Mist. Er hat ihn erschossen.« Tusse hüpfte auf dem Bett. Er schien dieselben Schwierigkeiten mit dem Stillsitzen zu haben wie Billy in seinem Alter. »Alle wissen, dass er ihn erschossen hat. Willst du mir sagen, dass die Bullen es nicht wissen? Das ist doch eine Lüge. Warum solltet ihr ihn in ein geschlossenes Heim schicken, wenn er nichts getan hat? Um sich zu erholen? Wäre da ein Luxushotel nicht besser? Nach Spanien oder so. Er ist ja einer von diesen scheiß

Svenssons. Warum lügst du? Dogge hat geschossen, kannst du das nicht einfach sagen?«

Farid wandte sich an Leila.

»Ich habe eine Frage an dich, darf ich sie stellen?«

Leila nickte.

»Du weißt, dass wir Billys Handy haben.«

Sie nickte erneut.

»Billy hat eine Mitteilung über das Handy erhalten, das Dogge auch benutzte, als er den Notruf wählte. Und darin stand: ›Wenn du nicht in zwanzig Minuten zum Spielplatz kommst und die Sachen mitbringst, dann kommt er zu dir nach Hause. Du weißt, was ich meine‹.« Farid sah Leila an. »Verstehst du, was das bedeuten soll?«

»Nein.« Sie flüsterte jetzt.

Tusse hatte sich hingestellt.

»Mama weiß das nicht«, sagte er nachdrücklich.

»Ihr wisst nicht, was das für Sachen waren, die er mitbringen sollte?«

»Nein. Das habe ich doch gesagt.« Tusses Stimme klang jetzt heller. Er sprach schnell. »Mama weiß es nicht, woher sollte sie das denn wissen.«

»Okay«, sagte Farid. Das kleine Mädchen schrie jetzt lauter. Er hörte, wie Rawdah vor dem Wohnzimmer hin und her ging und sang, ein Lied ohne Melodie. »Vielleicht können wir später darüber reden. Ich habe gehört, dass ich dir die Ergebnisse von Billys Obduktion erklären soll?«

»Ja, ich verstehe nicht alles. Möchte sicher sein.«

»Möchtest du, dass wir es jetzt durchgehen? Wenn die Kinder hier sind?«

Leila nickte.

»Jetzt.«

Farid hob die Tasche hoch, die er vor sich abgelegt hatte, zog das Obduktionsprotokoll heraus und legte es umgedreht vor sich auf den Tisch, damit Leila lesen konnte, während er auf die Stellen zeigte.

»Hier steht, dass Billy an den Schussverletzungen starb. Das bedeutet, dass er von zwei Schüssen getroffen wurde und alle beide auch tödlich waren. Dort steht auch, dass er abgesehen davon vollkommen gesund war und es keine Anzeichen dafür gab, dass er Drogen genommen oder Alkohol getrunken hatte, bevor er starb.«

Leila begann zu weinen.

»Hattest du dir wegen der Drogen Sorgen gemacht?« Farid reichte ihr eine Papierserviette aus dem goldfarbenen Halter, der neben dem Keksteller stand. Sie knüllte sie in der Hand zusammen.

Tusse streckte einen Arm aus und konnte vier Kekse ergattern. Es gelang ihm, alle zusammen in den Mund zu stecken. Es regnete Krümel, als er sprach.

»Mehdi hatte überhaupt nichts damit zu tun, ihr sollt ihn in Frieden lassen. Und Mama weiß gar nichts. Woher sollte sie auch wissen, was das für Sachen waren, natürlich weiß sie nichts davon. Kapierst du das nicht! Kümmer dich einfach um Rönnviken. Es war Dogge, ich schwöre.«

»Warum?« Leila ignorierte Tusse.

»Ich weiß es nicht, Leila. Und du bist dir sicher, dass du keine Ahnung hast, welche Sachen Billy zum Spielplatz mitbringen sollte?«

Leila drückte die Serviette so fest zusammen, dass die Knöchel weiß anliefen.

»Dogge hat die Einsatzzentrale mit einem nicht registrierten Handy angerufen, das man also …«

Tusse fiel ihm ins Wort.

»Ein Wegwerfhandy.«

»Genau«, sagte Farid. »Dogge hat Billy also mit diesem Wegwerfhandy kontaktiert, Leila. Weißt du, ob …«

»Ich weiß nichts. Nicht Billy. Ich weiß gar nichts.«

Rawdah stand wieder im Türrahmen. Das kleine Kind wand sich in ihren Armen und stand schließlich auf dem Boden.

»Mama? Sie ist so nervig, ich kann mich nicht mehr um sie kümmern. Irgendwann muss ich auch die Hausaufgaben machen.«

Leila stand auf, putzte sich die Nase mit der Papierserviette, die sie immer noch in der Hand hielt.

»Wir können jetzt nicht weiterreden. Danke für die Erklärung. Ich muss jetzt gehen. Vielleicht an einem anderen Tag, ja? Aber wir haben nichts zu sagen. Wir wissen nichts.«

Sie tätschelte Farids Arm ein paarmal, bevor sie die Hand auf seinem Unterarm ruhen ließ. Für einen kurzen Augenblick dachte Farid, sie wollte ihn umarmen.

»Nichts zu sagen«, flüsterte sie erneut. »Ich kann nicht … Entschuldigung.«

Dann ging sie aus dem Zimmer und nahm das Kind mit. Das Mädchen hörte sofort auf zu weinen, als sie von ihr auf die Arme genommen wurde.

»Sie muss jetzt schlafen. Ich werde sie ins Bett bringen. Auf Wiedersehen, Farid.«

Aisha begleitete ihn in den Flur. Tusse ging in die Kammer, die früher Billys Zimmer gewesen war, und schloss hinter sich die Tür. Rawdah konnte Farid nirgendwo sehen. Als er seine Jacke angezogen hatte und sich bückte, um die Schuhe anzuziehen, beugte sich Aisha zu ihm herunter und flüsterte: »Mama möchte, dass wir nichts über Mehdi erzählen. Wir sollen sagen, dass wir keine Angst vor ihm haben. Dass er nichts mit dieser Sache zu tun hat. Sie hat dir gesagt, dass er uns nicht bedroht, aber das hat er getan. Mehrere Male. Er wollte Geld haben, als Billy aussteigen wollte. Jede Menge Geld. Und Mama bezahlte, sie glaubte, dass es reichen würde, er sagte, dass es reichen würde, aber dann … Mehdi macht einfach, was er will. Mama hat Angst, dass er aus dem Gefängnis kommt und sagt, dass Billy unbezahlte Schulden hätte, falls wir der Polizei etwas über ihn erzählen. Mama hat kein Geld, sie kann nichts mehr bezahlen. Sie wird niemals erzählen, was Billy für Mehdi gemacht hat und was Mehdi mit ihm gemacht hat. Aber wir haben Angst.«

»Wie viel habt ihr bezahlt?«

»Ich weiß es nicht, Mama will es nicht sagen. Aber es war viel. Du darfst nicht sagen, dass ich es dir gesagt habe. Sie würde ausflippen.«

»Und die Sachen, die Billy mit zum Spielplatz nehmen sollte, weißt du, was das war?«

Aisha schüttelte langsam den Kopf.

»Ich kann nicht … Du darfst nicht … Mama …« Ein Muskel in ihrem Unterkiefer spannte sich. »Wir haben Angst, verstehst du?«

Farid griff nach Aishas Arm, sanft, aber entschlossen.

»Eins muss dir aber auch klar sein. Ich kann Mehdi nicht festsetzen, wenn keiner redet. Ich kann euch nicht schützen, wenn ihr nicht aussagt, dass er euch bedroht, ich kann Mehdi nicht von der Straße bekommen, wenn ihr nicht erzählt, was er tut. Ich kann nicht zaubern. Ihr müsst reden. Wenn ihr keine Aussagen macht, kann ich auch nichts tun.«

Die Tür zu Billys Zimmer wurde geöffnet. Aisha zuckte zusammen und riss die Wohnungstür auf.

»Du musst jetzt gehen.« Sie schob Farid nach draußen. »Auf Wiedersehen. Erzähl Mama nichts davon. Gar nichts.«

Sobald er im Treppenhaus stand, schloss sie die Tür hinter ihm.

Farid ging langsam die Treppen hinunter. Als er sein Auto erreichte, spürte er sein Handy summen. Es war eine Nachricht auf WhatsApp von einer seltsamen Nummer, ein Videoclip.

Er blieb auf der Straße stehen und lud den Film herunter. Er war zweiundzwanzig Sekunden lang, die Perspektive war seltsam, als hätte jemand vom Boden schräg nach oben gefilmt.

Zwei der vier Personen, die auf dem Bild zu sehen waren, konnte man gut erkennen. Es waren Billy und Dogge. Beide Jungen hatten die Hände vor dem Bauch gefesselt, und ihre Jeans und Unterhosen waren bis zu den Knöcheln heruntergezogen. Sie knieten, einander zugewandt. Ein Mann war zwischen ihnen auf einen Stuhl geklettert. Er urinierte. Sein Gesicht war auf dem Bild nicht zu sehen, aber es war deutlich zu erkennen, wie er den Strahl von Billys Gesicht zu Dogges und wieder zurück wandern ließ. Dogge weinte laut. Als der Urinstrahl Billys Wange traf, bekam er einen Hustenanfall. Es sah aus, als würde er sich gleich übergeben.

Ein anderer Mann stand mit dem Rücken zur Kamera. Er bewegte sich vor und zurück, ins Bild hinein und wieder heraus. Man hörte, wie er lachte, laut und ausgiebig. In der Hand hielt er eine Glock. Der Mann drehte sich um. Er hatte eine Balaklava über das Gesicht gezogen, entsicherte die Pistole und flüsterte Dogge etwas ins Ohr.

Farid konnte nicht hören, was er sagte, er konnte das Gesicht des Mannes immer noch nicht erkennen, aber er wusste, wer es war. Er würde Mehdi sogar wiedererkennen, wenn er einen Jutesack über den Kopf gezogen hätte. Dann endete das Video.

Mittwoch, 12. Dezember

28.

»Heute haben wir zur Abwechslung tatsächlich eine gute Nachricht.«

Svante stand ganz vorn im Besprechungsraum, am Groß-bildschirm. Er hielt einen halb gegessenen Safranwecken in der Hand, es war mittlerweile sein dritter. »Eine richtig gute Nachricht. Sebastian ist im Moment mein Lieblingspolizist, und das nicht nur, weil er diese hier mitgebracht hatte.« Er hob den Wecken hoch. »Aber zuerst möchte ich sagen, denn ich weiß ja, dass ihr euch wundert, warum wir eine verstärkte Überwachung von Leila und ihren Kindern angeordnet ha-ben. Die Kinder sind zurück in der Schule, und, ja, ihr wisst ja, wie es ist … Jedenfalls haben wir einen Zivilbeamten, der sie zur Schule und auf dem Rückweg begleitet. Er kann zwar nicht in allen drei Klassenzimmern gleichzeitig sein, aber es ist besser als gar nichts.«

»Warum nicht für jedes Kind einen eigenen?«, fragte Farid.

»Leider abgelehnt. Also müssen wir schnell arbeiten. Mehdis Haftprüfungstermin ist heute Abend. Was diese WhatsApp-Nummer betrifft, von der du das Video bekom-men hast, Farid, so lautet die Nachricht …« Er sah zu Lotta. »Die Nummer gibt es gar nicht? Habe ich das richtig ver-standen?«

Lotta nickte.

»Tja. Man kann also ein WhatsApp-Konto mit einer Fake-

Telefonnummer eröffnen. Wir könnten versuchen, die IP-Adresse herauszufinden, von der sie geschickt wurde.«

Farid unterbrach ihn.

»Vergiss es. Ich weiß, wer ihn geschickt hat. Sie wird nie wieder mit mir reden, wenn ich versuche, ihr auf die Schliche zu kommen, und sie erfährt, dass ich ihre Nachricht gespeichert habe.«

Svante nickte und schluckte das letzte Stück des Safranweckens herunter. Er schielte auf denjenigen, der unangetastet vor Farid lag.

»Und was den Mann im Video betrifft: Wir werden die Analysen des Materials nicht vor Mehdis Haftprüfungstermin hereinbekommen. So lange müssen wir uns also mit deiner Ansicht begnügen, Farid. Was glaubst du, wer sind diese Personen?«

»Das hat nichts mit Glauben zu tun. Ich muss nicht raten, ich weiß es. Mehdi steht rechts im Bild, er hat eine Balaklava über den Kopf gezogen und hält eine Glock in der Hand. Der Typ mit der mächtigen Harnblase ist Roger Mäkele, der auch Blue-Boy genannt wird.«

»Haben wir mit diesem Blue-Boy schon gesprochen?«

»Natürlich.«

»Und er war sehr beredt, nehme ich an?«

»Von ihm war kein Wort zu hören. Er gehört zu den Leuten, die nicht einmal ihren eigenen Namen bestätigen würden.«

»Die Allerhärtesten.« Lotta deutete ein Lächeln an.

»Wir holen ihn auch rein, denke ich«, sagte Svante. »Blue-Boy darf das Lucia-Fest hinter Gittern feiern. Verdacht auf Menschenraub von Billy und Dogge, ausgehend von dem Video. Ich rede mit dem Staatsanwalt. Bengt, nimm jemanden mit und hol ihn rein. Und du, Farid, du fährst zu dem Haftprüfungstermin und erzählst dem Richter, was du auf dem Video gesehen hast. Gibt es sonst noch jemanden, der bereit ist, deine Meinung zu bestätigen? Aus der Familie wohl niemand, nehme ich an.«

Farid schüttelte den Kopf. Svante seufzte.

»Dann muss das eben reichen. Wir haben ja auch noch die Geschichte mit Dogges Vater und den Waffen, wo stehen wir da?«

Lotta sah auf.

»Wir haben ein Memo zu den Akten gelegt. Aber es gibt keine Waffe dieses Typs, die auf Teo Arnfeldt registriert ist. Wir haben uns mit Jill Arnfeldt unterhalten, und sie verneint es ausdrücklich, er hätte nur alte Jagdwaffen besessen, und die hat der Gerichtsvollzieher eingesammelt, nachdem er insolvent war. Teo Arnfeldt war auch Mitglied eines Schieß-sportvereins, ich habe sie angerufen, und es sieht so aus, als wäre er ein paarmal dort gewesen und hätte geschossen, aber sie wussten auch nichts davon, dass er eine Glock besessen hätte.«

»Aber er hätte sich eine Pistole von einem Freund leihen können?«

»Natürlich. Oder illegal kaufen können.«

»Kommen wir auf dieser Spur noch weiter?«

»Nein. Ich habe keine Ahnung, wo wir da ansetzen könnten.«

»Zu Hause bei Dogge haben wir jedenfalls keine Glock gefunden, das ist doch immerhin etwas?«

»Können wir einen Richter davon überzeugen, dass Dogge eine Waffe von Mehdi bekommen hat, wenn es Zeugen dafür gibt, dass Dogge zu Hause Zugang zu Waffen hatte?«

»Wir können es versuchen.«

»Lasst uns über etwas Erfreulicheres sprechen.« Svante beugte sich über den Tisch und schnappte sich Farids Wecken. »Sebastian? Willst du berichten?«

Sebastian begann zu strahlen.

»Ja, das Handy ist tatsächlich aufgetaucht. Farid meinte, dass wir uns noch einmal vergewissern sollten, dass die Papierkörbe an der Bushaltestelle, an der Dogge einstieg, wirklich gründlich untersucht worden sind. Also machte ich ein paar Anrufe. Dabei stellte sich heraus, dass eine ältere Frau das Handy nur wenige Stunden nach den Schüssen gefunden hatte. Sie holte es aus dem Papierkorb, als sie eine Bananenschale wegwarf, fand es ein wenig seltsam, dass es im Müll lag, denn wenn man ein Handy verliert, dann fällt es ja meistens zu Boden oder es rutscht aus der Tasche, wenn man sich hinsetzt, aber man verliert es wohl kaum in einem Papierkorb. Sie fand es auch seltsam, dass jemand sein Handy wegwerfen wollte. Es war schließlich nicht kaputt, so viel konnte sie sehen. Ja, wie auch immer, jedenfalls lieferte es die ältere Frau neun Stunden später am Schalter der Polizeiwache in der Stockholmer Innenstadt ab. Ich habe mit ihr gesprochen, also weiß ich alles darüber.«

»Neun Stunden?« Lotta schüttelte den Kopf. »In der Stockholmer Innenstadt?«

»Ja, die Wache liegt direkt neben ihrem Arbeitsplatz, und sie ist am Freitag auch abends geöffnet. Sie fand, dass es keine Rolle spielte, wo sie es abgab, sie ging davon aus, dass die Polizei ein Zentralregister für Fundsachen haben müsste, in dem sie suchen könnte, wenn jemand nach dem Handy fragen würde.«

»So ein Zentralregister wäre echt nicht schlecht«, murmelte Bengt.

»Absolut«, sagte Sebastian. »Noch besser wäre es allerdings gewesen, wenn sie auch die Pistole gefunden hätte.«

»Aber das hat sie nun mal nicht«, sagte Svante und verschluckte den Rest von Farids Wecken.

»Nein. Das Grünflächenamt leerte die Papierkörbe am

Freitagmorgen um elf. Wenn es dort noch etwas gab, was für die Ermittlungen einen Wert hätte, verschwand es ungefähr zu der Zeit, als Farid die zweite Vernehmung von Dogge in Angriff nahm.«

»Mhm.« Svante nickte.

»Aber die Nachricht, die wir auf Billys Handy gefunden haben, ist auf diesem Handy ebenfalls gespeichert. Außerdem kann man sehen, dass es neben den Anrufen, die von Billy nicht entgegengenommen wurden, noch einige Gespräche gab, die etwa vierzig Minuten vor den Schüssen geführt worden waren. Wir haben sie mit den Daten vom Funkmast verglichen. Diese Gespräche gingen an ein anderes Handy mit unbekanntem Besitzer. Es waren kurze Gespräche, das längste dauerte vier Minuten. Und dann, zwei Minuten, nachdem der letzte Anruf an dieses andere Wegwerfhandy beendet war, wurde die Nachricht an Billy geschickt.«

Farid vervollständigte: »Wenn du nicht in zwanzig Minuten zum Spielplatz kommst und die Sachen mitbringst, dann kommt er zu dir nach Hause. Du weißt, was ich meine.«

»Genau das.«

Svante räusperte sich.

»Was schließen wir daraus?«

»Dass Dogge mit Mehdi gesprochen hat, kurz bevor er die Mitteilung an Billy schickte.«

Lotta stand auf, um zu einem der Whiteboards zu gehen.

»Ja.« Sebastian nickte. »Genau das.«

»Was darauf hindeuten würde, dass es tatsächlich Mehdi war, der Dogge den Auftrag gegeben hat?«

Lotta schrieb die anonyme Handynummer auf die Tafel und versah sie mit einem Fragezeichen.

»Ja.« Sebastian lehnte sich in seinem Stuhl zurück.

»Aber die Handynummer, die er angerufen hat, die können wir nicht mit Mehdi in Verbindung bringen?«

»Nein.«

»Und diese Scheißpistole gehört Dogges Vater?«, fragte Svante.

»Nein«, antwortete Farid schnell. »Darauf deutet überhaupt nichts hin. Billy wurde nicht mit einem Elchstutzen erschossen.«

»Und was sind jetzt diese verdammten Sachen, die er mit zum Spielplatz nehmen sollte? Und wo sind sie jetzt?«, murmelte Svante.

»Alle in Billys Familie wissen es, so viel kann ich mit Sicherheit sagen«, antwortete Farid.

»Auch Leila?«

»Leila auch.«

Die Jungen

In den letzten vier Wochen vor seinem Tod musste Dogges Vater im Rollstuhl sitzen. In den letzten beiden kam er nicht einmal mehr aus dem Bett. Daraufhin musste er in ein Spezialkrankenhaus umziehen, das in einem vierstöckigen Haus am Meer lag und eher einem Hotel glich als einem Krankenhaus. Dogges Mutter erklärte, dass es ein Hospiz war und dass alle, die dort einzogen, bald sterben würden. So erfuhr Dogge, dass sein Vater nie wieder gesund werden würde, dass er bald ein Junge mit einem toten Vater sein würde.

Ein gelber Hund wohnte in diesem Krankenhaus, ein fetter Rüde mit Arthrose und verfaulten Zähnen. Er lag immer in der Nähe des summenden Aquariums in einem der leeren Salons und schnarchte. Manchmal ging Dogge zu ihm hinaus, setzte sich neben ihm auf den Boden und kraulte ihn hinter den Ohren. Dabei ließ er einen genüsslichen Seufzer hören, und einmal legte er sogar seinen Kopf auf sein Knie.

Sein Vater rollte niemals aus seinem Zimmer, um den Hund zu streicheln. Er lag nur in seinem Bett und glotzte mit wässerigen Augen, die nichts Bestimmtes im Blick hatten. Einmal wandte er sich an Jill, und nachdem er mehrere Minuten gestarrt hatte, sagte er: »Du bist so verdammt hässlich geworden.« Normalerweise ging sie bei solchen Kommentaren an die Decke, sie konnte deswegen wochenlang sauer sein. Sie würde schreien und brüllen, *Was glaubst du, wie es mir geht?* Aber dieses Mal wurde sie nicht wütend. Sie ging nicht einmal darauf ein. Obwohl sie hätte sagen können, *Hast du dich selbst mal im Spiegel betrachtet?*

In den vier Monaten, die vergingen, nachdem sie von der Krankheit erfahren hatten, bis zu seiner Einweisung in das Krankenhaus, in dem er sterben würde, verlor er siebzehn Kilo, die Muskeln wurden schnell zu schmelzendem Wachs. Er bekam dunkelblaue Flecken im Gesicht, sie sahen aus wie Blutergüsse, als hätte ihn jemand geschlagen. Die Lippen waren so trocken, dass sie weiß waren. Obwohl er keine Zellgifte bekam, weil sie ihn ohnehin nicht gesund machen würden, hatte er fast sein gesamtes Haar verloren. Trotzdem war es nicht das Aussehen, das Dogge am abstoßendsten fand, sondern die seltsame Art, die sein Vater angenommen hatte. Er konnte am Nachmittag aufwachen und lossabbern, als wäre er betrunken und verärgert, obwohl er gar nichts trank, nicht einmal Wasser. Und mitten in seinem Gebrabbel konnte er innehalten, um ein lautes, schluchzendes Stöhnen hören zu lassen, als wollte er Massen von unverdautem Essen erbrechen, aber das Einzige, was in die Blechschüssel fiel, die er in einem Schrank auf Rollen neben dem Bett aufbewahrte, waren kleine, neongelbe Rotzplacken. Und wenn er fertig war, griff er nach Dogges Hand, ohne sich zuerst den Mund abzuwischen, und sagte: »Hör zu, du musst zuhören«, und dann schüttete er endlose Sätze aus, die nichts bedeuteten, wo die Anfänge der Sätze nicht zu den Enden passte, und in denen so furchtbar komplizierte Wörter vorkamen, die er nie benutzt hatte, als er noch gesund war. Während er brabbelte, sah Dogge wie verhext auf die gelben, schleimigen Reste, die um den Mund seines Vaters herum saßen. Warum wischte er sie nicht ab? Er wagte nicht, ihn zu fragen.

In der letzten Woche war Dogge von der Schule beurlaubt, und seine Mutter und er bekamen jeweils ein Bett im Zimmer des Vaters. Aber sein Vater schlief fast die ganze Zeit, nicht nur in den Nächten. Dogge lag in seinem Bett und beschäftigte sich mit dem Handy und wollte am liebsten weg. Seine Mutter lief hin und her durch das Zimmer, setzte sich und stand wieder auf. Ging nach draußen in den Flur, um zu sehen, ob sie jemanden vom Personal finden konnte, dem sie dieselben Fragen stellen würde wie zuvor.

»Hat er Schmerzen? Wie lange dauert es? Woher soll ich wissen, ob er tot ist?«

Jede Stunde ungefähr öffnete Dogges Vater sein Auge einen Spaltbreit und schaute in den Raum, wie eine dösende Schlange. Aber es sah nicht so aus, als würde er Dogge erkennen, und wenn mehr als eine Stunde vergangen war, seit er das letzte Mal Morphin bekommen hatte, murmelte er lange, unzusammenhängende Reden mit genuschelten Flüchen, die klangen, als hätte er sie selbst erfunden.

Das Sterben machte Teo nicht sentimental oder besonders liebevoll oder etwa noch bösartiger, er wurde einfach ein ganz anderer, der nichts mehr mit dem Vater gemein hatte, der er gewesen war.

Mittwoch, 12. Dezember

29.

Farid wartete auf dem Flur, es gab keinen Grund, den Unterricht zu unterbrechen. Er hatte durch die Glasscheibe in der Tür hineingesehen und ihn entdeckt, in der zweiten Reihe am Fenster. Tusse hatte ihn nicht gesehen, er sah auf den Schulhof hinunter.

Die Lehrerin hatte Glitter im Haar, wärmte sich offensichtlich bereits für das Lucia-Fest am nächsten Tag auf. *7.30 Uhr in Ellas Schule, 10.00 Uhr in der Aula in Nataschas Schule.* Nadja hatte die Nachricht per Mail, SMS und WhatsApp gesendet, obwohl sie wusste, dass er bereits alle wichtigen Termine in seinen Kalender eingetragen hatte. Natascha sollte die Lucia der Mittelstufe sein. Er hörte Nadjas Stimme im Kopf.

»Sie wurde von ihren Klassenkameraden gewählt, stell dir mal vor! Etwas Besseres kann einem gar nicht passieren, wenn man vierzehn Jahre alt ist. Wenn du nicht kommst, kannst du gleich für immer wegbleiben.«

Als es zur Pause klingelte, trat er zurück und stellte sich an die Wand gegenüber der Tür. Tusse gehörte zu den Letzten, die herauskamen, er war allein. Als er Farid entdeckte, blieb er wie angewurzelt stehen. Die Panik war ihm deutlich anzusehen.

»Nein«, sagte Farid und hob rasch die Hände. »Nicht so etwas. Allen in deiner Familie geht es gut. Aber ich dachte, es wäre nicht schlecht, wenn wir uns mal in aller Ruhe unterhalten könnten.«

»Nicht hier«, sagte Tusse. »Ich will nicht hier mit dir reden.«

Elf Jahre alt, dachte Farid. Und will schon vermeiden, mit einem Polizisten gesehen zu werden.

»Wenn du möchtest, können wir zur Wache fahren. Ich kann es so aussehen lassen, als würde ich dich zwingen. Ich kann dir keine Handschellen anlegen, denn das darf ich nicht, aber du kannst schimpfen und schreien, so viel du willst.«

Tusse lächelte ein wenig.

»Das muss nicht sein.«

Sie setzten sich in Farids Auto, er fuhr von der Schule weg und auf die Autobahn. Bevor eine Minute vergangen war, begann Tusse zu reden.

»Über Mehdi kann ich nichts sagen. Und auch nicht über Mama, damit dir das klar ist.«

»Okay.«

»Aber wenn ich dir von einer Sache erzähle, die du untersuchen kannst, ohne dass jemand merkt, dass du sie von mir hast, versprichst du mir dann, niemandem zu sagen, dass sie von mir kommt?«

»Was ist denn das für eine Sache?«

»Billy sollte verreisen. Er sollte aus Schweden verschwinden. Mama hat das mit unserem Onkel ausgemacht, ich habe ihn nie getroffen, aber Billy sollte bei ihm wohnen. Wir warteten auf das Visum, es war noch nicht gekommen, aber du kannst das ja mit den Visumleuten klären.«

»Warum sollte Billy verreisen?«

»Ja, was glaubst du wohl? Ich kann dir nicht sagen, warum, aber er sollte eine Sache für Mehdi erledigen, um damit zu bezahlen, dass er ... Ich kann es nicht sagen ... und dann konnte er diese Sache nicht mehr für ihn tun, weil er ...

Das kann ich auch nicht sagen. Aber die Sachen, die er mitbringen sollte ... Billy musste aus Schweden verschwinden, weil ... Das kann ich auch nicht sagen.«

»Aber was soll ich denn jetzt untersuchen, Tusse?« Farid nahm eine Hand vom Lenkrad und legte sie auf die Schulter des Jungen. »Was möchtest du, dass ich tue?«

»Die Glock gehörte nicht Dogges Vater, es war Mehdis. Und du kannst den Imam fragen, also den, der Hassan heißt, denn er weiß alles. Wenn man Imam ist, darf man über solche Sachen nicht lügen. Frag Hassan, auf jeden Fall. Er muss es sagen. Er muss uns helfen, denn er hat es versprochen, und dann hat er es doch nicht getan, weil er keine Zeit hatte, aber jetzt muss er es, denn jetzt ist Billy tot.«

»Okay«, sagte Farid vorsichtig. »Ich soll mit Hassan reden. Woher wusstest du, dass es eine Glock war? Ich habe es dir nicht gesagt. Es stand auch nicht in den Zeitungen. Also, woher weißt du, dass dein Bruder mit einer Glock erschossen wurde?«

Tusse beugte den Nacken. Er ließ die Tränen auf die Jeans tropfen.

»Ich weiß es«, sagte er. Die Stimme war so schwach, dass sie fast nicht mehr zu hören war. »Ich weiß es, weil ich dabei war, als Mehdi Dogge und Billy beibrachte, wie man damit schießt.«

Die Jungen

Tusse durfte Billy und Dogge begleiten, als sie mit Mehdi und Blue-Boy zu der alten Geflügelfabrik fuhren, um schießen zu üben. Die Idee war, dass sie dabei helfen sollten, die Schießbahn aufzubauen. Es war ein sonniger Oktobertag, der Himmel war dunkelblau, die Bäume im Wald hinter dem Fabrikgelände standen in tausend Farben.

Das Dach auf der einen Seite der Fabrik war eingestürzt, seitdem Dogge und Billy regelmäßig zum Spielen dorthin gefahren waren, und eine der Wände neigte sich bedenklich. Jemand von der Stadt, oder vielleicht die Polizei, war dort gewesen und hatte das Gelände abgesperrt. Das Absperrband flatterte im Wind, und es gab vier Warnschilder, die um das Gebäude herum aufgestellt waren.

Gefahrengebiet. Privatgelände. Einsturzgefahr. Betreten verboten, Verstöße werden gesetzlich verfolgt.

Sie stellten sich hinter das Gebäude. Schritten drei Bahnen ab, eine mit zehn Metern, eine mit zwanzig und die letzte mit dreißig Metern, oder ein bisschen weniger, Dogge brachte am Schluss die Zahlen durcheinander und Tusse lief los, um zu pinkeln, aber weder Blue-Boy noch Mehdi schienen sich darum zu scheren. Der Kofferraum des Autos, mit dem sie gekommen waren, war voll mit Glasflaschen und leeren Dosen. Sie stellten sie in einer Reihe vor der Fassade auf. Dogge zog den Pullover aus, das T-Shirt fühlte sich feucht an in der

Herbstluft, aber er fror trotzdem nicht. Nach einer knappen Stunde fragte Mehdi, ob sie es auch einmal ausprobieren wollten. Nicht Tusse, der war zu klein, aber Dogge und Billy waren alt genug.

»Diese Magazine sind an und für sich verdammt teuer«, fügte er hinzu. »Vielleicht habt ihr gar nicht genug Flous dafür?« Er lachte laut, als er ihre enttäuschten Mienen sah. »Versteht ihr keinen Spaß, Mann? Ich lade euch ein.«

Blue-Boy holte vier Schachteln heraus.

Sie bauten eine neue Reihe mit Glasflaschen und leeren Dosen auf. Mehdi gab jedem von ihnen eine Glock und zeigte ihnen, wie sie sie laden und entsichern mussten, dann trat er zurück und zündete sich einen Joint an.

»Haut rein.«

Zu Beginn schossen sie vorsichtig, um keine Munition zu verschwenden. Da wurde Mehdi sauer.

»Ihr sollt reinhauen, habe ich gesagt. Ich habe keine Zeit, den ganzen Tag hier rumzuhängen. Habt ihr Angst davor, etwas zu treffen, oder was?«

Er ging zu Billy, nahm ihm die Glock ab und lud sie für ihn mit einem neuen Satz Patronen, leerte seine Hosentaschen, in der noch mehr Patronen steckten, und drückte sie Billy in die Hand.

Billy stellte sich breitbeinig hin, drehte die Pistole und zog den Abzug durch, so wie er es bei Tupac und Snoop, bei Abidaz und Yasin gesehen hatte. Dogge machte es genauso. Er schob die Hüfte und das Kinn nach vorne. *Fuck you*, wollte er schreien, und er biss sich auf die Lippe. Seine Munition war schneller verschossen als Billys. Als seine Pistole klickte, zog Billy die losen Patronen heraus, die er gerade von Mehdi bekommen hatte, und gab sie Dogge.

»Ich habe jede Menge. Nimm sie. Hau den Scheiß raus. Zeig allen, dass du einen Schwanz hast.«

Alle lachten, sogar Billys kleiner Bruder. Tusse lag hinter ihnen auf dem Bauch und stützte das Kinn auf die Hände. Er war zu klein, um zu schießen, aber nicht zu klein, um dabei zu sein.

Am lustigsten war es, die leeren Dosen einzusammeln, das Geräusch wurde immer krasser, und man konnte hingehen und sie aufheben und ganz genau sehen, wo die Kugel eingeschlagen war. Die Glasflaschen gingen einfach nur kaputt, und es war unmöglich festzustellen, ob man sie richtig getroffen hatte oder es nicht mehr als ein Streifschuss gewesen war, die Flasche zersplitterte so oder so in tausend Teile. Die Fabrikmauer hinter den Flaschen war bald übersät von Einschusslöchern. An einigen Stellen gähnten schon richtige Krater, Rauch stieg an der Wand entlang nach oben. Schon bei zehn Metern war es schwer zu treffen, aber sie testeten auch die zwanzig. Auf die längste Bahn verzichteten sie.

Am Ende leerte Billy das Magazin nach oben in die Luft, lauthals lachend. Es war lange her, dass Dogge ihn so fröhlich gesehen hatte. Während Billy herumtanzte, spürte Dogge die letzten vier Patronen, die er bekommen hatte. Sie steckten noch in seiner Tasche.

Schließlich gab er Mehdi die Waffen zurück, der kontrollierte, ob das Magazin und die Läufe leer waren, bevor er sie an Blue-Boy weitergab, der sie in eine große Tragetasche steckte.

Die Patronen in Dogges Hosentasche waren kühl und glatt an seiner Haut, und er rollte sie in der Hand, wie sein Vater es immer mit den Stresskugeln machte, die Jill ihm geschenkt hatte, als er noch an seinen Projekten arbeitete. Jetzt war sein Vater krank, hatte ständig Kopfschmerzen, nichts schien ihm zu helfen, manchmal schrie er, so sehr tat es ihm weh.

Er nahm die Kugeln heraus und sah sie sich noch einmal an. Vier Stück, sie sahen aus, als wären sie aus Gold gemacht.

Er würde sie für ewig aufbewahren. Billy hatte sie ihm gegeben. Eines Tages würde er eine eigene Pistole haben, dann würde er sie benutzen.

Sie setzten sich auf die Rückbank von Mehdis Auto. Billy und Dogge an den Fenstern, Tusse in der Mitte.

»Gute Arbeit, Jungs«, sagte Mehdi, bevor er sie am Marktplatz von Våringe aussteigen ließ. »Bald könnt ihr echte Aufträge ausführen. Bald kann ich euch richtig einsetzen. Gute Arbeit.«

30.

Dogge sah durch das Fenster, wie Momi die in Portionen verpackten Mittagessen aus dem Servierwagen holte. Vor jeder
Mahlzeit wurde dieser Wagen in ihre Abteilung gerollt. Es
war fast jedes Mal eine andere Person, die ihn brachte, aber
alle trugen eine Duschhaube und einen Papierkittel, als wäre
das Essen chemischer Abfall und müsste mit äußerster Vorsicht behandelt werden.

Als Momi die Verpackungen fertig aus dem Wagen geladen
hatte, öffnete er sie und schüttete den Inhalt in größere Schüsseln, die er anschließend auf den Tisch stellte, an dem sie essen
würden. Dogge nahm an, dass es sich wie eine normale Mahlzeit anfühlen sollte, aber das funktionierte nicht. Es war Viertel nach vier, und es gab Linseneintopf zum Mittagessen. Die
Einzigen, die seiner Meinung nach freiwillig vegetarisch aßen,
waren Mädchen aus Rönnviken, die eigentlich gar nichts essen
wollten, und solche aus Våringe, die in der muslimischen Ver-
einigung aktiv waren und während des ganzen Jahres Sportso-
cken und Sandalen trugen. Zu Hause hätte Dogge es niemals
gegessen. Es roch nach Furz und schmeckte vermutlich wider-
lich. Portionsverpacktes Essen hatte er dagegen schon öfter
gegessen, denn Jill kochte nicht gerne, und wenn sie nicht ins
Restaurant gingen, bestellten sie normalerweise fertiges Essen
nach Hause. Teo interessierte sich allerdings auch nicht besonders fürs Essen, vor allem nicht am Ende.

Manchmal, wenn Dogge allein essen musste, kochte er sich etwas, er wusste, wie man Spaghetti oder Reis zubereitete, und es gab gute Soßen aus der Dose. Einmal hatte er sogar Kartoffeln gekocht, aber er hatte keine Lust gehabt, sie vorher zu schälen, also aß er sie nicht.

Nachdem Momi die Schüsseln mit Essen auf den Tisch gestellt hatte, rief er alle zur Mahlzeit zusammen.

»Was für ein Scheißfraß«, sagte einer der Jungen. Er trug einen gelb-orangen Hoodie ohne Schnur in der Kapuze, Jeans ohne Gürtel und hatte eine Narbe auf der einen Wange. Dogge wusste nicht, wie er hieß. »Nicht einmal Schweine würden das essen.«

»Du hast es noch nicht einmal probiert«, erwiderte Momi.

»Was ist denn da drin? Ich bin allergisch.«

»Gegen was?« Momi ging in die Küche und holte eine der leeren Verpackungen wieder aus dem Papierkorb. »Sag mir, wogegen du allergisch bist, dann sage ich dir, ob es im Essen ist.«

»Linsen«, sagte der Junge mit der Narbe auf der Wange.

»Du bist nicht allergisch gegen Linsen. Das Einzige, was du deiner Akte nach nicht essen darfst, sind Haselnüsse.« Momi warf die Verpackung zu Dogge. »Sei so nett und lies uns das Zutatenverzeichnis vor? Es gibt da keine Haselnüsse, oder? Laut bitte.«

»Die Scheiße kannst du gerne selbst vorlesen.« Dogge warf die Verpackung weg. Er hasste es, laut zu lesen. »Oder sehe ich aus wie eine blöde Märchentante?«

Momi antwortete nicht. Er hob die Verpackung vom Boden auf und sah Dogge an, als wollte er sehen, ob er noch etwas werfen wollte. Als es eine Weile still war, stopfte er die Verpackung wieder in den Mülleimer, der neben dem Kücheneingang stand.

»Vielleicht könnte die Märchentante sich mit dem Gedanken anfreunden, sich hinzusetzen. Wir wollen jetzt essen.«

Dogge hatte keine Lust, zu protestieren. Er setzte sich neben den Jungen mit der Narbe.

»Sie geben uns dieses Scheißessen, damit wir super Staatsbürger werden und zur Schule gehen und uns melden und uns miese Scheißjobs und eine Frau besorgen, die schon nach dem ersten Blagen fett wird, die wir aber trotzdem weiterbumsen, damit sie den nächsten Blagen bekommt und noch fetter wird.«

Dogge lachte. Der Junge redete weiter.

»Wir sollen tüchtig sein und den Lohn und die Konferenzen und die Kurse und die Kopiergeräte dankbar annehmen.«

»Und die fetten Frauen.«

Momi lachte.

»Jetzt esst erst mal zu Mittag. Danach können wir über die Zukunft reden.«

Er füllte Essen auf Dogges Teller. Es roch genauso eklig, wie er es geahnt hatte.

Dann kam der Italiener herein, zusammen mit Josef. Beide setzten sich.

Niemand wagte es, sie anzustarren, aber der ganze Raum wandte sich dem Italiener zu, als wäre er magnetisch. Er sagte nichts, nicht einmal über den Linseneintopf. Er wirkte zerstreut, als wäre er bei etwas Wichtigem unterbrochen worden oder müsste über ein kompliziertes Problem nachdenken. Als Momi ihn fragte, ob er von dem Eintopf haben wolle, schüttelte er den Kopf und streckte die Hand nach dem Brotkorb aus. Er nahm sechs Scheiben, auf die er dick Butter schmierte. Momi protestierte nicht, obwohl er gerade gesagt hatte, dass jeder nur vier Scheiben nehmen dürfe. Dann drückte der Italiener jeweils zwei Scheiben zusammen. Er sagte kein einziges Wort. Er kaute nur.

»Habt ihr das Spiel gesehen?«

Alle außer Dogge hatten es gesehen. Es war am Abend

zuvor im großen Gemeinschaftsraum gezeigt worden. Momi fragte alle, die am Tisch saßen, aber er sah den Italiener an.

»Klasse Tor in der achtundachtzigsten Minute.«

Der Italiener antwortete nicht.

Momi ließ seinen Blick zur nächsten Person wandern. Auch die antwortete nicht.

»Das Essen hat euch die Sprache verschlagen, was?« Momi lächelte schief, aber er stellte keine weiteren Fragen.

Was auch immer den Italiener beschäftigte, es schien nichts mit Dogge zu tun zu haben, er sah kaum in seine Richtung. Als niemand mehr Lust hatte, das Linsengericht von einer Ecke des Tellers in die andere zu schieben, und Momi ihnen endlich sagte, dass sie aufstehen konnten, schien der Italiener plötzlich zu bemerken, dass Dogge anwesend war. Anstatt direkt aus dem Zimmer zu gehen, schlich er sich seitwärts an Dogge heran, und als Momi in eine andere Richtung sah, flüsterte er, schnell, direkt neben Dogges Ohr: »Nimm heute keine von den verdammten Schlaftabletten. Hast du gehört? Du musst wach bleiben, bereit sein, nicht zusammenbrechen.«

Dann ging er. Als Dogge in den Gemeinschaftsraum kam, war der Italiener nicht mehr dort.

Er ging in sein Zimmer. Als er seine Tablette bekam, steckte er sie in den Mund, aber er schluckte sie nicht, sondern steckte sie in die Tasche seiner Jeans, sobald er allein war. Er kam sich vor wie in einem Film, denn dort hatte er so oft Leute gesehen, die nur so taten, als würden sie ihre Tabletten nehmen, weil sie angeblich verrückt und im Irrenhaus gelandet waren oder von einem Psychopathen gefangen gehalten wurden.

Dann legte er sich hin. Die Ameisen erwachten in seinen Füßen und krabbelten seine Beine hinauf und hinunter. Er kratzte sich so fest an den Waden und in den Kniekehlen, bis er Blut unter den Nägeln hatte. Aber er nahm die Tablette trotzdem nicht. Er machte es so, wie der Italiener gesagt hatte, denn wenn der Italiener etwas sagte, war es dasselbe, als hätte Mehdi es gesagt.

Es wurde zehn Uhr, dann elf, dann zwölf, aber nichts passierte. Und die Beine juckten immer noch. Als Dogge die Lampen ausschaltete, wurde es zappenduster im Zimmer, fast so kohlrabenschwarz wie draußen vor dem Fenster. Er stellte sich auf das Bett und versuchte, durch die milchige Scheibe zu sehen. Er fingerte an der Tablette in der Tasche herum.

Darf ich mich hinlegen? Er legte sich hin. *Darf ich die Augen schließen?* Er schloss die Augen, aber er konnte trotzdem nicht einschlafen. *Darf ich unter die Decke kriechen?*

Woher sollte er wissen, was er durfte und was nicht? Es gab niemanden, den er fragen konnte. Er legte sich unter die Decke, aber jetzt war er hellwach. Im Flur war es still. Kein Laut war zu hören, nicht einmal aus dem Zimmer direkt neben ihm.

Wäre es nicht besser, mich im Schlaf zu töten? Wäre es nicht besser für alle, wenn ich einschlafe und nie wieder aufwache?

31.

Sobald Farid Tusse nach Hause gebracht hatte, rief er Svante an.

»Ein Techniker muss sich eine stillgelegte Geflügelfabrik ein paar Kilometer außerhalb von Våringe ansehen, ich schicke dir die Koordinaten.«

Farid erklärte in kurzen Worten, was Tusse ausgesagt hatte.

»Es ist fast ein Jahr her, dass sie dort oben waren und geschossen haben, und ich kann mir auch nicht sicher sein, dass es unsere Waffe war, mit der sie dort spielten, aber mit ein bisschen Glück können wir ein paar Patronen finden, die wir mit denen vergleichen können, die wir aus Billy herausgeholt haben.«

Svante fiel ihm begeistert ins Wort.

»Hast du die Aussage des Jungen auf Band? Wir brauchen eine ordentliche Zeugenaussage, die Mehdi mit der Geflügelfabrik und der Waffe in Verbindung bringt, die dort verwendet wurde.«

»Wenn wir einen Treffer haben, werde ich sehen, was ich tun kann. Aber lass uns erst einmal den Techniker dorthin schicken. Vielleicht findet er ja nichts, mit dem wir etwas anfangen können. Ich will mein Verhältnis zu Billys kleinem Bruder nicht unnötig belasten.«

»Natürlich, natürlich!« Svante klang unglaublich zufrieden. »Selbstverständlich. Gute Arbeit!«

Nachdem sie das Gespräch beendet hatten, rief Farid den Imam Hassan an. Sie kannten einander von früher. Hassan war der Torhüter in der Betriebsfußballmannschaft der Gemeinde, sie hatten einige Freundschaftsspiele gegen die Polizei von Våringe gespielt.

»Komm vorbei, wann immer du willst«, sagte Hassan. »Wir haben rund um die Uhr auf. Wenn ich nicht da bin, ruf mich einfach an, ich bin in weniger als einer Viertelstunde da.«

»Nicht gerade dieselben Öffnungszeiten wie wir«, stellte Farid fest. »Die Wache ist für die Öffentlichkeit nur zwischen vierzehn und sechzehn Uhr geöffnet, montags und donnerstags.«

Hassan lachte, aber auf eine freundliche Art.

Vier Palmen waren vor der Moschee gepflanzt worden. Sie erinnerten Farid an die mottenzerfressenen Tiere in der Ausstellung des Biologischen Museums zu den Wäldern des Norrlands, die er als Kind so gemocht hatte. Seine Mutter war oft mit ihm dorthin gegangen, er hatte sich vor der Scheibe auf den Boden gelegt und sie angestarrt, am liebsten den Bären, der ihn am meisten faszinierte. Der Pelz sah mitgenommen aus, man konnte an mehreren Stellen durch ihn hindurchsehen. Einmal, als er da war, hatte ein Auerhuhn eine Feder verloren.

Die Palmen vor der Moschee in Våringe waren nicht ausgestopft, aber sie waren tot, behandelt mit einem Mittel, das sie am Leben erhalten sollte. Und so umwerfend hübsch waren sie auch nicht, trotz der Lichtgirlanden, die um die Stämme gewickelt waren und den Haupteingang beleuchteten.

Hassan war nicht oben im Gebetsraum, sondern ein Stockwerk weiter unten. Dort gab es zwei Umkleideräume, einen Fitnessraum und ein halbes Dutzend kleinere Räume.

»Wir machen gerade Hausaufgaben«, erklärte Hassan, als er aus einem der Räume kam. »Aber sie kommen eine Weile allein zurecht. Worüber wolltest du mit mir sprechen?«

Farid zögerte. Sie setzten sich in den Raum neben den Kindern mit ihren Schulaufgaben.

»Möchtest du etwas trinken?«

Farid schüttelte den Kopf.

»Ich muss mit dir über die Familie Ali reden, Leila Khalids Kinder.«

»Das ahnte ich schon.«

»Was kannst du mir über sie erzählen?«

»Was du nicht schon weißt? Dass Leila und Isak Ali schon seit vielen Jahren getrennt leben, dass Leila ihre Kinder alleine erziehen muss, ohne Hilfe von ihrem Mann, weder finanziell oder auf andere Weise. Billy war ein guter Junge, wenn du mich fragst. Er liebte seine Mutter, ja, aber hatte auch einige Probleme.«

»Auf welche Art konntest du der Familie helfen?«

Hassan runzelte die Stirn.

»Warum fragst du nicht einfach nach dem, was du wissen willst, und dann antworte ich, so gut ich kann?«

»Sollte Billy Schweden verlassen?«

»Ja. Er sollte zu Leilas Familie reisen. Für ein halbes Jahr dort wohnen, so war es geplant. Er hatte ein Visum beantragt, aber es noch nicht bewilligt bekommen.«

»Warum?«

»Hast du mit Leila gesprochen?«

»Sie erzählt mir nichts Wichtiges.«

»Und ich kann dir nicht sagen, was sie mir erzählt hat, denn da gibt es die Schweigepflicht.«

»Schweigepflicht?«

»Stell dich nicht dumm. Du weißt ganz genau, dass ich nicht von den Dingen erzählen kann, die sie mir im Vertrauen mitgeteilt hat. Die Reise ist kein Geheimnis, wir hatten Geld für die Familie in der Gemeinde gesammelt, damit Billy reisen konnte. Wir dachten, dass es ihm helfen könnte, das Aussteigerprogramm erfolgreich zu absolvieren.«

»War das der einzige Grund?«

»Sprich mit Leila.«

»Ich habe auch mit …«, Farid zögerte, »… einigen anderen Familienmitgliedern gesprochen. Hattest du häufiger Kontakt zu anderen aus der Familie?«

»Nur mit Isak, im Grunde.« Jetzt begann Hassan zu zögern. »Aber Isak und ich haben relativ oft miteinander gesprochen.«

Die Tür wurde geöffnet, und ein etwa neunjähriges Mädchen steckte ihren Kopf herein.

»Du musst uns helfen. Wir wissen nicht, wie wir das mit dem Umfang und all dem machen sollen.«

»Ich komme.« Hassan stand auf.

»Sollte ich mit Isak sprechen? Willst du das damit sagen?«, fragte Farid. »Wir haben mit ihm gesprochen, die Kontaktbeamtin hat ihn zweimal vernommen, aber er hatte nicht viel zu sagen. Soweit ich es verstanden habe, hatte er nicht viel Kontakt zu seinen Kindern. Wie du selbst es schon gesagt hast, Leila hat das alles alleine gemacht, oder?«

Hassan blieb in der Türöffnung stehen und drehte sich zu ihm um.

»Ich kann leider auch nichts darüber sagen, worum es in dem Gespräch mit Isak ging. Meine Schweigepflicht ist mir wichtig. Und ich glaube, dass es schwierig für euch wird, mit ihm zu reden. Denn er ist nicht mehr in Våringe. Sein Handyvertrag scheint abgelaufen zu sein. Zwei Tage nachdem Billy beigesetzt wurde, war er verschwunden, niemand hat ihn seitdem mehr gesehen. Soweit ich weiß, ist er mit dem Geld verschwunden, das wir für Billys Reise gesammelt hatten. Er hat es von Leila bekommen. Wir haben noch nicht entschieden, was wir in dieser Angelegenheit unternehmen, aber wahrscheinlich lassen wir es auf sich beruhen. Das Geld hatten wir der Familie bereits gegeben. Dass es eher nicht für Isak gedacht war, ist eine andere Geschichte. Aber jetzt muss ich gehen, die Kinder müssen ihre Hausaufgaben fertig machen, und dann werde ich sie nach Hause bringen. Wir wollen ja nicht, dass ihnen etwas passiert.«

Die Jungen

Als sie sich das erste Mal nach dem Tod von Dogges Vater trafen, hatten sie sich vor Suddens Livs verabredet.

Dogge hatte wirklich nicht vor, mit in die Bestattungsfirma zu kommen und einem verstaubten Typen mit hässlichem Schlips zuzuhören, der wissen wollte, welche Musik Teo mochte und was sie in der Todesanzeige schreiben wollten.

Jill redete auf ihn ein. »Ein Kreuz oder vielleicht ein Anker ganz oben? Sollen Teos Eltern auch mit ihren Namen darauf stehen, schließlich bezahlen sie ja alles? Schlaf gut? Ruhe in Frieden? Spenden bitte an die Krebshilfe.«

Darum sollte seine Mutter sich selbst kümmern. Sie hatte schon zwei Termine verschlafen und Teos Eltern immer noch nicht angerufen, um ihnen zu sagen, dass Teo sie auf seiner Beerdigung nicht dabeihaben wollte.

Als Billy auf Dogge zukam, sah er so traurig aus, als hätte er gerade geweint.

»Ich bin so ...«, begann er. »Dein Vater war ...«

Dogge dachte plötzlich, dass Billy ihn umarmen wollte. Um ihm zu entkommen, machte er einen halben Schritt nach hinten, drehte sich um und ging durch die Tür hinein, in den Laden, geradewegs auf das Getränkeregal zu, schnappte sich eine Flasche Cola und schüttelte sie kräftig, bevor er sie zurückstellte und sich die nächste vornahm.

»Stell dein blödes Trauergesicht woanders ab«, murmelte er. »Es war schließlich nicht dein Vater, der gestorben ist.«

Er schüttelte die Limonadenflaschen, eine nach der anderen. Billy stellte sich neben ihn, ohne etwas zu sagen oder zu tun. Sudden war nicht zu sehen. Die Mitarbeiter, die ihm halfen, wenn er nicht vor Ort sein konnte, wagten es nicht, Dogge oder Billy zu ermahnen. Sie konnten einen halben Meter von ihnen entfernt stehen und sich Sachen aus den Regalen nehmen, die Taschen mit dem Teuersten füllen, das in der Fleischtheke lag, die Hände tief in die Schüsseln mit losen Süßigkeiten stecken. Sobald sie ein Stück vom Laden entfernt waren, warfen die Jungen alles wieder weg. Nicht einmal die Süßigkeiten konnten sie aufessen.

»Komm schon«, sagte Billy. »Wir gehen zu uns nach Hause.« Er klang wie ein Erwachsener, der wollte, dass Dogge sich beruhigte. »Wir können uns einen Film ansehen. Ein bisschen chillen.«

Aber Dogge hatte keine Lust, sich einen Film anzusehen. Er konnte Billys nervige Geschwister nicht ertragen. Das Einzige, was er wollte, war Stille im Kopf. Wenn sie zu Billy nach Hause gingen, konnten sie nicht rauchen, keine Oxys nehmen und es gab auch keinen Schnaps, den sie klauen konnten. Dogge hatte kein Geld, und Mehdi hatte aufgehört, ihnen gratis Drogen zu geben. Er musste Geld besorgen, und er musste Mehdi treffen. Er ließ eine Zweiliterflasche zu Boden fallen, die Cola darin schäumte auf, die Flasche rollte weg.

»Fahr du doch nach Hause und chill, wenn du so verdammt erschöpft bist.«

In dem Moment sah er sie. Sie stand bei den losen Süßigkeiten. Es war Suddens Tochter, so viel wusste er. Wie alt war sie? Fast genauso alt wie sie. Mindestens zwölf. Sie war nicht super hübsch, aber auch nicht hässlich. Er ging zum Süßigkeitenregal.

Ich bin kein verdammter Schwuler.

Billy betrachtete ihn und folgte ihm schließlich. Er war verärgert.

»Wo willst du denn hin, Dogge? Lass sie in Ruhe. Sie ist doch noch ein Kind. Sie hat dir doch nichts getan, oder?«

»Jetzt beruhig dich mal. Ich werde sie nicht schlagen, ich will nur sehen, ob sie Brüste hat.«

Die Nacht zwischen Mittwoch, dem 12. Dezember, und Donnerstag, dem 13. Dezember

32.

»Wir kümmern uns um jedes Verbrechen.«

So sagte er es, der Polizist, der sich im Fernsehen zu der zunehmenden Gewalt unter Kindern und Jugendlichen äußern durfte. Farid ließ ein höhnisches Gelächter hören und drehte sich, in der Hoffnung Zustimmung zu finden, zu Nadja um. Aber sie war eingeschlafen, mit halb geöffnetem Mund und dem Daumen auf dem Handybildschirm. Das Weinglas hatte sie zumindest noch zur Seite gestellt. Farid griff danach, sein eigenes war schon lange leer. Er sah zu, dass er auch die Schale mit den Chips näher an sich heranzog. Er hatte die Chips für die Kinder gekauft, aber sie waren nicht hier. Felicia hatte einen Bus kriegen müssen, sie sollte »für den Lucia-Umzug üben, Papa, alle sind dort, ich komme vor zwölf nach Hause«. Sie hatte es »plötzlich eilig« und jetzt war sie »unterwegs« und hatte also versprochen, »rechtzeitig« nach Hause zu kommen.

Er hatte gefragt, was das für ein Lucia-Umzug sein sollte, konnten ihre Mutter und er vielleicht kommen und zugucken?

»Hör auf, Papa«, hatte sie gesagt. »Es kommen keine Eltern, es ist nur für die Schule. Wolltet ihr nicht ohnehin zu Natascha und Ella?«

»Hast du den Bus bekommen?«, hatte er sie eine halbe Stunde nach ihrem Aufbruch über SMS gefragt. Sie hatte nicht geantwortet.

Natascha war furchtbar nervös vor ihrem Lucia-Umzug, sie hatte sich in den Schlaf geweint. Das Lucia-Gewand war hässlich oder zu kurz oder zu zerknittert, Farid wusste es schon nicht mehr. Die Lucia-Krone durfte sie von der Schule leihen. »Und wenn sie nicht passt?«, hatte sie geschluchzt. Und als sie sich endlich beruhigt hatte, fing Ella an zu weinen. Sie wollte keine Jungfer im Lucia-Umzug mehr sein, sondern lieber ein Wichtel. Sie hatten aber kein Wichtelkostüm in ihrer Größe. Was »ungerecht« war. Ella hatte »die schlimmsten Eltern auf der ganzen Welt, die gar nichts begreifen«.

Als die beiden jüngeren Kinder endlich eingeschlafen waren, hatte Nadja eine Flasche Wein geöffnet, ein Glas später schlief sie.

Er sah aufs Telefon. Die Techniker oben an der Geflügelfabrik hatten jede Menge Kugeln aus den Wänden gekratzt und auch Patronen auf dem Boden gefunden. Sie würden Zeit brauchen, um das Material zu sortieren, hatte Lotta geschrieben. Aber sie hatten die Genehmigung bekommen, Mehdi festzunehmen. Svante hatte eine SMS mit vier fröhlichen Emojis geschickt. Farid wartete nach wie vor auf eine Reaktion von Felicia. Wie oft hatte er sie gebeten, die Funktion einzuschalten, mit der man sie orten konnte? Genauso oft, wie sie ihm versprochen hatte, es zu tun, »Nachher, Papa, ich mache es nachher«.

Er nahm eine Handvoll Chips, legte sie in Höhe der Brust auf sein Hemd und begann, sie einen nach dem anderen zu essen. Nadja schnarchte kurz und ihr Handy fiel herunter. Sie zog die Füße aufs Sofa, legte sie auf seine Knie und machte es sich an der Lehne bequem. Farid legte eine Hand auf ihre Hüfte.

Warum antwortete Felicia nicht? Sie hatte gesagt, dass sie sich bei einer Freundin treffen würden. Die meisten Gewaltverbrechen finden zu Hause statt, dachte er. Für Lucia üben?

Wahrscheinlich versteckten sie sich irgendwo, wo sie ungestört trinken konnten, ohne von den Kollegen ihres Vaters
erwischt zu werden. Die Stimme seiner Tochter hallte durch
seinen Kopf.

»Wir trinken nicht! Nur die auf dem humanistischen
Gymnasium trinken, wir nicht.«

Farid seufzte. Als er neulich zur Arbeit fuhr, hatte er von
Weitem gesehen, wie Natascha heranradelte. Sie trug keinen
Helm. Als sie das Haus verlassen hatte, saß er auf ihrem Kopf,
aber fünfhundert Meter weiter wurde er sorgfältig in die Tasche
gestopft. Er hatte geschrieben: »DU MUSST DEN HELM TRA-
GEN!« Sie hatte zwei Stunden später geantwortet. Daumen
hoch. Nicht einmal in dieser Frage konnte er sich durchsetzen.

Im Fernsehen breitete der Polizist weitere Klischees aus.

»Ich meine, dass es bei jedem Mord ein Opfer gibt, dass es
Angehörige gibt, dass es Leute gibt, die darunter leiden. Ich
meine, wir sollten an die Opfer denken, wir müssen an die
Angehörigen denken, wir müssen an diejenigen denken, die
darunter leiden. Denn sie leiden heftig, das ist ein extremer
Schmerz.«

Nadja schnarchte. Der Polizist im Fernsehen war in Fahrt
gekommen.

»Was wir heute tun, reicht nicht aus. Die Bandenkriminalität ist vollkommen außer Kontrolle geraten. Wir haben
mehr Schießereien als je zuvor. Kinder erschießen Kinder.
Das System ist kaputt, die Gesellschaft zerrissen, wir müssen
es reparieren, alles müssen wir reparieren.«

Farid leerte das Weinglas und suchte nach der Fernbedienung. Sie lag zu weit weg. Er konnte den Kanal nicht wechseln. Wenn er aufstand, würde er Nadja wecken.

Er hatte den Polizisten auf dem Bildschirm ein paarmal getroffen. Wenn eine Kamera in der Nähe war, tauchte er garantiert auf. Felicia hatte ihm sein Instagram-Konto gezeigt.

Falls man dem Inhalt trauen durfte, war der Polizeialltag des Kollegen voller heldenhafter Einsätze am Rande der Gesellschaft, und die Wochenenden verbrachte er als Statist in einschlägigen Fernsehserien.

»Jedes Verbrechen stellt eine Bedrohung für die Demokratie dar«, erklärte er gerade. Seine Stimme klang düster und ernst. »Und die Demokratie ist das Wichtigste, was wir haben. Das Allerwichtigste. Wir müssen da extrem konsequent sein, wir dürfen nichts durchgehen lassen, nichts sollte unserem Radar entgehen.«

Farid schüttelte ungläubig den Kopf und schickte noch eine SMS an Felicia.

»Alles okay?«

Immer noch keine Antwort.

»Melde dich einfach. Ich mache mir Sorgen.«

Vor sechs Jahren war er in der Schule der Kinder gewesen und hatte auf einem Elternabend geredet. Ein Elternteil hatte ihn gefragt, um welche Zeit Fünfzehnjährige zu Hause sein sollten.

»Um zehn Uhr«, hatte er geantwortet.

Zwei Eltern prusteten direkt los. Sie hatten seine Antwort für einen Scherz gehalten. Erst jetzt verstand er, warum. Felicia würde in zwei Monaten siebzehn Jahre alt werden. Wenn er ihr gesagt hätte, dass sie um zehn Uhr zu Hause sein sollte, wäre ihr das nicht einmal eine Antwort wert gewesen. Und Natascha auch nicht.

»Wir haben alle eine Verantwortung. Eltern und Lehrer und alle Erwachsenen müssen Grenzen setzen. Meine Kollegen und ich haben endgültig genug davon«, sagte der Polizist im Fernsehen. »Alle müssen jetzt mit anpacken. Wir von der Polizei lassen da jedenfalls nicht locker«, fuhr er fort. »Die dünne blaue Linie. Wir geben nicht nach, wir stehen stärker als je zuvor im Wind, aber wir sind gewohnt, dass es stürmt.«

»Ihr gebt nicht nach«, murmelte Farid vor sich hin und nahm noch ein paar Chips. »Was für ein Glück.«

»Wir tun es für die öffentliche Sicherheit und für die Demokratie, und deswegen kümmern wir uns um das Verbrechen. Jedes Verbrechen, überall.«

Kein Zucken im Augenwinkel wies darauf hin, dass er auch nur ahnte, wie er klang. Aber die Moderatorin hatte genug.

»Sie werden also jedes Verbrechen gleich ernst nehmen?«

»In der Tat. Das ist entscheidend.«

»Sie widmen sich also Fahrraddiebstählen, Sexualstraftaten, Gewalt in der Ehe, kleinen Drogenvergehen, Sachbeschädigungen, Morden und entlaufenen Katzen mit derselben Energie?«

»Entlaufene Katzen sind kein Verbrechen.«

»Trotzdem sehe ich auf Ihrem Instagram-Konto, dass Sie sich in der vergangenen Woche die Zeit genommen haben, eine Katze aus einem Baum zu retten.«

»Ich tue, was ich kann, um den Menschen zu helfen.« Der Polizist formte die Finger zu einem Pfadfindergruß und kicherte eine Weile.

Die Moderatorin lachte nicht.

»Wissen Sie, was es kosten würde, Ihre Vorstellungen von Verbrechensbekämpfung für ganz Schweden umzusetzen?«

»Ich bin kein Politiker, es ist nicht meine Aufgabe, das zu berechnen. Aber Überwachungskameras kosten nicht so furchtbar viel.«

»Alle Untersuchungen zeigen, dass das Verbrechen einfach nur ein paar Straßen weiter zieht, wenn Sie ein bestimmtes Gebiet scharf überwachen.«

»Dann muss man dort eben auch Kameras installieren.«

»Aha?«

»Es muss überall dort Kameras geben, wo wir dafür sorgen wollen, dass die Öffentlichkeit sich sicher fühlt.«

»Überall?«

»Ja.«

»Und da sehen Sie keine Probleme?«

»Warum sollte ich? Wenn man nichts Dummes tut, muss man sich auch für nichts schämen. Wollen Sie nichts mit der Polizei zu tun haben? Dann begehen Sie kein Verbrechen. Dann bekommene Sie es auch nicht mit uns zu tun. Halten Sie sich einfach an die Regeln, dann haben Sie auch nichts zu befürchten.«

Farid schüttelte erneut den Kopf und sah auf sein Handy. Immer noch keine Antwort. Er ging auf Snapchat, Instagram und Tiktok, um zu sehen, ob sie etwas Neues gepostet hatte, vielleicht sogar mit einer Ortsangabe. Aber nirgendwo konnte er Anzeichen dafür erkennen, dass sie online gegangen war. *Sie hat mich geblockt. Sie will nicht, dass ich etwas weiß.* Er schickte ein Fragezeichen, nichts weiter. Er stellte sich vor, wie sie auf das Display schielte, als das Handy vibrierte, aber es einfach ignorierte. *Es ist nur Papa. Ich antworte nachher.*

Er hob die Füße seiner Frau an, erhob sich vom Sofa, holte die Fernbedienung und schaltete den Fernseher aus. Er hatte genug gehört.

Dann nahm er das Handy wieder in die Hand. Er schrieb eine weitere Nachricht und schickte den Text auch in die Chatgruppe der Familie auf WhatsApp. »Ist es zu viel verlangt, dass du dich meldest? Wie lange kann das denn dauern?«

Die Sorgen. Die ganze Zeit Sorgen. Sie wohnten in seinem Bauch, wachten in der Wolfsstunde auf, weckten ihn, ließen ihn nicht wieder einschlafen. Sie nährten sich aus verschiedenen Quellen, wenn es nicht eines der Kinder war, das zu spät nach Hause kam, dann war es ein diffuser Schmerz im Rücken, der auf eine metastasierende, unerkannte Krebserkrankung hinwies, oder irgendetwas, das er erledigen, abarbeiten, vorbereiten musste. An Freitagen, den Freitagen, an denen er nicht arbeiten musste, trank er eine halbe Flasche Wein oder drei Bier oder vielleicht ein bisschen mehr, und für einen kurzen Moment ließen ihn die Sorgen los, wie in der halben Sekunde, in der die Schaukel an ihrem höchsten Punkt die Richtung wechselt und wieder herabschwingt. Aber bevor er entspannen konnte, verwandelte sich die Erleichterung in Schlaflosigkeit und zerwühlte Laken.

Felicia kam um vier Minuten nach zwölf nach Hause. Als sie die Tür zu ihrem Schlafzimmer öffnete und *Gute Nacht* flüsterte, stellte er sich schlafend. Fünf Minuten später schlief er wirklich. Als das Handy ihn weckte, war es beinahe fünf Uhr am Morgen. Er nahm das Gespräch an, stolperte aus dem Bett und lief aus dem Schlafzimmer.

Sie hat sich wieder herausgeschlichen, dachte er, dann riss er die Tür zu Felicias Zimmer auf. Seine älteste Tochter schlief fest.

»Gott sei Dank«, murmelte er.

»Wie bitte?« Am anderen Ende der Leitung wartete der wachhabende Beamte.

»Nein, entschuldige. Ich dachte, den Kindern wäre etwas passiert.« Farid hätte sich erneut lieber auf die Lippen gebissen. »Also meinen eigenen.«

»Mhm.« Der Beamte klang verwundert.

»Entschuldige«, sagte Farid ein weiteres Mal und ging die Treppe hinunter. »Jetzt höre ich zu. Was hast du gesagt? Was ist im Jugendheim passiert? Ich verstehe es nicht. Was meintest du, hätte sich dort abgespielt?«

Während der Beamte berichtete, sank Farid aufs Sofa.

»Wie zum Teufel konnte das passieren?«

»Viel mehr weiß ich auch nicht. Es ist erst vor ein paar Stunden passiert, wir haben einen Wagen hingeschickt.«

»Okay. Danke.« Er hörte seinen eigenen Atem im Telefon widerhallen.

»Kommst du rein? Oder fährst du hin?«

»Nein, sie müssen ohne mich klarkommen. Es bringt nichts, wenn ich auch noch dorthin fahre. Ich komme mittags zur Wache. Ich habe zwei Lucia-Feste, auf die ich gehen muss. Meine mittlere Tochter ist Lucia. Ich kann da nicht wegbleiben, das würde sie mir nie verzeihen.«

Donnerstag, 13. Dezember

33.

»Papa ist umgezogen.«

Ihre Mutter hatte es beim Frühstück drei Tage nach dem Mord erzählt. Tusse nahm es kaum zur Kenntnis.

»Wohin?«, fragte Aisha. Aber das wusste ihre Mutter nicht, nur, dass er weggezogen war, weit weg, und dass er nicht zurückkommen würde.

»Wollte er sich nicht verabschieden?«, fragte Rawdah. »Wollte er sich nicht ein letztes Mal verabschieden?« Aber bevor Leila antworten konnte, war Rawdah schon in Tränen ausgebrochen.

Tusse weinte nicht. Er würde seinen Vater nicht vermissen, jedenfalls glaubte er das nicht. Noch mehr Trauer würde in ihm gar keinen Platz finden, Billys Tod nahm den ganzen Raum ein.

Tusse erinnerte sich nicht mehr, wie alt er gewesen war, als ihm klar wurde, dass Billy der beste Mensch auf der ganzen Welt war. Seine Mutter jedenfalls zog ihn bald schon damit auf.

»Wenn ich jemanden hätte, der mich so ansehen würde, wie du deinen Bruder ansiehst«, sagte sie mit einem Lachen.

Mit seiner Schwester Rawdah war es genau anders herum. Schon bevor sie sprechen konnte, starrte sie Billy an, als würde sie sich fragen, wer er überhaupt war. Auch darüber machte Leila ihre Scherze. Manchmal hatte sie geglaubt, dass

Rawdah annahm, Billys Name wäre Nein, weil es das Einzige war, was sie rief, sobald Billy sich ihr näherte. *Nein.* Nicht besonders wütend, auch nicht mit angsterfüllter Stimme, eher wie eine simple Feststellung: Nein. Nicht er. Was auch immer, wer auch immer, aber nicht er. »Zwischen euch beiden war es Hass auf den ersten Blick«, hatte Leila mit einem Lachen verkündet. »Bei Tusse war es das genaue Gegenteil.«

Als Tusse das erste Mal den ganzen Tag mit seinem Bruder allein sein durfte, war Billy sieben und er selbst vier Jahre alt. Leila war mit den Töchtern verreist, sie besuchten Verwandte in Göteborg. Isak war zu Hause, betrank sich und schlief nach einer Viertelstunde ein. Aber das machte nichts. Leila hatte Chips und Süßigkeiten gekauft, und Tusse konnte stundenlang neben Billy sitzen und ihm beim Spielen zusehen. Er liebte es. Wenn Leila arbeiten musste, kam es vor, dass Billy Tusse zum Kindergarten brachte, bevor er selbst weiter zur Schule ging. Wenn Tusse weinte, als er gehen wollte, konnte Billy ihn immer ganz leicht trösten. Er wurde dafür von den Erzieherinnen gelobt.

»Wo ist eure Mutter?«, fragten sie. »Im Auto«, antwortete Billy. Damit begnügten sie sich. Leila hatte nie ein Auto besessen. Sie hatte nicht einmal einen Führerschein.

Billy hatte Tusse alles beigebracht, was ein Vater seinem Sohn beibringen sollte. Er sagte ihm, was Respekt bedeutete, und ermahnte ihn, wenn er nicht nett genug zu seiner Mutter war. Billy schrie Leila zwar auch manchmal an, geriet aber völlig aus der Fassung, wenn Tusse es tat. Er sagte Tusse, dass er nett zu seinen Schwestern sein sollte, obwohl er selbst sie bis aufs Blut reizen konnte. Und Billy war cool. Er trug immer hippe Klamotten, hörte die beste Musik. Lange dachte Tusse, dass sein Bruder alles hatte, was man brauchte, dass ihm alles gelingen würde.

Aber dann begannen Billys Albträume. Er war schon

groß, dreizehn Jahre alt, beinahe vierzehn. Die Albträume kamen oft, mehrere Male in der Woche, und sie wurden immer schlimmer. Manchmal kam er und holte Tusse aus dem Zimmer, das er sich mit Rawdah teilte, trug ihn in sein Bett, sodass sie Kopf an Fuß liegen konnten.

»Ich will nicht allein schlafen«, sagte er zu Tusse. Als wäre er ein kleiner Junge. Wenn er wieder einschlief, brach er in Schweiß aus und gab Laute von sich. Er schloss immer die Tür ab, wenn er nach Hause kam, er wollte sich nicht in der Nähe der Fenster aufhalten. Und oft sah es so aus, als hätte er geweint, manchmal schon am Nachmittag.

Billy hörte auf, Tusse zu Mehdi mitzunehmen. Einmal schlug er ihn sogar, als Tusse ihm trotzdem folgte.

»Geh nach Hause, du dummes Kind«, schrie er. Aber Tusse verstand schon. Billy schrie nicht, weil er wütend war, er schrie, weil er Angst hatte. Weil er nicht wusste, was er tun sollte, um keine Angst mehr haben zu müssen.

Also bat Tusse um Hilfe. Er bat um Hilfe, denn das sollte man tun, sagten die Erwachsenen. Und jetzt war Billy tot. Billy war immer da gewesen und er hätte immer da sein sollen, und jetzt war er weg. Er hatte sich nicht einmal verabschiedet.

Die Jungen

Einen Monat nach Teos Tod gingen Dogge und Billy auf das Schulfest in Rönnviken. Dogge hatte zwei Eintrittskarten aus einer Tasche geklaut, die eines Tages draußen im Korridor lag, als er in der Schule war. Das Fest war vor allem für diejenigen gedacht, die in die neunte Klasse gingen, die Mädchen trugen Ballkleider und beinahe alle Jungen einen Anzug mit Krawatte. Am Eingang betrachteten sie Billy ein paar Sekunden lang, als er seine Eintrittskarte zeigte, aber sie ließen ihn rein. Sie sagten nicht, dass er und Dogge zu jung wären. Die Eintrittskarten reichten.

Vor dem Veranstaltungssaal stand ein Mädchen und rauchte. Sie schielte kurz zu Dogge hinüber und zu seinem Freund und lachte dann so, wie hübsche Mädchen lachen, wenn sie Jungen sehen, die ihnen gefallen. Dogge stieg die Hitze in die Wangen, es war das erste Mal, dass ein Mädchen ihn so angesehen hatte. Sie lachte viel, aber nicht auf irgendeine bösartige Weise, und vielleicht hatte sie auch getrunken, aber nicht besonders viel. Ihr Freund war auch da. Er ging in die neunte Klasse, war aber kleiner als Dogge und definitiv betrunken. Billy verstand sofort, was Dogge dachte.

»Er ist bestimmt stärker, als er aussieht«, sagte er.

»Das ist mir doch egal«, antwortete Dogge.

Er war inzwischen ein ziemlich guter Schläger. Zuerst hatten ihn die Idioten und der Gerichtsvollzieher mutig gemacht. Der Gerichtsvollzieher hatte die Stereoanlage, die Kristallgläser, den Esstisch, die Lampen beschlagnahmt, sowohl die neuen als auch die geerbten. Sie holten alles aus dem Haus, was Spaß machte. Es kam ihm so vor, als würden sie nur die Glühlampen dalassen, einen der Fernseher und das Sofa mit den Zigarettenlöchern im Polster. Danach hatte es keine Partys mehr gegeben. Dogges Vater hätte gerne welche gegeben. »Ich brauche keine Stereoanlage, um Spaß zu haben.« Aber nach den Zeitungsartikeln sagte niemand mehr zu, wenn er einlud. Und anschließend wurde er krank. Dann wollte er nicht mehr feiern, er hatte keine Kraft mehr.

Nachdem der Gerichtsvollzieher Dogges Haus geleert hatte, wurde es ganz still zu Hause. Nachdem sein Vater gestorben war, wurde es auch in der Schule still.

Er hatte keine Angst mehr, als Teo starb. Und wenn er sich schlug, wurde es still im Kopf, zumindest für kurze Momente. Man konnte immer einen Grund für eine Schlägerei finden. Niemand sollte mehr auf die Idee kommen, ihn wegen seines Ekzems oder seines Vaters zu reizen. Und so redete schließlich einfach keiner mehr mit ihm. Aber manchmal sahen sie ihn auch nur zu lange an, und dann lernten sie, wie Dogge sich prügelte.

Der Freund dieses Mädchens war wirklich nicht schwer zu provozieren. Dogge musste ihr nur ein bisschen zu nahe kommen, da sagte er schon, dass sie sich verpissen sollten, und zwar ziemlich schnell, ansonsten würden sie es bereuen, aber bevor er den Satz überhaupt beendet hatte, war Dogges Fuß schon in seinem Schritt gelandet, und als er nach vorne fiel, zog Dogge ihn an seinen Haaren hoch und rammte ihm das Knie ins Gesicht.

Da lachte Billy. Aber als die Polizei kam, hatte Dogge niemanden mehr, mit dem er lachen konnte, denn Billy war verschwunden. Nur Dogge musste mit ihnen mitfahren.

»Fragt Billy«, sagte er den Polizisten. »Er weiß, was passiert ist. Er hat alles gesehen.«

Tausend mal, dachte er. Tausendmal habe ich die Schuld auf mich genommen, damit Billy davonkommt. Und jetzt ist er nicht einmal hier, damit er aussagen kann, wie verdammt nervig dieser Junge war.

Die Polizei rief seine Mutter an und fuhr ihn zur Wache, obwohl er erklärte, dass nicht er mit dem Streit angefangen hatte, sondern der dämliche Freund dieses Mädchens. Außerdem blutete nicht nur der Freund, Dogge blutete auch, am Knie, anscheinend hatten die Zähne des Jungen seine Jeans zerrissen, als er ihn mit dem Knie traf. Aber niemand kümmerte sich darum. Der Freund musste nicht einmal zur Polizeiwache mitkommen, er sollte ins Krankenhaus und Fotografien von »seinen Verletzungen« machen lassen. Niemand machte Fotos von Dogges Knie.

Auf der Wache stellten sie ihm Fragen zu der Prügelei. Obwohl Dogge zu jung war, um wegen Körperverletzung verurteilt werden zu können, wollten sie wissen, was passiert war. Seine Mutter war dabei, als er vernommen wurde. Aber sie hatte ihn bei jeder Frage unterbrochen, ließ ihn keine einzige beantworten.

»Der Junge hat angefangen«, versuchte Dogge zu erklären. Jill weinte und schluchzte, dass es »ein Unfall gewesen war«.

»Es ist kein Unfall, wenn man einem Jungen die Vorderzähne ausschlägt«, hatte die Vertreterin des Jugendamts gesagt, mit geschürzten Lippen und Besserwissermiene.

Dogge scherte sich nicht darum, er dachte nur an Billy, der abgehauen war. Und an das Mädchen, das Dogge angesehen hatte, als würde sie ihn mögen. Sie hatte sich überhaupt nicht um ihn geschert. Als der kleine, hässliche, besoffene Freund umkippte, kam sie auf ihn zugestürmt, vollkommen rasend. Sie hatte geweint und sich auf den Boden gesetzt und den Kopf auf den Schoß gelegt und Dogge angeschrien, dass er total verrückt sei.

»Magst du das Mädchen?«, fragte Farid, als er ihn verhörte. »Hast du deswegen ihren Freund geschlagen?«

»Dachtest du, sie würde dich mehr mögen, wenn du ihren Freund verprügelst?«, fragte Farid noch einmal.

»Sie ist mir scheißegal«, sagte Dogge ein weiteres Mal. »Es war nicht mein Fehler.«

»Es war ein Unfall«, behauptete Jill standfest.

Donnerstag, 13. Dezember

34.

Dogges Kopf hämmerte gegen die Ladefläche des Lieferwagens, immer und immer wieder, es ließ sich gar nicht vermeiden. Zu Beginn hatte er die Stöße dämpfen können, aber jetzt hatte er keine Kraft mehr. Sie hatten ihm gesagt, dass er still im Inneren des Wagens liegen sollte, das er *genau dort* liegen sollte, auf der Seite, mit dem Rücken direkt an dem eiskalten Ersatzreifen. Er durfte sich nicht aufrichten, nicht einmal ein bisschen. Sahen sie ihn vom Vordersitz? Achteten sie überhaupt darauf? Er schreckte vor dem Risiko zurück.

Der Boden roch säuerlich, vielleicht nach Fisch? Oder nach Müll? Er versuchte, sich näher an die Wand zu schieben, um sich besser abstützen zu können, aber es gelang ihm nicht, stattdessen hämmerte der Kopf wieder gegen den Boden. *Versuch bloß nicht, dich aufzurichten, und glotz um Gottes willen nicht aus dem Fenster. Das ist keine dämliche Charterreise.* Sie waren so zornig gewesen. Er hatte sie noch nie zuvor gesehen, trotzdem sah es so aus, als würden sie ihn hassen.

Mehdi würde sich niemals in einen Lieferwagen setzen. Er mochte schnelle Autos, teure Autos, Autos, wie sie in Musikvideos zu sehen waren, mit hübschen Mädchen auf der Rückbank und offenem Dach. Ihm selber gehörte nur selten solch ein Auto, aber er bestimmte, wo sie stehen durften, wie schnell sie fahren würden und welche Musik aus der Stereoanlage erklang.

Dogge versuchte, die Hände näher am Kopf zu platzieren, um die Schläge zu dämpfen, aber es gab nichts, woran er sich festhalten konnte, und das Auto schien mit Höchstgeschwindigkeit durch verwildertes Waldgelände zu fahren, Baumstümpfe, Zweige, Steine, Gräben. Ein Untergrund, für den weder die Reifen noch die Stoßdämpfer gemacht waren.

Jemand auf dem Vordersitz schaltete Musik an. Der Basslauf wummerte in Dogges Brust. Mehdi spielte immer Musik, er sang niemals mit, trotzdem wusste man, dass es um ihn ging. Dass Mehdi nicht hier war, in diesem Auto, hatte gar nichts zu sagen, trotzdem war er es, der alles entschied. Dass Dogge hier lag, war Mehdis Entscheidung. Dass sie ihn befreit hatten, war seine Entscheidung. Und was als Nächstes passierte, hing ebenfalls von Mehdis Willen ab.

Er betrachtete die Plastikabdeckung der Hinterräder. Er könnte sich an ihnen festklammern. Aber sie hatten ihm gesagt, dass er stillliegen sollte, und wenn sie das Auto anhielten, die Klappen öffneten und sahen, dass er sich hingesetzt hatte, was würden sie dann tun? Oder würden sie ihn ohnehin umbringen, ganz egal, was er tat?

Als sie in sein Zimmer kamen, schlief er. Auf irgendeine Weise war er eingeschlafen, obwohl er nicht geglaubt hatte, dass das möglich wäre, und er befand sich tief in einem Traum über ein Haus mit langen Korridoren und Türen, die nirgendwohin führten. Der Traum blieb gegenwärtig, als sie ihn weckten. Einer von ihnen trug eine Polizeiuniform. Sie schalteten das Licht nicht an, stattdessen leuchtete ihm einer von ihnen mit der Handytaschenlampe direkt in die Augen, während ein anderer ihn an der Schulter packte und schüttelte. Dann rissen sie ihm die Decke weg, die hässliche, dünne Decke, die nach Staub und Anstalt roch. Und dort lag er und blinzelte, mit beiden Händen über dem Schritt.

Einer von ihnen hatte Momis Schlüssel in der Hand. Ein anderer hielt eine Pistole, dasselbe Modell wie die, mit der Dogge Billy erschossen hatte. Eine Sekunde lang glaubte er, dass es dieselbe Pistole war, dass er mit seiner eigenen Waffe erschossen werden sollte.

»Mach schon, wach auf! Bist du schlapp, oder was? Wir müssen los!«

Dogge konnte seinen Blick von der Pistole losreißen und setzte sich auf. Er war mit der Trainingshose eingeschlafen, aber darunter war er nackt, und er drückte erneut die Hand auf den Schritt. Mit der anderen Hand zog er den Hoodie heran, den er sich irgendwann im Laufe der Nacht ausgezogen hatte.

Es dauerte nur ein paar Sekunden, bevor er begriff, dass die Jungen, die in seinem Zimmer standen, nicht zur Polizei gehörten. Sie hatten keine Polizeistimmen. Außerdem sprachen sie leise, damit sie niemand hörte. Die Polizei wollte immer gehört werden.

»Ich komme schon, ich komme schon«, brachte er als Antwort heraus und zog sich die Turnschuhe an, so schnell er es konnte.

»Nimm dir richtige Kleidung mit«, fauchte der Pseudopolizist. Dogge stopfte Unterhosen, Strümpfe, Jeans und einen anderen Hoodie, den er für sauber hielt, in eine Tasche. Sämtliche Kleidung, die er hier besaß, hatte er vom Personal bekommen. *Spendenkleidung*, hätte Billy sie genannt. Es war Kleidung, in der sich niemand zeigen wollte. Er hasste sie.

Dann packten sie ihn am Arm und zogen ihn in den Korridor. Dort wartete der Italiener. Er lächelte sein seltsames Lächeln, das Lächeln eines Rockstars, der auf einer Bühne stand und sich für den Applaus bedankte. Er hielt eine dicke Daunenjacke in der Hand, die Dogge vorher noch nicht gesehen hatte.

Die Tore waren weit geöffnet. Der Lieferwagen war direkt davor geparkt. Dort wartete noch ein junger Mann mit einem Revolver, den er direkt auf Momis Stirn gerichtet hatte. Momi sah ängstlich aus und wirkte sehr viel kleiner als sonst, als wäre er geschrumpft. Sie hatten ihm fast alle Kleidung abgenommen, und seine Hände waren auf dem Rücken zusammengebunden. Dann zwangen sie ihn und Dogge auf den Boden im Lieferwagen. Aber dort durfte Momi nur einen kurzen Moment bleiben.

Jetzt war es bestimmt schon eine Stunde her, dass sie Momi rausgeworfen hatten, wobei sie ihm vorher noch die letzten Klamotten auszogen, sogar die Unterhose. Dogge glaubte nicht, dass sie noch mehr gemacht hatten, denn sie fuhren zügig weiter, und er hörte keine seltsamen Geräusche. Keine Schreie, keine Schüsse, keine Schläge. Aber er war sich nicht sicher, denn er sah nicht hin. Er wollte nichts sehen, nichts hören. Er wollte es absolut nicht wissen.

Momi ist mir scheißegal. Er bedeutet mir nichts. Ich kenne ihn gar nicht.

Sie hatten ihm keine Zeit gelassen, sich umzuziehen. Die Tasche mit seiner Kleidung war an das andere Ende des Lieferwagens gerollt, und dort lag sie jetzt. Selbst wenn er es gewollt hätte, gewagt hätte, würde er sich jetzt nicht umziehen können, es war zu holprig. Aber er fror in seinen dünnen Trainingshosen, und unter dem Hoodie war er nassgeschwitzt.

Der Lieferwagen bremste abrupt. Dogge rutschte gegen die Innenwand. Der Kopf tat ihm so weh, dass es in den Augen flimmerte. Die Türen wurden aufgerissen, und draußen stand der Junge, der vorher die Polizeiuniform getragen hatte. Er hatte sich umgezogen. Bevor Dogge sich aufrichten konnte, griff der Junge nach seinem Arm und zog ihn aus dem Auto. Wenn Dogge sich wehren würde, hätte er keine Chance.

Mehdi war auch groß, und dazu noch stark. Mehdi war so

stark, dass er die Leute nicht einmal anfassen musste, damit sie Respekt vor ihm hatten. Es reichte, dass er ihnen in die Augen sah, oder die Hand auf eine Schulter legte. Da wusste man es schon. Er akzeptierte keinen Mist, Mehdi würde niemanden an sich herumziehen lassen oder sich sagen lassen, was er zu tun hätte und was nicht. Aber Dogge würde nicht einmal davon träumen, sich jetzt loszureißen. So dumm war er nicht. Er sagte nichts, versuchte sich einfach nur aufrecht zu halten.

Der Pseudopolizist warf ihm die Tasche mit der Kleidung zu. Er fing sie.

»Du hast dreißig Sekunden Zeit.«

Dogge zögerte nicht. Er fing an, sich das T-Shirt auszuziehen und den Pulli anzuziehen, den er mitgenommen hatte. Er schüttelte die Schuhe und die Hose ab, zog die Jeans an und die Jacke, einen hässlichen Anorak, den Momi ihm aus der Spendenkiste aufgedrängt hatte, aber zumindest war er schwarz. Er hätte sich auch gerne eine Unterhose angezogen, hatte aber Angst, dass es zu lange dauern würde, also verzichtete er darauf. Was er ausgezogen hatte, drückte er in die Tasche. Als er die Füße wieder in die Turnschuhe quetschte, fuhren drei andere Autos vor und parkten neben dem Lieferwagen. Der Italiener stieg aus dem Auto, das ihnen durch den Wald bis hierher gefolgt war, und ging zu einem der zwei neu hinzugekommenen Wagen, einem Volvo Kombi.

Jetzt schleppte ihn niemand mehr, er kam alleine zurecht. Aber als er zu dem Volvo Kombi ging, nahm ihm der Pseudopolizist die Tasche weg, öffnete den Kofferraum und warf sie hinein. Dann nickte er und gestikulierte in Richtung Dogge, *Nein, du sitzt nicht auf der Rückbank, bist du etwa bescheuert?* Der Italiener setzte sich auf den Beifahrersitz, Dogge kletterte in einen Hundekäfig im Kofferraum. Er war groß, aber nicht groß genug, er musste sich zusammenfalten und die Knie an die Brust ziehen. Den Kopf musste er gesenkt halten, den Nacken beugen und das Kinn gegen den Hals drücken. Nachdem sie die Käfigtür geschlossen hatten, warfen sie eine Decke darüber. Er konnte nicht nach draußen sehen. Die Panik kroch ihm das Rückgrat hinauf.

Ich kann nicht atmen. Es ist zu eng. Ich werde hier sterben.

Drei Jungen, die er getroffen hatte, waren gestorben. Und da war Billy noch nicht mitgerechnet. Der Älteste von ihnen war siebenundzwanzig und wurde Stempel genannt, denn er liebte es zu treten, wenn er sich prügelte. Stempel war Vater, Billy hatte erzählt, dass er zwei Kinder hatte, die er fast jedes Wochenende traf. Dogge hätte Stempel nicht als Kumpel bezeichnet, er hätte ihn nicht einfach anrufen oder ihm Sachen aus seinem Leben erzählen können, aber er mochte Stempel. Er bot Zigaretten an, ohne dass Dogge darum gebeten hatte. Einmal bekam er zweihundert Kronen von Stempel, einfach so, er musste nichts für das Geld tun.

»Kauf dir eine Limo, du siehst durstig aus.«

Als Stempel erschossen wurde, war er zusammen mit seiner Familie in einer Pizzeria außerhalb der Stadt. Da hatte Dogge ihn schon seit mehreren Monaten nicht mehr gesehen. Er hatte nie erfahren, warum Stempel erschossen wurde, aber er wunderte sich auch nicht darüber.

Der Jüngste von denen, die gestorben waren, wenn man Billy nicht mitrechnete, war neunzehn Jahre alt, und Dogge hatte ihn kennengelernt, als sie einen Job zusammen zu erledigen hatten. Er wurde Blondie genannt. Vielleicht, weil er sein Haar weiß färbte, vielleicht hatte es auch einen anderen Grund, Dogge hatte nie gefragt. Blondie war nicht der Typ, den man irgendetwas fragte. Aber Dogge mochte auch ihn.

Billy und Dogge mussten Schmiere stehen an einer der Zufahrten zur Autobahn, als Mehdi einen Werttransport ausrauben wollte, und Blondie lachte über einen von Dogges Scherzen, als sie sich danach wieder trafen, lachte unglaublich lange, obwohl der Witz gar nicht besonders lustig war. Er glaubte nicht, dass Blondie damals high war, aber sicher war er sich auch nicht. So etwas konnte man nie sicher wissen. Vier Wochen nach dem Überfall auf den Werttransporter fand ein Jogger Blondies Körper unter einer der Brücken im Zentrum von Stockholm, er war ertrunken, und der Kopf war dermaßen zertrümmert, dass sie mehrere Tage brauchten, um ihn zu identifizieren.

In der Schule sagten sie, dass er sich das Leben genommen habe, dass er gesprungen sei. Aber Mehdi meinte, das wäre dummes Geschwätz. Jemand hätte ihm den Kopf zertreten und ihn anschließend ins Wasser geworfen oder gestoßen, um wirklich sicherzugehen, dass er starb. Mehdi mochte Blondie. Das einzige Mal, dass Dogge ihn beinahe weinen gesehen hatte, war in dem Moment, als er erfuhr, dass Blondie tot war.

Der dritte tote Junge, so meinte Billy, war von Mehdi umgebracht worden.

»Blue-Boy hat es mir erzählt.«

Dogge konnte sich nicht erinnern, dass er ihn getroffen hätte, aber Billy meinte, dass er ihn ganz sicher gesehen haben müsste.

»Er hat versucht, Mehdi um Geld zu betrügen, und damit wurde es persönlich«, sagte Billy.

Mehdi hatte sich mit dem Typen oben am See verabredet, wo die Leute im Sommer badeten. Dogge fragte sich, ob der Junge wusste, was ihn dort erwartete. Wahrscheinlich wusste er es, aber wusste er wohl auch, dass es keine Rolle spielte. Was dort passieren würde, war nicht zu vermeiden. Niemand konnte sich weigern, Mehdi zu treffen. Genauso wenig, wie Dogge sich weigern konnte, wenn sie zum Jugendheim kamen, um ihn zu retten, oder um ihn von dort wegzuschaffen, damit sie ihn umbringen konnten, er wusste nur noch nicht, welche der Möglichkeiten aktuell war. In jedem Fall war er gezwungen, genau das zu tun, was sie ihm sagten.

Die zweite Autofahrt begann fast genauso schnell und holperig wie die erste. Die Geräusche, die er von sich gab, klangen wie die eines Tiers. Aber nur Minuten später mussten sie eine größere Straße erreicht haben. Jetzt stieß er sich nicht mehr den Kopf, wenn das Auto schaukelte, die Fahrt wurde bedeutend ruhiger. Und er schloss die Augen, versuchte, langsamer zu atmen und die Beine so weit wie möglich auszustrecken. Sein Nacken und sein Rücken schmerzten in dieser Körperhaltung, und bei der kleinsten Bewegung stießen die Knie an sein Kinn, der Schmerz schoss bis in die Stirn hinauf. Im Mund breitete sich der Geschmack von Eisen aus. Er spürte, dass er weinte, aber leise, sie konnten ihn nicht hören, da war er sich sicher.

»Du sollst nicht weinen«, sagte sein Vater immer. »Dann wirst du nicht ernst genommen.«

Wenn er es doch tat, sagte sein Vater nichts mehr und nahm ihn in den Arm, zog ihn dicht an sich heran und hielt ihn fest, bis er fertig geweint hatte. Er tat es auch, als Dogge schon groß war und obwohl er es hasste, wenn Dogge weinte. Und Dogge konnte sein Gesicht in seine Brust drücken und seinen Geruch einatmen, Papas ganz eigenen Geruch. Die Erinnerung, wie es sich angefühlt hatte, wenn sein Vater das tat, würde er nie vergessen.

Das Auto beschleunigte. Wahrscheinlich waren sie jetzt auf der Autobahn. Wohin waren sie unterwegs? Wenn Dogge den Mut dazu hätte, würde er fragen. Er war sich sicher, dass sie ihn hören würden, wenn er nur laut genug rief. Aber er sagte nichts. Er wollte sie nicht daran erinnern, dass er auch noch im Auto war. Außerdem wusste er, dass sie ihn hinfahren konnten, wo sie wollten.

Der Italiener unterhielt sich mit dem Fahrer. Sie hatten die Musik wieder angeschaltet. Dieselbe wie im Lieferwagen, nur noch lauter. So konnte er die Worte nicht verstehen, als sie miteinander redeten, er hörte nur die Stimmen. Sie klangen erregt, vielleicht auch fröhlich. Er hörte, wie sie lachten, lange.

Hier war es wärmer als im Lieferwagen, sehr viel wärmer. Er wünschte sich, dass er die Jacke nicht angezogen hätte. Er versuchte, seine Stellung zu ändern, eine Position zu finden, in der er atmen konnte, ohne dass ihm der Nacken wehtat.

Das Autoradio wurde ausgeschaltet. Mit Ausnahme des Motorengeräusches und dem Rattern der Spikereifen auf dem glatten Asphalt war es still. Jemand ließ ein Fenster herunter. Dogge spürte den kalten Luftzug und atmete tief ein, bevor die Luft von dem süßlichen Geruch von Gras erfüllt wurde. Ihm wurde schlecht davon, aber er durfte sich nicht übergeben, nicht hier drin, es gab keinen Platz dafür. *Ich ersticke.*

»Was soll der Scheiß?« Dogge hörte den verärgerten Tonfall des Pseudopolizisten. »Du darfst in diesem Auto nicht rauchen. Du weißt, was er davon hält.«

»Ist das sein Auto?« Der Italiener klang plötzlich unsicher.

»Zumindest ist es nicht dein Auto.«

Der Geruch von Marihuana verschwand. Die Scheiben wurden wieder hochgefahren. Die Stille war zurückgekehrt. Dogge versuchte ein weiteres Mal, eine erträglichere Position zu finden, aber es gelang ihm nicht. Er konnte jetzt nicht weinen, denn sie würden ihn hören. Er durfte auf gar keinen Fall weinen.

Fang bloß nicht an zu weinen.

»Papa …« Er flüsterte, so leise er konnte. »Ich will nicht sterben. Papa. Ich will nicht sterben.«

Die Jungen

Als sie sich das nächste Mal trafen, am Tag nach dem Schulfest, versuchte Billy sich zu entschuldigen.

»Du weißt, wie meine Mutter sein kann«, sagte er. »Sie wäre ausgeflippt. Ich musste abhauen. Jill ist cooler. Ein Junge aus Våringe kann sich in Rönnviken nicht prügeln, dann sperren sie ihn für alles ein, was ihnen einfällt, von der Vergewaltigung der Prinzessin Victoria bis zum Präsidentenmord.«

»Klar«, antwortete Dogge. Und dann wurde er ins Jugendheim geschickt. Tante Lila erklärte ihm, dass seine Mutter Entlastung bräuchte, dass sie um Hilfe gebeten hätte.

»Schließlich ist es nicht das erste Mal«, sagte Tante Lila. »Zuerst war da dieser schreckliche Überfall auf das Mädchen im Lebensmittelladen, und jetzt das hier. Ich glaube, du verstehst, dass wir dich nicht einfach weitermachen lassen. Mir scheint, dass du Hilfe brauchst, damit sich alles wieder ein wenig beruhigt. Oder was meinst du, Douglas?«

Dogge wusste, dass seine Mutter ihn loswerden wollte, sie wollte ihre Ruhe haben.

Alle in diesem Heim waren stärker als er, größer, zorniger, gefährlicher. Vielleicht war er gut genug, um Schlägereien in Rönnviken zu gewinnen, aber hier hatte er keine Chance. Am ersten Tag bekam er einen Tritt in den Unterleib von einem Jungen, weil dieser der Auffassung war, dass er ihn seltsam angesehen hätte. Am nächsten Tag zwang ein anderer Junge ihn, ein Butterbrot zu essen, auf das er drei hochgerotzte Schleimplacken gespuckt hatte. In dem Zimmer, das sie ihm gegeben hatten, konnte er nicht schlafen, die Heizkörper summten so laut, dass er Kopfschmerzen bekam, aber sie lachten ihn aus, als er sagte, dass er das Zimmer wechseln wolle.

»Möchtest du lieber ins Hotel? Da ist der Zimmerservice besser.«

Er hasste diesen Ort so sehr, dass er darum bat, mit einem der Therapeuten sprechen zu dürfen, die sie ihm aufdrücken wollten. Dort weinte er eine ganze Zeit und erzählte, wie ihn »das alles beeinflusst hätte«. Es war nicht schwer, den zu spielen, zu dem sie ihn am liebsten machen wollten.

»Ich will nur bei meiner Mutter sein«, sagte er. »Ich bin so wütend geworden. Ich war wütend, seit mein Vater krank geworden ist. Und jetzt ist er tot. Er kommt nie wieder zurück. Aber mir ist klar, dass ich nicht … Ich will einfach nur nach Hause, entschuldigen Sie, so etwas wird niemals mehr passieren.«

Es half. Jemand überredete seine Mutter, ihn wieder nach Hause ziehen zu lassen.

Eine Woche lang erzählte er Billy nicht, dass er wieder zurück war. Aber dann rief er an. Wen sollte er auch sonst anrufen?

»Du klingst ganz komisch. Störe ich dich gerade bei irgendetwas?«

»Sei nicht albern«, sagte Billy. »Natürlich nicht. Es ist nur … ach, im Grunde gar nichts.«

»Wollen wir uns treffen?«

»Klar.«

»Bei Suddens?«

»Findest du das gut? Dogge, ich glaube wirklich, dass …«

»Dieser verdammte Kümmeltürke, ich hasse diesen Typen. Wir sollten ...«

»Wir sehen uns lieber im Tunnel, Dogge, das ist besser. Und komm runter. Du musst wirklich runterkommen.«

Donnerstag, 13. Dezember

35.

Das Auto blieb stehen. Der Motor wurde ausgestellt, und sie öffneten den Hundekäfig. Aber er schaffte es nicht herauskommen. Seine Beine gehorchten ihm nicht, und während der Italiener zu lachen begann, griff Dogge mit beiden Händen nach ihnen und konnte erst das eine, dann das andere herausheben. Auf diese Weise gelang es ihm schließlich, zur offenen Kofferraumklappe zu rutschen. Als er allerdings versuchte, sich aufzurichten, knickten die Beine unter ihm weg, und er stürzte zu Boden. Der Italiener lachte so heftig, dass er nach Luft schnappen musste. Der Junge, der Dogge in den Hundekäfig hineingedrückt hatte, lachte nicht. Er war wütend.

»Jetzt reiß dich mal zusammen. Diese alberne Rettungsaktion ist jetzt vorbei. Ich habe nicht vor, dich zu tragen, falls du das glauben solltest.« Dann ging er. Der Italiener blieb.

Dogge schlug sich mit den Fäusten auf die Oberschenkel, um die Durchblutung in Gang zu bekommen. Er weinte nicht mehr, damit hatte er vor über einer Stunde aufgehört. Er atmete, so ruhig es ging. Tiefe Atemzüge. Der Italiener hatte genug vom Lachen und schüttelte den Kopf.

»Wie siehst du bloß aus?«, murmelte er, eher für sich selbst. »Du siehst total bescheuert aus.«

Dann reichte er ihm die Hand und zog ihn hoch. Dogge war immer noch vollkommen wackelig auf den Beinen, aber schließlich konnte er stehen. Mit kleinen, vorsichtigen Schritten folgte er dem Italiener zu einem Mietshaus. Dogge kannte die Gegend nicht. In der Dunkelheit sah es wie ein schmutzig weißes Haus mit dreckigem Dach aus. An jeder Seite lagen drei weitere, identische Gebäude. Die oberen drei Stockwerke hatten größere Fenster und große Balkone. In einigen Fenstern standen Adventsleuchter, Sterne oder dünne Lichtschläuche. Dogge zählte zwölf Stockwerke. Vor jedem Haus befand sich ein Spielplatz mit Schaukeln, Rutschbahn, Klettergerüst und einer festgefrorenen Sandkiste, alles war von niedrigen Hecken, Rasenflächen mit Schneeresten und dem einen oder anderen kahlen Baum umgeben. War er vorher schon einmal hier gewesen? Es sah aus wie tausend andere Wohngebiete.

In einer halb renovierten Immobilie, in der sich eine von Mehdis Wohnungen befand, hatten Dogge und Billy ein offenes Kellerabteil gefunden, das sie mit einer Matratze, Kerzen und einer alten Kühltasche mit Süßigkeiten und Chips ausrüsteten. Alles, was sie in dem Raum hatten, abgesehen von den Lebensmitteln, stammte aus den Wohnungen desselben Hauses. Es war alles andere als schwer, in sie hineinzukommen, und beinahe überall waren irgendwelche Sachen zurückgelassen worden. Sie suchten sich nur die allerbesten aus, vier weiche Decken und zwei große Kissen, die nur ein bisschen muffig rochen. Sie schafften es sogar, einen alten Sessel aus dem siebten Stock nach unten zu schleppen. Neun Monate konnten sie dort bleiben, bevor sie rausgeworfen wurden, und Dogge hatte es geliebt. Im Sommer war es warm wie in einer Sauna, und es roch nach Verwesung. Aber wenn es auf den Winter zuging, wurde die Luft trocken, und wenn sie sich dick genug anzogen, mussten sie nur selten frieren. Kurz bevor die Sonne unterging, sickerten die Lichtstrahlen durch ein schmales Fenster ganz oben unter der Decke. Minuten später war es so dunkel wie auf dem Boden einer Flasche.

»Hier drin ist es wie in einem Sarg«, sagte Billy immer. »Ich komme mir vor wie eine verdammte Leiche. Warum sitzen wir hier, wenn wir in eine der Wohnungen gehen können? Wir sind echte Idioten, total hohl im Kopf.«

Aber Dogge fühlte sich dort sicher. Keine Dämonen fanden ihn in dieser Unterwelt.

»Wenn wir in einer Wohnung sind, kann man uns von draußen sehen, und Mehdi möchte nicht unnötig irgendwelche Leute anlocken«, sagte er, und Billy hörte auf zu nörgeln.

Es kam vor, dass sie dort schliefen. Billy sagte zu seiner Mutter, dass er bei Dogge übernachten würde, und Dogge brauchte gar nichts zu sagen. Sie rauchten Spice und tranken Monster Energy, sahen sich Pornos auf dem Handy an und unterhielten sich über nichts Besonderes.

Diese Straße war genauso leer wie die vor dem verlassenen Mietshaus. Aber sie war nicht auf dieselbe Art verlassen, hier wohnten Leute, obwohl sie im Augenblick gerade allein waren. Er hätte die Gelegenheit, wegzulaufen. Aber das tat er nicht. Stattdessen versuchte er, so nahe wie möglich beim Italiener zu bleiben, als würde er ihn an einer Leine halten. Es war früh am Morgen, aber noch so dunkel wie mitten in der Nacht. Kurz bevor sie die Eingangstür erreichten, drehte sich der Italiener um. Dogge hielt abrupt, um nicht in ihn hineinzulaufen.

»Willst du mich an der Hand halten, oder was ist los?«

»Wo sind wir hier?«

»Das kann dir scheißegal sein.«

»Danke«, sagte Dogge, als der Italiener ihm die Tür aufhielt, damit er das Mietshaus betreten konnte. Er wusste nicht, wo er war oder was als Nächstes passieren würde, aber er wollte nicht fragen.

»Du findest es schön, nicht mehr eingesperrt zu sein?« Der Italiener lächelte. Seine Augen glitzerten in der Dämmerung.

Dogge wartete, bekam aber nicht mehr zu hören. Als er im Haus war, folgte ihm der Italiener. Dogge ließ ihn vorbei.

»Bitte schön«, sagte der Italiener mit dem Rücken zu ihm. »Nichts zu danken. Gern geschehen.«

Der Aufzug funktionierte nicht. Entweder war er defekt, oder es hatte jemand weiter oben im Haus vergessen, die Aufzugtür zu schließen. Wie auch immer, er kam nicht, nachdem der Italiener auf den Knopf gedrückt hatte. Also gingen sie zu Fuß nach oben. Der Italiener war stärker außer Atem als Dogge, als sie oben ankamen, sechs Stockwerke später. Die Wohnungstür war geöffnet. Der Italiener ging hinein und warf sich auf ein weißes Sofa, das mitten in einem riesigen Wohnzimmer vor einem eingeschalteten Fernseher stand. Eine Seite des Zimmers hatte eine Glasfront, vom Boden bis zur Decke. Dogge blieb neben dem Sofa stehen.

Der Junge, der sie dorthin gefahren hatte, fläzte in einem der vier Sessel des Zimmers. Auf seinem Schoß saß ein Mädchen, sie trug ein T-Shirt, das den Bauch freiließ, sie hatte sehr langes, offenes, welliges goldblondes Haar und eine graue, lockere Jogginghose. Nackte Füße mit knallrosa Zehennägeln. Sie verfolgten aufmerksam ein Fußballspiel, das auf dem riesigen Bildschirm gezeigt wurde.

Dogge blickte durch die Fensterfront. Der Himmel war nicht mehr ganz schwarz, der Schnee leuchtete leicht, aber alles andere lag in einem undeutlichen Schatten. Weiter hinten sah er eine angestrahlte Kirche, es könnte diejenige von Våringe sein, die ganz hinten am Markt lag. Er wusste immer noch nicht, wo sie waren, aber wenn es Våringe war, musste es in der Nähe von Mehdis alten Hangouts sein. Dieses eine Haus hatte er verlassen müssen, aber vielleicht war das hier sein neues? Als er in das Zimmer sah, bemerkte er, dass das Mädchen im Sessel ihn ansah. Sie lächelte flüchtig, als würde sie ihn bemitleiden.

Nachdem sein Vater gestorben war, kamen ein paar Wochen, in denen alle den Kopf schief legten und Dogge anglotzten. Sobald er aus dem Haus kam, waren sie da, mit schiefen Köpfen, vor allem in der Schule, die Lehrer mit ihrem Schulterklopfen und aufdringlichen Worten, die nichts bedeuteten.

Nach einem Monat oder so wurden sie müde, kehrten zu ihrem Kopfschütteln und dem vorwurfsvollen Seufzen zurück. Alle Anrufe, die seine Mutter bekam, fingen mit denselben Worten an.

»Wir wissen, dass Douglas eine schwere Zeit durchmacht, aber … Wir verstehen, dass ihr es nicht leicht habt, aber …«

Die Wahrheit war, dass sie nicht die geringste Ahnung hatten.

Auch seine Mutter hasste die gekünstelte Anteilnahme, fast genauso sehr, wie sie es verabscheute, wenn Leute sie anriefen, um über Dogge zu sprechen und wie sie mit ihm umgehen sollte.

»Ich will ihre Blumen und ihre dummen Fragen nicht haben. Ich habe schon überall Blumen, und aus all diesen hässlichen Vasen stinkt es. Ich will einfach nur, dass sie uns in Ruhe lassen.«

Billy hatte den Kopf jedenfalls nicht schief gelegt. Er hatte Dogge in Ruhe gelassen. Hatte ihn feiern lassen, mehr als vorher, genausoviel, wie er es brauchte. Nach der Beerdigung hatte er vier Tage hintereinander Acid geschluckt, und Billy hatte ihn bei sich zu Hause schlafen lassen, damit er nicht nach Hause gehen musste. Wenn seine Mutter neugierig wurde, beschützte er ihn.

»Mama, hör auf. Er ist traurig, er fühlt sich nur ein bisschen krank. Lass ihn einfach in Ruhe.«

Aber Dogge hatte irgendwann trotzdem genug davon, zu Hause bei Billy zu sein. Er schlief nicht mehr dort, denn ob-

wohl Billy sich nicht in sein Tun und Lassen einmischte, bemerkte Dogge, wie er ihn ansah, wenn er sich unbeobachtet
glaubte, und das verabscheute er.

Hier durften die Leute ihn ansehen, wie sie wollten. Hier
würde er wohl kaum eine Schlägerei anfangen. Zu dem Mädchen im Sessel sagte er gar nichts. Er ließ sie glotzen, ohne
auch nur einen einzigen wütenden Blick zurückzuwerfen. Als
sie endlich aufhörte, ihn anzustarren, machte er einen Schritt
zur Seite.

»Ich geh aufs Klo«, murmelte er. Niemand reagierte.

Der Italiener war mit offenem Mund und gespreizten Beinen eingeschlafen. Er musste vollkommen erschöpft gewesen
sein. Oder er konnte überall problemlos einschlafen. Billy war
auch so gewesen. Manchmal, so hatte er Dogge erzählt, schlief
er in den Schulstunden ein, ganz vorn im Klassenraum, während die Lehrerin mit ihm sprach.

»Ich gehe aufs Klo«, versuchte es Dogge noch einmal.

Er würde nicht gehen, wenn es sie wütend machte. Aber
sie sahen ihn nicht einmal an. Der Junge auf dem Sessel
steckte seine Hand unter das T-Shirt des Mädchens und griff
nach ihrer Brust. Sie lachte leise und beugte sich zu ihm, damit er besser rankam. Dogge zog sich aus dem Zimmer zurück
und fand die Toilette beinahe auf Anhieb, sie war hinter der
zweiten Tür, die er öffnete. Er ging hinein und schloss hinter
sich ab. Er setzte sich auf die Brille und pinkelte, er versuchte
auch zu kacken, aber das klappte nicht. Er blieb einfach sitzen. Er fragte sich, wie lange er hierbleiben könnte, ohne dass
sie wütend wurden. Er zog ein Handtuch aus dem Regal neben der Badewanne und knüllte es zusammen, dann drückte
er es in sein Gesicht. Er wollte schreien, wagte es aber nicht.
Er wollte weinen, aber auch das wagte er nicht. Stattdessen
atmete er, schneller und schneller, ein paar leise Geräusche

266

verließen ihn, und er drückte das Handtuch fester auf den Mund.

Sie durften ihn nicht hören. Sie durften nicht erfahren, wie viel Angst er hatte.

Sie durften auf keinen Fall erfahren, wie viel Angst er hatte.

Die Jungen

Zwei Wochen, nachdem Dogge aus dem Jugendheim zurückgekehrt war, bekamen die Jungen ihren bislang wichtigsten Auftrag. So drückte Blue-Boy es aus.

»Das hier ist jetzt wirklich ernst, das begreift ihr, oder?«

Sie begriffen es. Sie sollten an einer Kreuzung stehen und eine Tasche entgegennehmen, die Mehdi und zwei seiner Freunde loswerden mussten, sobald sie »eine Sache« erledigt hatten. Dogge und Billy sollten die Gegenstände behalten, bis sie neue Anweisungen bekamen. Billy durfte sich ein Moped leihen, damit sie sich schnell wieder verziehen konnten. Es war nicht das erste Mal, dass er es benutzen durfte. Nachts, wenn sie es ausgeliehen hatten, stand es abgeschlossen vor seiner Wohnung. Die Helme musste Dogge bei sich zu Hause aufbewahren, alle beide, damit Leila keine unnötigen Fragen stellte.

Zuerst ging alles gut. Mehdi fuhr am Treffpunkt vorbei, ließ eines der Seitenfenster herunter und warf eine Tasche hinaus, ohne langsamer zu fahren. Sie landete in dem Gebüsch neben Dogge, war aber so schwer, dass sie hindurchrauschte und auf den Boden schlug. Dogge zog sie hoch und umarmte sie fest, während Billy fuhr. Er öffnete ein paar Zentimeter des Reißverschlusses, um einen Blick in die Tasche werfen zu können.

»Das kann ich nicht mit nach Hause nehmen«, sagte er.

»Mama hat Papas Eltern zu uns eingeladen, damit sie sehen, wie schlimm wir wohnen. Wir können keine Tasche mit Waffen dort ablegen, wenn sie nachher mit einem Makler dort herumlaufen und in jede kleine Kammer sehen, um herauszufinden, für wie viel Geld sie es verkaufen können.«

Billy sagte nichts. Aber sie fuhren nach Våringe und gingen in Billys Keller. Dogge musste warten, während Billy nach oben zur Wohnung fuhr, um den Schlüssel zum Kellerabteil zu holen. Sie legten die Tasche ganz hinten hin, sodass sie von außen nicht zu sehen war, denn der Verschlag war voller Möbel. Wenn jemand sie sehen wollte, müsste die Person erst um drei Stühle herumgehen, die dort aufeinandergestapelt waren.

Als Billy am nächsten Tag das Moped nahm, um damit zur Schule zu fahren, ohne Helm, wurde er von der Polizei angehalten. Es fehlte nicht nur der Helm, Billy hatte keinen Mopedführerschein, und das Moped war auf eine Person zugelassen, die nicht mehr in Schweden wohnte. Die Polizei beschlagnahmte das Moped und nahm Billy mit zur Wache. Dort wartete das Jugendamt, zusammen mit Leila. Dieses Mal schrie sie nicht. Stattdessen war sie vollkommen still. Billy wusste, dass das viel schlimmer war. Sie hatte es schon viele Male gesagt.

»Wenn das Jugendamt vorhat, dich mir wegzunehmen, dann schicke ich dich vorher woandershin. Niemand wird dich mir wegnehmen, das wird niemals passieren.«

Drei Stunden später, als er wieder nach Hause fahren durfte, war die Tasche aus dem Kellerabteil verschwunden. Niemand hatte das Schloss aufgebrochen, er fragte seine Mutter, aber die wusste überhaupt nicht, worüber er sprach. Als er Dogge anrief, um davon zu berichten, hatte er Panik in der Stimme.

»Mama ist total sauer auf mich. Aber sie hätte es mir sicher gesagt, wenn sie sie genommen hätte«, meinte Billy. »Wenn sie die Tasche gefunden hätte, hätte sie mich bei den Bullen angezeigt, so sauer ist sie. Es muss Mehdi selbst gewesen sein. Er muss sie geholt haben, es kann niemand anderes gewesen sein.«

Keiner von ihnen erwähnte das Selbstverständliche. Dass Mehdi nicht in den Keller gekommen wäre, ohne das Schloss aufzubrechen. Beide dachten dasselbe.

Es muss Leila gewesen sein. Es gab keine andere Erklärung.

Am folgenden Tag bekam Billy eine Nachricht von Blue-Boy, dass sie zu Mehdis Wohnung kommen und die Tasche mitbringen sollten.

Sie fuhren gemeinsam hin.

»Es hat keinen Sinn, es vor sich herzuschieben«, sagte Dogge, als sie mit dem Fahrstuhl nach oben fuhren. »Am wichtigsten ist es, dass du es selbst erzählst, dass kein anderer dir zuvorkommt.«

»Ich mach das schon, no problem«, sagte Billy. Er war so angespannt, dass sein Körper auf und ab hüpfte. Er massierte sich mit den Handflächen die Oberschenkel, als wäre er ein Sprinter, der an den Startblöcken steht und darauf wartet, dass das Rennen endlich losgeht.

Sobald sie ins Wohnzimmer gekommen waren, sagte er, wie es war, ohne zu zögern; dass das Moped bei der Polizei stand und dass er die Tasche verschusselt hätte. Es war unmöglich, jemand anderem die Schuld zu geben, alle wussten, dass die Bullen ihn geschnappt hatten. Aber was mit der Tasche passiert war, davon hatte niemand eine Ahnung.

»Irgendein Arsch hat sie sich geklaut. Mehdi, ich habe keine Ahnung, wie, aber jemand hat sie geklaut.«

Mehdi fläzte auf dem Sofa, vor ihm auf dem Tisch stand eine Pizza. Er hatte zwei Mädchen dabei, die Dogge noch nie gesehen hatte. Eine von ihnen rieb sich die Nase, als Billy anfing zu erzählen. Zuerst hatte Mehdi gar nichts gemacht. Er nahm sich ein Pizzastück vom Tisch, aß es, langsam. Dann wischte er sich den Mund mit einer Serviette ab.

»Klar«, sagte er. »Ich habe gehört, was du mir sagen wolltest. Du hast ganz einfach verdammt viel Pech gehabt.«

Billy seufzte so laut vor Erleichterung, dass man es hören konnte. Aber Mehdi lächelte nicht. Billy und Dogge setzten sich, am anderen Ende des Sofas. Es gab noch mehr Pizzakartons, es würde sogar für sie noch reichen.

Sie sahen nicht, wie Mehdi sich in dem Sofa zurücklehnte und eine Pistole aus dem Hosenbund zog. Aber sie sahen, wie er sich so langsam aus dem Sofa erhob, dass es wie in Zeitlupe aussah. Sie sahen zu ihm hoch, als er sich vor ihnen aufbaute. Er beugte sich vor, entsicherte die Pistole, legte die Hand an Billys Hals und drückte den Lauf so fest an dessen Stirn, dass Dogge sah, wie sich die Haut um die Mündung herum in Falten legte.

»Ich werde dir mal etwas erzählen, Billy-Boy.« Mehdi sprach schleppend. Seine Stimme passte nicht zu den gespannten Muskeln in seinem Arm, zu den verrückten Augen, dem schwarzen Stahl. »Wenn ich dich bitte, etwas zu tun, dann tust du es. Wenn du es verbockst, will ich nicht hören, dass jemand blöd zu dir war und dass es nicht dein Fehler war und dass du keine Ahnung hast, was passiert ist, denn ich habe keine Zeit, mir Ausreden anzuhören. Und wenn jemand meine Zeit verschwendet, dann werde ich wütend.«

Er drückte den Abzug. Als das Klicken erklang, gab Billy ein seltsames Geräusch von sich. Mehdi ließ seinen Hals los. »Du willst nicht, dass ich wütend werde. Du willst nicht, dass ich die hier lade, denn du willst wirklich alles tun, um zu vermeiden, dass ich wütend werde.«

Dann steckte er die Pistole wieder in den Hosenbund,

setzte sich aufs Sofa, nahm noch ein Stück von der Pizza aus dem Karton. Eines der Mädchen lachte geistesabwesend, als hätte sie das alles in einem Film gesehen.

»Lauft jetzt los«, sagte Mehdi mit dem Mund voller Pizza. »Auf geht's. Tschüs. Heim zur Mama. Und frag sie, ob sie dir möglicherweise erzählen könnte, wo meine Waffen sich befinden. Das würde ich sehr zu schätzen wissen. Ansonsten werde ich bei Gelegenheit selbst mit ihr reden.«

Dogge und Billy zogen sich aus der Wohnung zurück und liefen die Treppen hinunter, so schnell sie konnten. Billy zuerst, Dogge hinterher.

Billy weinte nicht. Nicht im Aufzug, nicht als sie zu Dogge nach Hause kamen und in seinen Raum gingen und die Tür hinter sich schlossen. Aber er hatte einen seltsamen Blick bekommen, sah sich nervös um, als wäre er auf einem Horrortrip. Hin und wieder knetete er sich den Hals, als wollte er sich vergewissern, dass Mehdis Hand nicht immer noch dort war. Ein paarmal hämmerte er sich mit der geballten Faust auf die Stirn, wo Mehdi den Pistolenlauf hineingedrückt hatte. Seine Kiefer waren so angespannt, dass die Halsmuskeln hervortraten. Dogge versuchte, ihn zu beruhigen.

»Er hat es nicht so gemeint, natürlich würde er dich nie erschießen, er war einfach nur ein bisschen sauer auf dich, wir lösen das Problem, keine Sorge. Wenn wir die Tasche nicht finden, fragen wir, wie viel wir ihm schulden, wir können es abarbeiten, wir kriegen das hin, und das Moped, da klauen wir eben ein neues, wir können zum Gymnasium in Rönnviken fahren, uns ein besseres holen, um aus der Sache rauszukommen, es wird schon werden. Kein Problem.«

Drei Tage später sagte Billy zu Dogge, dass er abspringen wolle. Das Jugendamt hatte damit gedroht, ihn in Zwangsfürsorge zu nehmen, und um das zu vermeiden, hatte er seiner

Mutter und der Jugendamtsvertreterin versprochen, am Aussteigerprogramm teilzunehmen. Er hatte zugestimmt, sich regelmäßigen Drogentests zu unterziehen.

»Wenn ich dort auffalle, schicken sie mich sofort weg. Mama würde damit nicht klarkommen.«

Dogge ging zu Mehdi, um es ihm zu erklären. Er sagte, es ginge nur darum, dass sich Billys Mutter und das Jugendamt beruhigten, dass Dogge für eine Weile die Aufgaben allein erledigen würde, aber dass Billy noch dabei sei, er würde bald wieder anfangen zu arbeiten. Mehdi schien es zu verstehen, oder zumindest kümmerte es ihn wenig. Das Einzige, worüber er sich Sorgen machte, war das, was sie ihm schuldeten.

Er sagte, dass »sie es ihm schuldeten«, obwohl es nur Billy war, der einen Fehler gemacht hatte. Aber Dogge widersprach ihm nicht.

»Wir werden es ersetzen, versprochen. Ich bekomme bald Geld, mein Papa starb vor … Mein Vater ist gestorben, und meine Mutter will das Haus verkaufen, weil … Dann bekomme ich Geld.«

Mehdi unterbrach ihn, ihn interessierten seine Erklärungen nicht.

»Wenn Billy es ernst meint mit dem Aussteigen«, sagte er, »dann wird eine Ablösesumme fällig. Das wissen alle. Ich scheiß drauf, ob er bleibt oder nicht, er ist ohnehin ein Verlierer, aber es kostet Geld. Ich habe in euch investiert, ihr habt es vergeigt, und ihr werdet dafür bezahlen.«

Dogge versuchte, Billy anzurufen. Sie mussten reden. Sie brauchten einen Plan, eine Strategie.

Wir werden weiter Aufträge für Mehdi erledigen, weiter in der Hierarchie aufsteigen, würde er Billy sagen. Wir werden von Soldaten zu Generälen werden, so wollte er es erklären. Genau, wie wir es gesagt hatten. Das hier ist nur ein kleiner

Gegenwind, nichts Ernstes, wir kommen zurück. Oder wir steigen aus. Wenn du aussteigen willst, dann steigen wir aus. Wir werden extra dafür bezahlen müssen, aber vielleicht erbe ich ja Geld von Papa, wenn sie das Haus verkaufen, und dann kann ich alles bezahlen. Wir können es genauso machen, wie du es willst. *Alles wird gut.*

Er rief Billy an, um mit ihm darüber zu reden, wie sie alles organisieren könnten. Er rief an und rief an, mehrere Male pro Stunde. Aber Billy antwortete nicht. Er rief nie zurück. Er antwortete nicht einmal auf Dogges Textnachrichten, er kam nach der Schule nicht mehr zum Spielplatz. Einmal fuhr Dogge zu seiner Schule hinüber, um mit ihm zu sprechen, aber dort war er auch nicht. Wenn er zu ihm nach Hause fuhr und klingelte, öffnete Leila die Tür.

»Billy kann dich leider nicht treffen«, sagte sie. »Tut mir leid, aber ich möchte nicht, dass du weiter zu uns nach Hause kommst.«

Aber sie sah nicht traurig aus.

Es ist dein Fehler, wollte Dogge sagen. Du hast alles kaputt gemacht, wollte er sagen. Wie konntest du so bekloppt sein und Mehdis Sachen klauen? Aber stattdessen schickte er neue Mitteilungen an Billy.

»Wir müssen reden. Ruf mich an.«

Aber es half nicht. Billy war wie vom Erdboden verschluckt. Weg, stumm, begraben.

Donnerstag, 13. Dezember

36.

Als Sudden hörte, dass Dogge aus dem Jugendheim abgehauen war, bat er einen seiner Mitarbeiter, für ihn kurz den Laden zu übernehmen. Dann fuhr er nach Hause und legte sich hin.

Es war ein gutes Jahr vergangen, seit es passiert war, und trotzdem verging kein Tag, an dem Sudden nicht daran denken musste. Sein zwölfjährige Tochter Eva war nach der Schule in den Laden gekommen, so wie sie es immer machte. Aber Sudden war nicht dort, also ergriff sie die Gelegenheit und ging zum Süßigkeitenregal, obwohl sie wusste, dass sie es nicht durfte.

Dort hatten Dogge und Billy sie gefunden, mit dem Mund voller Kokosbällchen und Lakritzbooten, ihren Lieblingssüßigkeiten.

Als Sudden zurückkkam, saß sie auf der Ladekante, ihre Strumpfhose saß in einem säuberlichen Kranz unter dem Kinn, und den Pulli drückte sie auf ihre nackten Brüste. Als er fragte, was passiert sei, begann sie zu weinen, mit weißen Knöcheln und den Blick auf die Knie gerichtet.

»Sie haben nichts getan, es ist nichts passiert, es war nicht schlimm.«

Da zog er sie an sich, knöpfte vorsichtig die Strumpfhose ab und legte seine Jacke um sie. Dann umarmte er sie, schaukelte sie sanft, murmelte ihren Namen. Er ließ sie weinen, lange. Dann erzählte sie.

Dogge hatte sie in das Lager gezogen, die drei, die im Laden arbeiteten, hatten nichts gesehen. Hinter den Paletten mit den verpackten Molkereiprodukten zogen sie ihr den Pulli aus. Dogge fasste ihr an die Brust, während Billy zusah. Sie hatte noch gar keine Brüste bekommen, aber Billy hielt sie fest, während Dogge in ihre kleinen, flachen Brustwarzen kniff. Dann zerrten sie ihr die Strumpfhose herunter und banden sie um ihren Hals.

Sie hatte nur Dogge erwähnt, sie wollte Billys Namen nicht laut sagen.

»Er tat nichts ... Er sagte ihm, dass er aufhören soll, Papa«, sagte sie. »Er sagte zu Dogge, hör jetzt auf, das reicht, und am Ende machte er es auch.«

Sudden versuchte nicht, den Namen aus ihr herauszuquetschen, aber er sagte der Polizei, was ohnehin alle wussten, Dogge wäre nicht allein gewesen, und er hatte nur einen Freund. Den Rest könnten sie sich selbst ausrechnen.

»Sie sind dreizehn Jahre alt«, sagte der Polizist.

»Meine Tochter ist zwölf«, sagte Sudden.

Er zeigte der Polizei Dogges Instagram-Konto, er erzählte ihnen, wo er wohnte, erklärte genau, wo das Haus seiner Eltern lag.

»Finden Sie den Weg nach Rönnviken? Soll ich mitkommen und Ihnen die Richtung zeigen?«, hatte er gefragt, aber darauf antworteten sie nicht.

Eine Polizistin mit Zahnspange hatte seine Anzeige aufgenommen, und schon vier Tage später bekamen sie per E-Mail den Bescheid, dass die Ermittlungen eingestellt worden seien. Der Verdächtige war nicht strafmündig, und es gab keinen Grund, um Anklage zu erheben.

Das Jugendamt arrangierte ein Treffen, Sudden wurde zu

einem »Gespräch« eingeladen. Er ging hin, weigerte sich aber, seine Tochter mitzunehmen.

»Eva soll auf keine einzige Frage mehr antworten müssen«, sagte er nur. Niemand protestierte.

Während des Gesprächs, das ein ganz normales Treffen mit Kaffee und Pumpthermoskanne war, hatte Dogges Mutter geweint. Die Tränen hatten nichts an ihrem Gesicht verändert. Ihre diskrete Schminke schien festzusitzen wie der Putz auf einer Mauer. Die unnatürlich dunklen Augenlider glitzerten, und ihr blonder Pony war auf die falsche Seite des Scheitels gerutscht, sonst passierte nichts.

»Mein Sohn würde so etwas nie tun«, sagte sie mehrere Male.

Die Mitarbeiterin des Jugendamts hatte genickt, als schien es ihr wichtig, Dogges Mutter nicht zu beunruhigen. Sudden musste unter dem Tisch die Fäuste ballen und sich zwingen, langsam und regelmäßig zu atmen. Dogge selbst sagte nichts.

»Aber du hast es trotzdem getan«, hatte Sudden schließlich gesagt. »Egal, was deine Mutter glaubt, du hast es getan.«

Er hatte Dogge in diesem Moment direkt in die Augen gesehen. Dogge erwiderte seinen Blick und lächelte ihn hastig an, während seine Mutter eine zusammengefaltete Serviette aus der Handtasche nahm. Er lächelte, als wäre das alles nur ein Scherz für ihn.

»Ich kann nicht mehr. Sein Vater ist gerade gestorben«, sagte die Mutter und tupfte sich mit der Serviette die Augen ab. »Er war krank, sehr krank.«

Sudden wusste, dass es so war. Schon vor dem Treffen hatte die Mitarbeiterin des Jugendamts gesagt, dass Dogges Vater vor Kurzem erst an Krebs verstorben sei.

»Sie machen gerade eine schwere Zeit durch«, hatte die Mitarbeiterin gesagt. »Es ist nicht leicht für sie.«

Und Sudden hatte sich beherrscht.

Aber als Dogge sein Handy aus der Tasche zog und etwas zu schreiben begann, ein weiteres kleines Lächeln wie ins Gesicht gekleistert, stand er auf und ging. Er konnte nicht mehr.

Zu einem Gespräch mit Billy war er nie eingeladen worden. Er rief die Mitarbeiterin des Jugendamts mehrere Male an und erklärte ihr, dass Dogge und Billy seine Tochter gemeinsam erniedrigt hätten. Er sagte, dass er alle Angaben habe, die sie benötige, er könne zu ihnen kommen und alles ganz genau erklären. Vielleicht hätte Dogge sich ja wirklich am schlimmsten benommen, sagte er, aber der andere sei auch alles andere als unschuldig. Und Billy gehe in dieselbe Schule wie seine Tochter. Jeden Tag habe sie Angst, ihn dort zu treffen.

Die Mitarbeiterin antwortete, dass beide Jungen zurzeit vom Jugendamt begutachtet würden, leider seien diese Verfahren vertraulich, also könne sie auch nicht darauf eingehen, welche Maßnahmen für sie infrage kämen, und dann wechselte sie das Thema.

»Vielleicht wäre es gut für Ihre Tochter, mit jemandem zu reden? Es ist ganz normal, dass sie sich schlecht fühlt. Möchten Sie vielleicht, dass ich für sie eine Überweisung zur Kinderpsychiatrie besorge?«

»Vielleicht wäre es besser, wenn wir herausfinden würden, was in den Köpfen dieser beiden Jungen falsch läuft, wenn sie so mit einem keinen Mädchen umgehen? Vielleicht sollten diese Jungen ja behandelt werden, mit ihren kranken Köpfen, und nicht meine Tochter?«, sagte Sudden.

Als Sara an dem Tag, an dem Dogge aus dem Jugendheim abgehauen war, mit Eva von der Schule nach Hause kam, schlief Sudden schon, vollständig bekleidet unter der Decke und dem Überwurf. Er wachte davon auf, dass sie in der

Türöffnung ihres Schlafzimmers standen. Eva trug das Lucia-Nachthemd, aber dasselbe kohlrabenschwarze Make-up, das sie auch sonst immer trug. Sie hatte sich einen Schlitz in die eine Augenbraue rasiert. *Was bedeutet das?*, dachte Sudden. *Warum willst du dein Aussehen zerstören?* In beiden Ohren hingen kleine Totenköpfe aus Silber.

»Bist du krank?«, fragte Eva.

»Es geht mir sicher bald wieder besser«, sagte er.

Sie ging in die Küche. Sara legte ihre Hand auf seine kühle, trockene Stirn, sagte aber nichts.

Sie ließ Sudden wieder einschlafen. Erst als alle Kinder ins Bett gegangen waren, kam sie wieder zu ihm, mit einer Tasse Tee und zwei Butterbroten. Er aß sie und kippte den Tee so schnell in sich hinein, dass er sich die Kehle verbrannte, dann zog er sich schließlich aus. Er schaffte es nicht, die Zähne zu putzen oder den Schlafanzug zu holen. Es dauerte nur wenige Minuten, bis er wieder eingeschlafen war.

Freitag, 14. Dezember

37.

Niemand hatte Dogge geschlagen, jedenfalls bis jetzt nicht. Sie hatten ihn nicht bedroht oder ihn gezwungen, die Kleidung auszuziehen, und dann auf ihn gepisst. Der Junge, der den Italiener und ihn zur Wohnung gefahren hatte, öffnete die Tür zu einem Raum, in dem ein Bett stand.

»Hier kannst du schlafen«, hatte er gesagt. Er stellte sich nicht vor, aber das Mädchen mit dem goldblonden Haar nannte ihn Erik. Sie selbst hieß Tova. Das sagte sie, als Dogge ins Wohnzimmer zurückkam, nachdem er viel zu lange auf der Toilette gesessen hatte. Tova zeigte ihm auch die Küche und sagte, dass er aus dem Tiefkühlfach nehmen konnte, was er wolle. Es gab Pizza, Lasagne und andere abgepackte Gerichte. Er hatte sich eine der Pizzen in der Mikrowelle aufgewärmt, ein Glas mit Wasser gefüllt und war in den Raum gegangen, den sie ihm gezeigt hatten. Dort legte er sich auf das Bett. Und dort lag er jetzt. Die Pizza hatte er vor ein paar Stunden kalt gegessen. Geschlafen hatte er allerdings nicht.

Jetzt war er wieder hungrig. Es klang so, als wären die anderen wach. Er wollte ihnen viele Fragen stellen. Welche Kleidung sollte er anziehen? Durfte er duschen? Konnte er eine der Zahnbürsten benutzen, die im Badezimmer standen? Würden sie ihn umbringen? Durfte er herauskommen und sich in den Fernsehraum setzen, oder sollte er sie in Ruhe lassen? Aber er wusste nicht, wen er fragen sollte. War es Erik oder der Italiener, der das Sagen hatte? Regelte Tova alle praktischen Fragen? Vielleicht würden sie sauer werden, wenn er ihnen Fragen stellte, die sie für unwichtig hielten?

Das Beste war wahrscheinlich, gar nichts zu sagen, zu niemandem. So wenig zu tun, wie möglich. Aber er war gezwungen, wieder zur Toilette zu gehen.

Als er aus dem Zimmer kam, hörte er den Italiener aus dem Wohnzimmer nach ihm rufen.

»Kleiner Lasse! Komm rein, Mann.«

Kleiner Lasse. Würde er jetzt immer so genannt werden? Der kleine Lasse war eine Null, ein Nobody, ein Spitzel.

Der Italiener war nicht allein im Wohnzimmer. Außer Erik und Tova hatte er noch von zwei Mädchen Gesellschaft bekommen. Die eine hatte sich auf den Boden gelegt und rauchte Spice, die andere saß neben dem Italiener und glotzte auf ihr Handy. Im Fernsehen lief ein Fußballspiel, aber die Lautstärke war heruntergedreht. Als er hereinkam, rutschte der Italiener auf dem Sofa zur Seite und klopfte auffordernd auf den Platz neben sich.

»Setz dich, Mann. Setz dich, dann reden wir. Hast du etwas zu essen bekommen? Hast du eine Weile geschlafen? Kleiner Lasse, Schwedens most wanted, muss schließlich essen und schlafen.« Er lachte.

Dogge war unsicher. Es klang so, als wollte der Italiener ihm ein Kompliment machen.

»Ja, vielen Dank, ich habe mir eine Pizza gemacht. Ich hoffe, das war okay.«

»Du musst endlich aufhören, dich zu bedanken.« Jetzt klang er sauer. »Schließlich ist er eine sehr lustige Sache, dieser wohlerzogene Oberklassenspross, aber du weißt, dass das In-den-Arsch-Kriech-Stadium für dich schon vorbei ist. Setz dich, hab ich gesagt.«

Dogge versuchte, seinen Atem unter Kontrolle zu halten. Er setzte sich neben den Italiener. Es wurde eng auf dem Sofa.

»Hast du mit Mehdi gesprochen?«

»Ob ich mit Mehdi gesprochen habe?« Der Italiener schnaubte verächtlich. »Ich habe nicht mit Mehdi gesprochen. Mehdi sitzt, herzlichen Dank für deinen Beitrag, vielen, vielen Dank, immer noch in Untersuchungshaft mit allen beschissenen Einschränkungen, Mehdi darf noch nicht einmal mit seiner verdammten Mutter reden. Also nein, wir haben nicht miteinander geredet. Aber wir haben auf andere Weise kommuniziert. Und was haben wir gesagt? Wir haben über dich kommuniziert, Lasse. Was wir mit dir machen sollen. Was zur Hölle sollen wir mit dir machen? Mit Stockholms hässlichstem Zinker. Der Liebling der Bullen.«

Er legte eine Pause ein, griff nach einer Chipstüte auf dem Tisch und stopfte sich eine Handvoll Chips in den Mund. Während er kaute, dass die Krümel kreisten, sah er Dogge an. Dann warf er die Tüte weg, sodass sie auf dem Tisch landete.

»Lasse der Lügner. Vielleicht sollten wir dich so nennen? Lasse der Lügner.«

Dogges Herz setzte einen Schlag aus.

»Was meinst du, Lasse der Lügner? Was soll man mit einem Idioten wie dir machen? Da kann man eigentlich nur eine Sache machen, oder?«

Er legte einen Arm um Dogge und zog ihn dicht an sich heran. Dogge landete fast auf seinen Beinen, er spürte die Oberschenkel des Italieners an seinen Hüften.

»Nur eine einzige Sache«, flüsterte der Italiener und hob seine andere Hand, diejenige, die nicht auf Dogges pochendem Herzen lag. Sorgfältig formte er mit den Fingern eine Pistole. Er drehte die Hand nur ein paar Zentimeter vor Dogges Augen, bevor er vorsichtig den Pistolenfinger an seine Stirn drückte. Sein Arm lag nach wie vor um Dogges Brustkorb, er atmete in sein Ohr.

»Bei solchen wie dir weiß man, was man mit ihnen machen muss. Oder? Was sagst du? Hast du ein paar bessere Ideen, Lasse? Einen anderen Vorschlag?«

Die Jungen

Mehdi rechnete aus, wie viel sie ihm schuldeten. Er sagte niemals, wie viel sie für die verschwundene Tasche bezahlen sollten oder wie viel Billys Ausstieg kosten würde, nannte nur die komplette Summe. Aber es gab nichts zu diskutieren, es war sehr viel Geld.

Zu Hause bei Dogge gab es nichts mehr zu verkaufen. Er begann an Orten zu suchen, die der Gerichtsvollzieher nicht gefunden hatte, aber dort gab es nichts Wertvolles. Vier Sonnenliegen lagen in einem Gartenhaus, zusammen mit einem rostigen Gasgrill auf Rädern. Die Liegen hatten bestimmt jede Menge gekostet, denn sein Vater hatte gesagt, dass man *nichts Besseres bekommen könne*, aber mittlerweile sahen sie nicht mehr luxuriös aus, und Dogge wusste nicht, wie er sie verkaufen sollte. Fotos machen und im Internet versteigern, so wie eine alte Schachtel es machen würde?

Er hatte Billy immer noch nicht gefunden. Aber dass Billy irgendetwas Wertvolles bei sich finden würde, war ohnehin ausgeschlossen. Leila hatte nur Dinge, die man auf dem Weihnachtsmarkt der Heilsarmee kaufen konnte, und zwar aus Kisten, auf denen *Drei zum Preis von zwei* stand. Einen albernen Jungen aus der Unterstufe auszurauben war eine Aktion, die sie nur zusammen durchführen konnten. *Warum meldete Billy sich nicht? Verstand er nicht, dass sie einander helfen mussten?* In Rönnviken würden sie Dogge wiedererkennen, in

Våringe wusste er nicht, wen er ausrauben und wem er auf jeden Fall aus dem Weg gehen sollte, und er hatte keine Lust, den ganzen Weg in die Innenstadt allein zu fahren.

Sie waren spät dran mit ihren Raten. Natürlich waren sie spät dran mit ihren Raten, schließlich konnten sie keine Aufträge erledigen, wenn Billy nichts von sich hören ließ.

Dogge begann zur Schule zu gehen. Nicht, um am Unterricht teilzunehmen, meistens setzte er sich nur in einen Flur oder auf eine der Toiletten, die man abschließen konnte, aber er wollte auf keinen Fall zu Hause sein. Dort war es nicht sicher, von seinem Haus aus konnte man kaum auf die Straße sehen, und seine Mutter vergaß immer, die Tür abzuschließen. Jeder konnte so mühelos eindringen.

Nachts ging er hinunter ins Wohnzimmer und legte sich dort schlafen. Er schaltete niemals den Fernseher ein, machte nie das Licht an. Nur in der Dunkelheit konnte er die Lichtkegel der vorbeifahrenden Autos erkennen. Sobald es hell wurde, zog er sich an und verließ das Haus, bevor Jill überhaupt aufwachte. Wenn er sich gleichzeitig mit dem Raumpflegepersonal in die Schule schleichen konnte, legte er sich auf das Sofa in der Cafeteria und schlief dort, bis irgendjemand vom Personal, oder vielleicht auch ein anderer Schüler, ihn weckte und er so tun musste, als würde er in den Unterricht gehen. Am Ende des Schultags fand der Hausmeister ihn immer, um ihn hinauszuschicken.

»Du kannst es dir aussuchen«, sagte er dann. »Entweder gehst du sofort und freiwillig, oder du begleitest mich zum Rektorenbüro, und von dort rufen sie dann deine Eltern an.«

Er radelte nicht mehr zur Schule und zurück. Manchmal fand er einen Elektroroller, der nicht ausgeloggt war, aber fast immer musste er zu Fuß gehen.

An dem Nachmittag, an dem sie kamen, war er auf dem Weg nach Hause, zu Fuß. Sie näherten sich von der Seite. Mitten auf der Straße gingen zwei kleine Mädchen, sie lachten über etwas. Auf Dogges anderer Seite verlief ein zwei Meter hoher Bretterzaun. Er konnte nicht drüberklettern oder in irgend-eine Richtung weglaufen. Blue-Boy saß auf dem Vordersitz neben Mehdi. Billy hinten auf der Bank. Sämtliche Energie, die Billy normalerweise hatte, schien sich in einer Ecke sei-nes Körpers zusammengerollt zu haben. Seine Augäpfel waren doppelt so groß wie sonst. Dogge spürte, wie sein Herz hinter dem Brustkorb raste, als er in den Wagen stieg. Erst als er sich gesetzt hatte, sah er, dass Billys Hände mit einem Kabelbinder gefesselt waren. Blue-Boy räusperte sich. Er hielt einen weite-ren Kabelbinder in der Hand. Dogge hielt ihm die Arme hin.

Mehdi fuhr. Sie spielten keine Musik. Niemand redete. Die Fahrt dauerte weniger als eine Stunde. Sie hielten vor ei-nem Gebäude, das wie ein Stall aussah, Dogge konnte aller-dings keine Tiere erkennen. Billy stieg zuerst aus dem Auto, er folgte ihm. Es roch stechend nach Gülle. Als die Autotür hinter ihnen zufiel, zog ein eisiger Wind über den Hof. Dog-ges Mund schmeckte nach Rost, und sein Bauch fühlte sich an, als wäre er mit einem Löffel geleert worden. Noch immer hatte niemand ein Wort gesagt.

»Kann ich mich jetzt auf euch verlassen?«, fragte Mehdi, als er sie im Wald von Våringe absetzte, gut zwei Stunden später.

»Ja«, antworteten sie. Billy weinte noch immer. Dogge blu-tete aus dem Mund, ein Zahn fühlte sich locker an.

»Wollt ihr, dass wir einen Link zu unserem kleinen Film hier schicken?«, fragte Blue-Boy und lächelte. »Damit ihr nicht ver-gesst, wie nett wir es heute zusammen gehabt haben?«

Nachdem Mehdi und Blue-Boy sie zu diesem Stall ohne Tiere gebracht hatten, meldete Billy sich, wenn Dogge anrief. Fast immer.

Einen letzten Auftrag mussten sie erfüllen, der hundertfach zählte, dann war es vorbei. Danach mussten sie nichts mehr tun. Nähere Informationen sollten in Kürze folgen.

Freitag, 14. Dezember

38.

Dogge begann zu weinen, natürlich fing er an zu weinen. Vor dem Italiener und vor Erik und vor Tova und den anderen Mädchen, alle sahen ihn weinen, voller Panik, bis er schreien und schniefen musste. Der Italiener ließ ihn eine ganze Weile weitermachen, eine Stunde vielleicht, aber dann hatte er genug.

»Jetzt mach mal eine Pause, Mann. Was glaubst du, wie lange wir das aushalten können?«

Aber er konnte nicht. Er versuchte alles, um damit aufzuhören, aber es ging nicht, er weinte nur noch mehr. Es fühlte sich an, als würde seine Lunge platzen, das Böse musste hinaus, und als der Italiener ihn in das Zimmer schleppte, von dem sie sagten, dass es seins sein sollte, ging das Weinen in Schreien über. In dem Moment schlug ihn der Italiener mit der offenen Hand dreimal ins Gesicht.

»Klappe. Halt einfach die Klappe. Dir fehlt der Respekt. Du hast keinen Respekt für Mehdi, und das akzeptiert Mehdi nicht.«

Dogge biss sich so fest in die Innenseite der Wange, dass es nach Blut schmeckte. Als er das Weinen unter Kontrolle bekommen hatte, flüsterte er: »Ich respektiere ihn, das tue ich wirklich. Ich respektiere ihn.«

Als der Italiener ihn losließ, startete Dogge einen neuen Versuch.

»Ich habe etwas Falsches gesagt, ich weiß, dass ich besser geschwiegen hätte«, sagte er, so ruhig er konnte. »Wenn die Polizei mich erwischt, werde ich es besser erklären, oder, ich schwöre, ich werde gar nichts mehr sagen.«

»Hier muss schon sehr viel los sein, damit die Nachbarn wegen uns die Polizei rufen, aber du musst trotzdem die Lautstärke runterschrauben. Sonst hole ich eine richtige Pistole. Die sollte dich beruhigen können. Hörst du, was ich sage? Halt die Klappe. Wenn es das ist, was du bei den Bullen tun willst, anstatt ihnen irgendeinen Scheiß zu erzählen, dann kannst du jetzt schon einmal üben.«

Dogge schloss den Mund und nickte.

Woraufhin der Italiener zurücknickte. Er sah nicht mehr ganz so wütend aus. So war er eben, man konnte nie wissen, wie lange er wütend war oder fröhlich und wann sich seine Laune änderte. Er konnte laut loslachen, und eine Sekunde später jemanden in den Würgegriff nehmen. Man konnte es nie wissen. Und jetzt sah er plötzlich aus, als wollte er Dogge erzählen, dass er im Lotto gewonnen hatte.

»Weißt du, was Mehdi beschlossen hat? Er hat beschlossen, dass Lasse eine neue Chance bekommen soll. Nicht weil du es verdienst, Mehdi sollte dich eigentlich umbringen, aber wir werden dich nicht umbringen, jedenfalls jetzt noch nicht.«

Dogge legte sein Gesicht in die Hände. Das Weinen kam zurück, aber dieses Mal leiser, er weinte so leise, als wäre seine Mutter hier. Der Italiener regte sich erneut auf.

»Ach du Scheiße! Hör endlich auf zu flennen, sonst überlege ich es mir noch anders und bring dich auf der Stelle um. Ich höre mir dieses Gejammer nicht länger an. Du klingst wie ein blöder Köter. Und wenn du möglicherweise glaubst, dass Mehdi weich geworden ist, dann kannst du gleich wieder damit aufhören. Du wirst verdammt noch mal für alles bezahlen, was du ausgefressen hast. Da kannst du dir absolut sicher sein.«

Der Italiener zog ein zerknittertes Stück Papier aus der Tasche.

»Das hier ist ein Schuldschein, den du unterschreiben wirst. Du wirst Aufträge für uns erledigen, bis deine Schuld abbezahlt ist. Begreifst du das? Ja, jetzt ist die Zeit gekommen, dass endlich zu begreifen. Ziemlich spät, nach meinem Geschmack. Wie viele Chancen willst du noch bekommen? Wie oft willst du noch versprechen, einen letzten Auftrag zu übernehmen? Bist du ein verdammter Rolling Stone? Jedes Jahr wieder auf Abschiedstournee? Nein, das bist du nicht, und mehr Chancen wirst du nicht bekommen. Es ist eine verdammt große Schuld, das ist dir klar, oder? Ja, jetzt begreifst du es. Du machst genau das, was wir dir sagen, alles, was wir sagen, bis deine Schulden bezahlt sind. Das war doch nicht so schwer zu verstehen, oder? Alles andere als schwer.«

Dogge nickte erneut.

»Selbstverständlich. Danke. Vielen Dank, danke. Ich werde alles tun. Danke. Danke.«

Er wollte sofort unterschreiben, ohne die Abmachung vorher zu lesen, nichts von dem, was dort stand, war verhandelbar. Aber keiner von ihnen hatte einen Stift dabei. Der Italiener legte das Papier zur Seite und ging ins Wohnzimmer. Tova hatte einen Stift in ihrer Handtasche. Er hatte lila Tinte, und Dogge musste ihn schütteln, damit er funktionierte. Er versuchte, etwas Unterschriftenähnliches hinzukriegen, aber er hatte seinen eigenen Namen noch nicht allzu oft geschrieben und besaß ohnehin keine gute Handschrift. Hatte er jemals irgendwo etwas unterschrieben? Vielleicht beim Rektor in der Schule, oder als er einen neuen Pass bekommen hatte.

Als er fertig war, strich er mit dem Daumen über die Tinte, es war ein schwacher Fleck, aber das würde reichen. Der Italiener nahm den Schuldschein, ohne einen Blick darauf zu werfen, und steckte ihn wieder in seine Tasche.

»Glückwunsch«, sagte er. »Du wirst heute vielleicht noch nicht sterben.«

Dann verließ er den Raum und schloss die Tür hinter sich.

Nur zehn Minuten später hörte Dogge den Italiener aus dem Nachbarzimmer, eines der Mädchen war bei ihm, vielleicht Tova, vielleicht die mit dem blassblonden Haar und den größten Brüsten, die Dogge je gesehen hatte.

Dunk, dunk, dunk.

Das Kopfende vom Bett des Italieners knallte gegen Dogges Wand.

Er konnte den Italiener genauso deutlich hören, als wären sie im selben Zimmer. Er dachte, dass der Italiener wusste, dass er alles hören konnte. Dass es der Sinn der Sache war.

»Bist du meine kleine Fotze? Bist du das? So verdammt eng. Bist du etwa noch nie zuvor gefickt worden?«

Das Mädchen antwortete nur mit einem Stöhnen. Es klang wie in einem dieser Pornofilme, die sich Dogge manchmal ansah.

»Willst du, dass ich dich in den Mund ficke? Willst du das?«

Dogge konnte es vor sich sehen. Die kugelrunden Brüste mit den steinharten Brustwarzen. Der Italiener saugte an ihnen, biss in sie hinein, presste sich in das Mädchen hinein, tiefer, als sie es aushalten konnte, aber sie wollte es trotzdem. Die Mädchen wollten immer, auch wenn es nicht so aussah. Es klang beinahe so, als würde sie weinen. Aber das war bestimmt nur gespielt. Dogge schloss die Augen, drückte sie fest zu, um die Geräusche fernzuhalten.

Er wachte ein paar Stunden später auf. In der Wohnung war es still, und er schlich ins Badezimmer, schloss die Tür hinter sich ab und duschte lange, wusch sich das Haar und die Füße und alle Stellen, an denen er unangenehm roch, und als er sich abgespült hatte, begann er wieder von vorn. Dreimal seifte er sich ein, dann rubbelte er sich trocken und ging in die Küche, holte eine neue Pizza aus dem Tiefkühlfach. Er stürzte eine Cola herunter, während die Pizza in der Mikrowelle aufgewärmt wurde. Er aß im Bett und wischte sich die fettigen Finger an der Decke ab. Dann schlief er wieder ein, in dem sauberen T-Shirt und den gewaschenen Unterhosen, die er aus dem Jugendheim mitgebracht hatte.

Samstag, 15. Dezember

39.

Farid wollte trainieren. Er musste trainieren. Allerdings musste er auch Felicia zum Handball bringen, Ella zum Tanzen und Natascha zu einem Erste-Hilfe-Kurs, den sie gemeinsam mit ihrer besten Freundin besuchen wollte.

»Ich muss Weihnachtseinkäufe machen«, hatte Nadja erklärt.

»Kannst du Ella und Natascha auf dem Weg absetzen?«, flehte er. »Ich hole sie ab, versprochen. Du kannst in der Stadt bleiben, so lange du willst.«

Wenn er Felicia überreden konnte, den Bus zu nehmen, bekäme er zwei Stunden frei, bevor er Ella wieder einsammeln musste, alles unter der Voraussetzung, dass er spätestens um acht Uhr von zu Hause losfuhr.

Der Fitnessraum lag im Keller der Polizeiwache, nur vier Stockwerke unter seinem eigenen Büro. Er stellte sich vor, wie er mit etwas leichteren Gewichten begann, vielleicht sogar ein paar Kilometer auf dem lauten Laufband lief, die Muskeln in aller Ruhe aufwärmte und sich dann bis zum Bankdrücken vorarbeitete, der Geschmack von Blut im Mund und ein Körper, der so müde war, dass er nicht einmal mehr zornig sein konnte. Danach würde er duschen, ohne drei Töchter und eine Frau vor der Tür zu haben, vielleicht könnte er sogar ein paar Minuten in der Sauna sitzen, wenn sie eingeschaltet war. Nicht weil er die Sauna so liebte, er fand das Prinzip eher einfältig, aber ein paar Minuten halfen zumindest gegen den schlimmsten Muskelkater, weil es seit dem letzten Mal wirklich schon eine Weile her war.

Felicia kam weinend aus dem Badezimmer, als er im Flur stand und sich die Schuhe anzog. Sie hatte den Bus verpasst.

»Es ist ein super wichtiges Spiel, Papa. Warum werden alle anderen gefahren, nur ich nicht? Das ist ungerecht. Ich gebe mir wirklich alle Mühe.«

»Mach dir keine Sorgen, mein Schatz«, hörte Farid sich sagen. »Natürlich werde ich dich hinfahren.«

Bevor er den Satz überhaupt beendet hatte, war Felicia im Badezimmer verschwunden.

»Ich liebe dich, Papa, du bist der Beste, ich komme in dreißig Sekunden, muss nur noch kurz Pipi machen.«

Eine Viertelstunde später stand Farid immer noch mit den Autoschlüsseln in der Hand im Flur.

»Ich fahre jetzt«, rief er, zum dritten Mal.

»Ich komme«, antwortete seine Tochter.

Fünf Minuten später schlug er mit der geballten Faust gegen die Badezimmertür. Es war jetzt halb neun.

»Bist du total verrückt, jetzt beruhig dich mal, ich schminke mich, ich komme, mein Gott, ich habe doch gesagt, dass ich komme.«

Nadja kam mit einer Tasse Kaffee und einem höhnischen Lächeln auf den Lippen aus der Küche.

»Amateur«, zischelte sie und ging ins Badezimmer. Dreißig Sekunden später kam sie wieder heraus, zusammen mit Felicia.

»Jetzt müssen wir uns echt ranhalten, Papa«, sagte Felicia und stieg in ihre Schuhe. »Beeil dich.«

Als er endlich in den Fitnessraum kam, war es Viertel nach neun, und alle Stationen und Gewichte, die er gerne benutzt hätte, waren belegt. Neben ihm stand Lotta, offensichtlich ebenso verärgert wie er, weil sie nicht in Ruhe trainieren konnte. In genau einer Stunde musste er Ella abholen.

»Irgendetwas Neues?«, fragte er.

»Mehdi wird heute freigelassen.« Lotta sah ihn nicht an, sondern den Mann, der auf dem Stepper stand, auf den sie wartete.

»Wie bitte?«

Es befanden sich zwar nur Polizisten in dem Fitnessraum, aber Farid rückte trotzdem näher an sie heran, um sicherzugehen, dass er verstand, was sie sagte, und damit sie die Stimme nicht erheben musste, um die ohrenbetäubende Musik zu übertönen.

»Ja. Sein Anwalt hat ein Foto von der Facebook-Seite von Dogges Vater abgeliefert. Er hat immer noch sein verdammtes Konto, wie alle anderen Toten auch. Bald gibt es wahrscheinlich nur noch Tote auf Facebook. Achtzehn Monate vor seinem Tod war Teo jedenfalls mit seinen Freunden auf dem Schießstand und amüsierte sich. Er lud ein Foto von sich selbst hoch, taggte alle seine krassen Freunde, und dort steht er mit einer Glock in der Hand, ziemlich gangsta. Der Anwalt bekam einen neuen Haftprüfungstermin, und jetzt findet der Richter nicht mehr, dass es genug Gründe gibt, Mehdi in Untersuchungshaft zu behalten. Der Staatsanwalt hat gerade angerufen, er wird nach dem Mittagessen freigelassen.«

Die Musik lief weiter. Eine amerikanische Frau stapelte obszöne Wörter übereinander. Wenn sie eine Pause in dem Gebrabbel einlegte, füllte sie den Leerraum mit Stöhnen.

»Wie läuft es für die Techniker in der Geflügelfabrik?«

»Nichts Neues. Sie haben bis über beide Ohren damit zu tun, alles herauszufiltern, was möglicherweise passen würde. Und dann machen sie auch noch andere Sachen. Unsere Ermittlungen sind nicht die einzigen, für die sie eingesetzt werden, und jedes Mal, wenn ich anrufe, bekomme ich eine vollständige Auflistung der Gründe für ihre übermäßige Arbeitsbelastung.«

»Und das Video?«

»Spiel nicht den Idioten.« Lotta trank einen Schluck aus ihrer Wasserflasche.

»Was sagen die Techniker?«

»Bla, bla, bla, kann nicht ausgeschlossen werden, bla, bla, Unsicherheitsfaktor, Qualität des Videos, Stimme, bla, bla. Es wäre nicht schlecht gewesen, wenn du den Imam dazu gebracht hättest, etwas Hilfreiches zu sagen.«

»Ja«, murmelte Farid. »Das wäre schön gewesen.«

Nach dem Abend in der Moschee hatte Farid Hassan zu einer förmlichen Vernehmung eingeladen. Er war mit seinem Anwalt zur Polizeiwache gekommen. Hassan hatte so gut wie wörtlich das wiederholt, was er in der Moschee gesagt hatte.

Farid zeigte ihm das Video, in dem Billy und Dogge erniedrigt wurden.

»Furchtbar«, stellte Hassan fest. Aber er wollte nicht sagen, wen er hinter den maskierten Männern vermutete. »Tut mir leid«, sagte er stattdessen. »Leider gibt es mehrere junge Männer in Våringe, die dazu neigen, ihre Konflikte so auszutragen. Du weißt, dass ich alles tue, was in meiner Macht steht, um sie aufzuhalten, um diese Entwicklung aufzuhalten.«

Als Farid sagte, ohne Tusses Namen zu nennen, dass es Aussagen gebe, nach denen Hassan Informationen dazu haben könnte, dass Mehdi Zugang zu Waffen hat, insbesondere zu einer Glock, war er sichtlich irritiert. Der Anwalt stand auf. Im Stehen erklärte er, dass sein Klient noch einen anderen Termin hätte, und dann gingen sie.

»Also jetzt wird Mehdi entlassen, damit er in aller Ruhe den Jungen loswerden kann, der ausgesagt hat, ihn zum Mord angestiftet zu haben?«

»Genau.« Lotta schaukelte auf den Absätzen und glotzte weiter auf den besetzten Stepper.

»Ich habe es echt satt. Wenn wir unsere Arbeit machen, können die Gerichte dann nicht ausnahmsweise einmal so tun, als würden sie auf unserer Seite stehen, und ihre Aufgabe übernehmen?«

»Es ist nicht ihre Rolle, auf unserer Seite zu stehen.«

Der Mann auf dem Stepper hatte genug davon, angeglotzt zu werden. Lotta stieg hinauf und redete weiter, während sie den Kontrollschirm bediente.

»Reg dich nicht auf. Wir überwachen Leila und die Kinder. Hoffentlich erwischen wir Dogge bald, damit wir wieder mit ihm reden können. Vielleicht sagt er etwas, das wir benutzen können. Wenn du ihn zum Reden bringst und er wirklich etwas erzählt, dann können wir es untersuchen, und sobald wir etwas untersuchen können, dann kommen wir voran.«

Sie setzte Kopfhörer auf und drückte auf ihr Handy. Sie wollte nicht mehr reden.

»Klar«, murmelte Farid. Er warf das unbenutzte Ausleih-Handtuch in den Wäschekorb am Laufband. Es war ohnehin zu spät, jetzt mit dem Training zu beginnen. Er musste Ella abholen. »So mache ich es. Erst hole ich Dogge heim, das ist eine sehr gute Idee, seltsam, dass ich nicht vorher daran gedacht habe. Und dann lade ich ihn zu mir ein und wir essen Schaumgummi-Weihnachtsmänner und trinken Weihnachtsmost und während wir auf unseren Erlöser Jesus Christus warten, lösen wir dieses Rätsel und buchten Mehdi für immer ein. So machen wir das. Gut, dass wir noch mal drüber geredet haben. Frohe Weihnachten.«

40.

Der Italiener warf ihm ein fabrikneues Handy zu, es landete auf seinem Bett.

»Weihnachten kommt dieses Jahr früh, Lasse.« Er zog Dogge aus dem Bett und führte ihn in ein Schlafzimmer, das niemand benutzte. Er wies mit der Hand in den Raum. »Willkommen in Mehdis eigenem Großkaufhaus. Nimm, was du brauchst. Mann, du kannst auch das nehmen, was du nicht brauchst. Es gibt noch mehr zu holen, falls hier nichts mehr ist.«

Das Zimmer war mit hohen Stapeln aus neuen T-Shirts, Hosen, Pullis gefüllt. Drei Kleiderständer, deren Bügel so dicht aneinandergequetscht waren, dass man kaum sehen konnte, was daran hing. Schöne Kleidung, manches war noch in Plastik eingepackt, wahrscheinlich waren sie auf dem Transport geklaut worden. Dogge begann, sich etwas auszusuchen. Erst nahm er eine Daunenjacke. Billy hatte fast das gleiche Modell vor zwei Wintern von einem Jungen abgezockt, der in ihrem U-Bahnwagen gesessen hatte. Dogge war gezwungen, sie wegzuwerfen, als Jill fragte, wo er sie herhabe, und total ausflippte, als er sagte, dass er sie von Billy geliehen habe. Sie hatte damit gedroht, Leila anzurufen.

»Das ist nicht Billys Jacke. Ich habe es so satt, ich kann nicht mehr.«

Teo kam später am Abend in sein Zimmer und sagte ihm,

dass er die Jacke wegwerfen müsse. »Also, es ist keine gute Idee, sie … Deine Mutter ist nicht … Wirf die Jacke weg, mach es einfach, also ich habe keine Lust, mit ihr über eine Jacke zu streiten, okay? Du bekommst eine andere, ich lass mir was einfallen. Ich muss zuerst noch eine Sache klarmachen, dann kannst du zehn Jacken bekommen, die doppelt so viel kosten wie diese hier.«

Es gab auch Schuhe, bestimmt fünfzig Kartons. Auf jeder Schachtel war ein kleines Foto, damit man sehen konnte, welche Schuhe sich darin befanden, ohne dass man sie zuerst auspacken musste. Es waren fast nur Sneakers. Es gab keine in Dogges Größe, aber er nahm ein Paar, das ihm ein bisschen zu groß war, und zog sich zusätzliche Socken an. In der Wohnung war es zwar warm, aber es hatte die ganze Nacht geschneit, und der Schnee war liegen geblieben, vor den Fenstern war alles weiß. Falls er nach draußen musste, wäre es gut, wenn er warme Kleidung hätte. Die Jacke war perfekt. Sie hatte eine riesige Kapuze. Auf irgendwelchen Überwachungskameras wäre er kaum wiederzuerkennen, wenn er sie trug.

Was seine Mutter von der Jacke hielt, war nicht mehr seine Sorge. Sie würden nicht gerade gemeinsam Weihnachten feiern. Aber vielleicht konnte er ja ein Weihnachtsgeschenk für sie organisieren? Damenbekleidung gab es auch in diesem Zimmer.

Wenn man Mehdi fragte, wer seine Vorbilder seien, nannte er seine Mutter immer an erster Stelle. Dogges größtes Vorbild war Teo gewesen, bis es irgendwann Billy war. Aber das wusste der Italiener nicht, er würde es mögen, wenn Dogge seiner Mutter ein Geschenk geben wollte.

Seine Mutter war an und für sich nicht so begeistert von Weihnachten. Jill und Teo hatten nie geschmückt oder besonderes Essen gekocht. Aber Weihnachtsgeschenke hatte er immer bekommen, einige waren sogar richtig klasse. Im letzten

Jahr, bevor die Idioten und der Konkurs kamen, hatte Teo ihm die neueste Playstation besorgt, er durfte sie beinahe sechs Monate lang behalten, bis der Gerichtsvollzieher sie holte.

Billys Familie feierte auch kein Weihnachten. Aber Leila schmückte trotzdem, was Dogges Vater sehr unterhaltsam gefunden hatte. Er hatte es sogar seinen Freunden erzählt.

»Muslime scheinen wohl alles zu lieben, was blinkt und glitzert? Ich wundere mich eher darüber, dass sie nicht das ganze Jahr Weihnachtsschmuck aufhängen.«

Dogge und Billy schenkten sich gegenseitig auch immer etwas. In einem Jahr, als Teo »ein gutes Geschäft« machte, nahm er Dogge mit, als er ein Geschenk für Jill kaufen wollte. Bei der Gelegenheit konnte Dogge einen Pulli für Billy kaufen, der beinahe dreitausend Kronen kostete. Billy war überglücklich. Er liebte schöne Kleidung.

Einmal waren sie dabei, als Mehdi einen Kleidertransport überfiel. Ein Lkw kam aus Malmö, vollbeladen mit Markenkleidung und Schuhen, es war vollkommen undramatisch. Der Mann, der den Lastwagen fuhr, war ein Kumpel von Mehdi, er hatte ihm auch den Tipp gegeben. Sie trafen sich auf einem Rastplatz an der E4. Vorher hatten sie dafür gesorgt, dass die Überwachungskameras ausgeschaltet waren, sowohl im Fahrerhaus des Lkw als auch auf dem Rastplatz. Blue-Boy fesselte den Fahrer mit Gewebeband, aber nicht besonders hart und erst, als sie die Sachen in ihren eigenen Wagen geladen hatten. Sie ließen dem Fahrer auch sein Handy da. Er sollte eine Stunde warten, oder vielleicht anderthalb, bevor er so tat, als hätte er sich aus dem Klebeband befreit, das um seine Handgelenke gebunden war, und die Polizei anrief.

Nach dem Raub hatten Billy und Dogge jeweils drei Pullis und ein Paar Sneakers bekommen. Billy bewahrte alle gestohlenen Kleidungsstücke in seinem Schrank in der Schule auf.

Wenn Jill merkte, dass Dogge neue Kleidung hatte, sagte sie nichts. Nachdem Teo gestorben war, sah sie gar nicht mehr, was er trug.

Mehdi verschenkte oft Kleidung, einmal hatte er sich das T-Shirt ausgezogen und es einem Jungen gegeben, der in die Unterstufe ging. Es war ganz offensichtlich, dass der Kleine mit Mehdi abhängen wollte, er versuchte sogar, sich mit Billy und Dogge anzufreunden. Manchmal hatten sie das Gefühl, dass er jedes Mal auftauchte, wenn sie Billys Haus verließen, und sei es nur, weil sie an die Eishockeyfläche oder zum Markt wollten, als hätte er draußen gestanden und gewartet. Er war sogar noch anhänglicher als Billys kleiner Bruder Tusse. Manchmal tauchte er zu Hause bei Mehdi auf, es war nie so richtig klar, wie er dort hineinkam, wer ihn einließ. Als er das T-Shirt bekam, saß er auf dem Boden von Mehdis Wohnzimmer. Es machte ihn so fröhlich, dass Dogge glaubte, er würde gleich in Freudentränen ausbrechen.

»Immer mit der Ruhe«, sagte Mehdi und lachte. »Glotz mich nicht so an, als würdest du mich am liebsten ficken.«

Aber so viele Sachen hatte Dogge noch nie bei einer Gelegenheit bekommen, nicht einmal, bevor die Idioten aufgetaucht waren und sein Vater immer noch gerne Dogge zum Einkaufen mitnahm.

Die Kleidung, die er nicht gleich anzog, faltete er zusammen und legte sie auf den Boden neben seinem Bett. Die Unterhosen durften in ihren Kartons liegen bleiben, aber er nahm eine heraus und warf diejenige weg, in der er geschlafen hatte. Als er sich die Zähne mit einer ganz neuen Zahnbürste putzte, die er in einer der Badezimmerschubladen gefunden hatte, kam der Italiener herein.

»Hast du irgendwelche Pläne für heute? Ich denke mal nicht. Also musst du auch nicht noch einen Tag länger herumliegen und wichsen, sondern wir machen einen Ausflug,

du und ich, mal sehen, ob wir etwas Lustiges anstellen können. Ja? Klingt das cool? Verdammt cool.«

Der Italiener hatte etwas genommen, er war auf Speed.
Der Blick tanzte durch das Badezimmer. Er warf ihm ein paar
Autoschlüssel zu. Dogge konnte sie mit einem Finger fangen.

»Du fährst.«

»Ich habe keinen Führ…«

»Du fährst. Wenn du ein Problem damit hast, dann schlage
ich vor, dass du es mit der Polizei klärst.« Er lachte schallend,
hüpfte auf den Zehenspitzen. »Brauchst du die Nummer? Du
kannst sie mit deinem neuen Handy anrufen. Herr Waaacht-
meister, kommen Sie und retten miiich, die Kinder hier sind
ganz doof zu miiir. Kommen Sie schnell.«

Heute funktionierte der Aufzug. Der Italiener lachte den
ganzen Weg hinunter ins Erdgeschoss.

Die Jungen

Der Wald hinter dem Sportplatz von Våringe war groß genug, um sich darin zu verirren. In einem Sommer, als die Jungen neun Jahre alt waren, verschwand dort ein Kind, und Missing People organisierte eine Suchkette mit Hunden. Eine Frau mit einem selbst gestrickten Pullover und kniehohen Gummistiefeln fand den Jungen schlafend unter einer Fichte. Er hatte sich in die Hosen gemacht, er war vorne ganz dunkel und er roch. Dogge und Billy lachten darüber, dass er in die Unterhose geschifft hatte, obwohl es eine Million Bäume gegeben hatte, gegen die man pinkeln konnte.

Das Kind wurde nur wenige Hundert Meter neben dem verlassenen Zeltlager gefunden. Dort gab es einen alten Wohnwagen, der nach Scheiße und Aceton stank. Ein paar Wochen, nachdem der vermisste Junge gefunden worden war, zog Billys Vater Isak in den Wohnwagen. Er wohnte dort den ganzen Sommer, bis der Herbst kam. Dann zog er aus.

Im selben Sommer lieh sich Dogges Vater ein Motorboot, in dem man auch schlafen konnte. Dogge und Billy sollten auf eine Dreitagestour mitkommen, aber Dogge wurde in der ersten Nacht seekrank, und sie mussten wieder nach Hause fahren.

»Du bist wenigstens keine magenkranke Landkrabbe wie Dogge«, sagte Teo zu Billy. Aber er ließ sie beide auf dem Kai zurück und fuhr wieder hinaus, allein. Er war eine Woche weg. Jill war auch nicht zu Hause, also wohnten Billy und Dogge allein in Rönnviken, sie erzählten Leila nichts davon, sie glaubte, dass er draußen in den Schären war. Als Teo zurückkam, war er tief gebräunt und hatte sonnengebleichtes Haar, er roch streng nach Schweiß und Salz. Er lag ein paar Tage im Bett, bis der Seegang aus dem Körper verschwunden war.

»Wenn ich mir ein eigenes Boot kaufe, werde ich dich mit auf See nehmen«, sagte er zu Billy. »Dogge darf zu Hause bleiben.«

Billy lachte, als wäre es ein Scherz gewesen.

Manchmal nahmen sie die U-Bahn in die Stadt, dort gab es überall Wasser. Alte Knacker angelten am Reichstag, blonde Touristen kauften Fahrkarten für die Boote, die unterhalb vom Grand Hôtel in die Schären fuhren, Familien mit Kinderwagen reisten »hinaus aufs Land«, ihre Babys trugen Sonnenhüte, die unter dem Kinn eine Schleife hatten, damit sie nicht wegwehten. Billy mochte die Stadt nicht. Für ihn fühlte es sich so an, als wäre er im Ausland, sagte er zu Dogge, und zwar nicht an einem coolen Ort.

Als sie in die siebte Klasse gingen, kurz nachdem Teo krank geworden war, nahm Billy eine fleckige Matratze mit in den Keller, in dem sie abhingen. Er versuchte, die Mädchen zu überreden, ihm darauf einen zu blasen, einmal kam Dogge in dem Moment herein, in dem eine Blondine aus der Siebten ihren Zeigefinger aus Billys Hintern zog, sie lachten danach noch lange darüber.

An einem Tag im allerletzten Sommer fuhren sie nach Långholmen und badeten dort, ein paar von Billys Schulfreunden hatten ein Brett mitgebracht, auf dem sie abwechselnd hinauspaddelten. Dogge wollte es ausprobieren, es sah lustig aus, aber er kam nie dran. Als es an der Zeit war, nach Hause zu fahren, hatte er noch nicht einmal gebadet. Die anderen waren zu einem Badefloß hinausgeschwommen, das fünfzig Meter vom Strand entfernt war, und hatten von dort getaucht, und Dogge konnte schwimmen, natürlich konnte er es, aber er konnte nur Brustschwimmen, und alle anderen kraulten dorthin, sogar die Mädchen, und er hatte keine Lust, wie eine blöde Oma auszusehen, die Angst davor hatte, Wasser ins Auge zu bekommen.

Samstag, 15. Dezember

41.

Vier Hauseinbrüche in weniger als zwei Stunden waren nicht so leicht zu schaffen, wie man es sich vielleicht vorstellte. Was die meiste Zeit brauchte, war die Fahrt von einem Haus zum anderen, nicht der eigentliche Einbruch.

Sie arbeiteten in Rönnviken, Dogge durfte vorschlagen, wohin sie fahren sollten, dann parkten sie vor dem Haus und kontrollierten, ob jemand zu Hause war. Er wusste eigentlich nichts über die jeweiligen Häuser, aber er vermied die Botschaften mit den Flaggen am Eingang, und die mit komplizierten Pforten. Am besten waren die mittelgroßen Häuser ohne Kameraüberwachung, die ein paar Straßen vom Strand entfernt lagen. Zwar hatten sie häufig Sicherheitstüren mit den besten Schließ- und Alarmsystemen am Markt und Fernüberwachung durch private Sicherheitsfirmen, die nach fünf Minuten vor Ort waren, nachdem man den Flur betreten hatte. Aber trotzdem konnte man oft einfach an der Rückseite auf die Terrasse klettern, um dort ein Fenster einzudrücken. Dann konnten sie in Ruhe arbeiten.

Diese Art von Sicherheitssystemen war genauso unlogisch, als würde man in einen Safe investieren und ihn mitten im Keller frei auf dem Boden stehen lassen. Denn genauso einen fanden sie im zweiten Haus. Er war schwer, aber nicht so schwer, dass Dogge und der Italiener ihn nicht ins Auto schleppen konnten. Öffnen würden sie ihn dann in aller

Ruhe, wenn sie wieder zu Hause waren. Außerdem nahmen sie drei Computer mit, ein paar Hände voller Schmuck, zwei Gemälde, die dem Italiener gefielen, und 16 900 Kronen in bar. Das Geld war eine Überraschung. Eigentlich verwendeten nur noch Bauarbeiter und Drogenhändler Bargeld, pflegte Teo zu sagen, und Dogge hatte nicht geahnt, dass es die auch in Rönnviken gab.

Den Italiener munterte das derart auf, dass er ein paar Scheine an Dogge verschenkte. Das meiste behielt er selbst, aber Dogge steckte siebzehnhundert Kronen in die Gesäßtasche seiner Jeans. Er mochte ebenfalls Bargeld. Es erinnerte ihn an seinen Vater.

Das dritte Objekt lag in der direkten Nachbarschaft von Dogges Haus. Er fragte sich, ob seine Mutter da war, was sie sagen würde, wenn er hinüberging, die Tür öffnete und Hallo sagte. Jill war nur selten fröhlich, und besonders dann nicht, wenn sie ihn sah.

Einmal hatte Leila einen Joint in Billys Zimmer gefunden. Er steckte in einer Jacke, die er in Rönnviken geklaut hatte. Ein anderes Mal fand sie ein Handy in seiner Schultasche, mit faltbarem Display und einer Kamera, die mitten in der Nacht Fotos machen konnte. Er hatte es einem Jungen in der Mittelstufe abgenommen. Leila wühlte ständig in Billys Zimmer herum, in seinen Sachen. Aber trotzdem kam er immer davon. Er schob es ständig auf Dogge, und seine Mutter glaubte ihm alles.

»Dann sagt sie immer, du hast es gerade nicht so leicht, also sagt sie es nicht weiter. Bei mir würde sie niemals aufhören zu meckern, wenn sie es wüsste. Ich dürfte nie wieder rausgehen, wir könnten nie mehr etwas zusammen machen. Das begreifst du, oder, natürlich, du kapierst das?«

Dogge ließ ihn einfach machen. Aber manchmal, wenn er Billys Mutter traf, hatte er das Gefühl, etwas sagen zu müssen.

Ich könnte das eine oder andere erzählen, hatte er gedacht. Du glaubst, dass Billy genauso ein guter Mensch ist wie Jesus oder Mohammed oder wie er jetzt heißt, dass Billy unschuldig ist wie ein Hundewelpe. Du hast keine Ahnung, wer er eigentlich ist. Was er tun kann, was er tun will. *Du kennst ihn nicht.*

Aus dem dritten Haus wollte Dogge einen Fernseher mitnehmen, aber er ließ ihn fallen. Daraufhin trat der Italiener ihn kaputt. Sie lachten hysterisch. Als sie das letzte Haus erreichten, trat Dogge auch dort die Fernseher kaputt, nur damit der Italiener lachte. Aber der reagierte gar nicht darauf. In diesem Haus fanden sie im großen Badezimmer eine kleine Apotheke: medizinisches Marihuana, Prozac und vier Blister Tramadol. Als sie zum Auto zurückkehrten, gab der Italiener Dogge einen Joint und ein Leichtbier. Er wollte jetzt fahren. Dogge sollte auf dem Beifahrersitz Platz nehmen. Der Joint war schwach, aber Dogge bekam auch ein Tramadol, das er mit dem Bier herunterspülte, und dann begann sich der Knoten im Bauch endlich aufzulösen.

In dem Moment bekam der Italiener den Anruf. Er nahm das Gespräch an, sagte aber nicht so viel, hörte die meiste Zeit zu. Als er das Handy hingelegt hatte, wandte er sich an Dogge und lächelte breit.

»Mehdi ist frei. Der Kerl ist draußen. Seit zwei Uhr schon.« Er lachte hysterisch und boxte Dogge an die Schulter. »Wer kann Mehdi einbuchten? Kein Schwein kann Mehdi einbuchten. Und jetzt wird gefeiert. Verdammt, und wie wir feiern! Mehdi besorgt Bräute, wir besorgen ein paar andere Sachen. Du magst doch Bräute, kleiner Lasse?«

Dogge nickte und nahm zwei tiefe Lungenzüge, schnell hintereinander. Dann hielt er die Luft an. Beim Ausatmen antwortete er.

»Na, klar doch!«

Das Blut rauschte jetzt warm in den Adern.

Mehdi hatte Dogge oft gefragt, ob er ficken durfte. Das war eine seiner Lieblingsfragen. *»Unser kleiner Lasse, hat er schon eine Fotze geleckt?«* Es spielte gar keine Rolle, was Dogge antwortete, Mehdi lachte immer gleich viel. Er konnte jedes Mädchen kriegen, das er haben wollte. Niemand hatte eine Chance bei einem Mädchen, das Mehdi haben wollte. Sogar Billy war eifersüchtig auf ihn. Und Billy konnte Mädchen bekommen, die zehn Jahre älter waren als er, obwohl er Pickel auf den Wangen hatte. Seine ältere Schwester wollte schon gar keine Freundinnen mehr mit nach Hause nehmen, weil sie fand, dass sie so albern wurden, wenn er da war.

Dogge zog einen weiteren Lungenzug aus dem Joint und verbrannte sich die Finger.

»Mann, verdammt«, sagte der Italiener und winkte mit der Hand, damit Dogge das herüberreichte, was von dem Gras übrig war. »Du saugst wie eine richtige Schlampe. Wenn du dich nur ein paar Millimeter beruhigst, kannst du alles haben, was du willst. Und nicht nur diesen ökologischen Mist, sondern die richtigen Sachen, die Mehdi hat.«

Dogge öffnete das Handschuhfach. Dort lagen zwei Spice-Zigaretten und vier Morphintabletten. Als Dogge den Italiener anschaute, nickte der nur.

»Da ist aber jemand heiß auf den Scheiß. Klar. Hau rein. Aber nimm nicht alles, okay? Ich will vielleicht auch noch was haben.«

Dogge gab den einen Joint dem Italiener und nahm den anderen selbst. Nachdem er zwei Züge geraucht hatte, legte er eine halbe Tablette auf die Zunge, schloss die Augen und wartete.

Als er das erste Mal soff, bis er kotzen musste, war er mit Billy zusammen. Beim ersten Einbruch, beim ersten Mal, als er jemanden schlug. Das einzige Mal, dass er Heroin ausprobiert hatte, war er mit Billy zusammen. Es war ein weißes Pulver. Billy-Boy schmolz es in einem Löffel und half ihnen beim Injizieren. Seine Hände waren so weich, als er vorsichtig die Schlaufe um Dogges Arm band und die Vene fand, die Nadel war so dünn, dass sie beinahe nicht zu sehen war. Danach dachte Dogge, dass sich der Inhalt der Spritze wie Liebe angefühlt hatte, und zwar von der besten Sorte. Es hatte ihn dazu gebracht, sich den ganzen Abend selbst zu mögen.

Manchmal kam es ihm so vor, als wäre Billy bei allen seinen ersten Malen dabei gewesen. Als er beinahe das erste Mal Liebe machen durfte, war er auch in der Nähe. Billy glaubte bestimmt, dass Dogge es getan hatte, jedenfalls gratulierte er ihm danach, obwohl sie so hässlich war. Billy war beschäftigt gewesen, man hörte es an den Geräuschen, obwohl Dogge nicht hinsah. Das Mädchen, das Dogge bekommen hatte, war so voll, dass sie ohnmächtig wurde. Er hatte ihr das Hemd hochgezogen und an den Brüsten rumgemacht, die unterschiedlich groß waren und genauso hässlich wie der Rest ihres Körpers. Dann hatte er sie mit dem Becken angestoßen, bis ihre Brüste wackelten, und eine Hand an ihren Hals gelegt. Mit der anderen Hand hatte er alles gefilmt, und in dem Video war nicht zu sehen, dass er nicht in ihr drin war, denn er hatte ihn nicht steif bekommen. Das Wichtigste war, dass auf dem Film jeder sehen konnte, dass sie gefickt hatten. Alle glaubten es. Auch das Mädchen, denn sie schrieb ihm am nächsten Tag eine Nachricht und fragte, ob sie sich sehen könnten und eine Tasse Kaffee trinken oder so etwas. Dogge schrieb zurück, dass sie zur Hölle fahren könne. Er wollte nicht mit jemandem zusammen sein, der hässlich war.

Als er high war, spielte es keine Rolle, dass er noch unschuldig war, dass er noch nie richtig eine Fotze gehabt hatte. Dann wurde alles so weich wie Daunen, so hart wie Stahl, er war ganz entspannt, tausend Prozent anwesend, es war wie die beste Musik auf höchster Lautstärke.

Der Italiener fuhr kaum schneller als dreißig Kilometer in der Stunde auf dem ganzen Weg aus Rönnviken hinaus. Er ließ den Joint an der Unterlippe hängen, rauchte ihn nicht. Erst als sie draußen auf der Autobahn waren, zündete er ihn an und nahm einen tiefen Lungenzug. Dogge sah die Glut auf die Finger zu klettern. Der Italiener drehte die Lautstärke des Autoradios auf die höchste Stufe und zwang das Fahrzeug in ungeahnte Geschwindigkeiten hinauf, die Reifen quietschten, sie sahen einander hastig an. Das Auto war voller Rauch. Der Italiener schwitzte.

»Wer zum Teufel braucht schon Gott?«, sagte Dogge. »Oder den Himmel oder das Leben oder den Tod, wenn es so etwas gibt?«

Die Asche segelte auf seinen Pulli herab. Der Italiener lachte brüllend.

»Du bist ein verdammter Dichter, Lasse. Der Dichter Lasse.«

Erst als das Lied auf der Anlage zu Ende war, fuhr der Italiener von der Autobahn ab und drehte um. Er hätte die erste Abfahrt nehmen können, um nach Våringe zu kommen, aber dann hätte er die Musik ausstellen und langsam fahren müssen. Es war wichtig, nicht von der Polizei angehalten zu werden.

»Ich kann nicht die ganze Zeit wie eine Mutter von drei Kindern fahren, dann schrumpft mir der Schwanz.«

Dogge lachte. Das Morphin verwandelte seine Angst in Zuckerwatte, jeder Beat in der Stereoanlage schlug im Takt mit seinem Herzen.

Als sie an der Våringeschule vorbeigefahren und noch drei Straßen von Suddens Livs entfernt waren, fuhr der Italiener an den Straßenrand, schaltete die Stereoanlage aus und öffnete alle Fenster. Er hielt Dogge die offene Handfläche hin, der ihm zwei Tabletten gab. Während der Italiener die eine auf die Zunge legte und die andere in die Hosentasche steckte, fuhr er den Sitz runter, bis er lag. Auch Dogge senkte seinen Sitz, schloss die Augen, als er sah, wie der Italiener die Augen schloss. Nichts konnte sich mit diesem Gefühl messen, gar nichts. Das Blut rauschte durch seinen Körper, er hörte den Italiener genussvoll stöhnen, oder war er es selbst? Sie teilten es sich, der Italiener war sein Freund, er wollte sein Bestes.

Die Winterkälte blies durch die offenen Fenster. Aber Dogge fror nicht. Er hätte eher einschlafen können. Aber der Italiener wollte nicht länger liegen. Er fuhr die Fenster und den Sitz wieder hoch und öffnete die Tür.

»Wir müssen ein paar Sachen besorgen, schnell. Mehdi wartet nicht gerne. Hier ist doch irgendwo ein Lebensmittelladen, oder?«

Dogge nickte.

»Suddens Livs.«

»Ist es weit bis dahin?«

Dogge schüttelte den Kopf.

»Gut. Wir lassen das Auto hier, ich muss mich bewegen.«

»Klar.«

Sie waren weniger als hundert Meter gegangen, als der Italiener sich zu ihm umdrehte.

»Da gibt es eine Sache, über die ich nachgedacht habe.« Er war immer noch auf Speed, Dogge musste fast laufen, um an ihm dranzubleiben.

»Da ist eine Sache, die ich nicht begreife. Warum hat Mehdi dir gesagt, dass du Billy ausknipsen sollst?«

»Also …« Dogge zögerte. »Billy war ein verdammter Verräter. Wir sollten, Billy sollte eine Sache erledigen … Er hatte versprochen, dass er … Und Mehdi …«

Der Italiener unterbrach ihn.

»Und das hast du gesagt, als du zur Polizei gekommen bist? Einfach so? Dass Mehdi gesagt hat, du solltest ihn ausknipsen?«

»Also …«

Der Italiener wartete nicht auf den Rest.

»Dir ist doch klar, dass Mehdi dir so was nie verzeihen wird?« Er lachte. »Dass er es nie im Leben verzeihen wird, ganz egal, was er dir weismachen wird. Denn es gibt nichts Schlimmeres als zu singen. Du wirst sterben, Mann. Das ist dir hoffentlich klar, oder? Mehdi wird dich zu Hackfleisch verarbeiten, und wenn du das überlebst, wird er dich ausknipsen. Jeder weiß es, alle wissen, was passieren wird.«

Dogge musste tief Luft holen, woanders hinsehen, damit er nicht wieder zu weinen begann.

»Aber …« Er spürte die Panik wieder sein Rückgrat hinaufklettern. »Aber du hast doch gesagt … Ich habe doch unterschrieben, alles unterschrieben, ich mache, was ihr wollt.«

Aber der Italiener hörte nicht mehr zu. Er schien seine eigene Frage vergessen zu haben. Er nahm die Tablette heraus, die er gerade in die Tasche gesteckt hatte, und gab sie Dogge.

»Komm schon, Lasse. Reiß dich zusammen. Heute Abend wird gefeiert. Dann kannst du mit Mehdi sprechen. Und jetzt kaufen wir ein.«

Die Jungen

Eines Tages, als Dogge zwölf war, rief Leila bei Jill an.

»Dogge hat eine Tasche. Die hat er gepackt. Er sagt, er soll jetzt hier wohnen.«

Dogge hörte, wie Leila ins Telefon sprach, dann sah er vor sich, wie Jill mit geschlossener Zentralverriegelung durch Våringe fuhr, das Auto auf dem Bürgersteig direkt vor dem Eingang abstellte und mit dem Halstuch vor dem Mund den Aufzug nach oben nahm, sich den Laubengang entlangschlängelte, der mit Fahrrädern, kaputten Holzkohlegrills und Klappstühlen vollgestellt war, und so hastig auf die Klingel drückte, dass man es kaum bemerkte.

Als sie in die Wohnung kam, zog sie sich nicht die Schuhe aus.

»Hallo, mein Schatz, deine Mama ist jetzt hier. Alles wird gut.« Sie sagte es so schnell, als würde es sich um eine Zauberformel handeln.

Und was hatte sie zu Leila gesagt? Dogge konnte sich nicht mehr daran erinnern. Dass er sich mit seinem Vater gestritten hätte? Dass es zu Hause ein bisschen drunter und drüber ginge, aber jetzt wäre alles wieder gut?

Aber er erinnerte sich an die Scham. Ihre Scham, nicht seine. Dass ihr Sohn in die enge, schimmelige Zweizimmerwohnung fliehen wollte, in der Billy mit seiner Mutter und all seinen Geschwistern wohnte. Dass er lieber dort sein wollte als in dem Haus, in dem er aufgewachsen war, der geerbten, hübschen Gründerzeitvilla. Diese Scham war so stark, dass Dogge spürte, wie sie unter seine eigene Haut kroch.

Teo war betrunken, als sie nach Hause kamen. Die Kopfschmerzen, die nicht mehr vorbeigehen wollten, verschwanden nicht einmal mehr, wenn er soff.

»Was stimmt denn mit dir nicht?«, hatte er Dogge gefragt. »Kein Schwein haut aus Rönnviken ab, um in Våringe zu wohnen, wenn er nicht total durchgeknallt ist.«

Er lachte, als wäre es nur ein Scherz, wandte sich an Jill, um Zustimmung zu bekommen. Sie protestierte selten gegen das, was Teo sagte, und niemals, wenn es um Dogge ging.

Teo schlief auf dem Sofa im Wohnzimmer ein. Es war fast eine Woche vergangen, seit der Gerichtsvollzieher da gewesen war, aber das Sofa stand immer noch im Haus. Jill schloss sich im Badezimmer ein. Es klang so, als würde sie sich ein Bad einlassen.

»*Hallo, mein Schatz. Deine Mama ist jetzt hier. Mama liebt dich. Alles wird gut.*«

Dogge wusste, dass sie es gesagt hatte, damit Billys Mutter es hören konnte. Es war eine hohle Phrase, an die niemand von ihnen glaubte, sie war für diejenigen, die zuhörten, nicht für ihn.

Außerdem wusste er, dass es eine Lüge war. Er hatte versucht zu fliehen, und es war ihm missglückt. Nichts konnte noch gut werden, höchstens schlechter.

Samstag, 15. Dezember

42.

»Ich glaube nicht, dass ich es noch schaffe.«

Farid hatte sein Bier halb ausgetrunken. Seine Mutter passte auf die Kinder auf, Nadja und er waren in der Stadt. *U-Bahn hinein, Taxi nach Hause.* Ein neues Restaurant am Stureplan, er hatte den Tisch vor über drei Wochen reserviert, bereute es schon, bevor er den Hörer aufgelegt hatte.

»Du musst es nicht austrinken, wenn du es nicht schaffst.«

Nadja tätschelte ihm die Hand. »Es gibt niemanden hier, der dich zwingt.«

»Du weißt, was ich meine.«

Sie warteten nach wie vor auf die Vorspeise, und danach wollten sie noch ins Kino gehen, Farid hatte den Film vergessen, den Nadja sehen wollte. Weil er wusste, dass er nach spätestens zehn Minuten der Aufführung eingeschlafen wäre, hatte er Ja gesagt, ohne genau hinzuhören.

»Es ist ein verdammter Scheißjob.«

»Ihr werdet Dogge finden. Es ist nur eine Frage der Zeit.«

»Und was soll ich deiner Meinung nach mit ihm tun, wenn ich ihn sehe? Ihn fragen, wer ihm in diesem Video ins Gesicht pinkelt, in diesem Video, das der Richter nicht für wichtig genug hielt, um es als Beweismittel überhaupt in Betracht zu ziehen, als er verfügte, dass Mehdi selbstverständlich sofort freigelassen werden musste?«

»Du hast mir gesagt, dass es nicht Mehdi war, der auf sie

uriniert hat. Sondern der andere, Mehdis Kumpel, bei dem du dir aber nicht sicher bist, weil man nur den Unterkörper sehen kann.«

»Du klingst genau wie dieser komische Richter.«

»Kein Grund auf mich wütend zu sein.« Nadjas Stimme wurde hart. »Ich habe dir nichts getan.«

»Wie kann man sich denn so einen Film ansehen und anschließend Mehdi freilassen, kannst du mir das erklären?«

»Du willst nicht, dass ich es dir erkläre.« Nadjas Stimme klang immer noch verärgert. »Wie hat es denn der Richter begründet?«

»Dass er nicht mit Sicherheit feststellen konnte, dass es Mehdi ist, der zu sehen ist.«

»Und, ist das so?«

»Das ist doch klar wie Kloßbrühe, dass es Mehdi ist.«

»Hast du jemanden dazu bringen können, dass er das so sagt? Jemand anderen als dich?«

»Nein, Und du weißt auch, warum.« Er trank aus dem Bierglas. »Weil niemand Lust hat, angepinkelt zu werden. Wo bleibt denn dieses verdammte Essen? Was muss man denn tun, um etwas zu bekommen, bevor der Koch nach Hause geht?«

»Beruhige dich, Farid. Die Techniker konnten ja auch nicht feststellen, ob es Mehdi war.«

»Ich habe überhaupt nicht vor, mich zu beruhigen. Ich bin hungrig. Die Techniker sind Idioten. Und was ist das eigentlich für ein verdammtes Restaurant?«

»Im Ernst jetzt, Farid. Komm runter. Du weißt, worauf es ankommt. Wenn ihr Dogge gefunden habt, konfrontierst du ihn mit dem Video. Du hast ihn vorher schon zum Reden gebracht, und jetzt hast du etwas Konkretes, mit dem du seine Aussage stützen kannst. Das ist doch eher ein Fortschritt.«

»Ich weiß nicht, Nadja. Ich habe eigentlich keine Lust,

Dogges Aussage zu stützen. Ich habe es einfach satt, mir immer wieder die Geschichten anzuhören, die diese dämlichen Blagen erfinden, eine nach der anderen, bei denen man nur eine Sache garantiert jedes Mal zu hören bekommt, dass sie an nichts, an absolut gar nichts schuld sind.«

»Okay.« Nadja nahm das letzte Brotstück aus seiner Hand und steckte es in den Mund. »War das, was die Techniker über das Video gesagt haben, der einzige Grund, warum der Richter Mehdi laufen ließ?«

Farid murmelte etwas und leerte sein Bierglas.

»Was hast du gesagt?«

»Der Richter glaubt, dass Dogge Billy mit der Pistole seines Vaters erschossen hat.«

»Dogges Vater? Ist der nicht tot?«

»Als ich zu Hause bei Billys Mutter war, sagte eines seiner Geschwister, dass Dogge die Waffe nicht von Mehdi bekommen hatte, sondern von seinem eigenen Vater. Ich war gezwungen, eine Aktennotiz davon anzufertigen. Und dann buddelt Mehdis Anwalt ein Foto von Dogges Vater aus, der eine Glock in der Hand hält, ja, so ungefähr ist es gelaufen.«

»Und, war es die Waffe von Dogges Vater?«

»Keine Chance, dass es so war. Aber es ist schwer, Mehdi mit einer Glock in Verbindung zu bringen, die wir nicht finden können, wenn Dogge zu Hause eine bekommen konnte. Tusse und seine Schwester wollen Mehdi aus der Gleichung nehmen. Sie lügen. Diese ganzen Scheißkinder lügen. Und ich werde sie alle zusammen in das erstbeste Gefängnis stecken und den Schlüssel wegwerfen.«

»Nichts wird besser, wenn man Kinder ins Gefängnis steckt.«

»Nichts?« Farid zog Nadjas Bierglas heran uns schüttete den halben Inhalt in sein eigenes. »Dogge hat Billy hingerichtet. Ganz egal, warum er es tat, ganz egal, ob Mehdi es ihm gesagt hat oder nicht, er entsicherte diese Glock und schoss viermal aus einem Abstand von weniger als einem Meter in den Hinterkopf seines besten Freundes. Wer macht so etwas? Er hat zweimal sein Ziel verfehlt, wie auch immer das bei so einem Abstand möglich war, aber die anderen trafen in den Hinterkopf und in den Nacken, er wollte ihn töten, wie kann ein Vierzehnjähriger so etwas wollen? Dogge ist nicht vom Krieg traumatisiert, er ist nicht obdachlos oder Waise. Er ist vierzehn, fast fünfzehn, und richtete seinen besten Freund mit Vorsatz hin.«

»Kinder haben nicht dasselbe vorausschauende Denken wie wir, ihre Gehirne sind nicht fertig entwickelt, sie ...«

»Sie werden die Ermittlungen einstellen.«

»Was? Steht das schon fest?«

»Noch nicht. Aber wir wissen, wer schoss, werden Mehdi allerdings nicht vor Gericht bringen können. Nicht mit der Information, dass Dogge sich die Waffe seines eigenen Vaters besorgt hat. Keine Chance. Du weißt, wie schwer es ist, jemanden wegen Anstiftung zu verurteilen. Wir müssen es beweisen, und zwar über jeden Zweifel erhaben, und zwar vor diesen Richtern, die anscheinend dafür bezahlt werden, alles infrage zu stellen, was darauf hindeutet, dass Dogge Billy niemals ermordet hätte, wenn Mehdi es nicht von ihm gewollt hätte. Wir werden ihnen eine Waffe geben müssen, die Dogge von Mehdi erhalten hat, einen Beweis dafür, dass Mehdi ihm gesagt hat, dass er es tun soll, und bestenfalls noch ein paar glaubwürdige Zeugen für jeden dieser Punkte.«

»Vielleicht kannst du ihn ja als Mittäter drankriegen?«

»Natürlich. Aber es kann auch sein, dass das Gericht ihn freispricht, selbst wenn wir ihnen eine Waffe vorlegen, in die Mehdi seinen Namen graviert hat, und selbst wenn der Imam bezeugt, dass Mehdi ihm erzählt hat, er hätte Dogge den Auftrag gegeben, Billy zu ermorden, und selbst wenn es einen Film davon gäbe, wie er es tatsächlich getan hat. Denn der Richter glaubt vielleicht, dass es irgendein anderer Idiot in dem Scheißvideo gewesen sein könnte. Alles kann passieren. Aber das, was mit höchster Wahrscheinlichkeit passieren wird, ist, dass die Ermittlungen eingestellt werden, ohne dass wir es bekannt machen, und anschließend ermitteln wir eben etwas anderes, bei dem wir genau wissen, was passiert ist, und auch keine Beweise haben.«

»Weißt du denn genau, was passiert ist?«

»Das ist nicht der Punkt, Nadja.« Farid erhob die Stimme. Die Gäste am Nachbartisch sahen ihn an. »Ich gebe ihnen eine Woche, höchstens zwei. Wir ermitteln einen Schusswaffenmord nach dem anderen, und niemand wird bestraft. Es ist neun Tage her, dass Billy erschossen wurde, und allein in der Stockholmer Gegend hat es seitdem sechs weitere Schießereien gegeben. Zwei Tote, keiner von ihnen ist fünfundzwanzig geworden. Du sagst, dass Kinder nicht dasselbe vorausschauende Denken haben wie Erwachsene. Sorry. Das nehme ich dir nicht ab. Sie wissen genau, was sie tun. Ich hätte auch in einer dieser verdammten Gangs landen können, aber ich bin es nicht. Denn ich habe mich zusammengerissen. Unsere Kinder sollten niemanden töten, denn sie wissen, dass man so etwas nicht tut. Sie wissen genau, was es bedeutet, wenn man mit einer geladenen Waffe auf jemanden schießt, dessen Kopf weniger als einen Meter entfernt ist. Sie wissen das.«

Er war außer Atem. Nadja schüttelte irritiert den Kopf.

»Farid. Wenn du darüber redest, wie schwierig deine Kindheit war, dann geht es normalerweise darum, dass deine Mutter dir Salbe auf die Mundwinkel schmieren musste, weil du Herpesbläschen hattest, und dass sie dich in der Schule einen Clown nannten. Oder dass dein Vater einen deiner Lehrer anrief, um ihm zu sagen, dass er deine Geschichtsklausur falsch beurteilt hat. Du hattest es nicht ansatzweise so schwer, wie diese Kinder hier es schwer haben.«

»Dogges Mutter ist keine ... doch, okay, sie ist eine schreckliche Mutter.« Farid trank den Rest des Biers aus, das er sich von Nadja genommen hatte. »Aber Billys Mutter tut alles für ihre Kinder. Sie ist eine Art von ... Sie ist irgendwie die Nonne in *Sound of Music*.«

»Die Nonne in *Sound of Music* ist aber nicht die Mutter der Kinder. Die Mutter der Kinder in *Sound of Music* ist tot.«

»Ja, aber du weißt, was ich meine. Alles, was ich von Billys Mutter gesehen habe, deutet darauf hin, dass sie eine verdammt ... Was gibt es denn so für gute Mütter?«

»Alle guten Mütter in der Literatur sind tot. Pippis Mutter. Tot. Harry Potters Mutter. Tot. Oliver Twists Mutter. Tot. Es ist gefährlich, eine Mutter zu sein. Und undankbar.«

»Was auch immer.« Farid hob den Arm und senkte ihn wieder, genauso schnell. Der Mann am Nebentisch war unangenehm berührt. »Ist es wirklich so verdammt schwierig, an diesem Ort etwas zu essen oder zu trinken zu bekommen? Dogge hat nicht das Recht, jemanden umzubringen. Außerdem müssen wir ihn einsperren, um zu vermeiden, dass jemand ihn um die Ecke bringt. Ich könnte sagen, dass ich ihn zu seiner eigenen Sicherheit einsperren würde, wenn dir das lieber ist, ist das okay?«

Nadja beugte sich über den Tisch und senkte die Stimme.

»Ich versuche nicht, seine Taten zu rechtfertigen, ich versuche ihn nur zu verstehen. Es ist unsere Pflicht, die Kinder zu verstehen, damit wir ihnen helfen können. Und du musst dich jetzt wirklich beruhigen.«

»Sie sind unbegreiflich, Nadja. Glaub mir. Ich versuche seit mehr als zehn Jahren, diese Kinder zu verstehen, und ich schaffe es nicht. Sie lügen über Dinge, bei denen sie gar nicht lügen müssten, und sie sagen die Wahrheit, wenn man es am wenigsten erwartet. Sie können morden, weil jemand über den falschen Scherz lacht oder das falsche Foto auf Instagram liked, sie können ein Mädchen besoffen machen, mit ihr schlafen, wenn sie bewusstlos ist, und sich gleichzeitig dabei filmen. Hör auf, sie verstehen zu wollen. Da gibt es nichts zu verstehen. Sie sind Scheusale.«

»Jetzt warte mal. Kinder, die furchtbare Dinge tun, nennen wir trotzdem nicht Scheusale. Sie bleiben Kinder.«

»Und wann hören sie auf, Kinder zu sein?« Die Gesellschaft am Nachbartisch sah sich jetzt unruhig um, auch sie schienen die Aufmerksamkeit des Oberkellners zu suchen. Farid bemerkte es gar nicht. »Wann kann man denn anfangen, irgendeine Art von Verantwortung von ihnen zu fordern? Wenn sie zehn sind? Zwölf? Wenn sie in den Stimmbruch kommen? Oder erst an ihrem achtzehnten Geburtstag? Ich habe keine Lust mehr, sie weiter mit Samthandschuhen anzufassen. Ich will …«

»Jetzt komm endlich runter, Farid, sonst fliegen wir noch raus. Natürlich kannst du Ansprüche an sie stellen. Niemand hat etwas anderes behauptet. Aber es ist doch sinnlos, sie nur um der Strafe willen zu bestrafen. Und um ihnen die richtige Strafe zukommen zu lassen, müssen wir sie verstehen. Wir müssen verstehen, warum sie das tun, was sie tun, und du musst endlich etwas essen, Farid. Du musst schlafen und du muss still sein, und du brauchst möglicherweise ein bisschen Urlaub, denn du sagst Dinge, die du im Grunde gar nicht meinst.«

»Ich bin in meinem ganzen Leben noch nie so ehrlich gewesen. Ich meine, was ich sage, zu hundert Prozent.«

Farids Stimme schwand zu einem Flüstern. Er senkte den Kopf zum Tisch. Die benachbarten Gäste sahen weg.

»Das tust du nicht.« Nadja zog seine Hand zu sich. »Du hast dein ganzes Berufsleben nichts anderes getan, als …«

»Du meinst, ich habe mein Leben verschwendet?«

»Du hast dein ganzes Leben der Aufgabe gewidmet, diese Kinder zu retten, ihnen eine neue Chance zu geben, denn du glaubst daran, dass sie es verdienen.«

»Ich glaube nicht, dass sie es verdienen.«

»Natürlich glaubst du das.«

Er blinzelte, damit er nicht zu weinen begann. Nadja umschloss seine Hand noch fester. Er schluckte.

»Du tust jeden Tag etwas dafür, mein Schatz«, flüsterte sie. »Du weißt, dass ein klitzekleines Detail alles ändern kann. Du hast einfach nur eine schlechte Woche gehabt.« Sie drehte sich zum Nachbartisch um und sprach lauter. »Eine schlechte Woche auf der Arbeit.«

Sie nickten vorsichtig.

»Sie werden diese Ermittlungen einstellen.«

»Das weißt du doch gar nicht.«

»Doch, das weiß ich.«

»Okay. Aber Mehdi wandert dann eben wegen irgendetwas anderem ins Gefängnis ... und es gibt auch andere, die dich brauchen, andere Jungen. Bald wendet sich das Blatt wieder, habib.«

»Natürlich.« Farid drückte Nadjas Hand an seine Lippen. Er lächelte vorsichtig. »Ich frage mich aber immer noch, ob man an diesem Ort etwas zu essen bekommt.«

43.

Dogge und der Italiener mussten die Schiebetüren von Suddens Livs aufstemmen, damit sie hineinkamen. Es dauerte
nur ein paar Sekunden, die Sperre zu lösen und sie einen halben Meter auseinanderzudrücken, damit man sich durch sie
hindurchquetschen konnte. Dogge bekam einen Lachanfall,
als der Italiener mit der Jacke in der Öffnung hängen blieb.
Aber das Lachen blieb ihm schon bald im Halse stecken. Der
Schwindel übernahm. Hungrig, dachte Dogge, er war hungrig.
Er musste essen. Es kribbelte im Körper. Die Beine fühlten sich
an, als wären sie eingeschlafen, ihm war, als hätte er Ameisen
auf der Haut. Sie krabbelten auf ihm herum, es juckte, auf den
Ekzemen, aber auch im Körper, im Blut, überall.

Es waren keine Kunden im Laden, und Sudden schien alle
seine Mitarbeiter nach Hause geschickt zu haben. Er selbst
saß an einer der Kassen und stand sofort auf.

»Wir haben geschlossen«, rief er. Sudden hielt die Geld-
schublade, die er aus der Kasse genommen hatte.

»Guten Tag, guten Tag!«

Der Italiener tat so, als würde er sich verbeugen, Dogge
stellte sich neben ihn. Er spreizte die Beine, damit er sicher
stehen konnte.

Sudden sah müde aus, nicht ängstlich, nur erschöpft.

De Italiener zog einen Einkaufswagen heran, der verlassen
im Eingang gestanden hatte.

»Wir wollten ein bisschen einkaufen, damit haben Sie doch keine Probleme, oder? Wir dürfen doch auch einkaufen, wie alle anderen Leute? Wir versprechen auch, dass wir uns beeilen, damit Sie schnell nach Hause gehen können. Ist die werte Gattin noch wach, dann können Sie vielleicht ein bisschen ficken? Fickt sie gerne?«

Sudden sagte gar nichts.

Dogge folgte dem Italiener. Sie schoben den Einkaufswagen vor sich her, füllten ihn mit Waren. Jeder von ihnen hatte eine der großen Papiertüten genommen, die man an der Kasse kaufen konnte, und kippten die losen Süßigkeiten hinein. Eine Sorte nach der anderen verschwand in den Tüten. Himbeerbötchen, Schokoladenmünzen, Tuttifrutti, Schnuller, Geleefrüchte, Karamellbonbons und Colaflaschen. Die salzigsauren Wombles waren miteinander verklumpt und landeten mit einem lauten Knall in der Tüte. Der Italiener wurde wütend.

»Kein verdammtes Salzlakritz, ich hasse Salzlakritz. Bleib von meiner Tüte weg, ich will deine ekligen Süßigkeiten nicht haben.«

Chips, Fleischwaren, Brause. Dogge raffte die Sachen in seinem Wagen zusammen, ohne überhaupt hinzusehen, was es war. Nie im Leben konnten sie das alles zum Auto tragen, sie mussten den ganzen Einkaufswagen mitnehmen. Ein tiefgefrorener Käsekuchen. Würstchen in der Großpackung. Sechs Gurken, biologisch. Vier Pakete Knäckebrot. Zwanzig Packungen mit extra sicheren Nachtbinden. Als der Italiener die Menstruationsartikel sah, wurde er wieder sauer.

»Hältst du mich für eine verdammte Nutte? Willst du mir sagen, dass ich nichts anderes bin als eine alte Hure? Oder hat der kleine Lasse seine Tage bekommen? Blutest du in die Schlüpfer, oder was?«

Er warf die Binden heraus, zwei Packungen landeten im

Käseregal. Eines riss er entzwei, und die Binden verteilten sich auf dem Boden. Dogge trat gegen eine von ihnen, und sie flog los wie ein Geschoss und landete auf der anderen Seite der Fleischtheke.

»Tooor«, schrie der Italiener. Die Wut war wie weggeblasen.

Als sie an die Kasse kamen, baten sie um Zigaretten, sechs Schachteln.

»Ihr müsst bezahlen«, sagte Sudden. »Wenn ihr wollt, dass ich euch einkaufen lasse, dann müsst ihr auch bezahlen.« Er klang immer noch nicht wütend. Nur müde. »Damit habt ihr doch keine Probleme, oder?«

Dogge hatte langsam genug. Er wollte, dass Sudden endlich losschimpfte, das war lustiger, als wenn er einfach tat, was sie ihm sagten. Aber er wirkte noch nicht einmal ängstlich. Dogge wollte, dass er Angst bekam. Es würde bestimmt reichen, wenn er einfach nur so laut wie möglich schrie. Oder einen Faustschlag direkt neben seinem Gesicht platzierte. Oder den hohen Stapel aus Einkaufskörben umtrat. Stattdessen zog er einen der Fünfhunderter vom Einbruch aus der Hosentasche.

»Du willst Geld? Natürlich bekommst du Geld.«

Er glättete den Schein sorgfältig mit den Fingern, bevor er ihn auf die Handfläche legte, die Hand in die Hose steckte und seinen halben Arm in der Kleidung versenkte, um sich sorgfältig zwischen den Hinterbacken zu reinigen. Dann zog er die Hand wieder heraus und legte den Schein vor Sudden auf den Tresen. Der Italiener lachte schreiend.

»Mein Wechselgeld, bitte«, sagte Dogge. »Zunächst mal reicht alles, was du in der Kasse hast.«

Die Jungen

Als Billy und Dogge ihren letzten gemeinsamen Auftrag bekamen, saßen sie in der Pizzeria von Våringe. Sie aßen jeweils
eine Margherita mit extra Käse, Dogge hatte den Rücken zur
Tür gewandt, und Billy saß ihm gegenüber. Obwohl er ihn
nicht sah, wusste Dogge auf die Sekunde genau, wann Mehdi
hereinkam. Er spürte es in der Luft, man konnte es allen ansehen, die sich im Restaurant befanden, sie drehten sich nicht
um und glotzten ihn an, sondern zwangen sich plötzlich, es zu
unterlassen, aktiv so zu tun, als wäre alles genau wie vorher,
als wäre er gar nicht dort.

Denn das Erste, was man an Mehdi bemerkte, war nicht
seine Schönheit, es war nicht das Auto, das er fuhr, oder die
Kleidung, die er trug. Er rasierte sich nicht das Haar in seltsamen Mustern, wie es viele seiner Freunde taten, er hatte
keine großen, auffälligen Markensymbole auf der Kleidung
und ließ die Autofenster nicht herunter, während er laut Musik hörte. Er hatte nicht einmal großflächige Tätowierungen.
Seine Stimme war dunkel und ruhig, aber nicht durchdrin-
gend, er war nicht besonders großgewachsen oder kräftig,
aber auch nicht klein.

Mehdi konnte man daran erkennen, wie sich andere zu
ihm verhielten, wenn er einen Raum betrat. Die Frauen um
ihn herum, es waren immer mehrere, sprachen mit erregtem
Schaudern von seiner Energie, wie magisch sie sei. Wenn er

sein schiefes Lächeln zeigte, lächelten sie zurück, sogar die ewigen Kratzbürsten.

Auch die Männer standen unter Mehdis Einfluss, aber sie nannten es Respekt und begnügten sich damit, ein Stück zurückzutreten, wenn er zu nahe kam, warteten stets, bis er seine Hand zum Gruß hob, erstarrten, wenn er sie berührte, und drohten mit Gewalt, wenn jemand ihm zu nahe kam, ohne dass er es erlaubt hatte.

Es wurden viele Geschichten über Mehdi erzählt. Ein Gerücht besagte, dass er Fußball bei den IF Brommapojkarna gespielt hätte, aber irgendwann keine Lust mehr hatte, obwohl er in den Kader der Jugendnationalmannschaft aufgenommen worden war. Ein anderes lautete, dass er in New York gewohnt und dort für den schlimmsten aller Gangster gearbeitet hätte, als seine rechte Hand. In Berlin hatte er angeblich in ein Bordell investiert, in das er schwedische Wirtschaftsbosse führte, in Mallorca hätte er sogar jemanden umgebracht. So hatte Dogge es von Billy gehört. Besonders die Geschichte mit dem Bordell fand er spannend.

»Glaubst du, dass er etwas bezahlen muss, wenn er dort hingeht? Oder darf er ganz umsonst alles tun, was er will?«

Blue-Boy erklärte ihnen schließlich, worin der Auftrag bestand. Es war nichts Kompliziertes, aber es war wichtig, dass sie genau das taten, was ihnen gesagt wurde. Sie mussten pünktlich sein, die Handgranaten durch das richtige Fenster werfen, nichts anderes. Der Typ, um den Mehdi sich kümmern wollte, würde sich dort befinden, aber nur genau zu dieser Zeit. Jeder von ihnen würde eine Granate werfen, die erste sollte die Scheibe zerstören, und dann käme die zweite, die so weit wie möglich in die Wohnung geworfen werden sollte.

»Wer von euch am besten werfen kann, sollte die zweite nehmen«, sagte Blue-Boy. »Aber auch die erste muss genau richtig treffen.« Dogge fand, dass das ziemlich schwierig klang. Aber Blue-Boy sagte mehrere Male, dass es einfach war, und Billy nickte.

Billy merkt sich, wie wir es machen sollen, dachte Dogge. Billy kann Anweisungen gut behalten.

Brandstiftung, so würde man es bezeichnen, erklärte Blue-Boy. Dafür gab es lebenslänglich, aber nicht, wenn man vierzehn war, sie müssten überhaupt keine Strafe absitzen, wenn sie erwischt würden.

Als er fertig war, beugte er sich über den Tisch und zog Billys Rucksack an sich, den er als Schultasche benutzte. Er zog den Reißverschluss auf, nahm die Granaten aus seiner Tasche und steckte sie hinein. Es ging schnell, außer Dogge und Billy sah niemand in der Pizzeria, was er gerade getan hatte.

Mehdi saß an einem anderen Tisch, während Blue-Boy alles erklärte. Am Ende sagte er noch, dass es das Letzte sei, was Billy tun müsse, danach wären sie quitt. Sie mussten nur tun, was sie versprochen hatten.

Was Billy versprochen hatte, dachte Dogge. Aber er sagte nichts. Blieb ganz still, als würde der Auftrag genauso sehr ihn betreffen wie Billy, und vielleicht, dachte er, vielleicht war es ja so. Wenn wir es tun, können wir vielleicht beide abspringen? Mehdi hat mich niemals als etwas anderes betrachtet als Billys Anhang, ich war nicht wichtig. Er weiß, dass ich nicht einmal reich bin, er braucht mich nicht. Ich werde mit Billy reden, dachte er. *Wir sind Brüder, wir machen das hier zusammen.*

»Ich verlasse mich auf dich«, hatte Mehdi gesagt. Er war zu ihrem Tisch gekommen und hatte sich neben Billy gestellt.

Dich. Er redete nur mit Billy. Blue-Boy gab Billy die Granaten, obwohl Dogge auch dort saß, direkt daneben.

»Ich werde auch abspringen«, sagte Dogge, als Mehdi und Blue-Boy gegangen waren.

»Klar«, sagte Billy. »Whatever.«

Samstag, 15. Dezember

44.

Es brummte in Suddens Ohren. Ein dumpfes Geräusch.

Sobald die beiden Jungen ihn allein an der Kasse zurückgelassen hatten, rief er die 112 an.

»Wir haben leider keine Streifenwagen in der Nähe. Wir schicken jemanden, so schnell es geht. Wir verstehen Sie. Wir geben unser Bestes. Wir werden Ihnen helfen, aber im Augenblick werden wir gerade von vielen gebraucht.«

Sudden erklärte, dass einer von denen, die seinen Laden verwüstet hatten, aus einem geschlossenen Jugendheim geflohen war und vorher einen Jungen in Rönnviken erschossen hatte.

»Er steht unter Drogen. Es ist ihm egal, dass ich weiß, wer er ist. Ihnen ist alles egal, Sie müssen kommen.«

»Sind sie bewaffnet?«, fragte die Frau.

»Nein«, antwortete Sudden. »Soweit ich sehen kann, nicht. Aber sie sind zu zweit, ich bin allein, und einer von ihnen«, wiederholte er, »hat vor weniger als zwei Wochen einen anderen Jungen ermordet. Verstehen Sie überhaupt, was ich Ihnen da sage? Nach ihm wird gefahndet. Sie suchen nach ihm.«

»Wir arbeiten, so schnell wir können, ich verspreche Ihnen, dass wir Ihnen helfen werden. Aber gerade jetzt haben wir dort keine Streifenwagen in der Nähe.«

Also rief er die Wachgesellschaft an. Er hatte keinen Vertrag mehr mit ihnen, aber er wollte es trotzdem versuchen. Dort meldete sich eine Computerstimme.

»Geben Sie bitte Ihre Kundennummer ein. Danach drücken Sie die Raute-Taste. Drücken Sie die Eins für einen Einbruch. Drücken Sie die Zwei für einen Überfall. Drücke Sie die Drei für ... Möchten Sie lieber mit einem Mitarbeiter sprechen? Dann drücken Sie die Stern-Taste. Zurzeit sind alle Leitungen belegt, Sie haben die Nummer acht in der Warteschleife. In dringenden Fällen rufen Sie bitte die 112 an.«

Er rief erneut die 112 an. Die Zeit zwischen den unbeantworteten Klingelzeichen kam ihm wie eine Ewigkeit vor. Als Dogge und sein Komplize ihre Runde durch den Laden beendet hatten und zur Kasse zurückkamen, legte er das Telefon zur Seite. Er wollte sie nicht unnötig provozieren. Vielleicht konnte er sein Handy behalten, wenn sie es nicht sahen. Sobald sie verschwunden waren, würde er Sara anrufen, sie musste zu ihm herunterkommen und ihm beim Aufräumen helfen. Sie würden bald gehen. Es war nicht das erste Mal. Es würde auch nicht das letzte Mal sein. Aber sie gingen immer. Es hörte immer auf. Wenn sie es satthatten, gingen sie, dieses Mal waren sie ungewöhnlich aufgedreht, aber sie würden gehen, sie blieben nie. Das Wichtigste war, immer ruhig zu bleiben. Seine Kinder waren nicht hier, Eva war zu Hause, sie konnten ihr nichts tun.

Aber Dogge legte ihm den Fünfhunderter hin, mit dem er sich vorher den Hintern abgewischt hatte. Er ließ ihn auf den Tresen fallen, und Sudden dachte, dass er tatsächlich so aussah, als würden Exkremente an ihm kleben.

Also bückte er sich. Er musste nicht besonders weit greifen. Er lag direkt hinter der Kasse.

Als er ihn einmal in der Hand hatte, ging alles sehr schnell.

Sonntag, 16. Dezember, nach Mitternacht

45.

In der Sturegatan glitzerte der Weihnachtsschmuck, als sie aus dem Kino kamen. Nadja begann zu frieren. Farid zog seine Mütze ab und setzte sie ihr auf den Kopf. Sie lächelte und schob den Pony zur Seite.

»Wie fandest du den Film?«

»Gut«, sagte Farid.

Sie lächelte.

»War es schön, ein bisschen schlafen zu können?«

»Ja.«

Eine Gruppe von Jugendlichen kam aus dem Humlegården-Park, allesamt trugen sie zu große Jacken und gerippte Strickmützen. Zwei von ihnen sangen ein weihnachtliches Trinklied.

»Hej tomtegubbar slå i glasen och låt oss lustiga vara.«

Farid ging zur Seite, um sie vorbeizulassen.

Sie kaufen dieselben Marken wie meine Gangsterkinder, dachte er. Aber trotzdem nennen wir sie die bessere Gesellschaft.

Unten am Stureplan war der Schnee auf den Wegen weggeschmolzen und der Asphalt darunter war schwarz und feucht. Eine lange Reihe von Taxis stand vor der Sturecompagniet. Um zu den Taxis zu kommen, mussten sie auf der Straße gehen, weil die Schlange vor dem Club so lang war. Farid öffnete die Hintertür des ersten Wagens in der Reihe und ließ Nadja hineinschlüpfen, dann setzte er sich neben sie.

Der Fahrer hatte das Radio eingeschaltet, eine Gebetskette baumelte am Rückspiegel. Farid bat ihn, die Lautstärke zu senken und rutschte näher an Nadja heran. Sie lehnte sich an ihn. Er schob ihr die Mütze vom Kopf, steckte sie in die Tasche und saugte den Duft ihres Haars ein.

Sie waren beinahe zu Hause, aber immer noch auf der Autobahn, als sie sahen, wie ein Einsatzfahrzeug sich näherte, kurz darauf ein weiteres. Beide hatten das Blaulicht eingeschaltet, aber nicht die Sirenen. Sie bewegten sich genauso leise wie ihr Taxi, nur in die entgegengesetzte Richtung. Die Lichtkegel fegten über die Straße, in das Taxi hinein und über ihre Körper, als sich die Fahrzeuge begegneten.

Nadja sah ihn an, als die Einsatzfahrzeuge nach Våringe abbogen. Nur hundert Meter nach der Abfahrt fuhr ein Wagen von hinten an sie heran, diesmal von Våringe kommend, es war ein Rettungswagen. Er hatte die Sirenen eingeschaltet. Das Taxi fuhr langsamer und ließ den Wagen vorbei.

»Ich muss es nicht wissen«, sagte Farid und drückte Nadjas Hand. »Sie melden sich, wenn sie mich brauchen.«

Das Handy steckte in seiner Tasche, er hatte es auf lautlos gestellt. Aber das dumpfe Summen des eingehenden Anrufs war deutlich zu hören.

46.

Dogge lachte, aber kurz darauf lachte er nicht mehr.

Sudden schwang ihn nur ein einziges Mal. Er hatte als Jugendlicher Tennis gespielt, und auf dem Brennballfest der Stadt im vorigen Sommer hatte er weiter geschlagen als jeder andere. Er hatte drei Home Runs bei ebenso vielen Versuchen geschafft. Seine Hände schlossen sich um den Griff, sie passten genau. Die obersten Finger der einen Hand legten sich exakt über den kleinen Finger und den Ringfinger der anderen Hand. Der Klang des perfekten Treffers war so wie immer. Er brachte alles zum Stillstand.

Der andere Junge wich zurück, eine kurze Sekunde begegnete er Suddens Blick. Es sah aus, als würde er wütend werden, als würde er gleich aggressiv werden. Aber als er den Blick senkte und sah, was zwischen ihnen lag, als er sah, was mit Dogge passiert war, drehte er sich um und begann zu laufen. Er rutschte in der Dickmilch aus, die sie auf den Boden geschüttet hatten, konnte aber das Gleichgewicht halten und lief den ganzen Weg aus dem Laden nach draußen und verschwand.

Sudden rief ein drittes Mal die Notrufzentrale an.

»Schicken Sie einen Rettungswagen«, sagte er. »Es ist eilig, kommen Sie schnell.«

Er erklärte, was er getan hatte. Und plötzlich gab es genügend Einsatzwagen.

Während er wartete, setzte er sich auf den Boden und legte Dogges Kopf auf seinen Schoß. Um ihn näher heranziehen zu können, legte er seine gebeugte Hand unter dem Nacken des Jungen, vorsichtig, wie er es mit den eigenen Kindern getan hatte, als sie gerade zur Welt gekommen waren. Suddens Knie wurde warm, und während das Blut den Körper des Jungen verließ, sang er ein Lied, das seine Mutter immer für ihn gesungen hatte, wenn er nicht einschlafen konnte.

Lorî, lorî kurém lorî. Mein Sohn ist verletzt, er ist krank. Die Wunden meines Sohns sind schwer zu tragen. Schlaf ein, schlaf ein, mein Lamm. Schlaf ein, schlaf ein, mein Sohn. Lorî, lorî.

*

Der Rettungswagen traf sechs Minuten später ein. Die Polizei kam direkt danach, gleich mit zwei Fahrzeugen. Er und Dogge waren immer noch allein im Laden, als sie kamen, und Sudden sang immer noch, schaukelte mit dem Oberkörper im Takt der Melodie. Als das Rettungspersonal mit der Bahre hereingelaufen kam, musste er loslassen. Sie nahmen den Jungen. Er blieb auf dem Boden sitzen.

Die Polizei wartete, bis das Rettungspersonal kontrolliert hatte, dass es Sudden soweit gut ging. Dann legten sie ihm Handschellen an. Er leistete keinen Widerstand, aber er bat darum, den Laden abschließen zu dürfen, bevor sie losfuhren. Einer der Polizisten sagte Nein und versuchte, ihn zum Aufstehen zu bewegen, er wollte ihn mit sich zum Auto ziehen. Als Sudden auf die Beine gekommen war, betrachtete er die Registrierkasse, die immer noch offen stand. Er musste die Schublade mit dem Bargeld in den Safe stellen. Die Polizei kannte den Code nicht. Sie wussten nicht, wie man ihn aufbekam. Sie wussten nicht einmal, wo er stand.

»Ich kann meine Frau anrufen. Sie kann kommen und abschließen. Sie kann das Schlimmste auch schon mal sauber machen.«

Da wandte sich der andere Polizist an ihn. Er hatte eine nette, leise Stimme und sprach langsam, als wäre Sudden ein bisschen zurückgeblieben.

»Wir sorgen dafür, dass Ihre Frau unterrichtet wird. Sie dürfen nicht abschließen, Sie dürfen auch nichts wegnehmen oder sonst irgendetwas tun. Die Techniker übernehmen jetzt. Wir werden den ganzen Bereich absperren. Wir werden den Laden schließen, verstehen Sie? Das hier ist ein Tatort, und Sie müssen jetzt mit uns kommen.«

Die Jungen

Dogges erste Psychologin hieß Helena. Er ging in die zweite Klasse, und es war Jills Freundin, die sie empfohlen hatte, sie war dort mit ihrem eigenen Sohn gewesen, der an »leichterem ADHS« litt, und sie hatte gesagt, dass Helena gut darin wäre, »den Jungen dabei zu helfen, die richtigen Werkzeuge zu finden«.

Dogge, Jill und Teo fuhren in Teos Auto in die Stadt. Helena hatte ein Büro mit weißen Wänden und weißen Möbeln, trug eine weiße Bluse und knallroten Lippenstift. Sie wollte, dass Dogge etwas zeichnete. Er sagte zu ihr, dass sie doch selbst zeichnen solle, wenn sie es so toll fand.

Jill begleitete ihn nur das erste Mal. Das zweite Mal musste Dogge allein hineingehen, Teo sagte, dass er im Auto warten würde. Helena hatte ein Formular, sie stellte ihm Fragen, er beantwortete sie fast alle. Als er wieder herauskam, war Teo gefahren. Dogge musste sich auf die Treppe setzen und warten. Es wurde dunkel, bevor sein Vater wiederkam. Sie fuhren nie wieder zu Helena.

Als Dogge das zweite Mal zu einem Psychologen ging, hatte die Schule darum gebeten. Der Schulpsychologe von Rönnviken hatte einen Bart, zu weite Hosen und schmutzige Fingernägel, die er sauber machte, während Jill ohne Unterlass redete, weil sie Angst davor hatte, dass es still werden könnte. Sie trafen ihn dreimal, jedes Mal alle drei gemeinsam.

Dogge sagte kein einziges Wort. Dann drohte Teo damit, ihn aus der Schule zu nehmen, wenn dies nicht ein Ende nähme, woraufhin sie ihn nicht wieder besuchen mussten.

»Mein Sohn ist kein Verrückter, die Schule will ihn nur mit einer Diagnose versehen, um mehr Geld für ihn zu bekommen und damit sie die Schuld abwälzen können, weil ihre Lehrer Idioten sind.«

Als Dogge dreizehn war, traf er eine Psychologin, mit der das Jugendamt zusammenarbeitete. Es war auch das Jugendamt, dass erklärt hatte, dass *es am besten wäre*, wenn Dogge von jetzt an zu ihr ginge. Teo war mittlerweile im Konkurs und konnte keine privaten Psychologen mehr bezahlen. Als Dogge sie traf, durften weder Jill noch Teo dabei sein. Sie hieß Jennie, trug Jeans, schwarze Springerstiefel, ein langärmeliges Oberteil und hatte vier Löcher in jedem Ohr. Sie erklärte ihm als Erstes, dass sie an eine Schweigepflicht gebunden war, und dass er das Gefühl haben sollte, ihr alles erzählen zu können, was auch immer er wollte. Und dann fügte sie hinzu, schnell, als würde sie hoffen, dass er es nicht hören konnte, dass es trotzdem Dinge gab, bei denen sie verpflichtet war, sie der Polizei zu melden, oder vielleicht auch seinen Eltern.

»Also«, sagte Dogge. »Wenn ich uninteressante Sachen erzähle, dann tun Sie nichts, aber wenn ich etwas Wichtiges sage, dann stecken Sie es der Polizei?«

Woraufhin Jennie eine Weile in der Mappe vor sich blätterte.

»Wir machen es so«, sagte sie schließlich. »Wenn du anfängst, irgendetwas zu erzählen, von dem ich glaube, dass ich es nicht für mich behalten darf, dann sage ich es sofort, damit du aufhören kannst, wenn du es willst.«

»Worüber soll ich denn reden?«, hatte er gefragt. »Meine Kindheit, oder was?«

»Möchtest du über deine Kindheit sprechen?« Jennie legte ein Bein über das andere und lehnte sich zurück.

»Glauben Sie, dass ich am Daumen gelutscht habe, bis ich zehn war, oder ins Bett gemacht, bis ich in die Mittelstufe kam, oder dass ich meine Mama heiraten möchte?«

»Wenn du darüber sprechen möchtest, höre ich dir gerne zu. Du kannst reden, über was du willst.«

»Warum sollte ich über die Kindheit reden, ich bin ja selbst noch ein Kind?«

»Ja, das stimmt.«

»Dann denken Sie sich etwas anderes aus. Worüber ich sprechen kann.«

»Wie läuft es denn in der Schule? Fühlst du dich dort wohl?«

Dogge hatte die Vorschule gemocht, besonders dann, wenn seine Mutter ihn ganz früh am Morgen abgegeben hatte, denn dann war erst eine Erzieherin da, und Dogge war fast immer das einzige Kind. Er durfte mit in die Küche kommen und sich ein Butterbrot schmieren und ein Glas Milch trinken. Dann gingen sie in den Kuschelraum und hörten sich ein Märchen vom Band an, und die Erzieherin trank eine Tasse Kaffee, während er sein Butterbrot aß. Eigentlich durfte man im Kuschelraum nicht essen, es war *strengstens verboten*.

»Aber«, sagte die Erzieherin, »das hier ist unser kleines Geheimnis, wir verraten es niemandem.«

Als die anderen Kinder kamen, durfte er spielen, was er wollte, bis die Zeit für den Morgenkreis gekommen war. Wenn sein Vater ihn abgeben sollte, kamen sie fast immer zu spät, Teo wollte eigentlich nicht, dass Dogge auf die Vorschule ging. Darüber regte sich das Personal auf. Aber sein Vater schien sich nicht darum zu scheren, und Dogge mochte den Morgenkreis ohnehin nicht, er dauerte ihm zu lange und man musste die ganze Zeit sitzen. Die Vorschule hatte einen eigenen Hof, auf dem sie jeden Tag mehrere Stunden spielen konnten, es gab zwei Hütten, eine riesige Sandkiste und Schubkarren, die man dazu benutzen konnte, um die Verletzten zum Krankenhaus zu fahren, wenn man Krieg spielte. Die anderen Jungen fanden Krieg das schönste Spiel, aber Dogge musste immer tot sein. Er mochte es nicht, still zu liegen und nichts zu tun, während die anderen mit Stöcken schossen und so schnell liefen, wie sie konnten, aber wenn er nicht den Toten spielen wollte, durfte er überhaupt nicht mitmachen.

Es war so unglaublich lange her. Jetzt war er ein anderer.

»Ich hasse die Schule«, sagte er stattdessen.

»Dann erzähl etwas von dir selbst«, sagte Jennie. »Was machst du gerne?«

»Das kann ich wohl nicht sagen«, antwortete Dogge. »Denn dann müssen Sie es der Polizei sagen.«

Daraufhin lachte sie. Als wäre es ein Witz gewesen.

Als Billy acht Jahre alt war, fand die Våringeschule, dass eine Untersuchung durchgeführt werden sollte.

»Am besten wäre es«, sagte sein Lehrer, »wenn wir Unterstützung hätten, um Billy helfen zu können. Vielleicht kann jemand ihm helfen, sich zu konzentrieren. Aber vorher brauchen wir eine Untersuchung, sonst können wir keine zusätzlichen Ressourcen beantragen.«

Leila bekam Hilfe von einer Schulschwester, um einen Antrag zu schreiben. Zwei Monate später durfte Billy für ein Beurteilungsgespräch zum Schularzt kommen, woraufhin er auf eine Warteliste für die Untersuchung gesetzt wurde.

»In dieser Region ist der Druck sehr hoch«, erklärte der Arzt. »Aber Sie haben das Recht auf einen Ersttermin innerhalb der nächsten neunzig Tage. Melden Sie sich beim Gesundheitsamt, falls es länger dauert.«

Als Billy einen Termin für die Untersuchung in der Kinder- und Jugendpsychiatrie bekam, wurde er von Leila begleitet. Sie durfte Fragen zu Billy beantworten. War es eine schwierige Schwangerschaft gewesen? Wann begann er zu sprechen? Zu gehen? Ab wann brauchte er keine Windeln mehr? Lutscht er noch am Daumen?

»Er wächst, wie er soll«, antwortete sie. »Meine Kinder sind keine Probleme.«

»Wir haben leider nicht die Ressourcen, die nötig sind«, sagte die Schule zu Leila, als die Untersuchung beendet war. »Aber es gibt andere Schulen, allerdings nicht in dieser Gemeinde, aber man kann auch andere Wege gehen. Vielleicht sollten Sie schauen, was da möglich ist?«

Als er in die sechste Klasse kam, musste er erneut zur Kinder- und Jugendpsychiatrie. Es sollte eine weitere Untersuchung durchgeführt werden, sie nannten es eine Folgeuntersuchung.

»Wissen Sie«, sagte Billy zur Psychologin. »Sie glauben, dass ich eine Geschichte mit einem Anfang und einem Ende und einem Höhepunkt erzählen kann, und da würden jede Menge spannender Sachen passieren, und wegen dieser Geschichte werden Sie dann sagen können, aha, ich verstehe. Aber eine solche Geschichte habe ich nicht.«

Die Psychologin hatte ausdruckslos in das Zimmer gestarrt. Als sie Luft holte, klang es fast wie ein unterdrücktes Gähnen.

»Ich denke nicht, dass du eine Geschichte erzählen solltest«, sagte sie. »Du kannst mir einfach erzählen, was du willst.«

Aber Billy fand das keine gute Idee. Daher sagte er gar nichts.

Sonntag, 16. Dezember, nach Mitternacht

47.

Von Suddens Livs waren es weniger als elf Kilometer bis zum Karolinska-Krankenhaus, von denen sieben auf der Autobahn verliefen. Sudden wurde im Krankenwagen transportiert, direkt vom Tatort. Es war kein Rettungstransport, also kein Blaulicht und keine Sirenen, er durfte während des Transports sitzen.

»Mir fehlt nichts«, sagte er.

Neben Sudden saß einer der Rettungssanitäter und ein Polizist. Jemand hatte sich um seinen Arbeitskittel gekümmert und ihn in eine Beweismitteltüte gesteckt. Die Jeans, das Unterhemd, seine Hände und Unterarme waren ebenfalls blutig, aber nicht so ausgeprägt. Der Arbeitskittel hatte ihn vor dem meisten bewahrt. Als sie das Krankenhaus erreicht hatten, mussten sie durch den Haupteingang gehen, es war der Einzige, der neben der Notfallaufnahme und der Entbindungsstation in der Nacht noch geöffnet war.

Ein Weihnachtsbaum glitzerte neben der Anmeldung. Der Kiosk war geöffnet, ein paar in Plastik verpackte Hyazinthen standen neben einem hohen Gestell mit Gute-Besserung-Karten. Ein Raumpfleger schob unmotiviert seinen Wagen durch die Eingangshalle, am Griff eines seiner Eimer hing eine schlaffe Weihnachtsmannmütze. Er nickte Sudden zu, als sie an ihm vorbeigingen, als würde er ihn kennen. Sudden grüßte zurück. Erst jetzt bemerkte er, dass seine Hände gefesselt waren. Der Polizist hielt ihn außerdem leicht am Arm, als wären sie zwei flanierende Damen ohne Sonnenschirm.

»Mir fehlt nichts«, sagte er erneut zu dem Polizisten. »Ich bin nicht verletzt. Ich bin nicht krank.«

Der Polizist drückte vorsichtig seine Armbeuge, und sie setzten den Weg fort.

»Morgen wollen die Kinder und ich einen Weihnachtsbaum kaufen«, sagte Sudden. »Oder war das schon heute? Das ist schon heute. Ich muss meine Frau anrufen, wäre das möglich? Und sagen, dass wir es verschieben müssen?«

In dem Flur vor dem Raum, zu dem sie ihn gebracht hatten, standen vier Schwestern aus der Nachtschicht und nippten an ihren Bechern. Sie sprachen unbekümmert weiter, als Sudden vorbeiging, lachten, als eine von ihnen erzählte, dass ihre Verwandten sich vorstellten, dass sie selbst gemachten Graved Lachs oder selbst eingelegten Hering zum Weihnachtsessen mitbrachte.

»Ich schlug ihnen vor, eine Tüte Chips zu besorgen«, sagte sie. »Näher komme ich an selbst gemachte Sachen nicht heran.«

Darüber musste Sudden lachen. Aber als er in einen Untersuchungsraum geführt und die Tür hinter ihm geschlossen worden war, konnte er nicht mehr hören, was sie sagten. Ein Rechtsmediziner kam herein. Er nahm eine Blutprobe. Er bekam einen Becher, in den er pinkeln musste. Der Arzt und der Polizist sahen zu. Der Becher war warm, als Sudden ihn dem Arzt gab.

»Entschuldigung«, sagte er.

Anschließend musste er auch den Rest der Kleidung ausziehen. Der Arzt ließ seinen in Plastik verpackten Finger eine Sekunde auf dem Muttermal verweilen, das Sudden auf der Innenseite eines Handgelenks hatte. Sara hatte ihm gesagt, dass er es kontrollieren lassen sollte, aber er hatte keine Zeit.

Der Arzt kommentierte es nicht, fuhr einfach mit der lautlosen Kartierung von Suddens Körper fort.

Als die rechtsmedizinische Untersuchung beendet war, durfte er wieder in den Flur gehen. Er wurde fast auf dem gleichen Weg wieder aus dem Krankenhaus herausgeführt, wie er hineingebracht worden war, aber statt zu Suddens Livs zurückgefahren zu werden, führte der Weg zu den Arrestzellen der Polizeiwache in Våringe. Dort hatte niemand Weihnachtsschmuck angebracht.

Sudden musste in einer der Ausnüchterungszellen warten, die als Einzige noch nicht besetzt war. Ein schwacher Geruch nach Erbrochenem und ungewaschenen Geschlechtsteilen stieg von der Plastikmatratze auf, die auf dem Boden lag. Sudden setzte sich nicht, er wollte lieber stehend warten. Er legte die Hände auf die Knie, damit sie nicht zitterten. Für eine Weile sank er in die Hocke, aber er zwang sich dazu, wieder aufzustehen.

»Ich bin nicht krank«, murmelte er. »Mir fehlt nichts. Ich bin nicht krank.«

Nach gut vierzig Minuten wurde er zum Vernehmungsraum geholt. Dort wartete sein Anwalt. Er war direkt von einem Abendessen mit Freunden dorthin gekommen und seine Stirn und Augen glänzten. Sie bekamen zwanzig Minuten, um miteinander zu reden. Sudden fragte den Anwalt dreimal nach seinem Namen, er sagte ihn und schob eine Visitenkarte über den Tisch. Sudden hörte zu, las die Karte, und trotzdem erinnerte er sich nicht an den Namen, als die Vernehmung begann.

Die Vernehmung wurde von einer Frau mit leiser Stimme und einem glatten Pagenschnitt mit langem Pony durchgeführt, den sie vergeblich immer wieder hinter das Ohr zu legen versuchte.

»Können Sie uns erzählen, was vorgefallen ist?«, fragte sie. »Fangen Sie ganz von vorne an.«

Ganz von vorne?, dachte Sudden.

»Wie kam es dazu?«, wollte sie wissen.

Er gab keine guten Antworten. Sudden sah es ihren Mienen an.

Er erzählte, wie sein Geschäft verwüstet wurde, immer und immer wieder, Monat für Monat. Er wollte nicht darüber sprechen, was Dogge mit seiner Tochter gemacht hatte, aber die Polizei wusste es schon.

»Sie müssen sehr wütend auf diesen Jungen gewesen sein«, sagte die Polizistin und versuchte, ihren Pony zu verstauen.

Wütend?, dachte Sudden.

»Ich habe alles versucht«, antwortete er, »niemand hat mir zugehört, und ich habe keine Hilfe bekommen.«

Er hatte das Gefühl, die Frau, die ihn vernahm, hätte die Antwort mit einem Nicken zur Kenntnis genommen, aber er konnte es sich auch nur eingebildet haben.

»Wie geht es ihm, dem Jungen?«, fragte er die Polizistin. Aber er bekam keine Antwort. »Er wird doch gesund?«, fragte er seinen Anwalt. »Er wird doch wieder gesund?«

Die Polizistin starrte auf den Tisch.

48.

Der Italiener ließ den Wagen dort stehen, wo Dogge und er ihn geparkt hatten. Er versteckte sich nicht, er tauchte nicht unter. Er fuhr direkt zu Mehdis Fest.

Das Fest fand an einer Adresse statt, an der er vorher noch nie gewesen war, in einer anderen Gemeinde, beinahe zehn Kilometer von Våringe entfernt. Der Italiener nahm ein Uber, bestellte es mit seinem eigenen Handy. Die Musik war draußen auf der Straße zu hören, obwohl die Wohnung im sechsten Stock lag. Er lief die Treppe hinauf, nahm zwei Stufen auf einmal. Oben war er so außer Atem, dass sich in seinem Mund der Geschmack von Eisen ausbreitete, und er blieb ein paar Sekunden stehen, bevor er in das Wohnzimmer ging, wo Mehdi zusammen mit vier Mädchen und sechs Jungen saß. Auf dem Tisch lagen Kokain und Käsebällchen. Mehdi war nicht high, aber er war sauer.

»Was hast du mit diesem feigen Wannabe-Kanaken gemacht? Habe ich dir nicht gesagt, dass du ihn in einem Stück hierherbringen sollst, damit ich ihn mit eigenen Händen auseinandernehmen kann? Bat ich dich nicht, mit meiner allernettesten Stimme, dass du ihn hierher bringst, damit ich dieses Arschloch umbringen kann? Was war daran denn so schwer zu verstehen? Waren die Anweisungen zu kompliziert? Hast du Stroh im Kopf? Wo ist er jetzt?«

Der Italiener erzählte, was passiert war. Während er redete, sah er auf seine Jacke herunter. Er hatte den Eindruck, etwas von dem Blut abbekommen zu haben, aber es war nichts zu sehen. Er wischte sich mit der Hand über das Gesicht, einmal, zweimal, massierte sich die Stirn. Er betrachtete die Hand, aber auch darauf war nichts zu sehen. Jedes Mal, wenn er die Augen schloss, flimmerte es hinter den Lidern.

Bevor er aus Suddens Livs floh, sah er gerade noch, wie etwas aus Dogges Hinterkopf lief, es hatte dieselbe Konsistenz wie eine glitschige Schnecke. Er drückte das Bild weg, um die Geschichte zu Ende erzählen zu können, ohne die Kontrolle über seine Stimme zu verlieren. Aber als er sich selbst sagen hörte, was Sudden getan hatte, kam es ihm so vor, als wäre das, was aus Dogges Hinterkopf gekommen war, auf seiner Jacke gelandet, und er begann an seinem rechten Ärmel zu reißen, um es loszuwerden.

»Er hat seinen Schädel kaputt geschlagen. Er hat den Knochen zerschmettert. Ich hab das Geräusch gehört.«

Der Italiener verlor die Kontrolle über seine Stimme.

Jetzt bringen sie mich um, dachte er noch, sie werden mich töten, an seiner Stelle, bevor er hörte, wie Mehdi lachte. Erst kicherte er unkontrolliert, wie ein halbwüchsiges Mädchen, bis seine Augen zu tränen begannen. Jemand schaltete die Musik aus. Es kamen immer mehr Leute ins Wohnzimmer, alle lächelten, sie wollten hören, was passiert war, was Mehdi so froh machte. Der Italiener riss sich den anderen Ärmel herunter, zog die Jacke aus und warf sie so weit weg, wie er konnte. Mehdi lachte noch lauter.

»Sudden?«, bekam er am Schluss heraus. »Willst du mir sagen, dass der Bazartürke unten am Markt diesen nutzlosen, feigen Nachwuchssnob für mich um die Ecke gebracht hat? Bis jetzt dachte ich, er schafft es nicht mal, eine Reißzwecke ins Schwarze Brett zu drücken. Was für ein Witz. Erinnert mich dran, dass wir Blumen schicken oder so etwas, damit wir diesem Kurdenimport für die Hilfe danken.«

Dann wischte er sich die Tränen mit dem Ärmel aus dem Gesicht, beugte sich vor und zog zwei Linien durch dasselbe Nasenloch. Er winkte einem der Jungen zu, dass er die Musik wieder lauter drehen sollte.

»Setz dich, Spaghetti. Setz dich hin und atme durch, du siehst aus, als hättest du einen verdammten Marathon gelaufen. Aber jetzt ist Fest. Wir haben jede Menge zu feiern.«

49.

Es klingelte an Jills Tür. Als sie öffnete, sagte der Streifenpolizist, der draußen stand, kein einziges Wort. Ein anderer Mann trat näher, mit Haargel und extrabreitem Revers. Er hatte sich hinter dem Uniformträger versteckt und roch frisch rasiert, obwohl es mitten in der Nacht war. Als er und sein Aftershave in ihren Flur drangen, glaubte Jill, er würde ihr mitteilen, dass Dogge erschossen worden sei. Das wäre logisch gewesen. Stattdessen sagte er, dass er Pfarrer sei.

»Dogge liegt auf der Intensivstation«, erklärte der Pfarrer. »Er wird gerade operiert«, sagte er dann.

»Ich bin nicht gläubig«, antwortete Jill. »Ich glaube nicht an so etwas.«

Als Jill schwanger wurde, bekam sie eine Halskette von ihrer besten Freundin, mit einem eiförmigen, klirrenden Anhänger mit einer langen Kette, der bis auf ihren Bauch reichen sollte, und wenn das Baby herauskam, würde es das Geräusch und damit auch sie selbst wiedererkennen.

Als Dogge geboren wurde, schneite es, und Teo fuhr Jill in einem Auto zum Kreißsaal, das er sich von einem Freund geliehen hatte, obwohl es keine Winterreifen hatte. Er fuhr auf der ganzen Strecke gut zwanzig Stundenkilometer, und Jill schrie am Schluss nur noch, weil sie glaubte, dass sie das Kind auf dem Beifahrersitz gebären müsste, mit den Füßen gegen das Handschuhfach gestemmt. Aber als sie die Entbindungsstation erreichten und auf die Klingel drückten, damit jemand sie hereinlassen würde, schien dieses Klingeln die Wehen zu stoppen. Das Fruchtwasser war abgelaufen, und es gab Spuren von Stuhl darin, sodass sie nicht nach Hause fahren durfte. Der zukünftige Vater dagegen verschwand, sobald sie ein Zimmer bekommen hatte.

»Meine Mutter«, so hatte es Teo erklärt, als Jill noch im siebten Monat war, »sie sagt, dass eine Frau mit anderen Frauen zusammen sein will, wenn sie ein Kind zur Welt bringt«, und obwohl er sich vorher nie dafür interessiert hatte, was seine Mutter so sagte, und Jill noch gar nicht darüber nachgedacht hatte, ob sie allein sein wollte oder nicht, war ihr doch eines klar, sie wollte Teo nicht mit im Kreißsaal haben, wenn er es nicht selbst wollte.

»Ruf an, wenn du fertig bist«, sagte er, als er ging.

Zu den Hebammen sagte er, dass er so schnell wie möglich wieder zurückkäme, aber das Auto vorher noch zurückgeben müsse. Sie hatten weniger protestiert, als Jill erwartet hatte. Wahrscheinlich fanden sie auch, dass es besser wäre, wenn er nicht dabei war, obwohl er tatsächlich sogar nüchtern war.

Aber die Presswehen kamen nicht so in Gang, wie sie eigentlich sollten. Nachdem sie sieben Stunden gewartet hatten, wurde ein Arzt herbeigerufen. Sollten sie das Kind nicht sofort herausbekommen, wäre ein Notfall-Kaiserschnitt angezeigt. Der Arzt zwang Jill, sich auf das Krankenhausbett zu legen, obwohl sie schrie, dass sie stehen wolle. Dann sagte er ihr, dass sie pressen müsse, obwohl sie am liebsten geschlafen hätte, nachdem die Epiduralanästhesie endlich spürbar angefangen hatte zu wirken. Außerdem verstand sie nicht richtig, was sie tun musste, um so zu pressen, wie es der Arzt wollte. Aber es war undenkbar, ihn einfach danach zu fragen. Es ist doch klar, dass Frauen, die gerade ein Kind bekommen, genau verstehen, was mit Pressen gemeint ist. Sonst hätten sie ja keine Mütter werden sollen.

Die Hebamme hielt ihre Beine, während der Arzt eine Saugglocke an Dogges Kopf ansetzte und ihn herauszog. Die Saugglocke hinterließ eine rote Beule ganz oben auf seinem Kopf, und als er herausgezogen war und Jill ihn sehen konnte, glaubte sie zuerst, dass er eine Missbildung hatte und immer so aussehen würde und dass es ihr Fehler war, weil sie ihn nicht auf die Weise aus ihrem Körper pressen konnte, die vorgesehen war.

Als sie das Kind auf ihre Brust legten und es dort ruhte wie eine bewusstlose Ohrenqualle, sah sie zum Arzt hinauf. Ihr war immer noch schwindelig nach der Epiduralanästhesie und dem Lachgas.

»Ist er das? Ist das mein Sohn?«

Es war unmöglich zu begreifen, dass es ihr Kind war, er sah nicht aus wie irgendeiner jener Säuglinge, die sie bislang gesehen hatte.

Der Arzt hatte abwehrend gelacht, vielleicht glaubte er, dass sie scherzte. Die Hebamme lächelte und streichelte ihr den Arm.

»Er ist absolut fehlerfrei«, sagte sie nur. »Alles sieht gut aus.«

Und Jill hatte gedacht, dass bestimmt irgendetwas an ihm nicht stimmte. Er war klebrig und seine Haut blau.

»Er ist wirklich gelungen«, sagte die Hebamme, als sie noch einmal nachgefragt hatte. Ein bisschen schärfer dieses Mal.

Vor der Geburt hatte sie nie darüber nachgedacht, dass Babys mit den Händen vor sich herumfuchteln wie blinde Zombies und dass sie den Mund öffnen und schließen wie Urtiere mit zahnlosen Schlünden. Sie hatte gedacht, dass sie so süß wären wie kleine Kätzchen. Auf der Geburtsstation lag sie stundenlang wach und glotzte das Kind an, das sie gerade auf die Welt gebracht hatte. Es war hässlich und schlief auf dem Rücken mit den Händen in einer Ich-ergebe-mich-Geste über dem Kopf. Im Gesicht hatte es kleine, brennend rote Pickel, das Haar war dunkel, beinahe schwarz, obwohl sie und Teo beide blond waren. Dasselbe schwarze Haar wuchs auch auf seinen Armen und Beinen, er war beinahe pelzig.

Jill hatte an dem Schmuck herumgespielt, den sie um den Hals trug, und ihr Kind betrachtet. Die Hebamme legte ihn auf den Rücken in eine durchsichtige Kiste auf Rädern, die mit einem Laken der Kommune ausgeschlagen war. Er schnarchte, kaum auf der Welt, aber er schnarchte schon, ein erwachsenes Geräusch.

Nichts war Jill mitgegeben worden, das ihr dabei helfen konnte, Dogge wiederzuerkennen. Nichts konnte ihr dabei helfen, *Hallo, mein Kleiner* zu sagen, mit einer weichen Mutterstimme, die ihn auf eine magische Weise ganz ruhig und sicher wiegte.

Wer bist du, hatte sie gedacht, immer und immer wieder. *Wer bist du?*

»Wir fahren jetzt besser«, sagte der Pfarrer.

»Wir bringen Sie hin«, sagte der Polizist.

»Mir geht es nicht so gut«, sagte Jill.

50.

Suddens Frau Sara erfuhr es von einem nervösen Polizeianwärter, der eine Stunde, nachdem Sudden ins Krankenhaus gefahren worden war, an ihrer Tür klingelte und berichtete, was sich abgespielt hatte. Er wartete nicht, bis sie sich gesetzt hatte, sondern fing schon im Flur an zu erzählen.

Sara brauchte eine Weile, bis sie verstanden hatte, dass nicht ihr Mann einen Schlag auf den Kopf bekommen hatte, dass er gar nicht verletzt worden war, sondern selbst verhaftet worden war und in der Polizeiwache saß, die weniger als einen Kilometer entfernt lag. Schließlich verließ sie der Polizeianwärter mit dem Bescheid, dass Sudden keinen Besuch empfangen und mit niemandem telefonieren dürfe.

»Mehr kann ich jetzt leider nicht sagen«, ergänzte er.

»Möchten Sie vielleicht etwas zu trinken?«, hatte Sara gefragt. »Eine Tasse Kaffee vielleicht?«

Das wollte er nicht. Er musste weiterfahren, es gab noch viel zu tun.

Um zehn Uhr am Morgen lehnten drei Fotografen an dem Zaun, der vor Suddens und Saras Reihenhaus stand. Einer von ihnen aß eine Banane. Als er fertig war, bemerkte Sara, dass er den Deckel ihrer Mülltonne öffnete und die Schale hineinwarf. Sie wollte nach draußen gehen und ihn so lange anschreien, bis er gehen würde, holte stattdessen aber einen leeren Pappkarton aus dem Keller. Sie faltete ihn auseinander und drückte ihn gegen das Küchenfenster, damit sie nicht hineinsehen konnten. Dann setzte sie sich an den Tisch. Vor ihr stand eine Tasse Tee. Sie konnte sich nicht erinnern, dass sie ihn zubereitet hatte, und starrte auf den Becher, während der Inhalt kalt wurde.

Die Kinder kamen herein, eins nach dem anderen, Eva kletterte auf ihren Schoß, ihr dreizehnjähriger Körper hatte dort kaum noch Platz, aber Sara zog sie fest an sich, drückte ihre Wange an ihre. Sam stellte sich daneben, Sara nahm seine Hand und drückte sie.

Jacob, der älteste Sohn, ging zum Laden, blieb dann aber auf der Straße davor stehen. Das Fernsehen filmte die Absperrungen und interviewte Passanten. Jacob wollte nicht riskieren, wiedererkannt zu werden.

»Was soll ich denn sagen, wenn jemand etwas von mir wissen will?«, fragte er seine Mutter, als er wieder zu Hause war. Zuerst klang er verärgert, dann begann er zu weinen. »Soll ich sagen, dass mein Vater einen Jungen ermordet hat? Dass er jemanden totgeschlagen hat? Hat er das überhaupt, Mama? Hat Papa Dogge umgebracht?«

»Ich muss den Anwalt anrufen«, meinte Sara. »Ich muss ihn fragen, was aus dem Laden wird.«

»Der Laden?« Jacob schüttelte den Kopf. »Scheiß auf den Laden. Frag ihn, ob Papa ein Mörder ist, kannst du ihn das fragen? Hör auf, von diesem verdammten Laden zu reden. Ich hasse ihn.«

Sara ließ ihren Sohn reden. Aber sie hatte nicht die Kraft, jemanden anzurufen. Ich mache es später, dachte sie und schob die Tasse mit dem kalten Tee weg. Wenn der Junge stirbt. Dann werden sie es uns wohl erzählen müssen? Dann lassen sie doch von sich hören?

Zwei Stunden später rief Suddens Anwalt an. Er fragte, ob sie eine Tasche für Sudden packen könnte, dann müsste er nicht die Gefängniskleidung anziehen. Vielleicht wäre es möglich, etwas zu schicken, das Sudden auch beim Haftprüfungstermin tragen könne?

»Wie lange wird er dortbleiben?«, fragte Sara. »Wann kommt er nach Hause?«

»Der Haftprüfungstermin ist übermorgen«, sagte der Anwalt. »Danach wissen wir mehr.«

Sara entschied sich für eine kleine Tasche. Sie fuhr mit ihr zum Büro des Anwalts. Er war nicht dort, also gab sie die Tasche am Empfang ab, wo eine junge Frau mit schriller Stimme und Kussmund stand. Sie redete ins Telefon, während Sara ihr Anliegen erklärte, nickte und hob die Tasche über den Tresen. Sara fuhr wieder nach Hause. Die Journalisten waren nicht mehr da. Ist Dogge gestorben?, dachte sie, als sie das Garagentor öffnete und den Wagen hineinfuhr. Hätte ich die Empfangsdame danach fragen sollen?

*

Kurz nach drei am Sonntagnachmittag wurde Sudden ins Untersuchungsgefängnis verlegt. Es ging bedeutend schneller als die Fahrt von Suddens Livs zum Karolinska-Krankenhaus, weil das Untersuchungsgefängnis im benachbarten Gebäude lag. Der Polizist und er spazierten durch einen unterirdischen Gang aus Beton, mit flackernden Neonröhren an der Decke. Sudden stieß sich den Kopf an der Fahrstuhltür, als sie zur Anmeldung nach oben fahren wollten.

»Alles gut?«, fragte der Polizist, der ihn eskortierte.

»Ja«, antwortete Sudden. Aber er musste den Kopf beugen, bevor sie weitergehen konnten. »Kein Grund zur Sorge«, fügte er hinzu. »Überhaupt kein Grund.«

Am Abend, nachdem er gegessen hatte, eine flache Scheibe Hackbraten, die in Vierecke geschnitten war, mit eingelegter Gurke, kalten Kartoffeln und eiskalter Soße, durfte er Sara anrufen. Sie durften nicht über den Vorfall reden. Ein Gefängniswärter stand während des ganzen Gesprächs neben ihm und passte auf.

»Mir geht es gut«, sagte er, nachdem Sara sich gemeldet hatte. Sie weinte. »Hast du mit meinem Anwalt geredet?«, wollte er wissen. »Du musst ihn fragen, wie es mit dem Laden weitergeht. Und der Weihnachtsbaum. Kannst du einen Baum kaufen?«

Montag, 17. Dezember

51.

Als sie vom Empfang anriefen und sagten, dass ihn jemand besuchen wollte, wunderte sich Farid. Leila war zwar zu einer formellen Vernehmung in die Wache in Våringe vorgeladen worden, aber Farid hatte geglaubt, dass der Vorfall mit Dogge sie dazu bewegt hätte, zu Hause zu bleiben, vielleicht dachte sie sogar, dass deshalb zurzeit nicht weiterermittelt würde. Aber jetzt war sie hier, dazu noch pünktlich. Die Rezeptionistin fragte, ob sie zu seinem Büro hinaufkommen sollten.

»Heute sind sehr viele Leute hier unterwegs. Und diese beiden hier wirken ein bisschen nervös.«

Zwei?, dachte Farid. Hat Leila sich einen Anwalt genommen?

»Okay«, sagte er. »Gerne, schick sie mit dem Aufzug nach oben, ich hole sie dort ab.«

Aber Leila hatte keinen Anwalt dabei, sie kam in Begleitung von Tusse. Er lehnte an der Wand der Aufzugkabine, als die Türen sich öffneten. In der halben Sekunde, bevor die Vernunft den Gedanken einholte, glaubte Farid, dass es Billy war. Es war zwei Monate her, seit Billy mit demselben Aufzug zusammen mit seiner Mutter gekommen war, um sich dem Aussteigerprogramm anzuschließen.

Farid nickte Tusse zu und legte eine Hand auf Leilas Arm.

»Weißt du, wie es Dogge geht?«, fragte sie.

»Nein«, sagte er. »Es ist ernst. Aber Näheres weiß ich auch nicht.«

Sie gingen durch den Korridor, bis sie Farids Büro erreicht hatten. Er setzte sich auf seinen Schreibtischstuhl, Tusse und Leila auf die beiden anderen Stühle, die er hereingeholt hatte.

»Magst du Kaffee?«, fragte er. Er wandte sich an Tusse und nickte zu der Thermoskanne, die auf seinem Schreibtisch stand. Er hatte drei Becher aus dem Pausenraum geholt. »Ich habe leider nichts anderes.«

»Doch, ist schon okay«, sagte Tusse.

Er nahm den Becher entgegen, den Farid ihm hinhielt, stellte ihn aber auf den Tisch, ohne zu probieren.

»Wir müssen reden«, sagte er.

»Ja«, sagte Farid. »Ich glaube, das wäre sehr gut. Ich werde das Gespräch aufnehmen, ist das okay für euch?«

Leila räusperte sich.

»Können wir noch einen Augenblick warten? Ich möchte vorher noch ein paar Worte sagen, die nicht aufgezeichnet werden sollen.«

»Klar. Kein Problem.«

Sie hob den Kaffeebecher, drehte ihn ein paar Runden und räusperte sich.

»Als ich nach Schweden kam, lernte ich eine Frau von der schwedischen Kirche kennen. Sie hieß Silke. Sie kam aus Deutschland und war mit einem Schweden verheiratet. Wir waren beide schwanger. Ich erwartete Billy, sie ihre Tochter. Sie war Christin. Wir sprachen nicht viel über Religion, nur manchmal. Aber sie erzählte von einem Kirchenlied. Sie sang es mir vor. *Du kannst nicht tiefer fallen* … ich kann mich nicht genau an die Worte erinnern … *Du kannst nicht tiefer fallen als nur in Gottes Hand. Die er zum Heil uns allen barmherzig ausgespannt.* Kennst du dieses Lied?«

Farid schüttelte den Kopf.

»Ich glaube nicht an Gott.«

»Nein. Aber glaubst du, dass wir jemanden schützen müssen …, wenn er fällt, ist es dann unsere Schuldigkeit, ihn aufzufangen? Dass Gottes Schuldigkeit unsere Schuldigkeit ist? Dass wir versuchen müssen, es ihm gleichzutun, soweit wir es können?«

»Ja, das glaube ich wohl.«

»Dann glauben wir dasselbe.«

Tusse war ungewöhnlich still. Nicht so nervös wie sonst immer. Er schielte zu seiner Mutter hinüber, als wollte er sich vergewissern, dass mit ihr alles okay war. Leila fuhr fort.

»Ich glaube auch, dass Gott diejenigen auffängt, die fallen. Aber wir Menschen müssen auch da sein, um dasselbe zu tun. Wenn Gott nicht …« Sie sah Farid fest in die Augen. »Wir müssen die Kinder auffangen, die fallen. Das ist unsere Schuldigkeit.«

»Ja.« Farid wusste nicht, was er sagen sollte, aber bevor er noch etwas erwidern konnte, hob Leila ihre Stimme.

»Für Billy trug ich die Verantwortung. Ich habe ihn nicht gerettet. Ich werde mir das niemals verzeihen.« Sie räusperte sich. »Ich muss damit leben. Um weiterzumachen … Ich muss meine anderen Kinder retten. Ich kann nichts anderes tun. Und du musst mir helfen. Das ist deine Verantwortung. Gott nimmt uns die Verantwortung nicht ab. Er sorgt dafür, dass sie besser zu sehen ist. Er erklärt, was wir tun müssen. Wir fangen die Kinder für Gott.«

»Ich möchte euch helfen, Leila. Ich will es. Aber dann musst du …«

Sie unterbrach ihn.

»Tusane hat mir erzählt, wie Mehdi Billy und Dogge das Schießen beigebracht hat. Er hat mir gesagt, was er auch dir gesagt hat. Tusane hat gesagt, dass wir es erzählen müssen. Mehdi darf nicht weitermachen. Er ist ein Held für die Kinder, ein gefährlicher Mann. Gefährlicher, als ich dachte, auch gefährlicher, als du glaubst. Und jedes Jahr, jeden Tag wird es schlimmer. Er brachte Waffen in das Leben meines Sohns. Wenn Mehdi es nicht getan hätte, würde es Billy noch geben. Mein Sohn würde leben. Das ist die Wahrheit. Wenn es Mehdi nicht gegeben hätte, hätte mein Sohn gelebt. Gott wird ihn bestrafen. Und ich weiß, dass du Mehdi auch bestrafen willst. Ich weiß, dass du die Kinder retten willst, du hast versucht, Billy zu retten. Du willst Tusane retten.«

Farid nickte.

»Ja, das will ich.«

»Und ich will es auch. Und Tusane will es auch. Aber es gibt ein Problem.« Leila hob den Becher wieder an. Sie sah in das Getränk, nahm aber immer noch keinen Schluck. »Du weißt nicht alles.«

»Das ist ein Problem«, sagte Farid. »Ich hätte gerne, dass du mir so viel wie möglich erzählst.«

»Das glaubst du. Du glaubst, dass es dir helfen wird. Aber so ist es nicht. Denn wenn wir dir ganz genau erzählen, wie es ist, dann kannst du Mehdi nicht verhaften. Wir wissen genau das Falsche. Es wird Mehdi helfen. Ich will Mehdi nicht helfen. Aber die Wahrheit tut es. Das Gericht hört nicht das, was das Herz weiß, was Gott weiß, das Gericht hört nur auf Beweise. Ich glaube also, es ist am besten, wenn wir nur dir alles erzählen. Sonst niemandem, Du wirst es nicht aufnehmen. Denn ich muss meine anderen Kinder retten, vor Mehdi, vor den Waffen, vor Våringe. Und du musst mir helfen, das ist deine Schuldigkeit. Also werde ich alles erzählen. Dann wirst du entscheiden, was wir tun werden.«

52.

»Sie dürfen Douglas jetzt besuchen.«

So sagten sie es, dass Jill hineingehen und ihn besuchen durfte. Sie sagten allerdings nicht, dass Dogge diesen Besuch nicht wahrnehmen würde. Niemand erklärte ihr, welche Verletzungen er hatte.

Der Pfarrer, der sie abgeholt hatte, folgte ihr in den Raum.

»Er ist bewusstlos«, sagte er, nachdem er Dogge angesehen hatte.

»Wir haben ihn in ein künstliches Koma versetzt«, sagte der Arzt.

Wenn sie nicht darauf bestanden hätten, dass es Dogge war, der unter dem Laken in dem schmalen Krankenhausbett lag, hätte Jill es niemals geglaubt. Das Wesen, das sie ihr zeigten, war blassgrau und winzig, nicht einmal Teo hatte sich so sehr verändert, als er krank war. Und überall hingen Kabel und Schläuche. Dogge an einem Ende und die Maschinen am anderen. Ein Schlauch schlängelte sich unter die Decke zu einem, so nahm sie an, Katheter. Es liefen Stromkabel unter den Verband, der den Schädel und das halbe Gesicht bedeckten. Am Hals saß ein dicker Plastikschlauch. Um das Bett herum, überall, standen Bildschirme, auf denen Ziffern und Kurven blinkten.

Jill wusste nicht, was sie von ihr erwarteten. Sollte sie ihn anfassen? Wenn ja, wo? Was passierte, wenn sie zufällig eines der Kabel herauszog oder einen Zugang blockierte? Wurde von ihr erwartet, dass sie die Informationen auf den Bildschirmen verstand? Dass sie Fragen dazu stellte? Einen Alarm auslöste, auf irgendeinen Knopf drückte, wenn etwas passierte?

Sie blieb einen guten Meter vor dem Bett stehen. Warum hatten sie gesagt, dass sie ihn besuchen solle?

Die Krankenschwester, die ihr den Raum gezeigt hatte, sah sie mit ihren leuchtend blauen Augen an. Sie zeigte auf einen Stuhl, der viel zu nah am Bett stand.

»Setzen Sie sich und sprechen Sie mit ihm«, beharrte sie. »Auch wenn er nicht bei Bewusstsein ist, bedeutet das nicht, dass er seine Umwelt nicht wahrnimmt.«

Jill nickte. Aber was sollte das heißen?, dachte sie. Warum heißt es denn bewusstlos, wenn man trotzdem alles mitbekommt?

Ihr Kopf rotierte, sie glaubte, dass sie das Gleichgewicht verlieren würde, und setzte sich vorsichtig auf den Stuhl. Mütter in Krankenhausserien besuchten ihre Söhne, die im Koma lagen. Jill begann zu reden, laut und deutlich genug, dass die Krankenschwester es hören konnte.

»Hallo, mein Schatz. Deine Mama ist jetzt hier. Mama liebt dich. Alles wird gut.«

Als Jill das erste Mal schwanger wurde, war sie gerade sechzehn. Sie hatte noch eine zweite Abtreibung, bevor sie zwanzig wurde, aber danach hatte sie genug. Sie weigerte sich, weiter das müde Lied zu singen, das ihr Leben war, immer nur den Refrain auf Repeat, bis zu den Hängebrüsten und den geborstenen Träumen. Stattdessen verließ sie ihren Freund und den Extrajob an der Tankstelle und zog nach Stockholm.

»Das war das Beste, was ich je getan habe«, sagte sie immer. Sie begann am Empfang einer Bank zu arbeiten und teilte sich eine Wohnung in Huddinge mit einer jungen Frau, die sie über das Anzeigenblatt gefunden hatte.

Ihren ersten Sommerurlaub verbrachte sie mit vier Freundinnen mit Interrail. Sie traf Teo in einem Nahverkehrszug zwischen Morlaix und Paris. Jill und ihre Freundinnen stiegen in ein Abteil, in dem ein Junge saß und schlief, zusammengesunken in einem der Sitze am Fenster. Sein halblanges Haar war mittelblond und wellig, er trug kaputte Jeans und ein kreideweißes T-Shirt mit aufgekrempelten Ärmeln.

»Der da, und dann noch Butter drauf«, hatte sie zu ihren Freundinnen gesagt. Und dann hatte sie lange über alles geredet, was sie mit ihm machen wollte, ausführlich erklärt, welche Stellungen sie ausprobieren würde und dass er sie ruhig so hart rannehmen konnte, wie er wollte. Ihre Freundinnen hatten gelacht, leise, um den unbekannten Franzosen nicht zu wecken, der nach Südeuropa und Abenteuer duftete. Teo hatte gewartet, bis sie fast in Paris waren, bevor er sich an sie wandte, sein selbstsicherstes Lächeln zeigte und auf Schwedisch sagte: »Und wann fangen wir damit an? Willst du erst noch eine Weile knutschen, oder legen wir direkt los?« Und dann beugte er sich vor, legte die Hand um ihren Nacken und küsste sie. Eine ihrer Freundinnen pfiff schrill. Niemals hatte Jill so etwas Romantisches erlebt.

Sie hatte ihre Freundinnen mit einem Winken verabschiedet, als sie am Tag darauf in einen Zug nach Deutschland stiegen. Sie fuhr stattdessen mit Teo und seinem Geld nach Saint-Tropez, Monte Carlo, Elba und Capri. Sie schickte eine Mail an ihren Chef und kündigte, als sie Florenz erreicht hatten, und drei Monate, nachdem sie zurück in Stockholm waren, zogen sie zusammen. Teo besaß ein Haus, das er von seinen Eltern bekommen hatte, mit hohen Decken, Stuck und brusthoch getäfelten Wänden in jedem Zimmer. Der Parkettboden knarrte und die Rohre gurgelten jedes Mal, wenn man einen der rostigen Hähne aufdrehte. Von einem der Fenster im Obergeschoss sah man das Meer. Teo verabscheute das Haus, sagte er jedenfalls, aber Jill war sich sicher, dass es eine Lüge war, denn es sah aus wie aus einem Film. Die Farbe blätterte von den Hausgiebeln ab, die zerbrochenen Steinplatten im Garten, es waren die Gebrauchsspuren, die es zu etwas Luxuriösem machten, dachte sie. Daran konnte man sehen, dass es anders war, wertvoller als gewöhnliche Häuser.

Dass Teo zu viel trank und auf der Reise jeden Tag Kokain schnupfte, hatte Jill nicht besonders verwunderlich gefunden, sie waren jung, sie lebten das Leben, zündeten die Kerzen an beiden Enden an, weil es so lustiger wurde. Und in dieser ersten Zeit wollte er sie immer haben. Sie schliefen nackt, und manchmal wachte sie mit seinem harten Schwanz an ihrem Hintern auf. Als er merkte, wie sie sich auf ihn zubewegte, und wenn es nur ein Millimeter war, drang er in sie ein. Er war niemals zu betrunken für Sex, und ganz egal, wie high er war, er war immer noch geil.

Als sie nach Stockholm kamen, wurde es anders. Teo hatte Dinge, die er erledigen musste, Geschäfte, die er unter Dach und Fach bringen musste, Typen, die er treffen musste, und er brauchte etwas, das ihn durch seine Treffen und alles andere brachte, damit er abends noch feiern konnte. An den wenigen Tagen, an denen er keine Treffen hatte und an denen keine Feste geplant waren, brauchte er andere Mittel, damit er schlafen konnte. Und wenn er sie nahm, dann war er vollkommen weggetreten, manchmal mehrere Tage hintereinander. Zu Anfang versuchte sie ihn dazu zu bringen, mit ihr auf dem Sofa zu schlafen, aber es wurde immer normaler, dass er dort einschlief, oder auf dem Fußboden im Arbeitszimmer. Einmal schlief er fast einen ganzen Tag auf dem Küchenfußboden. Sie ließ ihn dort liegen, deckte ihn aber zu, damit er nicht fror.

Jill nahm es leichter als Teo, sie fand dieses Leben trotzdem ziemlich angenehm. Ihre Sorgen waren weicher, die Abende beinahe immer sanft, im milden Wind. Dann machte es auch nicht viel, wenn der Morgen oft schwerer war und sie allein schlafen musste und dass Teos Freunde sich nicht besonders für sie interessierten. Er gab ihr eine Kreditkarte, und als er ein gutes Geschäft mit einem alten Schulkameraden gemacht hatte, fuhren sie über ein Wochenende nach Las Vegas und heirateten. Als sie wieder zu Hause waren, veranstalteten ihre alten Freundinnen eine verspätete Junggesellinnenparty. Teo mochte sie nicht, aber er sagte nichts, als sie nach Hause kam. Nicht einmal darüber, dass sie sie als Braut verkleidet und ein Tuch um ihren Hals gehängt hatten. *Küss mich*, stand darauf.

»Wohin seid ihr gegangen«, fragte er. »Schön«, sagte er, nachdem sie geantwortet hatte. »Kein Risiko, dass dich ein Bekannter von mir gesehen haben könnte.«

Sie waren fast zwei Jahre lang zusammen gewesen, als Jill schwanger wurde. Sie nahm die Antibabypille, aber sie befanden sich in einer intensiven Feierperiode, und vielleicht war sie manchmal etwas nachlässig gewesen. Sie hatten fast vier Monate in Los Angeles bei einem Mann gewohnt, mit dem Teo eine Firma betrieb. Als sie ihren Test machte, war es zu spät, irgendetwas zu tun. Und Teo war froh. Er wollte Vater werden, wusste, auf welchen Namen er seinen Sohn taufen wollte, was sie gemeinsam tun würden. Sie lagen dicht nebeneinander und planten, wie es werden sollte.

»Ich werde auf keinen Fall wie mein Vater werden«, versprach Teo. »Und du bist das Gegenteil von dem gemeinen Biest, das meine Mutter ist. Wir werden die besten Eltern der Welt werden. Oder die hübschesten, auf jeden Fall die hübschesten.«

»Möchten Sie, dass ich jemanden in Ihrer Familie kontaktiere?«, fragte der Pfarrer. »Vielleicht Ihre Eltern? Oder Dogges Großeltern väterlicherseits?«

»Nein, danke«, sagte Jill. »Das ist nicht nötig.«

Sie hatte Teos Eltern nur dreimal besucht. Das erste Mal direkt nach ihrer Hochzeit. Während sie am ersten Morgen am Frühstückstisch saßen, ging Teos Vater ins Gästezimmer, in dem sie geschlafen hatten, und fand vier Gramm Kokain in der Schreibtischschublade. Daraufhin wurden sie hinausgeworfen.

In den ersten Jahren gab es trotzdem Geld, ziemlich viel Geld. Jill nahm an, dass es von den Schwiegereltern kam. Sie konnten reisen, mehr als Jill es in ihrem ganzen Leben getan hatte, und sie wohnten in Hotels, die sie nur aus Zeitschriften kannte. Aber je mehr Zeit verging, desto seltener wurden die Reisen. Teo machte schlechte Geschäfte, er feierte, es war teuer, so zu feiern wie Teo, und er ging shoppen, Kleidung, Wein, Kunst, das Geld reichte nicht. Das Haus in Rönnviken gehörte einer Stiftung, die Teos Eltern eingerichtet hatten. Sie durften es nicht verkaufen.

»Sie haben die Stiftung gegründet, um mich zu kontrollieren«, erklärte Teo. »Meine Eltern hassen mich. Sie bestrafen mich, weil ich nicht so lebe wie sie.«

Wenn seine Geschäfte schlecht liefen, nahmen die Wutausbrüche zu. Der Zorn explodierte ohne Vorwarnung, manchmal kam er aus dem Nichts. Während er tobte, verbrauchte er sämtlichen Sauerstoff im Raum. Im selben Augenblick, in dem der Wutausbruch endete, vergaß Teo ihn. Jill und Dogge blieben mit den giftigen Gasen zurück, die der Zorn zurückgelassen hatte. Der Sex wurde aggressiver, aber er hatte Schwierigkeiten, eine Erektion zu bekommen, sie lernte, ihn trotzdem in sich hineinzudrücken und so zu tun, als würde sie ihm glauben, wenn er sagte, dass er gekommen sei.

»Ich hasse mein Leben«, hatte er Jill einmal gesagt, ganz zu Beginn ihrer Beziehung. »Ich liebe nur dich.«

Als sie Teo kennenlernte, glaubte sie, dass alle ihre Träume wahr werden könnten. Sie zerschlugen sich nicht in einem Augenblick, sondern sie verrosteten leise, verwitterten langsam. Als sie weg waren, erinnerte sie sich nicht mehr an die Zeit, in der sie noch gehofft hatte. Teo redete nicht mehr von Liebe. Er sagte nicht einmal mehr, dass er sein Leben hasste, das musste er nicht tun.

Die Maschinen, an die Dogge angeschlossen war, sahen nicht so aus wie die, die sie aus Filmen oder aus dem Fernsehen kannte, aber Jill wusste, wie sie klingen würden, wenn der Tod kam, die waagerechte Linie und der lang gezogene Ton, wie Tinnitus.

Sie wartete auf diesen Ton. Sie starrte auf die Maschinen, auf die Kurve, auf das Paket im Bett. Die Augen brannten, sie senkte den Blick, wandte sich ab. Aber sie wartete weiter.

Der Tod würde sie befreien, genauso, wie er es getan hatte, als er sie von Teo befreite. Wenn das Signal kam, würde es nichts mehr geben, was sie tun musste, was von ihr erwartet wurde und wofür sie Verantwortung übernehmen musste. Wenn Dogge starb, gäbe es nichts mehr, was ihr missglücken konnte.

53.

»Danke, dass ihr doch noch einmal zusammengekommen seid, ich weiß das zu schätzen.«

Svante roch nach Glögg. »Zuerst ein paar Worte zu Dogge. Die Lage ist kritisch, aber stabil, was auch immer das heißen soll. Sie haben versprochen, uns auf dem Laufenden zu halten. Aber wir werden eine ganze Weile nicht mit ihm sprechen können, so viel ist sicher. Also müssen wir bei Mehdi auf eine andere Art und Weise weiterkommen. Denn dieser Gangster sollte nicht länger herumlaufen und neue Jugendliche für seine Bande rekrutieren, die er dann irgendwann umbringt. Dem werden wir ein Ende bereiten. Okay?«

Er atmete aus und lächelte so breit, dass Farid glaubte, sein Gesicht würde sich in zwei Hälften spalten. »Ich verspreche euch jedenfalls, dass ihr es nicht bereuen werdet, heute zum Dienst gekommen zu sein. Denn es ist immer noch fast eine Woche bis Heiligabend, und bis dahin passieren sicher noch jede Menge schlimme Dinge. Aber trotzdem wollte ich heute schon die Geschenke austeilen.«

Farid saß neben Lotta, die zur Feier des Tages ein besonders enges T-Shirt mit der Aufschrift FEMINISTIN über der Brust angezogen hatte.

Ist das eine Warnung?, dachte Farid. Oder eine Gebrauchsanweisung? Und warum steht der Text ausgerechnet dort? Ist das ein Test?

»Sebastian?« Svante ließ seine Hand zum forensischen Koordinator wandern, als wäre er ein Zirkusdirektor und Sebastian der Löwenbändiger. »Die Bühne gehört dir!«

»Wir haben zwei großartige Nachrichten bekommen. Ich kann mit derjenigen aus den Niederlanden beginnen.« Sebastian hatte rosige Wangen und hielt den Blick auf seine Papiere gesenkt. »Die Techniker sind sich sicher. So sicher, wie sich Techniker überhaupt sein können. Wir können sagen, dass die Spuren von DNA, also das, was wir als Misch-DNA bezeichnen und auf den am Tatort sichergestellten Patronenhülsen gefunden haben, zu Mehdi gehören. Wir haben die Ergebnisse von den Kollegen in Amsterdam gerade erst vor einer Stunde hereinbekommen.« Er atmete aus und lächelte breit.

»Der Chef dort ist ein guter Freund von mir«, sagte Svante zufrieden. »Ich habe mit ihm gesprochen, als wir die Sachen an ihn geschickt haben. Wir waren früher im Jahr zusammen auf einer Konferenz in Brüssel, und ich rief ihn kurz an, um ihm zu sagen, dass wir die Antworten dringend brauchen. Er versicherte mir, dass er unsere Anfrage ganz oben im Eingangskorb ablegen würde. Aber ich hätte nie gedacht, dass es so schnell gehen würde. Ich hätte eher auf Mittsommer getippt.«

»Aber das ist noch nicht alles.« Sebastian sah sich im Raum um. »Die Techniker aus der Geflügelfabrik haben die vier Kugeln analysiert, die sie dort oben gefunden haben. Aber wenn ich direkt auf den berühmten Kern des Pudels kommen soll, tja ... also ... dann ...«

Das war ja klar, dachte Farid, dass du nicht direkt zur Sache kommen kannst.

»Die erste gute Nachricht ist also, dass sie oben bei der Fabrik Kugeln sichergestellt haben, die exakt von derselben Größe und demselben Modell sind, wie diejenigen, die für den

Mord verwendet wurden. Sie haben sogar denselben Hersteller. Sie haben sie sowohl mit den Kugeln verglichen, die wir aus dem Baum drüben am Spielplatz geholt haben, als auch mit denen, die in Billy steckten. Die Wahrscheinlichkeit, dass sie mit derselben Waffe abgefeuert wurden, liegt zwischen +3 und +4. +4 für diejenigen, die aus dem Baum stammen, und +3 für die aus Billys Körper. Denn bei Billy waren sie nicht in ... demselben Zustand, oder wie ich es ausdrücken soll. Auf jeden Fall ist sie hoch. +4 ist das Maximum. Als ich mich mit ihnen am Telefon unterhalten habe, sagten sie einfach: Ja, diese Kugeln sind aus derselben Waffe abgefeuert worden. Also, es ist ... tja, ein Volltreffer sozusagen.«

Bengt klatschte Beifall.

Svante ließ einen tiefen Seufzer hören. Er sah beinahe gerührt aus.

»Außerdem«, sagte er. »Das ist wirklich kaum zu begreifen. Ich kann mich kaum an einen Fall erinnern, bei dem ich so viele gute Nachrichten auf einen Schlag bekommen habe. Sogar unsere Lieblingsfeministin hat gute Nachrichten mitgebracht.« Er legte eine dramatische Pause ein. »Li... ich meine, Lotta! Lotta aus der feministischen Krachmacherstraße, möchtest du uns erzählen, was du an diesem Wochenende getan hast?«

»Ja«, sagte sie zögerlich.

Farid sah sie erstaunt an. Sie sah gut gelaunt aus. Er hatte sie noch nie zuvor fröhlich gesehen. Lotta fuhr fort.

»Ich habe mir ein bisschen Zeit genommen, um mir die Telefone anzusehen. Ich habe mit dem Wegwerfhandy angefangen, mit dem Dogge die Nachricht an Billy schickte, dass er zum Spielplatz kommen solle.« Sie räusperte sich. »Dasselbe Handy, mit dem er auch den Notruf verständigte und das er bereits so oft vorher verwendet hatte, um Billy anzurufen, wobei er nie eine Antwort bekommen hat. Es ist also dasselbe

Handy, das er, kurz bevor er die Nachricht an Billy schickte, auch benutzt hatte, um mit einer anderen Person zu sprechen. Wir wissen, dass die Nummer, die er anrief, zu einem anderen nicht registrierten Prepaid-Handy gehört.«

Alle nickten.

»Aber wir wollen dieses Telefon ja mit Mehdi in Verbindung bringen«, fuhr Lotta fort. »Also tat ich zweierlei. Zuerst fand ich heraus, welcher Kiosk die SIM-Karte verkauft hat. Und da die Telefonanbieter Buch darüber führen, welchen Verkäufern sie ihre SIM-Karten liefern, war genau das nicht besonders schwer. Schwieriger war es herauszufinden, wann genau welche SIM-Karte verkauft wurde, denn der Verkäufer muss dies dem Telefonanbieter nicht melden. In diesem Fall hatten wir ein bisschen Glück, denn die SIM-Karten wurden dem fraglichen Kiosk am 9. November geliefert, und bereits am 11. November wurde die Nummer aktiviert, die Dogge mit seinem Einweghandy anrief. Das heißt, dass es irgendwann zwischen diesen beiden Daten gekauft wurde. Und der Kiosk hat uns die Informationen über alle Kreditkartenzahlungen gegeben, die ungefähr der Summe entsprechen oder sie überschreiten, die man zu dieser Zeit für eine SIM-Karte bezahlte. Das waren ziemlich viele.«

Lotta holte Luft und scrollte durch eine lange Liste mit Zahlen, die auf dem Großbildschirm zu sehen war.

»Aber wir konnten einen Treffer landen, als wir die Daten der Kreditkarteninhaber anforderten. Mehdi Ahmad tätigte einen Einkauf am Morgen des 11. Novembers mit seiner eigenen Kreditkarte.« Sie deutete auf eine Zeile, die zusätzlich noch eingekreist war. »Laut Kassenbeleg hat er für vier Waren bezahlt. Eine Dose Snus, eine Packung Kaugummi, eine Cola und eine SIM-Karte.«

»Aber das ist noch nicht alles.« Svante nickte zufrieden. »Mach weiter, bitte schön, mach weiter.«

Lotta zeigte eine weitere Liste auf dem Bildschirm.

»Wir haben natürlich auch Mehdis offizielles Handy gescannt. Wo hat er sich aufgehalten? Und wo hat er sich im Verhältnis zu seiner Prepaid-SIM-Karte aufgehalten?« Sie stand auf, ging zum Bildschirm und ließ den Finger über die Zeile laufen. »Mehdis offizielles Telefon und das anonyme Telefon standen mit demselben Mast in Verbindung, das heißt, sie waren am selben Ort bei mehr als sechzig Gelegenheiten in den gut drei Wochen zwischen der Aktivierung der Telefonnummer und dem Mord.« Sie ließ den Finger auf einer Zeile ruhen. »Beispielsweise in der Nacht zwischen dem 6. und 7. Dezember.«

»Verdammt noch mal, Lotta«, sagte Sebastian bewundernd. Jetzt strahlten seine Wangen in einem leuchtenden Rot. Er sah aus, als wäre er am liebsten mit ihr allein in einem Raum.

»Ihr versteht«, sagte Svante. »Wir können Mehdi nicht nur mit den Patronenhülsen in Verbindung bringen, die beim Mord verwendet wurden. Dank der Kreditkartenzahlung können wir auch eine Verbindung zu dem Prepaidhandy herstellen, das Dogge kurz vor dem Mord angerufen hatte. Aber das reicht natürlich noch nicht aus! War es auch wirklich Mehdi, mit dem er gesprochen hat? Ja, verdammt, es war Mehdi. Warum sonst sollte sein offizielles Handy am selben Ort gewesen sein wie dasjenige, das Dogge angerufen hat? Jetzt kommt der ganze Dreck in Bewegung, jetzt beginnt es endlich zu stinken.«

»Ja, verdammt noch mal«, sagte Sebastian erneut.

»Und du«, Svante wandte sich an Farid. »Du hast gestern Leila Khalid vernommen, oder? Wie lief es? Wenn sie jetzt etwas aussagen will, mit dem wir etwas anfangen können, bringen wir den Fall nach Hause, glaube ich. Und falls wir den kleinen Bruder dazu bringen, von dem Probeschießen oben an der Geflügelfabrik zu erzählen, dann beweisen wir damit, dass die Mordwaffe Mehdi gehört. In dem Fall können wir ein wirklich, wirklich gutes Weihnachten feiern. Erzähl schon, Farid. Wir sind ganz Ohr.«

Farid räusperte sich.

»Leider«, sagte er und schluckte. »Es gab keine Vernehmung. Sie ist nicht aufgetaucht. Ich glaube, sie steht zu sehr unter Druck, nach dem, was Dogge passiert ist. Ich versuche es in ein paar Tagen noch einmal.«

»Mach das«, sagte Svante, »dann konzentrierst du dich bis dahin auf diesen Tusane. Wenn er Angst hat, musst du ihm erklären, dass wir Mehdi von der Straße holen können, wenn er uns hilft. Was meinst du, kannst du mit ihnen über Zeugenschutz reden? Sie sagen zu Mehdi aus, und wir bringen sie aus Våringe heraus? Das sollte ja nicht unmöglich sein. Wer will jetzt schon noch in Våringe bleiben? Jedenfalls nicht die Familie Khalid Ali. Sprich mit unseren Freunden bei der Abteilung für Opferschutz und Personensicherheit und erklär ihnen, dass wir Zeugenschutz brauchen. Ich bitte die Kontaktbeamtin, ein Treffen zu arrangieren, das kann ja nicht schaden. Versuch ihnen klarzumachen, dass wir alles tun, damit sie sich sicher fühlen können. Wir brauchen sie, Farid, und wir brauchen dich, damit sie mit uns zusammenarbeiten. Darum bist du hier. Und jetzt haben wir den Weg für dich freigemacht. Du musst sie nur noch dazu bekommen, den Mund aufzumachen. Okay? Kannst du das schaffen, was meinst du?«

54.

Der Weg hinauf zu Farids zweistöckigem Haus aus gelbem Kalksandstein war weiß vom frisch gefallenen Schnee, weich wie Samt. Er fuhr lautlos bis vor das Garagentor. Das Haus war unbeleuchtet, abgesehen von den Adventssternen, einer in jedem Fenster. Er ließ das Auto draußen stehen, um Natascha nicht zu wecken, denn ihr Raum lag direkt über der Garage.

Nadja und Farid waren zusammengezogen, als sie sich gerade zwei Monate kannten. Die ersten Jahre verbrachten sie in einer Wohnung in Våringe, nur ein paar Straßen von dem Haus entfernt, in dem er aufgewachsen war und in dem seine Eltern immer noch wohnten. Farid hatte sich immer fortgesehnt von den drückenden Hochhäusern aus hellem, grauem Beton, von den verglasten Balkonen, den Laminatböden, den Lichtern und dem Lärm von der Autobahn, dem Rauschen der Reifen auf dem Asphalt, den schweifenden Fernlichtern und den flackernden Straßenlaternen, an jedem Tag im Jahr, in jeder Stunde des Tages. Trotzdem vermisste ein Teil von ihm es immer noch.

In den ersten Jahren, nachdem sie aus Våringe weggezogen waren, war er immer wieder zurückgefahren, um am Sonntag mit dem Hund durch den Park zu gehen. Dort war immer viel los. Wenn das Wetter gut war, wurde Fußball gespielt, Brennball, sogar Cricket und Boule. Eine Gruppe älterer Leute stand oft zusammen, ihre Körper in irgendeiner Yoga-Position, die auch seine Frau zu Beginn eines jeden Urlaubs am Morgen machte. Auf dem Freilaufgelände waren jede Menge Hunde zu sehen, auf jeder freien Grasfläche saßen Menschen zusammen und picknickten, hörten Radio oder lasen. Es war alles ziemlich dreckig, und die Beleuchtung funktionierte nur selten, es war auch keine gute Idee, die Glühbirnen auszutauschen, denn sie wurden am Abend von jenen zerschlagen, die den Park nach Einbruch der Dunkelheit übernahmen. Aber tagsüber war der Park hell, niemals gefährlich, von Menschen gefüllt, die Farid kannte oder wiedererkannte.

Er ging in die Küche, öffnete den Kühlschrank und schloss ihn wieder. Es standen zwei halb volle Becher auf der Spüle. Er schüttete den Tee aus, steckte sie mit in die Spülmaschine und schaltete sie an. Die Treppe zum Obergeschoss knarrte. Die Tür zu Ellas Zimmer stand weit offen. Der halbmeterhohe Plastikbaum, den sie im vorigen Jahr bekommen hatte, war geschmückt und beleuchtet. Sie schlief, ein Bein ruhte auf der Decke und einen Arm hatte sie über das Kissen gelegt. Als er ihre Stirn streichelte, drehte sie sich auf die Seite, wachte aber nicht auf.

Im Zimmer daneben lag Felicia. Das Einzige, was unter der Decke herausschaute, war ihr Pony. Am Kopfende des Betts war neuerdings eine Lichtgirlande befestigt. Farid schaltete sie aus.

Vor den Fenstern der Kinderzimmer in der Wohnung in Våringe war der Himmel niemals richtig schwarz geworden, nur blau-lila, erleuchtet vom umgebenden Verkehr. Hier senkte sich der Nachthimmel über sie, schwarz wie die Innenseite einer Konservendose. Natascha hatte immer noch Angst vor der Dunkelheit, sie wollte gerne mit brennender Nachttischlampe schlafen.

Aber heute war sie aus. Er setzte sich auf den Boden an ihrer Tür und lauschte ihrem Atem, so wie er es getan hatte, als sie gerade geboren war. Natascha war genauso alt wie die Jungen. Würden sie noch in Våringe wohnen, ginge sie wahrscheinlich in dieselbe Klasse wie Billy.

Als Farid vierzehn Jahre alt war, hatte er Probleme. In der zweimonatigen Schlussphase der achten Klasse hatte er neun Tage hintereinander geschwänzt, war wegen Ladendiebstahls verhaftet worden, hatte Gras geraucht und auf einem Schulfest viel zu viel getrunken. Als er auf der Tanzfläche zusammenbrach, riefen die Veranstalter den Rettungswagen. Der fuhr ihn in die Mariaklinik, in der er in einem abgeschlossenen Raum mit einer Matratze auf dem Boden ausnüchtern durfte. Er musste auf der Matratze sitzen, während sie das wegspülten, was seine Vorgänger hinterlassen hatten, und als der Geruch aus dem Abfluss zu ihm emporstieg, musste er so heftig kotzen, dass er das Gefühl hatte, sein Hals würde zu bluten beginnen. Seine Eltern kamen auf die Station. Als seine Mutter versuchte, ihn zu umarmen, stieß er sie so kräftig weg, dass sie stürzte. Da packte ihn sein Vater an den Schultern und drückte ihn an die Wand, bis das Personal kam und sie voneinander trennte. Im Auto auf dem Weg nach Hause weinte seine Mutter, sein Vater war zorniger, als Farid ihn je gesehen hatte. Aber er war schließlich durch die Mittelstufe gekommen, hatte nie wieder Drogen angefasst und sich erst auf der Abiturfeier wieder betrunken. So oft hatte er sich die Frage gestellt: Was hatte ihn dazu gebracht, dass er sich zusammenriss? Er hatte keine gute Antwort.

Du bist aus Våringe weggezogen. Du hast deine Kinder von dort weggebracht. Du kannst auch aufhören, dort zu arbeiten. Du bist nicht dafür verantwortlich. Ein anderer kann das übernehmen.

Er blieb noch fast eine Stunde in Nataschas Zimmer auf dem Fußboden sitzen, bevor er aufstand, um zu seinem eigenen Bett zu gehen. Nadja war wach, als er hineinkam. Das Licht war aus, aber ihre Augen glänzten. Sie sagte nichts, hob ihm aber die Decke hoch, ließ ihn in ihre Wärme kommen, sie legte die Arme um ihn.

Als sie ihre Hände federleicht auf seine Wangen legte, spürte er, dass er weinte. Sie küsste die Tränen weg und er legte seinen Kopf an ihre Brust. So blieb er liegen, lange und still.

»Ich kann nicht«, flüsterte er nach einer Weile. »Ich kann nicht noch einen verlieren. Nichts von dem, was ich tue, hilft. Sie sterben mir einfach weg. Und Sudden? Er ist kein schlechter Mensch, Nadja. Er ist nicht der Feind. Warum sollte er … Es ist nicht gerecht. Sudden ist nicht … Was ich auch tu, die Schuldigen sind in Freiheit, und die besten Menschen werden geopfert.«

»Psst …«, sagte sie und zog ihn noch näher an sich heran, schaukelte seinen Oberkörper. »Schlaf, mein Schatz. Immer eine Sache nach der anderen. Jetzt werden wir erst einmal schlafen.«

Die Jungen

Am Tag vor dem allerletzten Auftrag rief Billy bei Dogge an. Seit Langem ging der Kontakt nicht mehr von ihm aus, aber jetzt meldete er sich. Er bat Dogge, zu ihm nach Hause zu kommen. Dogge war nicht mehr bei Billy gewesen, seit Leila ihn gebeten hatte, nicht mehr zu kommen.

Es war kurz nach zehn am Morgen, als er an der Tür klingelte. Draußen wurde es langsam kälter, das Fahrrad war unten im Tunnel ins Rutschen geraten, und er musste das letzte Stück gehen. Im Flur sah es frisch geputzt aus, ungewöhnlich leer, fast keine Schuhe oder Jacken waren dort zu sehen. Leila war auf der Arbeit und Billys Geschwister in der Schule. Isak hatte seit über einem halben Jahr nicht mehr dort gewohnt.

Billy war allein zu Hause, trotzdem schloss er die Tür, als sie in sein Zimmer gegangen waren. Die Glock lag auf dem Bett, es war das Erste, was Dogge sah.

»Was zum Teufel?«

»Es war Tusse, der die Tasche aus dem Keller geholt hat.«

»Tusse?«

»Ja. Er hat uns gesehen, als wir in den Keller gingen. Und als ich von der Polizei verhaftet wurde, ging er nach unten und holte sie. Er hatte Angst, dass sie eine Hausdurchsuchung machen.«

»Aber?« Dogge stand mit dem Rücken an der Tür, er wusste nicht, was er dazu sagen sollte. »Warum?«

»Er hat die Tasche Papa gegeben.«

»Deinem Vater?«

Billy nickte. Er sprach weiter.

Alle Fragen, die Dogge hatte, stapelten sich in seinem Kopf aufeinander. Sie schwollen schnell an, wie eitrige Pickel, als wäre er durch Brennnesseln gelaufen. Trotzdem fragte er nichts.

Billy erklärte, wie er mit seinem Vater darüber diskutiert hatte, was sie unternehmen sollten. Isak entschied, dass es das Beste wäre, den Imam um Hilfe zu bitten. Er vermittelte, half ihnen, die Waffen an Mehdi zurückzugeben, ohne die Polizei einzuschalten, und stellte gleichzeitig einen Tilgungsplan für Billys Ausstieg auf.

»Ich werde wegziehen«, hörte Dogge Billy schließlich sagen. »Meine Mutter hat gemeint, dass ich bei meinem Großonkel wohnen kann. Wenn das hier erledigt ist, bin ich weg. Sie können mich nicht erwischen, wenn ich aus Schweden wegziehe.

Billy hatte mit so vielen Menschen gesprochen, er hatte alles Mögliche getan. So viele Entscheidungen getroffen. Aber Dogge hatte er nichts davon gesagt.

Dogge musste schlucken. Er schluckte die Tränen weg und er schluckte das, was er sagen wollte, dass Billy nichts erzählt hatte, dass er Dogge die ganze Zeit in dem Glauben gelassen hatte, dass die Tasche immer noch weg war, dass er mit allen in seiner Familie gesprochen hatte, mit dem Imam Hassan, wie er es machen sollte, aber dass er kein Wort zu Dogge gesagt hatte. Dann betrachtete er die Glock.

»Ja.« Billy lächelte matt und ging zum Bett. »Papa hat sie Mehdi abgekauft. Er musste extra dafür bezahlen. Papa hat gesagt, dass sie für ihn sei. Aber dann gab er sie mir, er will, dass ich sie zur Verteidigung dabeihabe. Aber ich weiß nicht, ich kann mich ja nicht verteidigen, wenn ich keine Munition habe. Und die hat er mir nicht gekauft. Ich weiß nicht, was Papa … Ich glaube, er hat einfach nicht daran gedacht, und jetzt werde ich ohnehin wegfahren.« Billy sah auf und fing Dogges Blick. Er sah traurig aus, fast am Rande der Tränen. »Ich brauche sie nicht. Und Tusse … Ich will nicht, dass Tusse oder Papa sie bekommen. Ich kann sie auch nicht mitnehmen. Und dann dachte ich, dass du sie vielleicht gebrauchen kannst?« Seine Augen waren feucht geworden. Er sah Dogge flehend an. »Ich kann nicht … Aber du und ich, wir sind doch … Wir waren jedenfalls … Verdammt, du weißt, was ich meine? Ich weiß, dass Mehdi vielleicht …, wenn ich gefahren bin, wird er vielleicht … und ich will nicht, dass du …«

Dogge schluckte.

»Ich kann mit dir gehen? Wenn du wegziehst. Dann kann ich mitkommen.«

Billy wischte sich die Augen mit dem Handrücken ab. Er war verärgert, Dogge sah es.

»Manchmal bist du wirklich total dumm. Warum sagst du solche idiotischen Sachen? Du kannst doch nicht einfach mit mir wegziehen? Du kannst nicht nach Afrika ziehen, was willst du denn dort? Und überhaupt. Mehdi ist kein großer Gangster. Er ist ein hässlicher Fisch in einem verdammt kleinen Teich, und er wird gefressen werden, und das weiß er auch, also versucht er, möglichst gemein zu uns zu sein, um uns zu zeigen, was für ein krasser Gangster er ist. Das mit dem Bordell in Berlin ist einfach nur dummes Geschwätz, fast alles, was er erzählt, ist erstunken und erlogen. Er kennt keine Millionäre oder Firmenbosse. Wenn er wirklich reich wäre, müssten wir wohl keine Süßigkeiten in Suddens Livs klauen, nur weil er mit irgendwelchen Mädchen einen Film sehen will, oder? Mehdi ist ein Bluff. Außerhalb von Våringe hat er keine Macht, null.«

»Dann kannst du doch bleiben?« Dogge kratzte sich in der Kniekehle, so fest er konnte, aber es war schwierig, durch den Jeansstoff richtig heranzukommen. »Wenn du sagst, dass er nicht so … und wir bezahlen ja alles. Du kannst bleiben.«

»Ich kann nicht bleiben, das habe ich doch gesagt. Das musst du doch begreifen. Ich muss hier weg.«

»Aber wir sollen doch …«

Billy schlug die geballte Faust an die Wand.

»Halt jetzt die Klappe. Ich habe ja gesagt, dass ich dieses letzte Ding noch machen werde, ich habe es versprochen, also hör auf zu jammern.«

»Aber wo sind die Granaten? Wo hast du sie hingelegt? Es ist unheimlich gefährlich, sie einfach rumliegen zu lassen, wenn Tusse sie sieht, fasst er sie vielleicht an und macht irgendetwas Dummes mit ihnen, wo hast du sie hingelegt?«

»Ich habe sie, mach dir keine Sorgen.«

»Wo hast du sie denn? Hast du keine Angst, dass deine Mutter sie finden könnte? Oder Tusse. Stell dir vor, Tusse findet sie auch und …«

Billy unterbrach ihn, nahm die Glock vom Bett und schob ihn durch die Tür.

»Ich habe sie nicht hier, okay? Ich habe sie an einem sicheren Ort. Hör jetzt auf mit deinen blöden Fragen. Ich bringe sie morgen mit, versprochen. Wir treffen uns, wie wir es abgemacht haben. Du kannst jetzt nach Hause gehen.«

»Versprochen?«

»Hör auf zu jammern. Nimm jetzt die Glock. Nimm sie einfach. Ich will sie nicht mehr sehen. Und geh nach Hause. Tschüs, Dogge.«

Mittwoch, 19. Dezember

55.

Zum Mittagessen gab es Fisch mit Kartoffeln und Erbsen. So stand es auf dem Wochenmenü, das Sudden bekommen hatte, als er ins Untersuchungsgefängnis kam. Zwanzig Minuten lang schob er die verschrumpelten Erbsen auf dem Teller hin und her, dann öffnete sich die Tür noch einmal. Ihm wurden Schaumgummi-Weihnachtsmänner aus einer Schale angeboten.

»Frohe Weihnachten«, sagte der Wachmann.

»Nein, danke«, sagte Sudden.

»Wir gehen in zehn Minuten«, sagte der Wachmann.

»Okay«, sagte Sudden.

Der Staatsanwalt wollte ihn in Untersuchungshaft behalten, bis die Ermittlungen abgeschlossen waren. Sudden stand unter dem dringenden Tatverdacht des versuchten Mordes beziehungsweise der schweren Körperverletzung.

»Es ist normal, dass man in Untersuchungshaft bleibt, wenn die Mindeststrafe so lang ist«, hatte Suddens Anwalt gesagt.

»Wie lang?«, hatte Sudden gefragt.

»Wenn der Staatsanwalt bekommt, was er will? Mindestens zehn Jahre, höchstens lebenslang«, sagte Suddens Anwalt. »Aber wenn der Junge überlebt«, fügte er hinzu, zögerlich, »wird es vielleicht nicht so schlimm.«

Der Haftprüfungstermin fand in einem Raum im selben Gebäude wie das Gefängnis statt, mit nur wenigen Zuschauerplätzen. An der Tür stand eine Wache. Sudden trug seine eigene Kleidung, ein billiger, aber gut sitzender Anzug, ein Hemd, das die Justizvollzugsbeamten am Tag zuvor am Stuhl in seiner Zelle aufgehängt hatten, damit es nicht so zerknittert wirkte, sowie eine schmale Krawatte, die er sich erst anziehen durfte, als sie im Aufzug auf dem Weg in den Verhandlungssaal waren.

Ihm wurde jedes Mal schwindelig, wenn er sich aufrichtete. Das Unwohlsein wollte nicht nachlassen. Es war, als hätte er in seinem eigenen Kopf etwas kaputt geschlagen, nicht nur in dem des Jungen. Als er in den Saal hineinging, glaubte er, dass er ohnmächtig werden würde, aber er sammelte sich schnell.

Es waren mehr Personen dort, als der Saal Plätze hatte. Trotzdem sah er Sara sofort. Sie streckte ihm die Hand entgegen, obwohl sie zu weit voneinander entfernt waren. Sie musste wieder hinausgehen, bevor es begann, darüber hatte der Anwalt sie aufgeklärt. Er hatte auch gesagt, dass sie ihr Geschäft wieder öffnen durften. Als Sudden das letzte Mal mit Sara telefoniert hatte, fragte er, was das eigentlich bedeutete. Sie hatten nicht das Geld, um genug Leute einzustellen, damit sie den Laden am Laufen halten konnten, und sie schaffte es nicht, das zu tun, was zu tun war.

»Jedes unbekannte Gesicht, das ich sehe«, hatte sie gesagt, »jeder Fremde kann einer dieser Geier sein, die unter meine Haut wollen, Dinge aus mir herausfleddern wollen, die ich niemals jemandem erzählen würde.«

»Du brauchst ihnen nicht zu öffnen«, hatte Sudden gesagt.

»Diejenigen, die ich kenne«, sagte Sara, »unsere Freunde, sehen mich auch mit Blicken an, die etwas verlangen. Ich weiß nicht, was sie haben wollen. Ich kann es ihnen nicht geben. Ich will nie mehr zurück.«

Der Richter begann zu sprechen, nachdem die Wachen die Türen geschlossen hatten. Alle Plätze waren belegt, an den Seitenwänden standen zusätzlich noch ein Dutzend Personen.

»Herzlich willkommen«, sagte der Richter. »Aber ich werde Sie gleich wieder bitten zu gehen. Das hier ist keine öffentliche Sitzung.«

Während des Haftprüfungstermins wurde Sudden von niemandem einfach Sudden genannt. Hier sagten sie seinen ganzen Namen, Shemal Aydin, genauso wie es in seinem schwedischen Pass stand, und natürlich verstand er, wie das klang. Er hatte ausgeholt und einen Baseballschläger gegen den Kopf des unbewaffneten vierzehnjährigen Douglas Arnfeldt geschlagen. Dass dieser Vierzehnjährige mindestens zehn Kilo mehr wog als er und beinahe zehn Zentimeter länger war, wurde von niemandem thematisiert.

Suddens Anwalt argumentierte vier Minuten lang dafür, dass Sudden freigelassen werden sollte, keine Fluchtgefahr, schwedische Staatsangehörigkeit und eine enge Bindung an Schweden. Auch aus Ermittlungsgründen dürfte er nicht in Haft gehalten werden. Die rechtsmedizinische Untersuchung sei abgeschlossen, und der vorläufigen Tatbeschreibung durch den Staatsanwalt hatte Sudden zugestimmt. Der Staatsanwalt beschloss sein Plädoyer allerdings damit, dass das Verbrechen so schwer sei, dass damit ein Grund für die weitere Inhaftierung vorliege. Er sagte es mit einer Stimme, die müde wirkte, beinahe resigniert. Der Richter nickte nur.

Dann ließ der Richter die Zuhörer zurück in den Saal kommen. Während das Urteil bekannt gegeben wurde, sah Sudden hinunter auf die Tischplatte. Als alles vorgelesen worden war, stand er auf und hielt dem Justizvollzugsbeamten die Hände hin, damit er ihm die Handschellen anlegen konnte.

Sudden wollte nicht nach Hause, er wollte niemanden

treffen. Er wollte nur zurück in den engen Raum mit dem schmalen Bett und den festgeschraubten Möbeln.

»Ich komme bald nach Hause«, sagte er zu Sara, als er an ihr vorbeiging. Sie weinte.

»Wir müssen wegziehen«, sagte sie.

Wir müssen nie wieder fliehen, dachte er. Weißt du noch, wie ich es dir versprochen habe? Aber er erinnerte sie nicht daran.

56.

Farid ging normalerweise nicht zu Haftprüfungsterminen, wenn er es nicht unbedingt musste. Aber das hier war keine der üblichen Verhaftungen. Was in Suddens Livs passiert war, war zu einer nationalen Angelegenheit geworden. Jeder hatte eine Meinung zu dem, was geschehen war, und warum, und was dagegen unternommen werden musste.

Aus Sudden war ein Held geworden. Es gab eine Facebookgruppe, die sich *Den Adelstitel für Sudden – jetzt!* nannte und von einem User namens @stolzerschwedischermann ins Leben gerufen worden war. Eine andere Gruppe hieß *Einen Orden dem Kanakenmörder*. Sie hatten zusammen 80 000 Mitglieder, und sie alle hatten offensichtlich nicht bemerkt, dass der Junge, der den Baseballschläger an den Kopf bekommen hatte, weder ein Kanake noch tot war. Der konservative Reichstagsabgeordnete Mohammed Karim hatte getwittert: *Endlich aktive Verbrechensbekämpfung in Våringe. Lasst den Helden frei! #allefuersudden.*

Aber es gab auch die Gegenmeinung. Den Kopf eines Kindes mit einem Baseballschläger zu misshandeln, was für Menschen tun so etwas? Wäre es nicht ein Zeichen dafür, dass die Gesellschaft es akzeptierte, minderjährige Ladendiebe mit dem Tod zu bestrafen, wenn der Junge starb und Sudden nicht wegen Mordes angeklagt wurde? Und in der Zwischenzeit war der Justizminister an die Öffentlichkeit gegangen und hatte eine weitere Untersuchung und noch mehr Geld in Aussicht gestellt, um mit den »Gangmitgliedern, die unsere Vorstädte übernommen haben«, endlich aufzuräumen.

Farid besuchte den Haftprüfungstermin, um sich daran zu erinnern, dass er wusste, wer Sudden war. Dass er ihn kannte. Aber als Sudden in den Verhandlungssaal kam, dauerte es ein paar Sekunden, bis Farid ihn wiedererkannte. Drei Tage war er eingesperrt gewesen. Er zeigte keines der Anzeichen, die Farid normalerweise bei Leuten sah, die in der Untersuchungshaft gelandet waren. Keine nervösen Zuckungen, keine Hände, die auch auf dem Schoß niemals Ruhe fanden, keine Pockennarben auf den Wangen, keine schlechten Zähne. Sudden war mager, frisch frisiert und glatt rasiert. Farid war immer aufgefallen, wie gesund und sportlich er wirkte. Aber heute sah er trotz allem so aus, als wäre ihm sein Leben weggenommen worden.

Nachdem der Richter erklärt hatte, dass das Verfahren hinter verschlossenen Türen abgehalten werden sollte, mussten sämtliche Zuschauer den Saal verlassen, Farid eingeschlossen. Er überlegte, ob er zu Sara gehen und das Vorgefallene bedauern sollte, vielleicht fragen, wie es Sudden ging, ob sie alle Hilfe bekämen, die sie brauchten. Aber auch, wenn es nicht seine Ermittlungen waren, hätte er damit das Gefühl, eine Grenze zu überschreiten, von der er sich im Grunde ganz fernhalten sollte.

Da erblickte er Leila.

Sie trug ein dunkles Kopftuch und einen weiten Mantel mit Kapuze und hatte sich einen Platz weit entfernt vom Eingang des Saals gesucht, direkt neben einem der zwei Kaffeeautomaten. Dort standen vier Tische, aber sie hatte einen der Stühle herausgezogen und ihn ein Stück weiter weg hingestellt, sie saß direkt vor einem Fenster. Die Sonne stand niedrig, das Licht fiel schräg in den Raum, aber ihr Gesicht lag im Schatten. Sie hatte eine Handtasche auf dem Schoß und blickte leer vor sich hin.

»Leila?«, sagte Farid. Er zog die Hände aus den Taschen und blieb ein paar Meter vor ihr stehen. Als sie aufsah, wirkte sie kaum überrascht, eher so, als hätte sie genau auf ihn gewartet.

»Wie schön. Du bist hier. Ich hatte gehofft ...« Sie verlor den Faden. »Weißt du, wie es Dogge geht?«

»Nichts Neues. Er lebt. Mehr weiß ich auch nicht.« Farid drehte sich um und holte einen Stuhl, stellte ihn neben den von Leila und setzte sich.

Sie nickte abwesend, als wäre es noch nicht richtig angekommen.

»Du hast doch Kinder, Farid, oder?«

»Ja. Drei Töchter.«

Sie lächelte matt.

»Und du hast früher in Våringe gewohnt, bist dann aber weggezogen?«

»Ja.«

»Ich habe nachgedacht, seit wir uns das letzte Mal unterhalten haben.«

»Okay.«

»Du weißt, dass mein Mann aus Schweden ausgereist ist?«

»Davon habe ich gehört.«

»Ich habe gehört, dass du mit dem Imam gesprochen hast.«
Er nickte.

»Hassan findet, dass ich öfter mit dir sprechen sollte. Dass es wichtig wäre. Hassan ist ein guter Mensch, Farid. Er würde mit dir reden, wenn er es dürfte, aber er darf es nicht. Er weiß, dass ich aus Våringe wegziehen möchte. Dass Tusane aus Våringe wegkommen muss. Weit weg. Also habe ich gedacht ...«

»Ja?«

»Meine Kontaktbeamtin, also diese Polizistin, die mit uns über unsere Sicherheit spricht, sie hat erklärt, was ihr für Personen machen könnt, die euch … als Zeugen helfen.«

Leila sah zu Farid, ihre dunklen Augen hakten sich in seinen fest.

»Also, ich denke, dass wir uns vielleicht falsch erinnert haben, Tusane und ich. Bei dem, was ich das letzte Mal erzählte. Wir waren traurig und standen unter Stress.« Sie wartete, als wollte sie sehen, ob er protestierte. Dann fuhr sie fort. »Eigentlich können wir sehr viele Sachen aussagen. Vielleicht können wir einen Kaffee trinken, Farid? Und über das reden, was passiert ist? Damit ich alles weiß, wenn Tusane und ich dieses Zeugenschutz-Team treffen, ich muss es wissen. Ich werde sie schon morgen treffen. Es ist wichtig, denke ich. Hast du Zeit für einen Kaffee, Farid?«

Er räusperte sich. Über die Lautsprecher wurde Suddens Verhandlung erneut aufgerufen, die Zeit war gekommen, dass der Richter sein Urteil bekannt gab. Er hätte dabei sein wollen, aber er musste nicht in den Saal gehen, um zu wissen, dass Sudden in Haft bleiben würde.

»Leila«, sagte er zögerlich. Er nahm ihre Hand. »Ich habe immer Zeit für dich, das weißt du. Aber ich glaube nicht, dass du …« Er versuchte, seine Stimme fest klingen zu lassen, beruhigend. »Ich werde mit dem Zeugenschutz-Team reden, ich werde ihnen die Situation erklären, das musst du nicht selbst tun. Ich werde sehen, was wir zustande bringen, ohne dass du … ohne dass Tusse und du darüber nachdenken müssen, was … eigentlich passiert ist. Lass mich zuerst machen. Okay? Warte, bevor du mit ihnen redest. Außerdem kann ja Dogge … Er wacht vielleicht bald auf, und dann wissen wir mehr darüber, was er alles erzählen kann. Das müssen wir uns zuerst anhören, oder meinst du nicht? Bevor ihr euch entscheidet, was ihr tut.«

»Du meinst, wir bekommen Hilfe, wenn wir euch nicht helfen?«

Nein.

»Ich werde meinen Kollegen die Lage erklären. Wie ernst sie ist.«

»Du glaubst, dass Dogge die Wahrheit über das erzählen wird, was passiert ist?«

Nein.

»Vielleicht können wir ihn dazu überreden, mehr davon zu erzählen, wozu Mehdi eigentlich in der Lage wäre.«

»Und das würde uns helfen? Dann bekommen wir Hilfe?«

Nein.

»Ich werde alles tun, was ich kann, Leila. Ich verspreche, dass ich alles tun werde, was ich kann. Aber es ist wichtig, dass wir nicht …«

Er wurde still. Leila sah ihn lange an, dann stand sie auf. Bevor sie ging, drehte sie sich zu ihm um und sagte: »Wenn du alles getan hast, was du kannst. Wenn du mit deinen Kollegen geredet hast. Wenn sie dir gesagt haben, was du auch weißt. Was ich weiß. Dass wir keine Hilfe bekommen, keine richtige Hilfe, wenn wir nicht aussagen. Wenn du das getan hast, Farid, reden wir dann? Ich will, dass Mehdi … Es ist seine Schuld. Bei Billy und Dogge. Seine Schuld.«

Sie wartete nicht auf seine Antwort, sondern ging zum Ausgang, den Blick auf den Boden gerichtet und die Kapuze über dem Kopf.

Den Journalisten, die sich vor dem Gerichtsgebäude versammelt hatten, um Fotos von Sara zu schießen, wenn sie aus der Tür kam, fiel Leila nicht auf, sie gingen zur Seite, um sie vorbeizulassen, ohne sie zu beachten.

Vor zwölf Tagen hatten sie über den Mord an ihrem Sohn berichtet. Jetzt erkannten sie sie nicht einmal mehr wieder.

Donnerstag, 20. Dezember

57.

Wenn Jill so tat, als würde sie sich von oben betrachten, aus der Vogelperspektive, sah sie deutlich, was der Polizist, der Pfarrer, das Krankenhauspersonal und die Sozialarbeiter wahrnahmen. Eine Mutter, die ihr Kind nicht beschützt hatte, die sich nicht gewehrt hatte, keine Grenzen gesetzt hatte, ihn nicht gezwungen hatte, das Richtige zu tun. Sie wollte sie anschreien, sie packen und schütteln.

Es ist nicht so, wie ihr glaubt, es ist nicht so, wie es aussieht, ich habe alles getan, alles habe ich getan, damit es meinem Sohn gut geht, damit er ein guter Mensch wird, auf den ich stolz sein kann, aber es hat nicht geklappt. Ihr hättet es auch nicht geschafft. Niemand hätte es geschafft.

Sie wollte schreien, bis sie ihr zuhörten. Aber sie sagte nichts. In dem Krankenhauszimmer, in dem Dogge lag, konnte sie nichts anderes tun, als zu warten.

Als er gerade geboren war, schrie er so lange und so laut, dass er heiser wurde. Er klang schon erschöpft, als sie ihn am Morgen weckte, oder mitten in der Nacht, eine Sekunde, nachdem er tief geschlafen hatte. Er wachte weinend auf, schlief brüllend ein. Die Schreie kamen ihr in den ersten Monaten unendlich lang vor. Jedes Mal, wenn er anfing, glaubte sie, dass er niemals aufhören würde. Aber immer, wenn sie dachte, jetzt breche ich zusammen, jetzt schaffe ich es nicht mehr, hörte er auf, ebenso schnell wie unerwartet. Sie hatte ihn fest an sich gedrückt und geflüstert und gesungen, er war der einzige Mensch auf der Welt, für den Jill jemals gesungen hatte, und manchmal half es tatsächlich. Und selbst, wenn er nicht still wurde, sondern weiterschrie, half es ihr, dass sie etwas zu tun hatte. Singen, flüstern, schaukeln, wippen. Sie konnte nicht besonders viele Lieder, eigentlich nur ein einziges, und sie erfand ihren eigenen Text, wenn sie den richtigen vergaß. Es funktionierte trotzdem. Singen, flüstern, schaukeln, wippen. Und ihn müde zu füttern. Als sie noch stillte, oder ihm den dicken Brei gab, den er jeden Tag nach dem Abendessen aus der Nuckelflasche trank, bis zu dem Jahr, in dem er eingeschult wurde, dann wurde er ruhig, dann schlief er ein, zum Rhythmus seines eigenen Essens und ihres heiseren Gesangs.

Als Dogge größer wurde, drehte er an seinem Haar, wenn er log. Wenn er bei einer Lüge erwischt wurde, kratzte er sich hinter dem Ohr. Er war nicht besonders begabt, Dinge zu erfinden, aber Jill tat so, als würde es ihr nicht auffallen. So war es leichter.

Sie hatte ihn nie gefragt, wie alt er war, als er anfing, Drogen zu nehmen, womit er anfing und warum. Sie redeten nicht über so etwas. Als der Mord an Billy untersucht wurde, hatte der Polizist verraten, ohne dass sie danach gefragt hatte, dass Dogge wahrscheinlich angefangen hätte, Marihuana zu rauchen, bevor er zwölf war, und dass er regelmäßig Amphetamin und Haschisch nahm.

»Wussten Sie das?«, hatte der Polizist gefragt.

So einfach war es nicht, wollte sie sagen. Sie begreifen gar nichts, wollte sie schreien.

Als Dogge zwölf war, wollte er sich immer noch neben Teo legen, wenn er von Albträumen geplagt wurde. Er hatte eine helle Jungenstimme, und sein Lieblingsessen waren Hähnchenschenkel mit Kartoffelspalten, und Jill ließ ihn Preiselbeermarmelade dazu essen, denn er war ja noch ein Kind, und sie fand nicht, dass sich ein Kind nach den seltsamen Regeln richten sollte, auf welche Weise man einen Hähnchenschenkel essen sollte.

Mit zwölf Jahren war er immer noch ein kleines Kind, das ihr eine SMS schicken sollte, wenn es am Skateboard-Park angekommen war. Natürlich wollte Jill wissen, ob er gut angekommen war, aber wenn er es vergaß, dann ging sie davon aus, dass zwölfjährige Jungen immer vergaßen, was sie versprochen hatten, und wenn er müde nach Hause kam, lag es daran, dass sie viel zu viel FIFA gespielt und literweise Cola getrunken hatten.

Woher, wollte sie den Polizisten fragen, woher sollte ich wissen, dass sie Gras rauchten und eine selbst gemachte Mischung aus Weinresten und dem Wodka tranken, den Dogge zu Hause gefunden hatte?

Woher-woher-woher, woher sollte ich das denn wissen? Aber sie schwieg. Niemand war daran interessiert, was sie zu sagen hatte, sie sollte nur zuhören, was sie ihrer Meinung nach für Fehler gemacht hatte.

Der Pfarrer ließ sie über Nacht mit Dogge allein. Das Personal hatte ein Bett in das Zimmer gestellt, in dem sie schlafen konnte. Sie boten ihr eine Schlaftablette an, aber die half auch nicht.

Am Morgen darauf kam der Pfarrer zurück. Er roch genauso stark nach Aftershave wie am Abend zuvor. Als er seine Hand auf ihre Schulter legte, zog sie sich zurück. Daraufhin trat er einen halben Schritt zurück und setzte sich auf einen Stuhl an der Tür. Die Vertreterin des Jugendamts, die Jill nur Tante Lila nannte, kam ebenfalls, früh am Morgen, um auszurichten, dass der Beschluss zur Kindeswohlgefährdung, der nach wie vor galt, im Laufe des Tages aufgehoben würde.

»Wir sind uns alle einig«, sagte sie, »dass Sie jetzt sämtliche Fragen entscheiden sollten, die Douglas betreffen. Der Beschluss beruhte auf Douglas' Verhalten …« Hier verlor sie den Faden, sie wollte offensichtlich nicht sagen, dass Douglas ja nicht auf die Straße laufen und noch mehr Jugendliche umbringen würde, solange er im Koma lag. Stattdessen schloss sie mit der Bemerkung: »Für uns gibt es keinen Grund mehr, den Beschluss aufrechtzuerhalten. Er ist Ihr Sohn.«

Tante Lila hatte gerade Kaffee getrunken. Man spürte es an ihrem Atem.

Gerüche versetzten Jill oft in Stress. Wenn sie ihren eigenen Schweiß roch, oder den eigenen schlechten Atem. Oder von zu viel Parfum oder einem Parfum, das bei ihr Kopfschmerzen verursachte, oder weil andere nach Schweiß rochen. Wenn es nach Abfluss roch, oder auch nur nach frisch gekochtem Essen, wurde sie nervös. Aber als der Pfarrer ihr erzählte, was Dogge passiert war, wurde sie nicht nervös, sie wurde nicht einmal traurig. Als hätte er auf einen Knopf gedrückt, der sie abschaltete, das Bisschen, was es noch von ihr gab.

Der einzige Duft, den sie als beruhigend empfand, war Dogges Geruch als Baby. Als er gerade geboren war, drückte sie oft ihre Nase in die Falte, in der der Nacken endete, und saugte die Luft so tief ein, wie sie konnte. Sie tat es, wenn er auf ihrer Schulter eingeschlafen war und nicht protestieren konnte.

»Ich werde dir helfen«, hatte sie ihm vor ein paar Tagen erst am Telefon gesagt. »Mach dir keine Sorgen, bald wird alles gut.«

So etwas sagten Mütter zu ihren Kindern.

Mütter sollten trösten und immer ruhig bleiben. Nicht verächtlich oder herablassend, wie ihre eigene Mutter, nachdem Jill das zweite Mal einen Schwangerschaftsabbruch hatte, oder als sie geheiratet hatte und sie Teo das erste Mal trafen.

Sie war nicht wie ihre Mutter, sie war immer genau das Gegenteil. Es lag an anderen Dingen, dass es nicht so wurde, wie sie es sich vorgestellt hatte. Trotzdem wusste sie, dass Dogge sich nicht auf sie verließ. Sie wusste, dass Dogge klar war, dass das alles nur tote Überreste der Mutter waren, die sie zu sein versuchte, wie Phantomschmerzen bei einem amputierten Körperteil. Sie hatten es beide akzeptiert, und auf unterschiedliche Weise taten sie so, als würde es ihnen nichts ausmachen.

Nach dem Mord an Billy kam kein Pfarrer, nur Polizisten. Sie fuhren Dogge und sie in verschiedenen Autos zur Polizeiwache, und dort musste sie mehrere Stunden warten. Erst wurde sie zornig, verärgert, sie lief im Zimmer herum und fragte sich, wie lange sie dort noch bleiben sollte. Schließlich war sie so verzweifelt, dass sie laut losschrie.

»Kann mir jemand sagen, was hier los ist? Ganz herzlichen verdammten Dank!«

Als Tante Lila erklärte, was sie »tun mussten«, brauchte Jill ein paar Sekunden, um sich zu orientieren, um richtig aufzuwachen. Sie »schlug vor«, dass Jill »für eine Zeit in einem Frauenhaus wohnen« sollte, »bis wir mehr darüber wissen, was passiert ist«. Dort durfte sie allein in einem Raum mit zwei Betten schlafen. Alle Mahlzeiten wurden in der Küche serviert. Sie aß sie gemeinsam mit Frauen, mit denen sie nichts anfangen konnte. Sie schauten sie an, als fragten sie sich, wer sie wohl vergewaltigt hätte und warum sie nicht grün und blau geschlagen war. Sie erwiderte die Blicke nicht, antwortete knapp und ausweichend auf alle Fragen.

Viermal war die Polizei zum Frauenhaus gekommen, um zu »reden«. Einmal kam Tante Lila, um zu berichten, »wie es lief«. Je mehr Polizisten kamen, desto seltsamer wurden die Blicke der anderen Frauen. Wahrscheinlich glaubten sie, dass sie einen besonders gefährlichen Typen hatte, der außergewöhnliche Einsätze erforderte. Niemand wusste, dass es ihr Sohn war, für den sie sich interessierten, dass er derjenige war, von dem Gefahr ausging.

Als Tante Lila kam, um zu berichten, dass Dogge geflohen war, entschied sich Jill, nach Hause zurückzuziehen.

»Wenn er kommt, muss ich dort sein.«

Darauf ging Tante Lila ein. Wahrscheinlich glaubte sie ihr. Vielleicht glaubte sie sogar, dass Dogge nach Hause kommen wollte. Zu seiner Mutter, dass es das Erste war, was er tun würde, sobald er eine Chance sah.

Als Jill das erste Mal zu einem Treffen mit der Polizei und dem Jugendamt fahren musste, um mit ihnen über Dogge zu sprechen, hatte sie vorher eine Tablette genommen, um ihre Nerven zu beruhigen. Allerdings war ihr davon ganz schwindelig geworden, und sie war gezwungen gewesen, sich eine Weile auf das Sofa zu legen, bevor sie losfahren konnten. Als sie schließlich zu dem Treffen kamen, eine Stunde zu spät, war ihr Gehirn immer noch verwirrt. Sie konnte kaum verstehen, was die Leute sagten, was sie überhaupt wollten, was sie von ihr erwarteten.

Vor zwei Wochen, als sie im Vernehmungsraum saß und dem Polizisten zuhörte, der ihr von Dogge und Billy erzählte, hatte sie auch ein paar Tabletten genommen, aber nicht, um sich auf das vorzubereiten, was sie sagen würden, sondern einfach so. Mittlerweile nahm sie jeden Tag Tabletten. Sie nahm sie zum Schlafen, um länger wach zu bleiben, um nicht mehr traurig sein zu müssen oder erschöpft oder aufgeregt. Es gab eine Tablette für jedes Gefühl, dazu noch welche für die Schmerzen, die ständigen Schmerzen. Der Körper tat weh, überall, in allen Gliedmaßen, in ihnen sammelte sich das Wasser. Manchmal dachte sie, dass sie Rheuma bekommen hätte, oder Metastasen im Skelett. Vielleicht hatte sie auch Krebs? Es gab auch eine Tablette gegen Aufregung, die nahm sie, so oft sie konnte.

Nachdem der Pfarrer und Jill eine Weile stumm dagesessen hatten, kam eine Ärztin in das Zimmer. Sie teilte ihr mit, dass Dogge eine weitere Operation benötigte, sie würde mehrere Stunden dauern, sie könnte im Krankenhaus warten, wenn sie wolle.

Eine Stunde später kamen zwei Krankenschwestern, um Dogge zu holen. Der Aftershave-Pfarrer bot sich an, Jill zum Speisesaal zu bringen und dafür zu sorgen, dass sie etwas zu essen bekam. Sie hatte keine Kraft, dagegen zu protestieren. In den folgenden Stunden ließ sie sich von dem Pfarrer herumführen. Sie machten einen Spaziergang durch die Straßen vor dem Krankenhaus, er fragte sie, ob sie auf die Toilette müsse, ob sie durstig sei, eine Tasse Kaffee haben wolle. Sie nickte und ließ ihn bestimmen.

Der Pfarrer bekam einen Anruf, als die zweite Operation vorbei war, und nahm sie mit in einen Raum, in dem sie zuvor noch nicht gewesen war. Er sah aus wie ein ganz gewöhnliches Arbeitszimmer, die Ärztin saß hinter einem Schreibtisch, und es gab jeweils einen Stuhl für Jill und den Pfarrer. Die Ärztin hatte Papiere vor sich liegen und etwas, das wie Röntgenbilder aussah. Jill wusste nicht, ob diese Aufnahmen etwas mit ihrem Sohn zu tun hatten, und hatte Schwierigkeiten, den Ausführungen der Ärztin richtig zu folgen, aber sie sah sowohl ihr als auch dem Pfarrer an, dass es keine guten Nachrichten waren.

Als das Gespräch vorbei war, durften sie in das Zimmer zurückkehren, in dem Dogge lag, immer noch in Narkose und an ein ebenso großes Arsenal an Maschinen angeschlossen. Trotzdem sah er anders aus. Das Bett, in dem Jill die Nacht zuvor geschlafen hatte, stand noch da.

Wie lange muss ich bleiben?, dachte Jill. Aber sie sagte nichts.

Der Pfarrer musste gehen, er hatte eine andere Verpflichtung. Er reichte ihr eine Karte, sehr geschäftsmäßig, als würde Jill zu den Menschen gehören, die in ihren gesammelten Visitenkarten blätterten, falls sie mit jemandem sprechen wollten. Dann ging er.

Sie setzte sich auf den Stuhl neben Dogge und betrachtete ihn ein paar Minuten, dann ging sie zu dem zusätzlichen Bett hinüber. Ihr Körper tat von innen weh, als hätte sie eine Grippe, nicht derselbe Schmerz, den sie bei Dogges Geburt verspürt hatte. Dieses Mal würde sie niemand mit zehn kleinen Fingern und zehn kleinen Zehen belohnen. Niemand würde ihr gratulieren, dass sie es ausgehalten hatte, sie als tapfer bezeichnen und frisch belegte Brote auf einem Tablett vorbeibringen, sie fragen, ob sie Zucker in ihren Tee wolle. Jetzt hatte sie nur noch Schmerzen.

Von dem Tag an, an dem Teo krank wurde, war sie alleine für Dogge verantwortlich. Zu Beginn protestierte sie noch.

»Ich bin auch krankgeschrieben. Ich bin krank. Mir geht es nicht gut. Das ist nicht meine Schuld.«

Sie ging zu einem weiteren Doktor. Er verschrieb ihr mehr Pillen. Manchmal traf sie Freundinnen und versuchte es ihnen zu erklären.

»Es wird schon gut gehen«, sagten sie. »Ich bewundere dich. Du bist so unglaublich stark, ich würde das niemals schaffen.«

Jill schaffte es noch nicht einmal, ihnen zu widersprechen.

Wenn sie mit einer Freundin darüber sprach, dass sich Dogge ihrer Meinung nach seltsam benahm, bekam sie immer dieselbe Antwort. Es liege an der Pubertät oder daran, dass er unglücklich in eine Klassenkameradin verliebt sei. Vielleicht war er verunsichert, was seine sexuelle Identität betraf, oder er fand sich zu dick oder zu hässlich oder sah sich einfach nur ganz allgemein als Außenseiter. Ob sie sich über seine Aktivitäten in den sozialen Medien auf dem Laufenden halte? Nein, wie sollte sie das machen? War sie sicher, dass er sich keine Schnitte zufügte oder sich absichtlich übergab? Nein. Sie konnte ihm ja nicht hinterherspionieren, von ihm verlangen, dass er sich nackt zeigte, oder ihm in die Toilette folgen, das machte man einfach nicht. Man musste seinem Kind Respekt entgegenbringen, und es gab Tausende, Millionen von Erklärungen, warum Dogge so war, wie er war, und alles waren ganz normale Gründe für Zwölfjährige, und niemand musste sich deswegen Sorgen machen, und sie selbst hatte sich eingeredet, dass er groß und genauso wie alle anderen Erwachsenen werden würde, aber nicht wie Teo.

Nachdem Dogge Billy erschossen hatte, hatte niemand mehr von sich hören lassen, kein einziger Anruf, keine einzige Nachricht. Niemand sagte mehr, dass sie stark sei. *Ich würde das niemals schaffen.*

Sie hatten das Bett mit frischer Bettwäsche bezogen, während sie mit dem Pfarrer unterwegs war. Die Laken hatten scharfe Kanten an den Stellen, an denen sie gefaltet waren. Jill legte sich darauf, sie betrachtete die hellblauen Plastiksocken, die sie über ihre Schuhe gezogen hatte, bevor sie Dogges Zimmer betrat. Sie wollte sich nicht umziehen, nicht einmal an den Füßen, und es fühlte sich seltsam an, voll bekleidet unter die Decke zu kriechen.

Manchmal, stets kurz bevor sie einschlief, konnte sie sich an Dogges Körper auf ihrem Schoß erinnern, wie er immer schwerer wurde, wenn er sich allmählich beruhigte, wenn all die angespannten Muskeln nachgaben und er einschlief. Sie erinnerte sich an den Unterkiefer, der sich im Schlaf bewegte. Die Hände, die nach ihr griffen, die so stark waren, mit Nägeln so scharf wie Welpenzähne, die nach ihrem Halsband griffen und es nicht einmal nach dem Einschlafen mehr losließen, sodass sie sie lösen musste, bevor sie ihn ablegen konnte. Sein Windelpo, die Knöchel und die Knie mit den Löchern im Babyspeck. Das wellige, dunkelblonde Haar, das sie allzu lange wachsen ließ, der Pony fiel ihm in die Augen, und er pustete, um ihn aus dem Gesicht zu bekommen, oder strich ihn zur Seite und hinter das Ohr mit einer Konzentration, die sie jedes Mal zum Lachen brachte, selbst wenn sie schon müde war.

Nur eine Minute später erhob sie sich von dem Bett, ließ die Visitenkarte des Pfarrers zu Boden fallen, wandte sich zur Tür, ging hinaus und fuhr nach Hause.

Freitag, 21. Dezember

58.

Tusse schaute aus dem Wohnzimmerfenster. Er stellte sich nicht direkt davor, so dumm war er nicht, sondern seitlich daneben und blickte auf die Straße hinunter. Es war wichtig, dass er nicht gesehen wurde. Und dass er sich nicht verleiten ließ, die Deckung zu verlassen. Er suchte nach Zeichen. Ein blinkendes Licht an einem Elektroroller, der gerade benutzt worden war. Ein achtlos abgestelltes Moped, das er nicht kannte, oder ein Auto, es könnte auch ein Auto sein. Man konnte ihre Adresse kinderleicht finden. Er hatte von denen gehört, die zu Fuß kamen, das taten, was sie tun sollten, und wegspazierten. Sie hatten keine Angst, nur er hatte Angst. Sie konnten jederzeit dort unten stehen und warten. Rund um die Uhr. Sie warteten nur darauf, dass er aus dem Haus ging, sich ein Stück von der Bewachung entfernte. Und es war leicht, sich von ihnen verführen zu lassen. Eine Nachricht von einem Mädchen, das man mochte und das dich plötzlich treffen wollte, oder ein Freund, auf den man sich so sehr verließ, als wäre er dein Bruder. Billy hatte es erzählt, er wusste das alles, und trotzdem hatten sie ihn umgebracht.

Jeder konnte dich opfern. Und Tusse war in Gefahr, so viel wusste er. Alle glaubten, dass er mit der Polizei geredet hatte, dass sie deswegen Personenschutz hatten. Sogar in der Schule hatten er und seine Schwestern einen Leibwächter dabei, der ihnen auf Schritt und Tritt folgte, fast überallhin. Und am besten bewachten sie Tusse. Das war offensichtlich. Sie glaubten, dass er derjenige war, den Mehdi töten lassen wollte, als Strafe dafür, dass er geredet hatte. Obwohl er im Grunde nichts gesagt hatte, noch nicht, jedenfalls. Seine Mutter hatte Urlaub genommen. Er konnte sich nicht erinnern, dass so etwas jemals zuvor geschehen war. Sie war niemals krank, und wenn sie Urlaub hatte, arbeitete sie woanders. Aber jetzt war es passiert.

Gemeinsam wurden sie zu einer anderen Polizeiwache gefahren, nicht zu der in Våringe, wo sie Farid getroffen hatten, sondern zu einer, die aussah wie ein normales Haus mit Büros. Dort trafen sie Leute aus einer Polizeieinheit, deren Aufgabe es war, Personen zu schützen, die geschützt werden mussten. Sie taten alles, was getan werden musste, wenn aus jemandem ein neuer Mensch werden sollte, den niemand finden oder wiedererkennen konnte.

Sie erklärten, dass sie zum Beispiel alles tun konnten, was nötig wäre, um Zeugen in einem Mordprozess zu bewachen. Sie sagten es nicht gerade heraus, aber Tusse wusste, was sie meinten. Wenn seine Mutter und er Mehdi ins Gefängnis brachten, dann würden sie so weit wegziehen, dass sie sich nie mehr Sorgen machen mussten.

In dem Auto, das sie dorthin brachte, hatte seine Mutter ihm eingeschärft, dass er auf gar keinen Fall etwas sagen sollte, während sie dort waren, nicht bevor sie sich darüber unterhalten hatten, was genau sie sagen sollten. Sie hatte es in ihrer eigenen Sprache gesagt, die er verstand, aber niemals selbst sprach. Es sei wichtig, hatte sie erklärt, es sei entscheidend dafür, wie ihr Leben in Zukunft verlaufen werde. Sie habe Freunde, die von der Polizei an der Nase herumgeführt worden seien, sie hatten alles ausgesagt, genauso wie es war, aber dann trotzdem nicht die Hilfe bekommen, die ihnen versprochen worden war, alles wäre vergeblich gewesen, und sie könnten ihre Angst niemals ablegen.

Also hatte Tusse kein Wort gesagt, nicht einmal darüber, wie Mehdi Dogge und Billy das Schießen beibrachte, obwohl er es Farid schon erzählt hatte.

Am Abend nach dem Treffen war seine Mutter gekommen und hatte sich neben das Bett gesetzt, das für immer Billys Bett bleiben würde, auch wenn er so tat, als wäre es jetzt seins. Sie hatte gesagt, dass er ihr helfen müsse, dass sie beide dafür sorgen müssten, dass man ihnen helfen würde, aus Våringe wegzuziehen.

»Das ist die einzige Möglichkeit«, sagte sie. »Wir können nicht für den Rest unseres Lebens Angst haben. Also werden wir als Zeugen aussagen, du und ich.«

Zuerst verstand er nicht, wie das funktionieren sollte. Seine Mutter hatte Farid schließlich erzählt, dass nichts von dem, was er wusste, der Polizei helfen könnte. Dass er wusste, dass Mehdi die Waffe an seinen Vater verkauft und dass Billy sie an Dogge weitergegeben hatte. Die Polizei würde niemals behaupten können, dass Mehdi Dogge darum gebeten hätte, Billy zu erschießen, wenn Dogge die Waffe von Billy selbst bekommen hatte. Aber dann erklärte sie es. Sie mussten eine Geschichte erfinden, mit der sie die Polizei dazu brachten, dass sie Mehdi trotzdem verhaften konnten. So funktioniere es eben, sagte sie. Sie bekamen die Hilfe der Polizei als Bezahlung. Aber es sei auch wichtig, dass sie nicht zu früh aussagten. Erst mussten sie einen guten Rechtsanwalt haben, damit die Polizei sie nicht an der Nase herumführen konnte.

»Wir wissen ja«, sagte Leila, und er hörte das Weinen, das sich in ihrem Hals eine Weg nach oben bahnte, »dass es Mehdis Pistole war, mit der Billy erschossen wurde. Wir wissen es. Wenn du ihnen erzählst, was ihr in der Geflügelfabrik gemacht habt, dann ist es gut für die Polizei. Das Einzige, worüber wir lügen, ist der Weg, wie sie zu Dogge gekommen ist.

Das muss die Polizei auch nicht wissen. Sie müssen nur das wissen, was sie brauchen, um Mehdi zu überführen. Vielleicht kannst du sagen, dass du Mehdi dabei gesehen hast, wie er Dogge die Pistole gab. Du kannst sagen, dass Dogge einen wichtigen Auftrag von Mehdi damit erledigen sollte. Das ist ja beinahe wahr.«

Er schielte auf die Straße. In diesem Jahr gab es viel Schnee. Er liebte Schnee, alle seine Freunde waren unten auf dem Bolzplatz und bauten Festungen in den Schneewänden, die der Schneepflug hinterlassen hatte. Sie spielten Schneeballkrieg, aber er konnte nicht dabei sein.

Seine Mutter sprach vom Lügen, als wäre es das Einfachste der Welt. Aber das glaubte sie nur, weil sie niemals log. Sie wusste nicht, dass man es üben musste. Man muss so oft an die Lüge denken, bis man am Ende glaubte, es wäre die Wahrheit.

Er hatte inzwischen damit angefangen. *Mehdi hat Dogge die Pistole in der Pizzeria unten am Markt gegeben.* Das war eine gute Geschichte, weil Tusse gesehen hatte, dass Mehdi in der Pizzeria schon andere Dinge an Billy und Dogge übergeben hatte. Er würde sagen, dass er dort mit ihnen zusammengesessen hatte, denn manchmal hatte er tatsächlich mitkommen dürfen, wenn sie Sachen mit Mehdi machen sollten, also passte es ganz gut.

Er übte die Geschichte in seinem Kopf, er antwortete auf Fragen, von denen er dachte, dass die Polizei sie vielleicht stellen könnte. Er übte, als wäre es eine Prüfung in der Schule, aber noch wichtiger.

Und er sah aus dem Fenster, auf die Straße hinunter, um sicherzugehen, dass sie nicht dort warteten. Es war wichtig, dabei nicht gesehen zu werden. Und sich von niemandem an der Nase herumführen zu lassen. Denn dann konnte man sterben.

59.

Am Samstagmorgen rief das Krankenhaus bei Jill an. Sie hatten sich gewundert, wo sie geblieben war. Die Ärztin wollte sie treffen. Es gebe Dinge, die zu besprechen seien.

»Ich kann heute nicht kommen, mir geht es nicht gut.«

Es waren noch zwei Tage bis Weihnachten, trotzdem bestanden sie darauf. Jill beendete das Gespräch und schaltete das Telefon aus. Hatten sie keine anderen Sorgen, als sich darüber Gedanken zu machen, ob sie bei Dogge saß und glotzte oder nicht? Hatten sie keine Patienten, um die sie sich kümmern mussten, Weihnachtsgeschenke, die sie kaufen mussten, Familientreffen, die vorzubereiten waren? Alle hatten Familien, die sie über Weihnachten trafen, alle außer Jill. Sie hatte seit neun Jahren nichts von ihren Eltern gehört.

»Wir sehen doch, was ihr macht, wir wissen, wohin das führt«, hatte ihre Mutter gesagt, als sie sich das letzte Mal gesehen hatten, als sie und Jills Vater unangemeldet an Jills Tür geklingelt hatten.

Jill hatte versucht, ihnen zu erklären, dass sie überreagierten, dass Teo nur eine Party gab, dass sie gerne ein bisschen Spaß hatten.

»Sucht Hilfe«, hatte ihr Vater geschrien. »Alle beide. Sonst kommen wir nie wieder zu euch.«

Das braucht ihr auch nicht, wollte Jill ihnen antworten. Dann bleibt zu Hause, ist mir doch egal.

Nach Teos Konkurs hatten fast alle ihre Freundinnen nichts mehr von sich hören lassen. Nach Billys Tod rief sie selbst ihre einst beste Freundin an. Das Gespräch war kurz.

»Ich habe leider keine Zeit, zu sprechen«, hatte die Freundin gefaucht, wie ein Insektenspray. »Ich hoffe, dass ihr Hilfe bekommt.«

Eine Stunde, nachdem Jill ihr Handy ausgeschaltet hatte, um ihre Ruhe zu haben, kam der Pfarrer und klingelte an ihrer Tür. Sie wollte nicht öffnen, aber er hörte nicht auf, den Klingelknopf zu drücken. Also stand sie auf, stellte sich breitbeinig in die Türöffnung, sodass er nicht hereinkommen konnte. Er griff nach ihrem Arm und sagte, dass sie zum Krankenhaus fahren müssten, dass es sehr wichtig sei, dass es ein Treffen mit Dogges Ärztin geben würde, bei dem sie *bestimmt gerne dabei wäre.*

Sie hatte keine Kraft mehr, dagegen zu protestieren. Der Pfarrer war mit dem Auto gekommen.

Es gab ein paar Jahre, da mochte sie es, die Mutter von Dogge zu sein, ungefähr nachdem er drei geworden war. Da wollte sie ihn der ganzen Welt zeigen, ihn überall mit hinnehmen. Wenn sie eingeladen wurden, wollte sie keinen Babysitter haben, sondern sie fand, dass er mitkommen sollte. Teo weigerte sich natürlich. Es gebe keinen Grund, andere zu quälen, indem sie den Jungen überall mit hinschleppten, sagte er. Sie tat, was Teo verlangte. Das war am einfachsten. Aber sie war sehr lange stolz auf Dogge gewesen. Auch noch, nachdem er eingeschult worden war, obwohl es da nicht mehr so glatt lief und er manchmal in einen Streit geriet oder Schwierigkeiten mit den Ziffern und Buchstaben hatte.

»Es muss ja nicht jeder Arzt oder Ingenieur werden«, sagte sie zu Teo.

»Dann ist ja gut, dass er niemals zu arbeiten braucht«, antwortete er. »Die Herausforderung besteht darin, dass er sich die PIN der Bankkarte merken muss.«

»Dogge hat das Temperament seines Vaters«, hatte Jill an einem Elternsprechtag gesagt. Aber als sie die besorgte Miene der Lehrerin sah, war ihr klar, dass sie etwas Falsches gesagt hatte. »Sie sind beide im Trotzalter«, versuchte sie zu scherzen. Niemand fand es lustig.

Der Pfarrer fuhr sie den ganzen Weg zum Krankenhaus und ließ sie auf dem Parkplatz aussteigen, wo eine Krankenschwester sie erwartete. Sie würde ihr *den Weg weisen*. Jill verstand schon, worum es hier ging, sie wollten nicht riskieren, dass sie sich wieder davonmachte.

Der Pfarrer sagte, dass sie jederzeit anrufen könne, dass er sie gerne »stützen« würde. Aber er fuhr davon, sobald sie aus dem Wagen gestiegen war. Im Wartezimmer stand sie auf, sie wollte nicht sitzen, bevor die Ärztin, deren Name Nora war, sie in ihren Raum gebeten und die Hand geschüttelt hatte. Sie nahm gerne ein Glas Wasser, das später unangetastet auf dem Schreibtisch der Ärztin stand.

Die Ärztin berichtete, dass Dogge eine sehr schwere Hirnverletzung habe. Sie hatte es bereits einmal gesagt, als sie sich das letzte Mal gesehen hatten, aber ihr Gesichtsausdruck war jetzt anders. Weniger erschöpft, eher angestrengt. Es sei schwierig zu sagen, wie umfassend die Schädigungen seien, vor allem, solange er sich noch im künstlichen Koma befand. Aber bald würden sie ihn wecken, dann wüssten sie mehr.

»Wir planen, morgen einen ersten Versuch zu unternehmen, vielleicht auch einen Tag später«, sagte sie. »Wenn Sie morgen früh um neun hierherkommen, können wir uns eingehender darüber unterhalten, wie genau es laufen wird.«

Würde er sprechen können? Gehen? Sich überhaupt bewegen können? Würde er nur noch dahinvegetieren?

Die Ärztin wollte darauf nicht antworten. Vielleicht, vielleicht auch nicht. Sein Zustand war immer noch kritisch.

»Sehr kritisch«, sagte sie und sah Jill scharf an, als wäre sie schuld daran.

»Es ist nicht meine Schuld«, sagte Jill.

»Natürlich nicht«, antwortete die Ärztin, ihre Stimme wurde einen Deut freundlicher. Wenn Douglas überlebte, hatten jüngere Leute bei dieser Art von Verletzungen bessere Prognosen als Erwachsene, und er würde jede Art von Hilfe und Unterstützung bekommen, um diese Chancen optimal zu nutzen.

Welche Chancen?, fragte sich Jill, aber sie sagte nichts. *Aber wer*, wollte sie fragen, *wer wird mir helfen?*

»Ich schaffe es nicht«, sagte sie, als die Ärztin alles gesagt hatte. »Mir geht es nicht gut. Ich kann das nicht. Es geht nicht. Ich muss nach Hause fahren.«

»Ich kann verstehen, dass es Ihnen schwierig vorkommt«, antwortete Nora. »Es ist alles sehr tragisch, was Ihrem Sohn zugestoßen ist. Aber wir werden mehr wissen, wenn wir ihn geweckt haben.«

»Was ihm zugestoßen ist?« Jill schüttelte den Kopf. »Warum reden alle so? Es war kein Zufall. Er hat keinen Meteoriten auf den Kopf bekommen, er wurde nicht aus Versehen von einem Bus überfahren. Es war kein tollwütiger Hund, der in der Dunkelheit lag und wartete und sich wie aus dem Nichts auf Dogge stürzte. Dieser Mann hat einen Baseballschläger genommen und ihm damit auf den Kopf geschlagen.«

»Ja«, sagte Nora vorsichtig. »Ich habe gehört, dass die Polizei ermittelt.«

»Aha, das haben Sie also gehört?« Jill schnaubte verächtlich. »Wussten Sie, dass er Dogge hasste? Wussten Sie, dass er Lügen über Dogge verbreitet hat? Er wollte ihn ermorden. Warum sagt das niemand? Die Leute glauben, dass der Mann, der meinen Sohn umbringen wollte, ein Held ist. Er ist ein Mörder, aber die Leute glauben, dass er das Richtige getan hat. Nicht einmal der Staatsanwalt scheint sich sicher zu sein, was er tun soll. ›Wir müssen die Ermittlungen möglicherweise anders einordnen‹, haben Sie gehört, wie er das gesagt hat? ›Es kommt darauf an, wie es sich entwickelt.‹ Er hat es im Fernsehen gesagt. Frohe Weihnachten. Auf welche Entwicklungen wartet er denn, was glauben Sie? Dass Dogge stirbt? Dass ihm der Tod zustößt, oder dass ihm einfach nur eine Behinderung zustößt? Ich wünsche Ihnen Frohe Weihnachten. Frohe Weihnachten und ein Schönes Neues Jahr!«

Sie erhob sich von ihrem Stuhl und fragte, ob sie ihr Geld für ein Taxi leihen könnte.

»Ich habe meine Geldbörse zu Hause vergessen.«

Die Ärztin sah verwirrt aus. Aber sie öffnete ihre Geldbörse und nahm einen Zweihundertkronenschein heraus. Jill nahm ihn und ging. Unten am Empfang kaufte sie eine Abendzeitung und ein Paket Zigaretten. Dann ging sie nach draußen und setzte sich auf eine Bank an der Bushaltestelle einen Kilometer vom Krankenhaus entfernt. Dort wartete sie eine Stunde, bevor sie zum Haupteingang zurückkehrte.

»Ich muss zur psychologischen Notaufnahme«, sagte sie. »Können Sie das für mich regeln, bitte? Und vielleicht auch das Jugendamt anrufen? Nennen Sie ihnen meinen Namen, sie wissen, wer ich bin. Jemand muss das Sorgerecht für meinen Sohn übernehmen. Es gibt niemanden außer mir, und ich kann es nicht, tut mir leid. Ich hätte es gerne getan, aber es geht nicht.«

Sonntag 23. Dezember

60.

»Douglas? Hörst du mich?«

Er erkannte die Stimme nicht wieder. Aber er hörte sie. Er öffnete die Augen und versuchte, den Blick zu fokussieren. Warum sollte er sie nicht hören? Sie stand so nahe, dass er sie anfassen konnte, er hätte ihr sogar einen Kopfstoß versetzen können, wenn sein Kopf nicht so schwer gewesen wäre. Er fühlte sich an, als würde er mehr wiegen, als er heben konnte. Die Deckenlampe strahlte ihm in die Augen, er wollte sie wieder schließen, sie waren zu schwer, um sie offen zu halten. Aber er zwang sich, sie zu betrachten. Er erkannte sie nicht wieder, hatte sie vorher noch nie getroffen, darauf konnte er schwören.

Bin ich bei der Polizei? Haben sie mich mit Ketten gefesselt? Dürfen die das überhaupt?

Sie sah nicht aus wie eine Polizistin, aber das hatte nichts zu bedeuten. Vielleicht war es eine Tante vom Jugendamt. Sie sah nicht aus wie eine Jugendamt-Tante. Dogge schloss die Augen wieder, er ruhte sich eine Weile aus, bevor er sie wieder öffnete, sie aufzwang, es fühlte sich an, als würde es mehrere Minuten dauern.

Die Frau stand immer noch da, genauso nah wie zuvor. Sie hatte dunkles Haar, das im Nacken zusammengebunden war, und die Andeutung eines Schnurrbarts.

»Guten Morgen, Douglas.«

Ihr Lächeln war zu groß, um es ganz wahrnehmen zu können, massenhaft weiße Zähne. Warum war sie so fröhlich? Er sah sich um, es war schwierig, den Nacken zu drehen. Der Raum war voller Menschen, aber er kannte keinen einzigen von ihnen. Er versuchte zu fragen, *Wo zum Teufel bin ich, wer zur Hölle bist du? Was mache ich hier?* Seine Stimme gehorchte ihm nicht. Und sie redete weiter.

»Ich heiße Nora und bin deine Ärztin. Du bist im Krankenhaus, du hast eine schwere Hirnverletzung und wir haben dich in ein künstliches Koma versetzt, damit dein Gehirn sich ausruhen und die Schwellungen abklingen können. Du wirst bald wieder schlafen, aber wir wollten kontrollieren, wie du dich fühlst.«

Endlich schien seine Stimme zu funktionieren.

»Mama?«, bekam er heraus.

Die Stimme klang seltsam. Dicker als sonst. Der Hals tat weh. Er wusste nicht, warum er ausgerechnet *Mama* gesagt hatte, dass er genau das sagen wollte, und er spürte, dass seine Wange nass wurde, die Tränen überraschten ihn auch. War er traurig? Warum?

»Deine Mutter ist nicht hier, sie liegt auf der psychiatrischen Station, es war alles sehr anstrengend für sie, was passiert ist, aber sie bekommt professionelle Hilfe, du musst dir keine Sorgen machen, bald ist sie bestimmt wieder munter genug, dass sie dich besuchen kann. Sie wird froh sein, wenn wir ihr erzählen, dass du wach gewesen bist und nach ihr gefragt hast.«

»Mama«, sagte er erneut, wieder ganz unerwartet.

Als hätte er alle anderen Wörter vergessen.

»Du brauchst dir um sie keine Sorgen zu machen. Sie bekommt Hilfe, Dogge.«

Das Lächeln der Ärztin ließ etwas nach. Sie sah zu einer anderen Frau, die neben ihr stand und ihr etwas zumurmelte, was Dogge nicht verstehen konnte.

»Mam…«, er unterbrach sich selbst. Was war mit ihm los?

Ein verdammter Papagei?

Er schloss den Mund wieder. Es war nicht seine Mutter, über die er reden wollte, er wollte wissen, was passiert war.

»Wa«, bekam er über die Lippen. Die Ärztin wandte sich ihm wieder zu.

»Du hast einen Schlag auf den Kopf bekommen. Die Polizei hat mich gebeten, noch nicht mit dir darüber zu reden, denn sie möchten zuerst das hören, woran du dich erinnerst.«

Dogge konzentrierte sich. *Woran ich mich erinnere? Erinnere?* Er schloss die Augen. Die Erinnerungen drehten sich wie ein Kaleidoskop im Kopf.

Was für ein verdammtes Fest wir haben werden, Mann! Er fuhr ein Auto und neben ihm saß der Italiener. Sie hörten Musik in maximaler Lautstärke. Die Musik, die Mehdis Kumpel machte, der Zehntausende Aufrufe auf Spotify hatte, zu der die Jugendlichen in Rönnviken tanzten, ohne zu begreifen, worum es da überhaupt ging, nur Dogge verstand es, er war nicht wie die anderen.

Die Bilder tanzten im Kopf. Billy lachte, mit offenem Mund, er warf den Kopf nach hinten. Dann waren sie in einer Wohnung. Dort war Mehdi, er sah ihn an, direkt, ohne seinem Blick auszuweichen. Es sah so aus, als würde er aufstehen, zu ihm kommen und ihn umarmen. Ihm sagen, wie verdammt gut er war, *Du bist mein Abri.*

Sein Kopf blitzte. Ob es ein Traum ist, dachte Dogge, dann ist er nicht wie die Träume, die ich vorher hatte. Er war in Suddens Livs. Der Italiener ging vor ihm, riss die Waren aus den Regalen, Dogge wollte lachen, er wollte, aber konnte es nicht, *ein richtig verdammtes Fest.* Er wollte verschwinden. Aufwachen. Die Bilder anhalten. Ein Mann nahm einen Baseballschläger. War es Mehdi? Hielt Mehdi einen Baseballschläger, würde er ihn damit schlagen?

Er zwang sich, die Augen wieder zu öffnen, die Bilder zu

verdrängen und den Blick auf die Frau zu richten, die an seinem Bett stand. *Sie heißt Nora und ist meine Ärztin.* Die Frau sprach erneut, aber nicht mit ihm. Es waren noch mehr Personen in den Raum gekommen, sie wirkten gestresst.

Alle Wörter in dem Raum gingen ineinander über, vermischten sich zur Unkenntlichkeit, verwandelten sich in Laute, eine Audiodatei, die rückwärtsgespielt wurde. Er versuchte, den Kopf zu schütteln, um die Aufmerksamkeit irgendeiner Person zu bekommen.

Vielleicht, wenn er genau darüber nachdachte, was er sagen wollte, und sich anschließend voll konzentrierte, vielleicht könnte er dann sprechen. Aber ihm war nicht klar, wie er anfangen sollte. Was er zuerst fragen sollte. Irgendetwas klingelte, es erinnerte an eine Alarmglocke. Lichter blinkten. Noch mehr Personen kamen in den Raum.

Dogge schloss wieder die Augen. Die Bilder kamen zurück. Aber dieses Mal war es kein Traum. Sudden, dachte er. Sudden hat mich mit dem Baseballschläger am Kopf getroffen. *Er hat versucht, mich umzubringen.*

Eine Flüssigkeit stieg in seinen Mund, und er wollte sich räuspern, oder sich vielleicht übergeben. Es fühlte sich an, als würde er fallen, direkt hinunter. Plötzlich hörte er eine andere Stimme. Sie schien von weit weg zu kommen.

»Wir brauchen Hilfe hier. Schnell.«

Die Stimme der Frau näherte sich wieder seinem Gesicht. Sie klang jetzt besorgt, legte die Hand auf seine Stirn, erst jetzt bemerkte er, dass sein ganzer Kopf zitterte.

»Douglas, wir sind gezwungen, dich wieder in Narkose zu versetzen. Du bekommst Krämpfe, weil dein Gehirn immer noch ein paar Schwellungen hat, die noch zurückgehen müssen, bevor wir dich von diesen ganzen Maschinen abschalten können. Wir müssen auch kontrollieren, was …«

Dogge spürte, wie sie seinen Arm hob, aber dann spürte

er nichts mehr. Der Schmerz gehörte nicht mehr ihm. Er war zurück auf dem Spielplatz. Billy saß mit dem Rücken zu ihm, er schaukelte, höher und höher, es war dunkel, aber das Licht der Straßenlaternen zeigte, wie der Schnee schräg zu Boden fiel, er lachte, lachte und lachte, es hörte niemals auf. Das Einzige, was er hörte, waren die Maschinen, die ihn an sein Bett fesselten. Zischende Laute.

Swish, swosh, swish, swosh.

»Jetzt darfst du eine Weile schlafen, Dogge.«

Die Stimme der Ärztin verschwand. Eine andere trat an ihre Stelle. War das seine Mutter? War es sein Vater?

»Es wird alles gut, Douglas, du brauchst dir keine Sorgen zu machen, alles wird gut.«

Er schloss die Augen. Schloss sie und schloss sie.

Billy hob den Baseballschläger hoch über seinen Kopf, Er lachte, bis er zu kichern begann, und holte aus, bevor er schlug. *Swish.*

Billy hatte eine Lachfalte in der einen Wange, manchmal hatte Dogge Lust, seinen Finger hineinzustecken, aber er hatte es nie getan. Worüber lachte er? Die Lachfalte war tiefer, als sie jemals gewesen war. *Swosh.* Er traf Dogge am Hinterkopf. Dogge hörte, wie es knirschte, aber er spürte nichts.

Billy drehte sich um und wollte gehen. Der Baseballschläger war jetzt weg. Billys Hinterkopf war auch weg, der Schädel offen. Er lag, mit dem Bauch im Schnee, die Flocken fielen weiter, schräg auf ihn hinauf, jede Flocke ein Unikat, das Blut umschloss ihn, ein dunkler, blanker See.

Sie tauchten. Sein Vater zuerst, dann Dogge. Tief unten in dem dunklen See, sie schwammen, sein Vater zuerst, er hinterher. Dann war sein Vater verschwunden. Dogge war zurück auf dem Spielplatz, zurück beim Tod. Es schneite, immer dichter.

Eine Flocke nach der anderen, Billys Puls verschwand.

Dogge versuchte wegzulaufen, er wollte Billy nicht sterben sehen, er wollte nicht, dass Billy ihn sieht. Er wollte weg, seinen Vater finden. Aber das ging nicht, die Beine waren zu schwer, sein Kopf war zu schwer, er konnte kein Körperteil anheben, er konnte sich nicht bewegen.

Swish. Swosh. Swish. Swosh.

Dort sang jemand. War es sein Vater? Dogge konnte sich nicht erinnern, dass sein Vater jemals gesungen hatte. Es war eine fremde Sprache. Aber die Melodie, sie legte sich um ihn, sie wärmte ihn, alles war kalt geworden, alles außer der Stimme. *Lorî, lorî.*

»Ich friere«, wollte er sagen, flüstern, aber er konnte es nicht. Seine Stimme gehörte nicht mehr ihm. Nur das Lied war übrig, bald aber traten harte, kräftige Laute an seine Stelle und das Gefühl von Nadeln in seinem Körper. Die Panik war nackt und unbarmherzig scharf, bis auch sie in der Dunkelheit verschwand.

*

Das Meer rauschte in seinem Körper, der Weltraum füllte sein Herz. Die Melodie folgte ihm, sie blieb bei ihm, als jemand anderes, war es seine Mutter? Es roch nicht wie seine Mutter, aber jemand nahm seinen Körper mit weichen, starken Händen und trug ihn, hob ihn auf und legte ihn an einen anderen Ort. Irgendwo, wo es Billy noch gab. Billy lief, und Dogge lief ihm hinterher. Bald würden sie fliegen, hoch, fort, nach Hause.

Dann trugen die Beine ihn nicht mehr vorwärts. Heute Nacht flog er. Immer höher.

Er wollte schreien, aber es kamen keine Worte. Jetzt waren die Sprache, der Schmerz und die Schuld verschwunden. Er spürte nichts, nichts, und dann fiel er, fort ins Nirgendwo.

61.

Erst kam die Dunkelheit. Leila hatte ihn angerufen. Er wusste nicht, wer es ihr erzählt hatte, aber sie weinte.

»Es muss ein Ende haben«, flüsterte sie. »Es darf so nicht weitergehen.«

»Ich muss in eine Besprechung«, hatte er geantwortet. »Wir unterhalten uns später.«

Nadja war nicht sauer, als Farid ihr erklärte, warum er nicht mit ihr zu ihren Eltern fahren und den Baum schmücken konnte, wie sie es sonst immer taten. Sie verstand ihn.

Es war Sonntag, der Tag vor dem Heiligen Abend, und Svante konnte er ohnehin erst am Abend treffen. Niemand im Ermittlungsteam hatte protestiert. Alle würden zur Wache kommen. Niemand schlug vor, sich online zu treffen.

Sie legten keine Gedenkminute ein, das hätte sich seltsam angefühlt. Aber es war schwierig, die richtigen Worte zu finden. Sogar Svante war sparsam mit seinen Worten. Er ließ Lotta die Lage zusammenfassen. Sie trug ein Kleid, dunkelgrau, und hatte eine Laufmasche in der Strumpfhose. Farid dachte, dass sie vielleicht auf dem Weg zu einem Weihnachtsessen mit der Familie war. Oder sie kam gerade von einem Weihnachtsbrunch.

Der Staatsanwalt sei vorsichtig positiv, sagte Lotta. Die Beweislage sei vielversprechend, er habe die Hoffnung, dass er Anklage erheben könne. Es fehle eigentlich nur noch eine Sache.

»Die Abteilung für Opferschutz und Personensicherheit wird mit ihnen sprechen«, versuchte Svante einzuwerfen. »Ich weiß nicht, wie das bei ihnen läuft, aber das Beste wäre natürlich, wenn jemand von uns, jemand, auf den sie sich verlassen, bei diesen Gesprächen dabei wäre.«

Er sah Farid nicht an, aber alle wussten, dass er mit ihm sprach.

»Ich werde sie anrufen«, sagte Farid. Dann trug seine Stimme nicht mehr.

Es muss ein Ende haben.

Nachdem er den Wagen vor dem Haus geparkt und den Flur betreten hatte, sah er, dass Nadja mit einem Becher Tee vor sich auf dem Tisch in der Küche saß, einer dieser vielen Becher, die sie füllte, an denen sie sich die Hände wärmte und dann stehen ließ, ohne sie ausgetrunken zu haben. Sie musste früher von ihren Eltern nach Hause gekommen sein. Sie sah ihn an. Das einzige Licht kam vom Adventsleuchter. Er ging hinein, ohne sich Jacke oder Schuhe auszuziehen, setzte sich gegenüber an den Tisch und sackte zusammen. Er weinte nicht, die Müdigkeit war zu groß. So blieben sie eine Weile sitzen.

»So weit sollte es niemals kommen«, sagte er schließlich. »Ich wusste, dass es nicht leicht werden würde, ich wusste, dass ich es ziemlich schwierig finden würde. Aber ich habe nie gedacht, dass es unmöglich sein würde.«

Sie nahm seine Hand. Sie war warm und ein bisschen feucht. Er fuhr fort.

»Wusstest du, dass man in Finnland einen Eid ablegen muss, wenn man anfängt, als Polizist zu arbeiten, man muss dort schwören, dass man gerecht ist und alle menschlichen

Grundrechte respektieren und hilfsbereit und verlässlich sein wird und …« Er holte tief Luft. »Aber es wird nichts darüber gesagt, wie weit man gehen muss, um Menschenleben zu retten. Wie weit man gehen muss, um die Gerechtigkeit durchzusetzen. Die wirkliche Gerechtigkeit. Darüber wird nichts gesagt. Aber wir lernen, dass der Respekt vor dem Rechtssystem so wichtig ist, dass es manchmal dazu führt, dass Schuldige nicht verurteilt werden. Aber ich frage mich … Wie kann es gerecht sein, dass zwei Kinder sterben, und der einzige Mensch, der für irgendetwas zur Verantwortung gezogen wird, ausgerechnet Sudden ist? Wir haben ihn im Stich gelassen, immer und immer wieder. Er bat uns um Hilfe, immer und immer und immer wieder.«

Er zog seine Hand zurück, legte sie auf die Augen und flüsterte. »Leila will für uns lügen, uns eine falsche Zeugenaussage geben, weil sie weiß, dass es für sie die einzige Möglichkeit ist, Mehdi zur Verantwortung zu ziehen, was wiederum die einzige Voraussetzung dafür ist, dass wir ihr helfen. Sie hat jetzt Personenschutz, aber nur für eine Woche oder zwei, dann kann er eingestellt werden. Es gibt keine Ressourcen, es gibt kein Geld. Wenn sie dagegen Zeugenschutz bekommt, können wir sie aus Våringe wegbringen, dann bekommt sie ihr ganzes Leben lang Hilfe. Aber wenn ich erzähle, was ich weiß, was Tusse und sie mir erzählt haben, dass die Waffe nämlich von Isak kam und Billy sie an Dogge weitergegeben haben musste, und nicht Mehdi, dann wird es nicht so kommen. Dann wird sie keine Hilfe bekommen, möglicherweise wird sie sogar angeklagt, weil sie einen unschuldigen Mann wegen Mordes hinter Gitter zu bringen versuchte. Eine falsche Zeugenaussage kann bis zu zwei Jahre Gefängnis bedeuten. Wäre es gerecht, Leila ins Gefängnis zu stecken? Manchmal denke ich, dass genau das noch fehlt, um dieses verdammte Durcheinander perfekt zu machen.«

Nadja zog ihre Hände zurück. Sie zwang ihn, ihr in die Augen zu sehen. Für eine Sekunde meinte Farid zu spüren, wie die Enttäuschung über ihm ausgeschüttet wurde. Sag mir nicht, dass es falsch wäre, nichts zu sagen, Leila nicht zu helfen. Ich weiß ja, dass es falsch ist. Ich will das alles nicht, hätte er am liebsten gesagt. Er wollte es schreien. Aber was soll ich tun? *Wie sieht die Alternative aus?*

Dann begann sie zu reden. Ihre Stimme war fest und sachlich, ohne irgendeinen Anklang von Sentimentalität. Es war die Stimme, die sie hatte, wenn sie die Aktivitäten der Kinder planten, oder wenn sie diskutierten, wie sie ihre Hypotheken umschichten sollten.

»Kannst du mir Leilas Nummer geben? Wir müssen sehr sorgfältig vorgehen, wenn uns das Ganze nicht um die Ohren fliegen soll. Und bevor wir irgendetwas tun, sorge ich dafür, dass sie in Kontakt mit einer meiner Freundinnen kommt. Sie ist Anwältin und hat mit sehr vielen Zeugen in sensiblen Gerichtsverhandlungen gearbeitet. Sie weiß, was man braucht, um eine Absprache zu treffen, ohne dass die Polizei sich herausziehen kann, wenn Leilas Aussage nicht ausreicht, oder wenn … falls sich herausstellt, dass es andere … Probleme gibt. Außerdem …«

Nadja stand auf, schüttete den Teebecher über der Spüle aus und streckte Farid die Hand entgegen. »Außerdem denke ich, dass am besten ich mit ihr spreche und nicht du. Du musst stattdessen darüber nachdenken, ob du wirklich weiter in diesem Beruf arbeiten willst. Dir geht es nicht gut, Farid, das hier setzt dir viel zu sehr zu. Deine Kinder brauchen dich, ich brauche dich, und du musst Våringe einfach mal hinter dir lassen, weit hinter dir, und zu deiner Familie zurückkehren.«

Montag, 24. Dezember

62.

Sie kamen mitten in der Nacht. Eine Frau und ein Mann, sie waren Polizisten, trugen aber keine Uniform. Vier Stunden bekamen Leila und die Kinder, um zu packen. Sie würden in eine vorübergehende Wohnung ziehen, in eine möblierte Unterkunft in einer Stadt, die viele Kilometer entfernt war, welche Stadt es war, erfuhren sie nicht.

»Am besten ist es, wenn wir so wenig wie möglich sagen«, erläuterten sie.

»Wir werden später alles genau erklären. Sie müssen das, was Sie mitnehmen wollen, selbst tragen. Wir versuchen, die größeren Sachen später zu schicken, wenn Sie sich eingerichtet haben. Wo wir jetzt hinfahren, dort werden Sie nicht bleiben, das endgültige Ziel legen wir später fest, gemeinsam.«

Aisha weinte die ganze Zeit. Rawdah war still und zornig. Leila füllte ihre Tasche mit Fotografien.

Als er glaubte, dass niemand es sah, holte Tusse Billys Lieblingspullover aus einer der Kisten, in die Leila die Sachen gelegt hatte. Er schlich in sein Zimmer, faltete ihn vorsichtig zusammen und drückte ihn in das Außenfach seiner Tasche. Als er alles hineingestopft hatte bis auf einen Ärmel, kam Leila zur Tür herein. In der Hand hielt sie Tusses Schlafdecke. Sie setzte sich neben ihn und zog ihn an sich heran.

»Ich weiß nicht, wo wir hinfahren«, sagte sie leise. Und

flüsterte, in ihrer eigenen Sprache, erzählte von der Nacht, in der sie mit ihren Eltern floh. Tusse hatte die Geschichte früher schon gehört, wie der Großvater ein Los zog, in welches Land sie fahren sollten, dass sie ein Volk waren, das immer schon umhergezogen ist, und dass es gar nicht wichtig war, wo sie wohnten, sondern das einzig Wichtige war, dass sie zusammen sein konnten. Es war immer eine lustige Geschichte gewesen, das Los, das Leila zuerst nach Finnland und anschließend nach Schweden brachte. Aber dieses Mal lachten sie nicht.

»Aber ich kann kein Los ziehen. Ich weiß noch nicht einmal, ob wir dabei sein können, wenn entschieden wird, wo wir endgültig hinziehen. Aber ich weiß, dass wir wegziehen. Wir werden unsere Reise in eine neue Zukunft beginnen, und auch wenn wir noch nicht wissen, wie sie wird, und wenn sich jetzt auch alles sehr schwer anfühlt, werden wir uns an diese Nacht als etwas Gutes erinnern.« Sie atmete in Tusses Haar. Er lehnte sich an ihre Brust und schloss die Hand um die Schlafdecke.

»Wir verlassen vielleicht unser Zuhause, aber Billy wird immer bei uns sein. Ich kann viele seiner Kleider einpacken, wenn du es möchtest, aber du brauchst sie nicht, um deinen Bruder dabeizuhaben. Er verschwindet nicht. Ich werde immer seine Mutter sein, du wirst immer sein Bruder sein. Das verspreche ich dir. So mächtig ist nicht einmal der Tod, dass er etwas daran ändern kann.«

Die Polizistin nahm den Computer, die Tablets und die Handys, auch die, die sie gerade erst von den Ermittlern zurückbekommen hatten. Im Austausch bekamen sie neue.

»Schalten Sie sie erst ein, wenn wir da sind, unsere Computerabteilung hat alle Ihre Konten in den sozialen Medien gelöscht, Sie dürfen keine neuen eröffnen, erst, wenn Sie sich an Ihrer neuen Adresse eingerichtet haben, und das wird dauern, möglicherweise mehrere Monate.«

Sie sammelte auch alle ihre Bezahl- und Kontokarten ein. Leila bekam einen Umschlag mit Bargeld und zwei vorläufige Bezahlkarten.

»Wir haben Essen für Sie eingekauft, es befindet sich in der Wohnung, in der Sie wohnen werden. Dort gibt es auch einen Fernseher und ein paar Spiele, die Sie benutzen dürfen. Sie können sich allerdings nicht ins Internet einwählen, aber das gilt nur jetzt am Anfang, bis wir die Ermittlungen abgeschlossen haben.«

Aisha weinte immer heftiger. Rawdah sah aus, als wollte sie die Polizistin schlagen, wahlweise auch Leila. Tusse schluckte alle Gefühle herunter.

Leila sah ruhig aus. Sie reichte der Polizistin eine Kühltasche.

»Ich habe Essen gekocht, das ich mitnehmen wollte. Wir essen es immer am Weihnachtsabend. Ist das okay?«

Die Polizistin zögerte, aber nur eine Sekunde. Dann nickte sie kurz. Ihr Kollege trug das Essen zum Auto, einem ganz normalen Volvo Kombi, der neben einem Streifenwagen stand.

Auf der Rückbank wurde es sehr eng, also setzte Tusse sich stattdessen in den Streifenwagen. In einer Garage, die ein paar Kilometer entfernt war, tauschten sie die Fahrzeuge und nahmen einen dunkelblauen Kleinbus mit getönten Scheiben. Dort gab es sechs Sitze im Fond, jeweils drei, die einander zugewandt waren. Leila setzte sich auf einen Außensitz in Fahrtrichtung und lehnte den Kopf gegen die kalte Fensterscheibe. Tusse setzte sich ihr gegenüber. Rawdah nahm den Platz in der Mitte, neben ihrer Mutter, und rückte dicht an sie heran. Leila legte den Arm um sie. Aisha setzte sich auf dieselbe Seite wie Tusse, ließ den mittleren Platz aber frei, sie wandte ihrem Bruder den Rücken zu, aber Tusse streckte den Arm so weit wie möglich aus, damit er sie noch erreichte. Er drückte auf ihr Bein, bis sie ihm ihre Hand gab, während sie weiter aus dem Seitenfenster starrte.

Mitten in der Heiligen Nacht verließen sie Våringe, fuhren vier Stunden geradeaus nach Norden, ohne ein Wort miteinander zu reden. Aus dem Autoradio kam Weihnachtsmusik. Nacheinander schliefen sie ein, erst Rawdah, schon bevor sie aus der Garage fuhren. Dann Tusse, Aisha direkt danach. Nur Leila blieb wach. Rawdah lag auf ihrem Knie, mit den Füßen auf dem Sitz. Leila legte die Hand auf den Kopf ihrer Tochter, den sie gegen ihren Bauch gelehnt hatte, gegen die Narbe ihrer zweiten Geburt. Ihr Körper würde immer einen Beweis dafür tragen, dass es ihn gab. Solange sie lebte, gab es auch ihn.

Sie betrachtete ihre schlafenden Kinder, als sie in eine Stadt hineinfuhren. Dort gab es eine Kirche, der Weihnachtsgottesdienst hatte gerade begonnen. Eine Frau stand vor der geöffneten Kirchentür und hieß die Besucher willkommen. Der Schnee funkelte in die Dunkelheit hinaus. Es lagen Fichtenzweige auf dem Boden. Das Licht, das aus dem Saal hinter der Frau strömte, war warm gelb. Im Radio sang Birgit Nilsson von Engeln in der Weihnachtsnacht.

Es war nicht Leilas Gott, der gefeiert wurde, aber er war auch hier. Er hielt seine Hand über sie, er wusste, wohin sie auf dem Weg waren.

Sechs Monate später

63.

Als der Termin für die Verhandlung in der Strafsache gegen Mehdi Ahmad, Aktenzeichen B 1632, anstand, war der Sommer schon nach Rönnviken gekommen. Die Tage wurden immer länger, die Birken sprossen in leuchtendem Grün, und das Meer hatte ein helleres Blau als noch eine Woche zuvor. Seit 1893, seit der Gründung Rönnvikens, war die Bebauung vom nationalromantischen Stil geprägt. Rönnvikens Amtsgericht war da keine Ausnahme. Es war nicht das älteste Gerichtsgebäude, aber vielleicht das schönste.

Es war kurz nach neun Uhr morgens, als Farid sein Fahrrad am schmiedeeisernen Fahrradständer an der Westseite des Gerichtsgebäudes festschloss. Er klemmte seinen Helm unter den Arm, ging zur Kaffeebude auf der anderen Seite des Markts und kaufte sich einen großen Kaffee zum Mitnehmen. Dann nahm er seine Passierkarte, betrat das Gebäude durch den Personaleingang und ging weiter zum Verhandlungssaal. Der Prozess sollte erst um zehn beginnen, aber er wollte sich in das Büro der Staatsanwaltschaft hinter dem Saal setzen und ein paar Sachen vor der Verhandlung durchgehen.

Am Abend zuvor hatte er Leila und Tusse ganz kurz in dem Hotel getroffen, in dem sie einquartiert waren. Tusse war todmüde, Leila ein wenig verärgert.

»Wir wissen, was wir sagen werden. Wir werden nichts vergessen«, sagte sie.

Als Tusse auf die Toilette ging, fragte er, ob es ihnen gut ginge.

»Ich will aber nicht wissen, wo ihr wohnt«, flocht er schnell ein.

Leilas Lächeln war so schwach, dass man es kaum wahrnehmen konnte. Sie kannte natürlich die Regeln. Nichts konnte sie aus ihrem neuen Leben erzählen, nicht einmal ihm.

»Die Schule war zuerst sehr schwer«, sagte sie. »Besonders für Tusse. Ich glaube, er fühlt sich schuldig. Denn die Mädchen wollten wirklich nicht umziehen. Aber jetzt ist es besser. Es ist eine gute Schule, glaube ich. Viele Lehrer, und sie wirken nicht total erschöpft. Und viele Kontrollen. Viele, viele Kontrollen. Es ist wie auf einem Flughafen, wenn man in diese Schule möchte.«

Farid versuchte es sich vorzustellen, das Leben, das sie jetzt lebten. Die Abteilung für Opferschutz und Personensicherheit hatte ihn zu einem weiteren Treffen in den Tagen zwischen Weihnachten und Neujahr eingeladen, um den Schutzbedarf zu diskutieren. Er hatte online teilgenommen. Leila und die Kinder waren nicht anwesend, aber ihre neue Anwältin Evin Can, eine der besten Freundinnen seiner Frau aus dem Jurastudium, verlangte mit einer Stimme, die nicht zu dem kleinen Körper zu passen schien, dass die Familie in die USA ziehen solle. *The land of the free and the home of the brave.*

Einer der Sachbearbeiter musste spontan lachen. Aber Rechtsanwältin Can hob eine Augenbraue, nur einen Millimeter. Sie hatte viel Erfahrung, denn sie vertrat oft Klienten, die Zeugenschutz beantragten. Vielleicht war sie in dieser Frage sogar die führende Expertin in Schweden. Jedenfalls gehe es nicht, eine Familie mit Leilas Aussehen und ihrem Hintergrund in Nordeuropa zu platzieren, erklärte sie. Selbst in Europa wäre es schwierig. Ein englischsprachiges Land wäre vorzuziehen, da es der Familie leichter fallen würde, sich dem neuen Leben anzupassen. Alle in der Familie Khalid Ali sprachen Englisch, sogar richtig gut.

Evin Can hatte auch das Verbotene gesagt, weil irgendjemand gezwungen war, es anzusprechen.

»Sie kommen aus einer Clan-Kultur. Es spielt keine Rolle, welche neuen Namen Sie ihnen geben. Sie können sie Olsson nennen, wenn Sie Lust haben, es wird nichts helfen. Leila muss nur über die Schwelle einer Moschee treten, um erkannt zu werden. Um gar nicht erst davon zu reden, was passieren würde, wenn Sie sie in eine kleine Stadt in Norwegen schicken, oder vielleicht in Finnland. Nicht einmal ein Farbenblinder hätte Schwierigkeiten, sie zu ignorieren. Sie aufzuspüren, würde nicht einmal eine Stunde dauern.«

Der Sachbearbeiter wirkte jetzt merkbar irritiert. Das sei natürlich unmöglich, sagte er, die biometrischen Spuren würden alles durcheinanderbringen, außerdem seien solche Absprachen sehr ungewöhnlich.

»Die USA haben genug eigene Kriminelle«, stieß er hervor, »sie wollen bestimmt nicht noch mehr davon.«

Bevor Evin Can Luft holen konnte, um etwas darauf zu erwidern, räusperte sich Farid und erinnerte daran, dass niemand in der Familie Khalid Ali, die eine neue Identität bekommen sollte, kriminell sei, und auch niemand von ihnen habe, soweit er wusste, bislang die USA besucht, sodass es keine biometrischen Spuren gebe, die in Verbindung mit ihren alten Daten stünden. Daraufhin nickte der andere Sachbearbeiter der Abteilung für Opferschutz und Personensicherheit.

»Man kann alles lösen«, murmelte er. »Wir stehen alle auf derselben Seite.«

Nach dem Treffen schrieb Farid eine Stellungnahme.

»Die Bedrohungslage für die Familie wird als sehr ernst betrachtet. Der Mord an ihrem Sohn ist eine direkte Folge davon, dass die Familie den Erpressungsversuchen von Mehdi Ahmad nicht nachgab. Leila Khalid und Tusane Ali haben sich bereit erklärt, darüber vor Gericht als Zeugen auszusagen.«

Den Abschluss konnte er auswendig.

»Mehdi Ahmads Beziehungsnetzwerk hat sich nach dem Mord an Billy Ali außerordentlich verstärkt. Es ist daher die feste Überzeugung der Gutachter, dass fingierte Personendaten und eine Platzierung außerhalb von Schweden absolut notwendig sind. Alle notwendigen Maßnahmen müssen ergriffen werden, um das Risiko zu minimieren, dass die Familie erneut tödlicher Gewalt ausgesetzt wird.«

Als er den Bericht abgab, schrieb er zusätzlich noch eine Mail. Die war an die Personalabteilung gerichtet. Er kündigte. Svante rief ihn eine Stunde später an und überredete ihn, sich stattdessen krankschreiben zu lassen.

Das Hotelzimmer, in dem er Leila und Tusse getroffen hatte, war eng. Er wollte so viele Dinge fragen. Ob die Kinder ihre alten Freunde vergessen hatten? Ob sie ihrer Schwester erzählt hatte, wo sie jetzt wohnen? Ob sie in der Nacht aufwacht und nicht weiß, wo sie gerade ist? *Verwendest du immer noch die Namen, die du den Kindern gegeben hast, wenn keiner zuhört?*

Er sagte nichts. Er wollte sie sagen hören, dass sie in einer Stadt wohnten, über die niemand ein Lied geschrieben hatte, in der keine Romane spielten und die man in keinem Film sehen konnte. An einem Ort, an dem sie nicht beobachtet wurden, sondern nur willkommen geheißen. Wo Leila ihr Kopftuch tragen konnte, ohne dass ihr jemand *Terrorist* nachfauchte. Wo sie einen guten Job bekommen hatte, bei dem sie geschätzt wurde, wo die Kinder glücklicher waren als jemals zuvor. Aber er fragte nicht.

Aus der Trauer kann man nicht fliehen.

Aber als Tusse dann anscheinend eingeschlafen war, komplett bekleidet auf dem Hotelbett, hörte er sich selbst fragen: »Bereust du es?«

Aber er ließ Leila nicht antworten. Stattdessen sagte er, so schnell, dass er über die Worte stolperte, dass er die Arbeit gewechselt hätte, dass er von seinem neuen Job für diesen Prozess nur ausgeliehen war. »Ich war drei Monate lang krankgeschrieben, jetzt arbeite ich nur halbtags, und in Våringe bin ich auch nicht mehr.«

Seine Kollegen fanden es vollkommen unbegreiflich. Er hatte Angebote aus allen Abteilungen, von der Mordkommission bis zur Nationalen Operative Abteilung NOA, bekommen. Trotzdem hatte er sich für eine befristete Stelle beim Rat für Kriminalprävention entschieden. Er sollte als Sachverständiger an einer Studie zu minderschweren Straftaten mitarbeiten. Sie sollten im Herbst ein Maßnahmenpaket präsentieren. Farid hatte gefragt, ob sie die Liste auch sofort einreichen könnten, er bräuchte nicht länger als eine Stunde dafür. Sein neuer Chef hatte gelacht, höflich und zurückhaltend, und anschließend darauf hingewiesen, dass sie Hunderte von Opferinterviews durchführen mussten. Könnte Farid dabei vielleicht aushelfen?

»Wenn wir Sudden geholfen hätten, als er darum bat, würde Dogge heute wahrscheinlich noch leben. Wenn wir dafür sorgen wollen, dass man sicher und gut in Våringe leben kann, müssen wir dort anfangen, mit den Graffiti und den Sachbeschädigungen, mit dem Ladendiebstahl und der Kleinkriminalität.«

So versuchte er es seinen Kollegen zu erklären. Aber Leila

brauchte keine Erklärung, um ganz genau zu verstehen, worum es ging. Sie fragte nach Sudden. Was war mit ihm passiert? Sie wusste, dass er zu einer Haftstrafe verurteilt worden war, konnte Farid etwas Genaueres dazu sagen? Das konnte er. Sara und die Kinder waren nach Umeå gezogen. Sudden war in einer Justizvollzugsanstalt untergebracht, die nicht weit davon entfernt war.

Manche fanden das Urteil zu streng, obwohl er nur eine relativ kurze Gefängnisstrafe erhalten hatte. Nadja hatte sich furchtbar aufgeregt, sie betrachtete es als einen Justizskandal, dass er nicht freigesprochen worden war. Aber Farid hatte gehört, dass Sudden sich weigerte, das Urteil anzufechten. Farid hatte auch gehört, dass er im Gefängnis unter besonderer Bewachung stand. Das Risiko, dass er sich selbst verletzen würde, war weiterhin hoch, auch jetzt noch. Aber Leila fragte nicht, wie es Sudden ging, also sagte Farid auch nichts dazu.

Um Viertel vor zehn betrat er Saal I, in dem die Verhandlung gegen Mehdi Ahmad durchgeführt werden sollte. Er war der Einzige, der die Sicherheitsstandards erfüllte, die für einen Prozess wie diesen erforderlich waren. Am Eingang stand eine Schleuse mit Metalldetektor, der einzige, den es im ganzen Gebäude gab, und das Förderband mit der Taschenkontrolle.

Es war ein Saal mit hoher Decke, Mahagonibänken und mit Samt gepolsterten Richtersesseln. Ein drei Meter hohes Bild von Gustaf Cederström, auf dem der Reichstag von 1720 zu sehen war, hing an einer der Seitenwände. Im Vordergrund war Arvid Horn, der Vorsitzende des Ritterhauses mit seinem schulterlangen, lockig grauen Haar zu sehen, in einem scharlachroten Umhang mit Nerzkragen. In seiner Hand hielt er die gerade verabschiedete neue Verfassung. Schräg hinter ihm, teilweise verdeckt, saß König Fredrik I. mit gesenktem Kopf auf seinem abgewetzten Thron.

Der Teil des Saals, in dem der Richter und die anderen aktiven Teilnehmer am Prozess saßen, war mit einer durchsichtigen, schusssicheren Glaswand von den Zuschauerbänken getrennt. Lautsprecher, die es den Zuschauern ermöglichten, dem zuzuhören, was auf der anderen Seite geschah, waren längs an der Decke angebracht.

Es gab keine Fenster, durch die man in den Verhandlungssaal sehen konnte, aber von der Eingangshalle aus konnte man durch die hohen Sprossenfenster den traditionellen Markt am Nationalfeiertag betrachten. Einige der engagierteren Händler hatten sich verkleidet, frisch gebügelte Kopftücher, Kittel mit Volants und grobe Holzschuhe mit Bauernmalerei. Die Kaffeebude hatte ein paar Stühle und einen kleinen Tisch auf den Bürgersteig gestellt, obwohl sie keine Genehmigung für die Außengastronomie hatte. In Rönnviken nahm man das nicht so genau, niemand sagte etwas, wenn man entgegen der Fahrtrichtung parkte oder das Strandhaus ein paar Meter zu nahe an das Ufer baute. Hauptsache, alle Bewohner fühlten sich wohl und störten einander nicht unnötig.

Leila betrat vier Minuten vor zehn den Saal. Tusse sollte erst später aussagen, also wurde sie nur von ihrer Anwältin und einem Personenschützer begleitet. Mit geradem Rücken ging sie den ganzen Weg zum Zeugenstand. In der ersten Reihe der Zuschauer saßen drei Männer im Alter von fünfundzwanzig Jahren mit breiten Nacken, gespreizten Beinen und verschränkten Armen. Farid kannte sie nicht, es mussten neue Freunde von Mehdi sein.

Als Mehdi in den Verhandlungssaal kam, gekleidet in die grüne Häftlingstracht, drehte Leila den Kopf in seine Richtung und sah ihn an. Er erwiderte ihren Blick nicht. Nachdem ihm die Handschellen abgenommen worden waren und er sich auf seinen Platz gesetzt hatte, klopfte die Vorsitzende Richterin auf ihr Mikrofon und beugte sich vor.

»Herzlich willkommen im Landgericht«, sagte sie. »Mein Name ist Ulrika Bonde und ich werde die heutige Verhandlung leiten.«

64.

Vier Verhandlungstage später schlug Ulrika Bonde mit dem Hammer vor sich auf den Tisch und erklärte die Verhandlung für beendet.

»Der Angeklagte bleibt in Haft. Das Urteil wird nächste Woche Mittwoch verkündet.«

Dann packte sie ihre Sachen zusammen und ging aus dem Saal. Die Schöffen und sie stimmten sich kurz ab und beschlossen, sich am Montagmorgen zu treffen, um das Urteil zu besprechen. Es würden dafür keine längeren Diskussionen nötig sein, in der Sache waren sie sich einig.

In ihrem Arbeitszimmer schüttelte sie sich die Schuhe ab, wand sich aus dem Blazer und setzte sich an den Schreibtisch. Es war beinahe sechs Uhr abends, die Plädoyers hatten Zeit gekostet, der Verteidiger war ein aufstrebendes Talent, voller Entrüstung und erfüllt von Prinzipien.

Ihr Mann und ihre jüngste Tochter waren bereits aufs Land gefahren. Sie hatte ihnen in einer Pause geschrieben, dass sie versuchen würde, morgen zu ihnen hinauszufahren. Das hier war kein komplizierter Fall. Wenn sie heute Abend anfing, könnte sie die Urteilsbegründung nach der Besprechung mit den Schöffen schon am Montag schreiben.

Der Ablauf eines Strafprozesses war immer derselbe, darin lag etwas Beruhigendes. In Fällen wie diesem, wenn Ulrika im

Sicherheitssaal unter ständiger Medienbewachung arbeiten musste, mit allem, was das an Aufmerksamkeit und Kontrollen mit sich brachte, konnte es immer noch passieren, dass sie zu Beginn sehr nervös war. Aber die Nervosität ließ sofort nach, wenn alles seinen Lauf nahm. Die festen Gewohnheiten, die Arbeitsabläufe, keine Entscheidungen, die sie treffen musste, keine Worte, bei denen sie stocken konnte. Sie war wie eine Pfarrerin, die alles auswendig konnte, ihre Gemeinde wusste genau, wann sie reden und wann sie schweigen müsste.

Die Mutter des ermordeten Jungen hatte die ganze Woche dabeigesessen. Sie hatte gefasst gewirkt, sogar während ihrer eigenen Zeugenaussage, als sie erzählte, was sie über das Leben ihres Sohns wusste und welche Drohungen des Angeklagten die Familie über sich ergehen lassen musste, besonders nachdem der Sohn sich dem Aussteigerprogramm der Kommune angeschlossen hatte.

Nur ein einziges Mal brach sie zusammen, als ihr jüngster Sohn seine Aussage machte. Als der kleine Junge, der noch nicht einmal im Stimmbruch war, erzählte, wie der Angeklagte dem Jungen, der den Mord begangen hatte, die Waffe übergab, von der man ausging, dass es die Mordwaffe war, hatte die Klägerin ihre Faust so fest geballt, dass Ulrika sah, wie ihre Knöchel weiß wurden. Noch mehr regte sie sich auf, als der Verteidiger seine Fragen stellte. Aber er hielt sich kurz, und als der Junge in Tränen auszubrechen drohte, kam er schnell zum Ende.

Ulrika selbst fiel es ebenfalls schwer, ihre Gefühle zu beherrschen. Es war herzzerreißend, wie der kleine Bruder des ermordeten Jungen zwar nervös, aber doch entschlossen war, im Verhandlungssaal auszusagen, in unmittelbarer Nähe des Angeklagten und von Angesicht zu Angesicht mit seinen Freunden, die sich in der Zuschauerbank ganz vorne aufgebaut hatten.

Seine Zeugenaussage wurde vom Band eingespielt. Die helle Stimme, so klar und deutlich.

»Du sollst die hier haben, sagte Mehdi zu Dogge. Ich war dort, als er es sagte, denn manchmal ging ich mit Billy, wenn er Mehdi treffen wollte. Und genau da war ich dabei. An dem Tag, als er die Pistole weitergab. Du sollst sie haben, sagte Mehdi, und du wirst sie benutzen, wenn ich dir sage, dass du sie benutzen sollst, sonst erschieße ich dich. So sagte er es, Mehdi. Zu Dogge. Als er ihm die Glock gab. Ich weiß, dass es eine Glock war, weil es Billy mir nachher erzählt hat. Das ist eine sehr gute Pistole, die alle haben wollen.«

In einer säkularisierten Gesellschaft sind es die Gerichtshöfe, nicht die Kirche, die für die Gerechtigkeit zuständig sind. Ulrika dachte oft darüber nach. Wenn die öffentliche Debatte am heftigsten hochkochte, war sie eine der wenigen in ihrer Position, die zugab, dass man mit einem gewissen Wunsch nach Rache sympathisieren konnte. Vergeltung war schon immer ein wichtiger Faktor im Rechtsstaat gewesen. Darüber hatte sie auch einen Artikel geschrieben, der in der Juridisk Tidskrift veröffentlicht worden war, und sie hatte auch ein paar Reaktionen darauf bekommen, nicht unbedingt ermunternde, von Kollegen, die sie ansonsten respektierte. Aber sie stand zu ihren Ansichten.

»Das ist doch klar«, sagte sie zu ihrem Mann Robert, »dass Menschen das Gesetz in die eigene Hand nehmen, wenn man sich auf die Polizei und die Gerichtsbarkeit eines Landes nicht verlassen kann. Es ist wichtig, ihnen zu zeigen, dass wir auch für sie da sind.«

Die Beweislage in der Anklage gegen Mehdi Ahmad war überzeugend. Zwar fehlte die Mordwaffe, und die beiden stichhaltigsten Zeugenaussagen kamen von Verwandten des Opfers, aber die Indizienkette war stark. DNA des Angeklagten auf den Patronen, die technischen Untersuchungen der Funde bei der Geflügelfabrik, Bildmaterial, das eine ernsthafte Bedrohung zeigte, und der Schütze, mittlerweile verstorben, der in seiner ersten Vernehmung den Angeklagten als Anstifter identifiziert hatte. Mehr als das kann man kaum verlangen. Das Einzige, was in der Begründung des Urteils noch fehlte, und worüber sie vielleicht noch diskutieren mussten, und sei es nur, um den Schein zu wahren, war die Länge der Haftstrafe, die Mehdi Ahmad erhalten würde, lebenslänglich oder kürzer.

Auf dem Schreibtisch stand eine Fotografie ihrer drei Kinder. Auf der Aufnahme war Matilda sechs Jahre alt, hatte Zöpfe und eine Zahnlücke im Oberkiefer und hielt ihre jüngste Schwester Isabella in den Armen. Sie war nicht einmal ein Jahr alt. Der Rahmen war aus Silber, und Oscar stand neben Matilda mit Schokolade um die Lippen und einer Furche zwischen den Augenbrauen. Er war immer ein schwermütiges Kind gewesen. Machte sich Sorgen wegen der Entwicklungen in der Welt, schon bevor er in die Schule kam. Ulrika strich mit dem Zeigefinger über das Foto und öffnete die Schreibtischschublade. Dort lagen ihre Uhr, ihre Halskette, Ohrringe, Armbänder und Eheringe. Sie legte sie alle an und setzte sich auch die Lesebrille auf, die stets neben dem Computer lag. Ihre Sehkraft hatte seit ihrem vierzigsten Geburtstag immer mehr nachgelassen. Als sie das erste Mal zum Optiker gegangen war, hatte sie gedacht, dass die schwindende Sehkraft anzeigte, dass sie schwanger war, aber so war es nicht gewesen. Das war vor über zehn Jahren, und die ältesten Kinder waren mittlerweile ausgezogen.

Matilda studierte Jura in Uppsala, genau wie es Ulrika damals getan hatte, und Oscar reiste acht Monate lang durch Asien zusammen mit einer Gruppe von Umweltaktivisten, die sich vorgenommen hatten, Bauern für eine kleinflächige, nachhaltige Landwirtschaft auszubilden. Sie fragte sich, worin Oscars Beitrag zu diesen Bemühungen bestand. Abgesehen von den armen Kresse-Sprossen, die er vergeblich auf der Fensterbank der Küche zu züchten versuchte, hatte Ulrika noch nie gesehen, dass er etwas angepflanzt hätte. Aber er plante, ab Herbst Umweltwissenschaften in Lund zu studieren. Sie war froh, dass er endlich etwas Sinnvolles gefunden hatte, bislang war es immer schwer für ihn gewesen, sich auf etwas zu konzentrieren. Bei jedem Wintersemesterbeginn fing er mindestens zwei neue Aktivitäten an. Zu jedem Sommersemester gab er sie wieder auf. Aber seine Begeisterung für Umweltthemen schien er nie zu verlieren. »Noch nicht«, wie ihr Mann jedes Mal gnadenlos ergänzte, wenn sie es erwähnte.

Zu Hause in der Gründerzeitvilla in Rönnviken lebte nur noch ihre vierzehnjährige Tochter Isabella. Isabella, die nicht wahrhaben wollte, welches Temperament und was für eine Singstimme sie hatte. Mathe fiel ihr leicht, Schwedisch nicht, sie wollte sich eine Sonnenblume auf das Handgelenk tätowieren lassen.

Ulrika Bonde hatte ein Aquarium, als sie klein war. Sie hatte es von ihrem eigenen Geld gekauft, soweit man das Geld, das jeden Monat auf ihrem Bankkonto eintraf, ohne dass sie etwas dafür tun musste, als ihres betrachten konnte. Das Aquarium stellte sie in ihr Zimmer, das Summen des kleinen Geräts, das das Wasser mit Sauerstoff versorgte, klang wie eine Spülmaschine. Sie hatte einen der Fische Algvar getauft. Algvar fraß die Schicht, die sich an der Innenseite der Glasscheiben bildete, die dünne, grüne Schicht aus Algen, auf die er sein geöffnetes Maul legte und sie abschabte, lautlos, ein schmaler Streifen nach dem anderen. »So eine Bürokratin ist aus mir geworden«, pflegte Ulrika zu sagen. »Praktisch, unauffällig, kümmert sich um ihre eigenen Sachen und den Mist der anderen, ohne sich zu beklagen.«

Wie konnte jemand Mehdis Handlungen begreiflich machen? Nicht einmal ein Pfarrer hätte wohl eine Antwort darauf, wie man einen Mord an einem Kind befehlen kann? Das Grausame, Ungerechte, und dann ein Psalm und Gottes Segen, legen Sie bitte die Gesangbücher nach dem Ende des Gottesdienstes an ihren Platz zurück, Sie können einen beliebigen Betrag für die Kollekte von Ihrem Handy aus swishen.

Es kommt gar nichts anderes infrage als lebenslänglich, dachte sie und schaltete ihren Computer ein. Sie war zufrieden, beinahe erwartungsvoll angesichts der Aufgabe. Manchmal ist es schwer. Aber manchmal siegt auch die Gerechtigkeit.

Die Jungen

Billys und Dogges letzter Auftrag für Mehdi war einfach. Das Einzige, was sie machen sollten, war zu einer Adresse in Östermalm zu fahren und zwei Handgranaten durch ein Fenster im Erdgeschoss zu werfen. Sie hatten alles bekommen, was sie brauchten. Die Adresse und die Granaten, die nicht größer oder schwerer waren als ein paar Apfelsinen. Sie sollten nicht ins Haus hineingehen, sondern nur werfen.

Dogge wartete vor der U-Bahn-Station. Der Zeitpunkt, den Mehdi festgelegt hatte und an dem sie die Handgranaten werfen sollten, kam und ging vorüber.

Eine Stunde später war Billy immer noch nicht gekommen. Dogge rief ihn an, erreichte ihn aber nicht. Er stand im eiskalten Regen, setzte sich auf eine Bank, die nass war.

Dort saß er, als Blue-Boy anrief.

»Billy ist nicht hier«, sagte Dogge. »Er kommt nicht, ich habe ihn angerufen, ich kann es nicht tun, ich habe die Sachen nicht, ich habe ihn tausendmal angerufen.«

Blue-Boys Stimme war ruhig. Zuerst klang es so, als würde er über das heutige Mittagessen reden, Fisch oder Fleisch, vegan oder lakto. Er sprach so leise, dass Dogge nicht alles verstand, was er sagte. Er wollte ihn nicht bitten, es zu wiederholen, und Blue-Boys Stimme wurde langsam lauter. Dann wurde er wütend. Er schrie.

»Du bist ein verdammter Idiot. Wie kann man so hohl im Kopf sein? Wie kann man einen so einfachen Auftrag versemmeln?«

Er versuchte, es zu erklären. Blue-Boy musste es verstehen.

»Ich soll die Granaten werfen, und das kann ich auch, aber ich habe sie nicht. Billy hat sie. Ich hole sie, und dann mache ich es.«

Blue-Boy ignorierte ihn.

»Das ist zu spät. Der Typ, um den wir uns kümmern sollten, ist jetzt schon weg. Mehdi ...« Er seufzte tief. »Mehdi ist nicht glücklich, überhaupt nicht glücklich. Du ... bist ein kleiner Haufen Mist, den man leicht zerquetschen kann, aber ich werde mir Zeit lassen. Ohne Hoden kann man mehrere Tage leben. Aber früher oder später wirst du verbluten.«

Dogge weinte jetzt unkontrolliert.

»Billy geht nicht ran, wenn ich anrufe, ich weiß nicht, wie ich ihn ... Wie erreiche ich ihn überhaupt?«

»Stell dich nicht dümmer, als du bist. Zuerst schaffst du Billy und die Sachen ran.«

Dogge schrieb Billy eine Nachricht, er wusste, dass sie keine SMS schicken durften, aber er hatte keine Wahl. Es war keine lange Nachricht, aber er schrieb, dass er zum Spielplatz kommen solle, er müsse die Granaten mitbringen, sonst würde Mehdi zu ihm nach Hause kommen. Er schrieb nicht Mehdis Namen, Billy würde es aber trotzdem verstehen und Angst bekommen.

Während er wartete, nahm er zwei Tramadol. Es waren Jills, er hatte sie mitgenommen, jedes Mal nur eine, damit sie es nicht bemerkte, und sie für den Granatenanschlag aufgehoben. Billy hätte die andere bekommen sollen, aber jetzt brauchte er sie nicht, und Dogge hatte nichts anderes, das er nehmen konnte, er musste etwas gegen das Herzrasen tun, er musste ruhig werden, er musste Billy erklären, was er getan hatte, wie ernst es war.

Billy zitterte, als er kam.

»Mir ist scheiße kalt«, sagte er. Aber es war nicht die Kälte. Er versuchte zu lachen, aber er war nicht fröhlich.

Die Glock hatte sich Dogge in den Hosenbund gesteckt, sein Pullover war weit und die Jacke verbarg die Ausbuchtung. Billys Blick tanzte über den Spielplatz, er drehte sich mehrere Male um, aber Dogge beachtete er so gut wie gar nicht.

Du hast Angst, dass noch jemand hier ist, dachte Dogge. Aber vor mir hast du keine Angst.

»Ich konnte nicht kommen, es ging nicht. Du weißt ja, wie sie ist.«

Als sie nach oben zu den Schaukeln kamen, wirkte Billy aufgedrehter, weniger besorgt. Er redete immer schneller. Die Geschichten sprudelten aus ihm heraus, über die Schule, alles war Chaos, alle stritten miteinander, es gab einen neuen Jungen, Dogge hatte ihn ein paarmal getroffen, er hatte einem der Lehrer ins Gesicht gespuckt.

»Was für eine Pussy«, sagte Billy. »Stoß ihm den Kopf gegen den Schädel, wenn er dich stört, sagte ich zu ihm. Spucken bringt es wirklich nur, wenn du Aids hast, hast du Aids? Dann kannst du spucken, direkt in seine Augen.«

Er lachte erneut, aber es klang immer noch nervös. Dann stellte er sich auf eine Schaukel. Er holte Schwung. In der schwachen Beleuchtung verschwammen alle Konturen. Dogge sah in den Himmel hinauf. Es begann zu schneien. Billy rief von der Schaukel, plötzlich ganz fröhlich.

»Also, Dogge. Warum wolltest du, dass ich komme? Dir ist schon klar, dass das hier irgendwie … Das hier ist Geschichte für mich, du musst doch gewusst haben, dass ich diese Sache nicht machen würde. Ich habe dir doch die Glock gegeben, ich habe dir doch erzählt, dass ich jetzt jeden Tag fahren kann, dir muss doch klar sein, dass ich all das nicht riskieren würde, nur weil Mehdi Hilfe dabei braucht, die Wohnung irgendeines Blödmanns zu verwüsten.«

Langsam, langsam fielen die ersten Flocken zu Boden, Dogge folgte ihnen mit den Augen. Er streckte die Hand aus und fing einige, die auf seiner Handfläche schmelzen durften. Dann ging er zur Schaukel und griff nach dem Reifen, mit dem ganzen Körper zwang er sie anzuhalten.

»Was hast du mit den Granaten gemacht?« Er musste sich anstrengen, damit seine Stimme sich nicht überschlug, damit er nicht losheulte. »Was zum Teufel hast du mit ihnen gemacht? Wenn du es nicht machen wolltest, warum hast du sie nicht mir gegeben? Dann hätte ich es machen können. Warum scheißt du einfach auf ...« Seine Stimme versagte, er konnte nicht weitersprechen.

Billy glitt hinunter und setzte sich auf den Reifen. Seine Beine berührten Dogges. Er beugte sich vor und packte Dogge an den Schultern. Seine Stimme war jetzt ernst.

»Tut mir leid, Dogge«, sagte er. »Es tut mir leid, dass ich ... Ich habe einfach die Panik bekommen. Also, kapierst du? Als ich aus der Pizzeria kam mit diesen verdammten Dingern in der Tasche, er hat sie einfach dort hineingelegt, einfach so, in meine Tasche. Aber Scheiße, was sollte das? Diese Dinger sind lebensgefährlich. Ein Cousin meiner Mutter hat keine Hände und auch so gut wie keine Beine mehr, denn er hat so was in die Hand genommen, als er spielte, da liegen seit dem Bürgerkrieg jede Menge ungesicherter Granaten auf den Feldern herum, und er war gerade erst acht, neun Jahre alt, als es passierte, und ich habe ihn gesehen, als wir mit Mamas Familie gefacetimed haben, und wirklich, er sieht aus wie ein gegrillter Truthahn, total krass. Was würdest du tun, wenn du keine Hände mehr hättest? Also bekam ich diese verdammte Panik, das kannst du dir gar nicht vorstellen, und ich fuhr auf die Brücke und schmiss sie ins Meer, als ich auf dem Weg nach Hause war. Ich hatte in meinem ganzen Leben noch nie eine solche Angst, ich dachte, ich würde mir in die Hose machen, aber ich nahm die Sachen einfach aus der Tasche und warf sie so weit raus, wie ich konnte, und sie gingen direkt unter. Also, ich dachte gar nicht nach, das war nichts, was ich irgendwie geplant hatte, so oder so musste ich es tun, ich konnte sie einfach nicht in meiner Tasche haben, ich konnte den Scheiß doch nicht mit nach Hause nehmen, sie unter das Bett legen, oder was, das wäre doch total irre gewesen. Da hätte sonst was passieren können.«

»Du hast sie weggeworfen?«

»Ja.« Billy klang jetzt genervt, er hatte keine Lust mehr zu reden. »Ich werde es Mehdi erklären, versprochen.«

»Du hast sie weggeworfen?«

»Jetzt beruhige dich mal. Ich rufe ihn an. Ich werde meiner Mutter sagen, dass sie es bezahlen muss, versprochen. Oder vielleicht auch Papa. Er muss mit Mehdi sprechen. Aber ich geh von hier weg, das kapierst du, oder, sag, dass du es kapierst, Bruder.«

Dogge ließ die Schaukel los und wich vor Billy zurück. Sein Mund war trocken geworden.

»Aber ich werde nicht von hier abhauen. Ich werde hierbleiben. Was soll ich denn tun? Was hast du dir gedacht, dass ich tun soll? Dein verdammter Vater kann vielleicht mit Mehdi verhandeln, aber mein Vater kann es nicht, hast du darüber schon mal nachgedacht?«

Billy sah weg. Er stellte die Füße auf den Boden und schob die Schaukel nach hinten.

»Also, du kriegst das bestimmt hin. Du sagst einfach allen, dass es mein Fehler war.«

Als er so weit zurückgewichen war, wie er konnte, sprang er wieder auf den Reifen, warf die Beine nach vorne und ließ sich von der Schaukel mitnehmen.

Dogge verließ den Spielplatz, ging hinüber zu dem Weg, der zu seinem Haus hinaufführte. Er rutschte aus. Der Regen, der im Laufe des Tages gefallen war, hatte den Boden feucht gemacht, jetzt kam der Frost. Als er hinter Billy auf dem Hügel war, hörte er ihn lachen.

»Und bald hast du doch Geld? Wenn deine Großeltern das Haus verkauft haben, bekommst du doch jede Menge Kohle. Also, deine Familie ist steinreich, das sieht man dem Haus doch an. Dein Vater hatte doch ...« Billy zögerte. »Er hatte jede Menge, ja, Pech mit seinen Geschäften, das ist eine Sache, aber jetzt ist er tot. Sie können dich ja nicht einfach fallen lassen. Erklär es ihnen einfach, sie werden es begreifen. Familien kümmern sich umeinander. Dann kannst du Mehdi bezahlen und kannst hinfahren, wohin du willst. Du kannst mit deiner Mutter nach Mallorca ziehen, sie mag Spanien doch, oder?«

Dogge blieb stehen. *Familie*, dachte er. Es schwirrte in seinem Kopf. Es dröhnte in seinen Ohren. Die Bilder von allem, was Billy für selbstverständlich hielt, dem er selbst aber niemals auch nur nahe gewesen war, schossen ihm durch den Kopf. Billys Schwester Aisha, die mit kreischendem Gelächter Billy sein Butterbrot aus der Hand riss, sich in die Toilette zurückzog und es aufaß, während Billy versuchte, es ihr wieder abzunehmen. Rawdah, die mit dem Kopf auf Billys Schoß einschlief, während sie einen Film sahen. Tusse, der immer in der Nähe von Billy sein wollte, auch wenn Billy keine Lust darauf hatte. Der im selben Raum sitzen konnte, während sie ihre Spiele spielten, stundenlang, ohne ein einziges Mal zu fragen, ob er mitmachen dürfe. Billys Mutter, die sich hinunterbeugte und ihn an sich zog, wenn sie nah genug war, und ihm die Lippen auf die Stirn, die Wange und den Handrücken drückte. Sie wusste immer, ob er geduscht oder sich frische Sachen angezogen hatte, was er gegessen oder nicht gegessen hatte, und sie umarmte ihn auch, wenn er es nicht wollte, sie schimpfte auch mit ihm, aber betrachtete ihn niemals mit Abscheu, nicht einmal dann, wenn er die schlimmsten Dinge getan hatte. Billy hatte die Geschwister, die Dogge niemals gehabt hatte. Die Mutter, die er auch verdient hätte. Billy konnte fortgehen, Våringe verlassen und einen Verwandten besuchen, den er niemals getroffen hatte, er durfte dort wohnen, nur weil er verwandt war, denn Verwandte kümmern sich umeinander, wenn man Schwierigkeiten im Leben hat.

»Ich habe keine Familie«, sagte er leise und drehte sich um. Billy hörte ihn nicht, er schaukelte weiter im diesigen Licht der Straßenlaternen.

Dogge hob die Pistole, er hatte sie geladen, bevor er von zu Hause aufgebrochen war, mit den Patronen, die er heimlich an dem Tag gesammelt hatte, als Mehdi ihnen das Schießen beigebracht hatte. Das war ein schöner Tag gewesen, ein Tag, an dem er sich stark gefühlt hatte. Billy und er, Freunde für immer.

Als die Schaukel wieder nach hinten schwang und Billys Kopf und Rücken ihm am nächsten waren, drückte er ab, zweimal in schneller Reihenfolge.

»Du hättest kommen sollen.«

Er flüsterte immer noch. Billy hörte ihm nie zu, und wenn er irgendwann zugehört hatte, hatte er längst damit aufgehört.

»Du hast mir versprochen, dass wir es tun würden, du hast mir gesagt, dass du dabei bist. Warum bist du nicht gekommen?«

Als Billy auf den Boden fiel, mit einem dumpfen Aufprall direkt aus der Schaukel, drückte Dogge seine Augen fest zu und schoss noch einmal, in die Nacht hinaus. Das heulende Pfeifen endete mit einem Peitschenknall, als die Kugeln im Baum einschlugen.

Erst als die Waffe klickte, öffnete er die Augen wieder. Die Hand prickelte wie ein eingeschlafenes Bein, oder als hätte die Pistole Strom geführt.

Ich habe keine Familie, ich habe nur dich.

Der Schnee fiel, genauso langsam, aber dichter, als Dogge zu laufen begann.

Weg, weg, so schnell er konnte.

Vielen Dank an

Gunnar Appelgren, Kriminalkommissar, weil ich rund um die Uhr jeden Tag tausend Fragen stellen durfte, und weil du dir die Zeit genommen hast, das Manuskript zu lesen und zu kommentieren und mir sowohl bei den Polizeiermittlungen geholfen als auch erklärt hast, wie Bandenkriminalität funktioniert.

Lillian Aune, Tony Silvernäs und Stefan Antonsen vom SiS Jugendheim Bärby, weil ich sie dort besuchen durfte und sie so großzügig ihre Erfahrungen mit mir teilten.

Anders Dereborg, Richter im Amtsgericht Attunda, weil du dir die Zeit genommen hast, mir am Telefon meine Fragen zu beantworten, während ich in Brüssel im Lockdown saß. Rechtsanwältin Evin Cetin für eingehende Diskussionen über Zeugenschutz, Rojda Sekersöz für das schönste Wiegenlied, Suad Ali (meiner begabten Schriftstellerkollegin), weil du mir geholfen hast, als ich einige meiner Figuren taufen wollte, und an meinen Freund Christoffer Carlsson, den Kriminologen und außerordentlichen Schriftsteller, für die Kontakte, die er mir in die obere und die untere Welt vermittelt hat.

Und ein besonders tief empfundener Dank gilt meiner Verlegerin Åsa Selling, meiner Agentin Astri von Arbin Ahlander und meiner Lektorin Katharina Ehnmark Lundquist. Ihr habt alle Tausende von Seiten gelesen – die ich mittlerweile verwende, um das Feuer im Kachelofen anzuzünden – und habt trotzdem niemals die Hoffnung aufgegeben, dass ich die Geschichte der beiden Jungen schließlich entdecken würde.

Vielen Dank auch an meine lieben Freunde Mari Eberstein und Måns Hirschfeldt, weil ihr lest, eure Meinung sagt und stets das seht, was ich vergessen oder übersehen habe.

Und an Christophe, Elsa, Nora, und Bea. Alles, was ich erzähle, ist für euch.

Malin Persson Giolito